LE P'TIT MAUDIT

À la recherche d'un père

Richard Gougeon

Le P'tit Maudit

À la recherche d'un père

Tome I

LES ÉDITIONS
JKA

Le P'tit Maudit – À la recherche d'un père
Dépôts légaux :
Bibliothèque nationale du Québec
Bibliothèque nationale du Canada

© Les Éditions JKA
Saint-Pie (Québec)
J0H 1W0 Canada
www.leseditionsjka.com

ISBN : 978-2-923672-33-5
Imprimé au Canada

*Nous sommes toujours victimes de l'éducation
que l'on reçoit et, par ricochet,
de celle que l'on donne.*

I

CHARLEMAGNE N'AVAIT PAS INVENTÉ L'ÉCOLE. Il la détestait. Surtout depuis que Florence, sa mère, s'était amourachée de Manuel Bédard, un enseignant aux bonnes manières qui lui faisait la leçon. Plus souvent qu'autrement, il se désespérait de ses frasques. « Ton fils, de la graine de délinquant ! » lui avait-il maintes fois répété. Au contraire, Florence s'en amusait ou passait l'éponge. Or, dans sa petite tête de pioche, sous sa casquette d'enfant rebelle, Charlot entretenait une idée irrévocable : celle de quitter le domicile de Bédard et de s'établir à demeure chez son ami Félix. Cependant, pour arriver à ses fins, il devait mettre son plan à exécution.

Ce jour-là, un matin de juin 2003, havresac au dos, il enfourcha sa bicyclette volée et s'engagea dans le rang de la Grande-Caroline, à Rougemont, ruminant deux gommes à bulles, ce qui lui gonflait exagérément les joues et lui conférait un air plus frondeur. Tous les jours, Charlemagne devait traîner des livres et des cahiers à la maison. Heureusement pour lui, les devoirs et les interminables leçons achevaient avec l'année scolaire qui agonisait. Marguerite Després, son institutrice, n'avait décidément pas les mêmes

exigences que Mélanie Beaulieu, la première ayant poursui-
vi sa mission éducative dans la foulée de la vieille mademoiselle Lalumière alors que la seconde, enseignante de Félix,
avait délibérément plongé tête première dans la réforme et
banni tout travail à la maison.

Le petit Lamontagne s'arrêta en bordure de la route,
devant la barrière du voisin. La propriété de Pelchat était
une sorte de closerie ceinturée d'une haute haie de cèdres
— qui n'avait jamais été soumise aux cisailles d'un jardinier
— parsemée de plusieurs bâtiments aux vocations diver-
ses. Félix s'amena, entrouvrit la barrière, s'avança avec son
vélo de montagne couvert de boue et la referma derrière lui.
Puis ils partirent vers le village en zigzaguant sur le macadam, obligeant à ralentir automobiles, camions ou même,
comble de plaisir, l'autobus scolaire.

Plutôt que de se rendre à l'école, ils se dirigèrent vers le
parc Omer-Cousineau. Comme tous les matins, par beau
temps, quelques vieillards matinaux se promenaient, chien
en laisse ou simplement assis sur un banc, parfois seuls,
parfois deux ou trois à jaser des bienfaits de la retraite
mais s'ennuyant à mourir, ou discutaillant de politique, de
la jeunesse dévergondée et mal élevée, du manque de respect de l'autorité, de maladie ou de la page nécrologique du
journal de Chambly. L'un d'eux, un septuagénaire à barbe
chenue, déambulait dans le parc, le dos courbé sur sa canne
vacillante. Les deux compères venaient de descendre de
leur bicyclette. Railleur, Charlot laissa tomber la sienne. Il
ramassa une branche et essaya d'imiter le pauvre homme

en marchant derrière lui. Le vieillard se retourna et, apercevant les deux garnements, les apostropha :

— Chenapans, allez donc vous instruire au lieu d'offenser un vieil homme !

Puis il marmonna quelque diatribe contre le système d'éducation québécois et ses trop fréquentes journées pédagogiques avant de se cloîtrer dans de sombres pensées et de musarder à petits pas dans les sentiers du parc.

Les bicyclettes appuyées contre leur chêne de prédilection, Charlemagne et Félix se hissèrent le long d'un câble. Le fond de culotte posé sur une branche, dissimulés dans le feuillage, les deux écoliers se balançaient les jambes dans le vide :

— T'es sûr que t'as pris la bonne décision, Charlot ?

— J'ai bien réfléchi.

Félix se composa un air de grand frère qui veut instruire son frérot :

— Écoute, Charlot ! C'est grave ce que t'as décidé. J'veux pas être mêlé à ça…

— Ouais !

— Tu sais, Charlot, j'reste quand même ton ami…

Bientôt, Félix et Charlemagne ne purent supporter les regards inquisiteurs des passants et des flâneurs qui s'avançaient vers l'arbre. Ils chevauchèrent leur bicyclette et quittèrent le parc, chacun de leur côté.

Le petit déserteur fut accueilli par les aboiements d'Aristote. De toute évidence, la maison était libre de ses occupants. Avant longtemps, la chaumière les régurgiterait tous, y compris Aristote, vieux chien à la gueule baveuse souffrant cruellement d'arthrite. Charlemagne farfouilla dans son havresac et en sortit la clef. En entrant, il s'immobilisa dans le vestibule, déposa son havresac et jeta un coup d'œil circulaire au rez-de-chaussée de la maison qu'il s'apprêtait à quitter. Péniblement suivi du saint-bernard, il monta à sa chambre et retira tous les vêtements des tiroirs de sa commode, qu'il enfouit pêle-mêle dans deux sacs à ordures qu'il fit dégringoler d'un coup de pied dans l'escalier. Ensuite, il soulagea sa tirelire de l'argent acquis parfois d'une manière douteuse, des billets et des pièces de monnaie qu'il glissa dans une poche de sa salopette. En quelques pas qui firent craquer le parquet de bois, il atteignit la chambre de Bédard, puis il s'empara de la photo de Florence et redescendit en dévalant l'escalier.

Dans le salon, l'écolier rapailla quelques DVD et des jeux vidéo qu'il plaça dans le vestibule. En trois voyages, il transporta dans le hangar tout ce qu'il avait ramassé et en ressortit avec des boîtes vides dénichées dans un recoin à l'étage. Empressé, il se retrouva au sous-sol, dans la pièce aménagée par l'enseignant pour travailler et écrire. Avec frénésie, il les remplit de toute la paperasse qui séjournait sur le bureau, de livres de référence, dictionnaires ou autres, de quelques exemplaires restants du *Suspect numéro 2*, le premier roman policier de l'écrivain, publié aux Éditions de la Dernière Chance, et de dizaines de copies de *L'alarme du crime*.

Malgré la lourdeur des boîtes, la casquette de travers

et les dents serrées, Charlot parvint à transporter tout ce matériel en arrière de la demeure, Aristote sur les talons. Il ne manquait plus que son havresac, chargé de tous les travaux et les cahiers d'exercices qu'il avait pu apporter la veille. Marguerite Després avait été renversée de le voir si attaché à ses réalisations alors que la plupart de ses camarades se débarrassaient des leurs dans les immenses bacs à recyclage mis à la disposition des élèves à chaque fin d'année. Pour dissiper les doutes, il verrouilla la porte et entreprit d'exécuter la phase suivante de son plan.

C'est à ce moment précis que le souvenir de Yann, son père, resurgit dans sa mémoire. Le vingt-quatre juin de l'année précédente, Lamontagne et sa bande de motards avaient assiégé la propriété de la Grande-Caroline pour la fête nationale, qui était tournée en beuverie. Charlemagne commença à disposer les pierres qui avaient encerclé et contenu le feu de joie plus près de la maison. Beaucoup plus près. De temps à autre, il s'arrêtait, s'essuyait le front avec la manche de son gaminet et poursuivait en mâchonnant sa gomme. Des coulisses de sueur et de saleté lui sillonnèrent bientôt le visage. Malgré la fatigue qui s'emparait de lui, un sourire malicieux irradiait sa frimousse. La colère qui l'habitait lui redonna la force de continuer. Le périmètre de pierre bien délimité, le feu serait bien circonscrit. Du moins, pour sauver les apparences. Il se devait d'agir malgré le vent qui s'élevait dans la chevelure des arbres. Après tout, peut-être soufflerait-il pour faciliter les choses et en finir au plus vite ?

D'abord, le louveteau chiffonna tous les papiers de son havresac au milieu de la place. Ensuite, se réservant un interstice, il appuya autour les cahiers et les livres de l'enseignant. Puis il érigea une pyramide avec les invendus de l'écrivain. De la poche supérieure de sa salopette, il sortit une petite boîte d'allumettes. Des flammes de joie vacillaient déjà dans ses yeux émerveillés. Fiévreusement, il tira une allumette de la boîte, la craqua sur une pierre et la porta au cœur du périmètre. Le papier s'enflamma, puis le feu se propagea rapidement, s'attaquant aux colonnes de chiffres qui s'embrasèrent en dégageant un panache de fumée qui obligea le louveteau à reculer. Peu après, les flammes léchèrent les copies de *L'alarme du crime* et dévorèrent des paragraphes du « thriller ». Le vent se leva, impétueux, s'en prenant au patio de bois adjacent à la demeure. L'élément destructeur longea la main courante de la rampe et atteignit le déclin de la maison. Il aurait été encore temps de quérir un seau dans le hangar et d'arroser le brasier avec l'eau de la piscine, mais le spectacle le réjouissait. Désormais, la vieille cabane de l'enseignant serait réduite en cendres avec ses livres et les travaux annotés par madame Després.

De sa grosse voix rauque, Aristote se mit à aboyer. Charlemagne le crut d'abord effrayé par l'ampleur de l'incendie, mais se ravisa lorsqu'il vit descendre Céleste Poulain de son pick-up, les bras agités comme ceux d'un moulin à vent :

— Le feu est pris dans la maison ! s'écria-t-il d'une voix étouffée. Il faut appeler les pompiers !

L'anachorète de la Grande-Caroline, que tous considéraient comme un demeuré, repartit en catastrophe vers le village. Charlot ne s'en formalisa guère et continua à se délecter de la scène. Le feu grignotait maintenant le mur arrière de la maison et les squames de peinture qui s'enroulaient sur elles-mêmes lui procuraient une joie ineffable.

Lorsque le camion d'incendie et le pick-up de Poulain entrèrent dans la cour, une fumée épaisse émanait de la corniche comme de la vapeur sous le couvercle d'une marmite.

2

Montréal, le 27 mai 1993

Cher Yann,

Depuis le treize février dernier, tu es le père d'un adorable poupon. Il est en parfaite santé. Il a de longs cils, de grands yeux intelligents et un beau visage comme le tien. Je l'adore.

Tu comprendras que j'ai choisi de garder l'enfant plutôt que le père. Je savais que tu n'aurais pas accepté de me voir enceinte, le corps déformé, et que je n'aurais pas satisfait tes besoins d'étalon sauvage éternellement. Je te souhaite de trouver une jument qui saura combler tes fantasmes. N'oublie pas que les condoms ne sont pas sûrs à cent pour cent. De toute façon, je suis contente de ce qui m'arrive. J'avais sûrement un secret désir refoulé dans ma nature de mère. En somme, je désirais profondément cet enfant. Je t'en remercie.

P.-S. Le petit s'appelle Charlemagne, en l'honneur de celui qui a inventé l'école que tu as tant détestée. Tu peux venir voir ton fils n'importe quand.

Florence

Jusqu'à la dernière minute, Florence avait tergiversé. Le père ou l'enfant? Dans l'ancienne église de la Nativité convertie en CLSC, étendue sur une civière, la patiente avait balayé de son regard les vitraux étincelants de lumière. La baptisée supplia tous les saints resurgissant du fin fond de sa culture religieuse de l'assister dans sa démarche païenne de se faire avorter. « Croissez et multipliez-vous ! » avait proclamé le Seigneur des agneaux, s'adressant ex cathedra à toutes ses brebis, les égarées et les autres. Ne s'était-elle pas égarée, elle, avec le beau Yann Lamontagne qui lui avait fait un petit, le fruit de ses entrailles non béni, se moquant des préceptes religieux que sa mère avait tenté de lui inculquer dès son jeune âge à coups de messes du dimanche et de prières ? D'ailleurs, une faiblarde voix intérieure lui adressa : « Il fut un temps pas si lointain où les filles de ta sorte auraient subi les foudres célestes et croupi dans la géhenne, transformées en torches vives pour l'éternité. »

Depuis le départ fracassant de Yann de la rue Bourbonnière, à Montréal, Florence n'avait pas cherché à le revoir. Après la naissance de leur fils, à l'hôpital Saint-Luc, où elle exerçait son métier d'infirmière, elle lui expédia cependant cette lettre par l'entremise de garde Robe — Guylaine, de son nom véritable, une compagne de travail de Florence ainsi surnommée parce qu'elle était toujours tirée à quatre épingles —, qui poursuivait son entraînement au gym.

Ainsi donc, le jour même où Florence avait rédigé sa lettre, Guylaine se présenta à un gym situé dans le centre-ville, rue Sainte-Catherine. Avant de traverser la rue, elle releva la tête vers les grandes vitrines au deuxième étage de l'édifice, où s'échinaient sur des appareils de beaux corps bien dessinés et des « corps gras » en voie d'amincissement, question de présenter une image favorable et d'inciter des personnes de tous gabarits à profiter des installations à des coûts dérisoires affichés en grosses lettres.

Le père de Charlemagne étant analphabète, garde Robe avait demandé à le rencontrer dans l'intimité afin de lui lire le mot de Florence, sous le regard désapprobateur d'une haltérophile impatiente :

— C'est qui, c'te morue-là ? s'inquiéta une certaine Rita de sa voix rocailleuse.

— C'est juste une amie d'une de mes anciennes blondes, affirma Yann, avec indolence. Attends-moi à la porte, ça sera pas long.

La gribiche qui accompagnait l'entraîneur s'approcha de Guylaine :

— Toé, ma *tabarnac*, que j'te voie pas me voler mon *chum* ! brama-t-elle cavalièrement, attirant vers elle tous les yeux étonnés.

— Tu peux le garder pour toi, ton *chum* ! rétorqua calmement garde Robe, sous l'œil indifférent de Yann.

— Bon ! Que c'est que tu me veux, Guylaine ? C'est rendu que Florence fait faire ses commissions, astheure…

Rita se dirigea vers un banc de musculation et, d'un œil torve, reprit lentement ses exercices.

De son corsage, Guylaine dénicha une enveloppe, l'ouvrit, en sortit la lettre avec ostentation, la déplia et lut. Dès que Yann comprit que Florence lui attribuait la paternité de l'enfant, il réagit :

— Qu'a cherche encore, c'est pas moé l'père, ricana-t-il.

Pendant le reste de la lecture, Yann parut agacé. Guylaine replia la lettre, qu'elle remit dans l'enveloppe et inséra dans son corsage. Aussitôt qu'elle eut le dos tourné, l'entraîneur sentit monter en lui une sorte de fierté qu'il ne voulut pas laisser paraître devant Rita qui l'observait.

Mission accomplie, la messagère se rendit chez son amie pour lui rapporter sa rencontre. Charlemagne dormait à poings fermés dans son berceau lorsqu'elle fit retentir le timbre de la sonnette de l'appartement et vibrer les nerfs maternels de Florence, qui s'était allongée sur le canapé pour récupérer du sommeil perdu :

— Je te réveille, Flo. Je m'en excuse. Charlot dort, je suppose ?

À ces mots, pourtant prononcés faiblement, des cris rageurs et affamés retentirent dans la chambre.

— Entre, ma Guylaine, c'est son heure.

Quelques minutes après, confortablement engoncée avec son bébé dans la chaise berçante du salon — qui rappelait, à chaque séance d'allaitement, les élucubrations extatiques de Yann —, le corps enserré par des coussins, malgré des pleurs insistants, Florence découvrit lentement un sein. Vigoureusement, Charlemagne se mit à téter sous le regard expérimenté de garde Robe, qui avait longtemps voleté dans la pouponnière de l'hôpital avant de se dévouer dans les chambres de naissance.

— Raconte-moi, Guylaine, je t'écoute.

La visiteuse remit d'abord la lettre. Elle relata sa rencontre avec Yann et Rita qui attendait, la moue belliqueuse et l'œil jaloux, sur son banc de musculation, que l'entretien se termine.

— Yann a-t-il manifesté le désir de connaître son fils ?

— Non ! se désola Guylaine. Mais, s'empressa-t-elle d'ajouter, ça ne veut pas dire qu'il ne veut rien savoir du petit.

— Évidemment, il ne s'est pas informé de moi ?

— Tu comprends que sa gribiche l'attendait, on n'avait pas le temps de discuter de la pluie et du beau temps.

— C'est fin pour moi, ça, garde Robe. Me comparer à la température...

— Tu sais ce que je veux dire, Flo. Si tu l'avais vue, elle, la femme forte, elle aurait pu me lever au bout de ses bras et me laisser tomber sur le plancher du gymnase... J'aurais été bien avancée, hein ! Sans compter que je n'aurais pas pu te faire de compte-rendu, railla Guylaine.

Bien à regret, Florence reprit le collier à l'hôpital Saint-Luc, confiant, tel qu'entendu, son fils à la concierge « mamie » Gertrude Bellehumeur. Le matin, avant le départ de Florence et après le souper, l'obèse aux jambes variqueuses parvenait à abattre sa besogne pour maintenir l'immeuble dans un état impeccable d'ordre et de propreté et faire briller son appartement comme de l'argenterie. Non seulement elle avait pris Charlemagne en affection, mais, fidèle à sa manie, dès que Florence avait passé la porte, elle replaçait tout dans l'appartement. En plus, elle s'empressait de récurer la vaisselle, passait la vadrouille et le plumeau et, lorsque Charlot lui en donnait l'occasion, préparait même le repas du soir. Hélas, son talent de cuisinière n'était pas encore consommé, mais Florence ne lui en tenait pas rigueur et la remerciait avec une excessive effusion. « Tu apporteras le reste pour ton lunch, demain », se plaisait-elle à lui répéter.

L'infirmière appréciait le dévouement sans bornes de la « gouvernante » et lui offrit bientôt une augmentation de salaire. Ce que madame Bellehumeur refusa, alléguant qu'un enfant coûtait cher de nos jours et qu'elle ferait sa petite part pour aider une mère monoparentale à joindre les deux bouts.

Aussitôt revenue à l'appartement, Florence s'élançait vers le berceau sous le regard indigné de la nounou. Lorsque le bébé dormait, elle s'informait de lui et Gertrude lui recommandait souvent de baisser la voix, sinon elle aurait à s'en repentir. « Réveille-le pas, s'il te plaît. J'ai eu assez de misère à l'endormir ! » disait-elle, intervenant avec promptitude. En effet, Charlemagne possédait déjà un « petit caractère » qui la mettait parfois sur les épines. Florence consacrait toute sa soirée à papillonner autour de lui. Elle observait ses moindres gestes, écoutait ses moindres balbutiements et fut particulièrement émue de le voir lui adresser son premier sourire. Bref, Florence était une mère comblée.

De temps à autre, Guylaine venait faire son tour, le soir ou les week-ends. Ayant apposé un gros X sur les relations amoureuses, célibataire invétérée maintes fois échaudée par des amants de passage, elle avait définitivement renoncé à l'enfantement. Elle adorait les enfants. Une fois sur deux, elle apportait un petit quelque chose pour Charlot, qui l'émerveillait de plus en plus. Au fil des semaines, « matante » Guylaine avait couvert, en chatouillant de quelques *guili-guili* le minois de Charlot, la commode de la chambre d'une population bigarrée de toutous culottés en peluche. Et cela, au déplaisir de madame Bellehumeur, qui grognait contre l'entassement de ces inutiles présents qui n'avaient d'autre fin que de contenter celle qui les offrait et de servir de « ramasse-poussière ». Mais, généralement, la nounou se satisfaisait de sa nouvelle vie et prétendait, à juste titre, apporter sa modeste contribution à la société.

Toutefois, le bonheur incandescent de madame Bellehumeur ne devait pas durer encore longtemps. Depuis le mois de juillet précédent, Edgar Claveau, claveciniste, habitait l'immeuble, dans l'appartement voisin de celui de Florence. Jusqu'alors n'avait émergé de chez l'artiste qu'un nombre raisonnable de décibels qui s'étouffaient en traversant le mur de sa chambre. Mais voilà que mademoiselle Lizotte, un imposant contralto, venait d'emménager avec lui. Les murs tombèrent en désuétude et laissèrent filtrer des notes d'une gravité telle que les locataires ressentirent d'étonnantes vibrations et s'en plaignirent à la concierge. Même Charlemagne en fut affecté dans son sommeil diurne et se mit à réclamer à grands cris une forme d'apaisement. La concierge elle-même initia une pétition auprès des locataires de l'immeuble, alléguant que le non-respect d'une légitime tranquillité était suffisant pour entraîner l'expulsion. La requête fut présentée au claveciniste et, le lendemain, mademoiselle Lizotte passait la porte de l'immeuble avec ses partitions et quelques vêtements sous le bras. Désormais, elle allait beugler ses motets entre d'autres murs plus cléments. Mais, pour Claveau, c'était à charge de revanche.

Quatre mois après son accouchement, la jeune mère n'était toujours pas retournée au gym. Guylaine lui proposa alors de garder Charlemagne une fois par semaine afin qu'elle puisse se remettre en forme. Florence accepta, mais avec une relative retenue puisqu'elle entretenait un certain orgueil à l'idée d'exhiber le réseau de vergetures imprimées sur son corps flétri et ne voulait pas profiter indûment des largesses de son amie. Le premier soir où Florence reprit ses activités au gymnase, suant abondamment sur un rameur, elle aperçut Yann. Il l'ignora. Pendant ses deux heures d'entraînement, il n'osa s'en approcher, pas même pour lui dire bonjour. Monsieur se promenait d'un appareil à l'autre, distribuant très succinctement des conseils aux femmes en surcharge pondérale et s'attardant aux femelles minces et bien ciselées.

Lorsque Florence sortit de la douche, elle remarqua Yann qui semblait en grande conversation avec une femme rousse au nez aquilin et d'allure guindée. Surmontant la gêne et un certain ressentiment, elle s'approcha du couple :
— Bonsoir, Yann, tu ne me reconnais pas ? Je suis ton ex, la mère de ton enfant.
— C'est qui, celle-là, mon beau Yann ?
— Elle vient de nous l'apprendre, fit-il, sarcastique.

— Comme si tu ne le savais pas, géniteur innocent! En plus de ne pas savoir lire et écrire, tu es simple d'esprit. Pauvre garçon! Rappelle-toi, mon bel étalon, que Guylaine est venue te faire la lecture de ma lettre il y a deux semaines.

— Bon, vous réglerez vos problèmes amoureux quand on en aura fini avec les affaires, conclut souverainement la rouquine.

— On peut deviner le genre d'affaires, n'est-ce pas? ironisa Florence.

— Ce n'est pas ce que vous pensez, madame! trancha-t-elle. Je travaille pour la revue *Playgirl* et Yann Lamontagne est un de nos sujets, vous comprenez? Je peux vous apprendre que vous verrez le corps de votre ex sur la page couverture d'un prochain numéro.

— C'est une honte, Yann. On te paye combien pour que tu vendes ton corps à la publicité?

— Les conditions de notre contrat ne vous concernent en rien, madame, coupa impoliment la relationniste.

— En tout cas, Yann Lamontagne, tu es un personnage immonde! Quand on ne peut pas gagner sa vie avec sa tête, on le fait avec son cul…

Devant l'attitude impassible de Lamontagne, Florence s'engagea vers la porte de sortie. Elle s'arrêta net, puis se retourna:

— Si jamais tu te souviens que Charlemagne existe, tu pourras toujours venir le voir. Je n'ai pas changé d'adresse ni de numéro de téléphone, ragea-t-elle, la voix élevée et les yeux en lance-flammes.

Imperturbable, Yann posa la main dans le dos de la dame élégante et l'entraîna dans son bureau. Furieuse, Florence quitta le gymnase, persuadée d'avoir honteusement perdu son temps. « On peut difficilement retenir un cheval sauvage dans un enclos », pensa-t-elle. Déjà que Florence avait du mal à partager les fougues de Yann avec d'autres admiratrices, elle devrait maintenant accepter qu'il s'exhibe dans une revue populaire. Et ne pas prendre ses responsabilités de père, c'est une chose, mais pire encore, comment peut-on renier l'existence même de sa descendance ?

Trois jours plus tard, en plein après-midi, Yann se présenta chez Florence en compagnie d'un certain Raphaël, camarade du gym, entraîneur au crâne chauve et à l'oreille percée d'un anneau. À la demande de Yann, Guylaine l'avait informé que madame Bellehumeur, la concierge, gardait Charlemagne le jour à l'appartement.

— J'veux voir mon fils ! annonça Yann d'un ton impératif.

— Il dort, répondit Gertrude Bellehumeur, impressionnée et surprise de revoir l'ancien compagnon de Florence.

Madame Bellehumeur dégagea la chaînette de sûreté et fit entrer les deux visiteurs. Yann, suivi de son « garde du corps », s'enfonça dans l'appartement et se dirigea tout droit vers le berceau où dormait son fils. Il le prit dans ses bras, le secoua un peu pour le réveiller, sous le regard ahuri de Gertrude Bellehumeur :

— Comme ça, c'est toé, Charlemagne !

Le bébé se mit à pleurer.

— Je vous interdis, Yann ! Déposez-le ou j'appelle la police, vociféra la « nanny ».

Sans faire ni une ni deux, il remit l'enfant dans les bras de la gouvernante et s'enfuit avec le dénommé Raphaël, soulageant l'appartement de son indésirable présence.

À son retour du travail, Florence fut scandalisée d'apprendre que Yann s'était comporté comme un mufle avec son fils. Madame Bellehumeur en tremblait encore en racontant la visite inopinée du père de l'enfant.

— À l'avenir, Gertrude, vous n'ouvrez à personne. Sous aucun prétexte ! Rappelez-vous la tragique histoire du Petit Chaperon rouge et des paroles de la grand-mère s'adressant inconsciemment au loup retors et affamé : « Tire la chevillette, la bobinette cherra », s'amusa Florence pour dédramatiser l'incident.

— J'ai eu ma leçon. J'ai eu tellement peur qu'il arrive quelque chose au petit.

Et Florence de se précipiter vers l'enfant pour s'assurer qu'il respirait encore, l'examiner sous toutes ses coutures et vérifier qu'il ne porte aucune marque de brutalité.

Yann ne s'était plus manifesté pendant un long moment, rue Bourbonnière. Madame Bellehumeur, la première, en fut grandement soulagée. Florence continuait de le voir une fois par semaine, au gymnase, mais l'évitait.

Le petit faisait la joie de sa mère qui, au dire de madame Bellehumeur, était un peu mollassonne et permissive avec son fils. Florence disait souvent, les yeux rieurs et presque défiants, « mon trésor, maman ne veut pas », mais elle cédait chaque fois à ses petites audaces. « Tu vas le regretter, Florence ! Tu vois, dit-elle, lorsque Charlot investit le dessous des armoires et fait des empilages de chaudrons au beau milieu de la cuisine, j'interviens en le grondant et en lui donnant des tapes sur les doigts. Toi, tu t'en amuses et tu te contentes d'en rire. Ce n'est peut-être pas de mes affaires, Florence, mais je trouve que tu n'es pas assez sévère avec ton fils. Il faudrait qu'on se concerte pour intervenir de la même manière, sinon Charlot ne saura plus ce qui est permis et ce qui est défendu. » Et Florence de continuer de plus belle, à croire qu'il ne fallait pas trop contrarier les enfants et les aimer comme ils sont. L'infirmière avait même confié à Guylaine que madame Bellehumeur avait passé l'âge pour éduquer un enfant et qu'au fond, elle se rendait compte qu'elle devrait se contenter de frotter et d'épousseter. « Trouver une gardienne à la maison n'est pas chose facile et quand on a le bonheur d'en avoir une, lui recommandait garde Manger — une compagne de travail de Florence, infirmière reconnue pour sa boulimie —, il faut la conserver comme une émeraude. » Par contre, suggérait garde Valade, peut-être que « le Charlot devrait socialiser avec d'autres tout-petits au moins une fois ou deux par semaine plutôt que d'être élevé par une *mémère* intolérante. » Mais les choses en restèrent là. Du moins, à ce moment !

Un jour, alors que Charlemagne devait avoir quatre ou cinq ans, Florence émergeait d'une dure journée de labeur à l'hôpital, exténuée après une nuit de pleine lune où toutes les chambres de naissance s'étaient remplies et que le personnel en nombre insuffisant avait été débordé. Les yeux implorants, Charlemagne accourut à la porte dès l'arrivée de sa mère :

— Mamie a frappé Charlot sur les fesses et Charlot a pleuré !

Florence afficha un air de compassion et de désolation en serrant contre elle son enfant et en détaillant la nounou. Mamie Gertrude apparut derrière, plus rougeaude qu'à l'accoutumée, les poings sur les hanches, la moue fâchée et réprobatrice :

— J'attendais que tu arrives, Florence. J'avais mon voyage ! Charlemagne devient de plus en plus intenable. Tu devrais le placer en garderie. Aujourd'hui, il a testé systématiquement toutes les prises de courant de l'appartement avec le grille-pain, la bouilloire, le séchoir à cheveux et ton vibrateur… Chaque fois, je me contentais de l'avertir en le prévenant que mamie ne voulait pas et se choquerait, mais quand j'ai vu sortir des flammèches de la prise de la salle de bains, ça a été plus fort que moi, j'ai pris panique et je lui ai donné une bonne fessée.

Quelques jours après, Florence voulut fureter dans les grands magasins du centre-ville. Comme d'habitude, elle comptait sur la présence indéfectible de la concierge. Cependant, la nounou se désista à la dernière minute, prétextant une violente migraine. Florence expliqua à son fils que mamie Bellehumeur souffrait de maux de tête et que, par conséquent, elle ne pourrait le garder. Charlot dut alors accompagner sa mère tout un après-midi. Une fois la coccinelle garée, l'infirmière en congé et son fils accédèrent à l'étage des vêtements pour dames par des escaliers roulants. Pendant que Florence gravitait autour des étalages, Charlemagne étudia le comportement des clients qui prenaient l'ascenseur. Les portes faisaient disparaître des personnes pour en faire réapparaître d'autres quelques minutes plus tard. Cela lui semblait très énigmatique.

Dès le lendemain, il réussit à convaincre sa nounou — qui se sentait coupable à cause de son refus de la veille — de se prêter à un jeu : le jeu de l'ascenseur. Madame Bellehumeur devait s'introduire dans le placard de la chambre de Florence et se camoufler parmi les vêtements lorsqu'il appuyait sur le bouton imaginaire. En ouvrant la porte, la concierge devait être confondue, donc disparue. Trois fois de suite, le simulacre d'ascenseur fonctionna à merveille. Gertrude Bellehumeur devenait invisible et Charlemagne était content. Cependant, la quatrième fois, Charlot tourna le petit loquet et embarra sa nounou.

— Ouvre à mamie, mon Charlot, le supplia-t-elle après plusieurs minutes d'attente. Mamie va apparaître.

Comme le petit n'ouvrait toujours pas, elle s'activa dans l'espace restreint en criant comme une naufragée :

— *Enweye*, mon enfant de chienne, sinon tu vas en manger toute une, parvint-elle à exprimer d'une voix sourde et lointaine.

La concierge martela la porte de ses poings potelés et se mit à se débattre comme une claustrophobe en crise. Dans son agitation, elle perdit l'équilibre et tomba dans le fond du placard couvert d'une douzaine de paires de souliers. En chutant, elle entraîna avec elle une multitude de cintres et une bonne partie de la nouvelle garde-robe de Florence dans un fracas épouvantable. Par pitié, mais surtout par curiosité, Charlemagne entrouvrit la porte du placard. Seuls des râlements très embarrassés émanaient de la « boîte magique ». Après quelques instants d'attente, il sortit de la chambre, quitta l'appartement de la rue Bourbonnière et marcha jusqu'au parc pour s'épivarder dans les gros jeux.

En revenant du travail, l'infirmière s'étonna du silence qui régnait dans son appartement. « Ils sont sortis », pensa-t-elle en ratissant les pièces. Les pieds endoloris par une journée de travail harassante, elle retourna dans sa chambre pour changer de chaussures. En s'approchant du placard, elle remarqua la porte entrouverte. Elle l'ouvrit. « On m'a dévalisée ! » s'exclama-t-elle. Puis elle se pencha pour faire l'inventaire de ses paires de souliers et constata l'amoncellement de linge qui jonchait le plancher :

— Madame Bellehumeur, qu'est-ce que vous faites là ? s'indigna-t-elle en devinant la masse qui grouillait sous le tas.

— Hummm… entendit Florence.

Elle s'empressa de dégager les vêtements qui engloutissaient sa gouvernante en les plaçant sur son lit. À genoux, dans la touffeur de l'espace exigu, elle s'enfonça la tête pour atteindre le bras. Le pouls était faible. Heureusement que la femme grasse était tombée sur le dos, ce qui faciliterait sa « remontée ».

Après quelques tentatives, l'infirmière pensa à chercher

de l'aide auprès de son voisin le claveciniste. Elle frappa à la porte. Irrité par le dérangement, Claveau interrompit sa pratique dans un passage difficile. Il fixa son œil dans le judas, observa le visage contrit de sa voisine et ouvrit :

— Oui ? demanda-t-il sèchement.

— Je m'excuse de vous déranger, monsieur Claveau, mais j'ai un service très particulier à vous demander.

— Quoi donc ?

— La concierge est tombée dans le fond d'un placard de mon appartement…

— Puis après ? réagit le locataire, refermant la porte sans ménagement.

« Qu'a pâtisse, la grosse crisse…, se réjouit le claveciniste. Elle a pas fini de payer pour sa pétition. »

— Sans cœur, soupira Florence.

Indignée, Florence tourna les talons en s'inquiétant soudainement de l'absence de son fils. De plus en plus énervée, elle frappa au rez-de-chaussée chez le seul autre locataire qui pourrait l'aider. Pas de réponse. Elle retourna à son appartement. Charlemagne était revenu du parc, tout souriant.

— Où est-ce que t'étais, mon trésor ?

— Au parc, dans les gros jeux.

— Tu sais que maman n'aime pas que tu ailles seul au parc. Sais-tu ce qui est arrivé à mamie ?

— Elle est tombée dans le garde-robe. Comme je pouvais pas l'aider, ben…

— Peut-être qu'à deux…

L'infirmière se doutait bien que son fils ne serait pas d'un grand secours. Les lourds patients de l'hôpital nécessitaient habituellement l'aide de deux adultes pour les « manœuvrer ».

Presque désespérée, après de vains efforts déployés sans conviction par Charlot, Florence songea à recourir à des ambulanciers. Elle composa le 911. On jugea que le cas n'était pas pressant. Trois quarts d'heure plus tard, deux gaillards se présentèrent à l'appartement avec une civière.

— Elle respire encore, constata l'un d'eux en se penchant vers la plaignante. Mais ouvrez la fenêtre, elle a besoin d'air.

— C'est un gros morceau, confia l'autre à son compagnon.

Malgré l'étroitesse des lieux, les ambulanciers parvinrent à extirper la victime de sa mauvaise posture. Les jambes molles, sa cascade de mentons et ses biceps ballottant, elle s'assit sur le rebord du lit, le souffle court.

— Toé, mon enfant d'…, bougonna la nounou.

— J'ai pas fait exprès, rétorqua Charlot, l'air affecté. La prochaine fois, on jouera à d'autre chose.

— Y en aura pas de prochaine fois, déclara la mamie en se levant d'un bond.

La rescapée du placard quitta la place d'un pas rageur, le regard furibond, fermement déterminée à ne plus remettre les pieds de sitôt dans l'appartement de Florence.

Le lendemain matin, la nounou Gertrude Bellehumeur était au poste. D'un naturel pourtant jovial, elle commençait cependant à ressentir une certaine lassitude à élever un enfant qui la mettait dans l'embarras et qu'elle qualifiait de « petit grippette » insoumis. Ses pérégrinations dans l'arène de l'appartement démontraient une hardiesse peu commune aux enfants de son âge. Aussi, à son désagréable sentiment d'impuissance s'ajoutaient ses problèmes physiques. Ses jambes s'enfonçaient dans son corps d'obèse et ses varices la faisaient souffrir davantage. Le soir même, ce fut *matante* Guylaine qui, faisant ses régulières « trempettes » rue Bourbonnière, estima, en sa qualité d'experte en périnatalogie, que la vieille femme ronchonnait trop pour des vétilles, qu'elle ne connaissait rien à l'éducation des enfants et qu'elle n'aurait jamais dû « troquer le torchon contre l'élevage ».

Deux jours plus tard, Florence faisait entrer Charlemagne Lamontagne dans un Centre de la Petite Enfance, Le Jardin d'Aurélie, où le bambin séjournerait en compagnie de jardinières sous-payées. À trois jours semaine, la gouvernante se reposerait des « sparages du grippette » et, partant, s'accorderait du répit et serait dorénavant plus disposée à faire face à la musique. Tout compte fait, la concierge réalisait que son soutien à la monoparentale Florence et sa part pour la société souffrante et en péril commençait à s'effriter. « C'est difficile de se sentir indispensable à quelqu'un qui n'apprécie pas ce qu'on fait à sa juste valeur », confiait-elle à Lorenzo, son mari, lors d'un de ses passages à l'appartement.

Après l'incident où Yann avait fait irruption dans son appartement, Florence avait prévenu Guylaine de ne plus lui divulguer d'informations pour le renseigner sur son fils. Mais voilà qu'un de ces quatre matins, une nouvelle crise de paternité foudroya le beau Yann. Après plusieurs tentatives échouées de demandes de renseignements auprès de garde Robe au centre d'entraînement, le père de Charlot rappliqua et croisa madame Bellehumeur — en fait, c'était un jour de congé pour elle — qui sortait seule de l'immeuble. Comme la concierge ne l'avait pas vu, il pénétra dans le bâtiment, observé par l'œil du locataire claveciniste, Edgar Claveau, qui, esquissant un rictus vengeur, soupesait en se frottant les mains des manières de réagir contre la pétition et ce qui s'ensuivit, le départ précipité de mademoiselle Lizotte. Yann Lamontagne atteignit la porte du 21, cogna, et sans attendre plus longuement, pointa les pieds dans la direction opposée et disparut.

Le lendemain, le père de Charlot, qui avait réfléchi à la chose, conclut que le petit se faisait assurément garder par quelqu'un d'autre que madame Bellehumeur. D'abord, il s'en désola parce que cela compliquait singulièrement son projet mais, soudain, une idée lumineuse traversa son esprit et il entreprit de se poster tôt le matin devant l'immeuble, rue Bourbonnière, en compagnie de Raphaël. Il stationna sa jeep dans une zone réservée aux détenteurs de vignette et, flanqué de Raphaël, fixa résolument la coccinelle orange de Florence, les mains crispées sur le volant, l'œil louchant sous le pare-soleil, le cou étiré vers le pare-brise, prêt à démarrer.

À sept heures vingt précises, une jeune femme, suivie

d'un bambin s'amusant à flatter un horrible chien café crème, déambulait sur le trottoir : c'était Florence et Charlot ! Dès que « l'orange » les eut avalés, Yann s'engagea lentement dans la rue derrière la coccinelle, en retrait, et les prit en filature.

« L'orange » se gara au coin d'une avenue, sur la rue Masson. Le Jardin d'Aurélie était situé dans une ancienne école de quartier comme on en construisait au milieu du siècle dernier. La façade de brique rouge percée de larges fenêtres grises conférait au bâtiment un aspect austère. Sans fioritures. La dénatalité avait obligé la commission scolaire à chasser les enfants du secteur pour les « relocaliser » dans une autre construction plus récente et un quartier plus populeux.

Pressée, Florence descendit de voiture, avança de quelques pas jusqu'au pied des marches qui montaient vers la garderie et s'immobilisa : « Dépêche-toi, Charlot, maman va être en retard ! » Quelques instants après, un père dans la vingtaine, un enfant accroché au ventre dans un porte-bébé, gravit l'escalier et s'engouffra dans l'établissement. Charlemagne obtempéra et entra à la suite du papa kangourou.

Florence sortie, Yann pénétra dans l'immeuble comme le loup dans la bergerie — après avoir immobilisé sa jeep en avant — pendant que Raphaël s'adossait sous une fenêtre, le regard méfiant. Moins de trois minutes plus tard, la fenêtre à guillotine s'ouvrit et Yann lança un Charlot gigotant et hurlant dans les bras de Raphaël, qui s'empressa d'ouvrir la portière du véhicule pour le projeter à l'arrière et s'asseoir à ses côtés. La minute suivante, Yann dévalait l'escalier et la jeep démarrait avec ses passagers.

Au gym, quelque peu apprivoisé, Charlot s'amadouait de plus en plus au contact des appareils étincelants : le rameur, l'elliptique, l'escaladeur, le tapis roulant, le vélo stationnaire, le banc de musculation, et devant ces adultes qui le regardaient de haut, abaissant vers lui un regard condescendant. Yann s'amena avec Rita, Raphaël et quelques autres habitués aux muscles luisants du centre d'entraînement et se disposèrent en demi-cercle.

— Oh ! Le beau petit bonhomme ! s'exclama Rita, penchée au-dessus de l'enfant. C'est ton gars, Yann ? On peut dire qu'il te ressemble… Ça promet !

Puis, se retournant vers Yann, elle ajouta :

— Pour quelqu'un qui ne voulait rien savoir des enfants…

— Bon ! Viens, Charlot ! On s'en va d'icitte. Papa va t'amener chez Mc Donald's. Papa a une petite fringale.

— Youpi !

— Dépêche-toi ! Après, va falloir que je te ramène à la garderie. Sinon, ils risquent de te chercher…

Sous le regard admiratif de ses camarades, Yann empoigna le petit et le transporta sur ses épaules jusqu'à la jeep. Charlemagne, d'abord inquiet, commençait à trouver ce père plutôt sympathique, un père de qui Florence avait à peine dévoilé l'existence. Madame Bellehumeur ne faisait pas le poids, pas même la gentille *matante* Guylaine avec sa trâlée de toutous, ni même les jardinières de la garderie.

Lamontagne s'attabla avec son fils, à qui il offrit un cornet de frites pendant qu'il se gratifiait l'estomac d'un hambourgeois double qu'il noya dans une racinette grand format. Après une série ininterrompue de rots sonores, il décida de ramener Charlot à son port d'attache.

La jeep de Yann se stationna à proximité du Jardin d'Aurélie.

— Bye, Charlot! On se reverra, une de ces fois…

— Tu vas venir me chercher bientôt, dis?…

Yann ne sut que répondre devant ces yeux implorants. Il se contenta de lui demander de descendre et de rentrer au bercail.

Bien sûr, on avait contacté la mère à l'hôpital en composant un numéro de téléphone d'urgence. Après une demi-heure, une préposée aux abois avait remarqué l'absence du petit Charlot qui ne s'amusait pas avec les enfants de son âge et avait cru bon, dans l'exercice de ses fonctions, d'en aviser la responsable du Jardin. Florence avait rebondi à la garderie et s'était fait du sang de punaise jusqu'à l'arrivée de son fils, questionnant les jardinières sur la personne qui s'était infiltrée dans leur Jardin et avait enlevé son enfant. Elle avait eu beau fournir tous les détails qu'elle pouvait transmettre sur Yann, le présumé ravisseur, mais personne n'était en mesure d'en donner le signalement parce que personne n'avait remarqué son irruption soudaine et encore moins son départ furtif.

Toujours est-il que le soir même, dans sa hargne malgré tout contenue parce qu'elle se doutait bien qu'il s'agissait de son ex, Florence se présenta pour son entraînement au gymnase afin de rencontrer Yann pendant que *matante* Guylaine gardait Charlemagne à l'appartement. Elle ignorait ce qu'elle lui dirait, mais elle dénoncerait certainement une attitude aussi grossière, qu'on pouvait normalement qualifier de criminelle. Car il s'agissait bien d'un enlèvement, rien de moins.

En l'absence de Yann, ce fut Rita — que Florence approcha alors qu'elle marchait à vive allure sur un tapis roulant — qui prit sur elle de renseigner la mère éplorée, qu'elle rassura en lui racontant la visite inattendue de Lamontagne avec son fils « emprunté » à la garderie. Ce qui eut un effet apaisant sur la mère et dissipait tout doute quant au ravisseur qui, cependant, se manifesterait éventuellement...

3

FLORENCE VENAIT DE SE REMETTRE du rapt de son fils dont elle avait beaucoup parlé à l'hôpital. Dans le département, tout le monde, à commencer par Guylaine, avait pris Florence en pitié, partageant ses émois et la mettant en garde contre d'autres imprévisibles crises de paternité du père. Ce qui fut de nature à ne pas la rassurer. Même la minuscule Vietnamienne garde Fu, habituellement inébranlable, s'était prise de frayeur. Quant à madame Bellehumeur, l'événement ne fit qu'augmenter son inquiétude et attisa chez elle la crainte d'une récidive à l'appartement de Florence pendant qu'elle avait la charge de Charlemagne. Mais il se produisit un remarquable incident qui détourna son attention du petit et la porta sur un des locataires véreux de l'établissement.

Edgar Claveau avait finalement choisi de quitter son appartement, rue Bourbonnière, pour emménager chez son contralto. Il devait remettre un dernier chèque à la concierge. Mais il ne voulait pas quitter les lieux sans laisser de traces pour se venger du fâcheux départ de madame Lizotte. Il n'avait pas encore digéré la pétition des incultes locataires qui, selon lui, s'étaient ligués pour faire taire une des plus belles voix contemporaines. Pour lui, grave insulte à la culture, on avait chassé de son appartement une diva que le public averti réclamerait dans les plus grandes salles du monde. Madame Lizotte, qui lui avait fait l'insigne honneur d'habiter chez lui, soupirait dans une exaspérante expectative afin qu'il la rejoigne au plus tôt dans son loft.

Or, Claveau connaissait la hantise et le profond dégoût de la concierge pour la malpropreté et souhaitait, du même coup, démontrer son mécontentement à tous les résidants de la bâtisse. Pour exécuter son plan, l'artiste demanda à un de ses amis gambiste qui habitait les combles d'un vieil immeuble près de la place Jacques-Cartier, véritable cloaque préservé de la démolition, de lui rassembler quelques spécimens de la colonie de coquerelles qui cohabitaient dans son réduit. Pour ajouter à l'horreur, il s'amena dans une animalerie, rue Sainte-Catherine, pour se procurer trois inoffensives souris blanches.

Le jour où les locataires — avec qui il avait complètement cessé de fraterniser depuis la déplorable pétition — se rendaient à l'appartement de la concierge pour lui remettre leur chèque, il frappa à sa porte, arsenal en main. Son passage à l'appartement de Gertrude Bellehumeur fut bref, mais d'une grande efficacité.

D'abord, Claveau entra dans l'appartement et demeura, sous l'expresse recommandation de madame Bellehumeur, au bord de la porte. Il lui remit son chèque et attendit que la concierge retourne dans sa cuisine pour lui rédiger un reçu, comme d'habitude. Pendant ce temps, le claveciniste

aux doigts agiles et velus dévissa malicieusement le couvercle de son pot et libéra les individus, qui s'empressèrent
de prendre le chemin des interstices du plancher lamellé de
l'appartement. Sur ces entrefaites, le téléphone résonna et
la concierge s'excusa auprès de lui pour le délai, ce qui lui
laissa le temps de déposer une petite boîte métallique dans
laquelle s'entassaient les trois adorables souris dans le tiroir
du guéridon de l'entrée. Advenant l'échec d'une telle straté-
gie, les petits rongeurs auraient échoué au propret sous-sol
jusqu'à maintenant exempt de vermine.

Dès le lendemain, Gertrude Bellehumeur devint exsangue lorsqu'elle réalisa qu'elle aussi, comme ceux qui ha-
bitaient un quartier pouilleux, malgré sa précautionneuse
habitude d'excessive propreté, était envahie par d'indésirables et répugnantes créatures divines. Pour compliquer
la situation, elle devait garder Charlemagne qui n'allait pas
au Jardin d'Aurélie ce jour-là. Comme à l'accoutumée, elle
se rendit au 21 et, une fois Florence partie, appela chez
Razzia inc. pour faire exterminer les locataires interdits de
séjour. On lui promit un service impeccable, mais elle devrait prendre son mal en patience encore deux jours parce
que, semblait-il, la liste était longue et elle n'était pas la
seule citoyenne de Montréal que les blattes affectionnaient.
Toute la journée, elle s'interrogea sur la cause du problème
et surveilla pour déceler la présence de l'*envahisseur* et en
écraser une avec son balai. Les deux nuits suivantes, la
concierge rêva que son lit était envahi par des insectes aux
longues pattes poilues alors qu'ils avaient effectivement

déjà repéré la cuisine et constaté que la nourriture — enfermée dans des contenants scellés — était inaccessible, puis s'étaient réfugiés chez d'autres locataires moins zélés et avaient même commencé à proliférer.

Le jour de l'extermination, Razzia inc. avait décidé de procéder par un épandage d'insecticides le long des murs, dans les armoires de cuisine, plutôt que par fumigation, parce que la bronchitique concierge craignait une rechute. Sans en dévoiler la cause à Florence, mamie Bellehumeur s'offrit pour garder Charlemagne, le temps que le produit agisse dans son appartement poudré au poison.

Toute la journée, Charlot fut intenable. Il ressentait une nervosité grandissante chez l'intendante, qui ne laissait rien passer. Le fait est que plus le fils Lamontagne fréquentait la garderie, plus il devenait allergique au contact de madame Bellehumeur, dont l'irritabilité s'accentuait avec la fin de l'après-midi. Il était temps que Florence arrive de son travail parce que Gertrude Bellehumeur avait déclaré forfait. Lorsque l'infirmière ouvrit la porte de l'appartement, elle retrouva une gouvernante affaissée, les jambes gonflées par ses souffrantes varices, épousant la forme d'un fauteuil particulièrement mou.

En ouvrant la porte pour réintégrer son appartement, une odeur pestilentielle excita les muqueuses nasales de la gouvernante qui, se pinçant le nez, referma aussitôt et frappa à la porte du 21.

— Vous! Qu'y a-t-il pour que vous soyez dans cet état? Mais entrez, voyons.

— Je suis obligée de vous raconter ce qui se passe chez moi, Florence.

— Prenez le temps de vous asseoir.

Charlemagne, déjà excédé de l'outrancière présence de la nounou, s'installa devant le téléviseur en montant le volume pour couvrir les paroles de sa mère et de sa gardienne.

— Baisse le son, je t'en prie, mon amour. Maman parle avec mamie Gertrude.

Charlot prit la télécommande et haussa le son d'un cran. Florence ne réagit pas mais la gardienne, sur les épines, n'osa intervenir car elle s'apprêtait à demander asile pour la nuit, le temps que l'odeur du produit se dissipe.

— Vous, une femme si propre, Gertrude. Comment est-ce possible ?

— Il y a des *bébites* chez Gertrude ? s'informa Charlemagne, qui avait saisi quelques bribes de la conversation.

— Oui, mon trésor. Gertrude devra passer la nuit ici. Mais demain, il n'y aura plus de *bébites* parce qu'un gros monsieur est venu ce matin leur donner du poison à manger.

— Tant qu'à faire, Gertrude, j'aurais une faveur à vous demander.

— Laquelle ? s'empressa de réagir la concierge pour se montrer serviable.

— J'aurais une petite sortie à faire ce soir.

— Tu aimerais que je m'occupe de Charlot ?

— Si ce n'est pas trop vous demander.

— Tu sais bien, Florence, que ça me fait plaisir. Laisse-moi le temps d'aller me chercher des vêtements de nuit et je reviens.

— Excellent ! J'ai justement un appel à faire.

Moins de trois minutes plus tard, Gertrude Bellehumeur revenait, vêtements sur le bras, le faciès tombant et prenant de grandes respirations. Florence quitta l'appartement. Une heure après, alors que Charlot prenait son bain sous l'œil exaspéré de la gouvernante, on frappa à la porte du 21.

— Madame Bellehumeur, larmoya Edgar Claveau, je ne pensais pas vous trouver ici. Je venais simplement m'enquérir d'une chose auprès de madame Beausoleil.

— Puis-je vous aider ?

— Vous me mettez un peu mal à l'aise, madame la concierge, mais aussi bien vous l'annoncer à vous.

— De quoi s'agit-il, mon brave ? rétorqua la gardienne, s'énervant devant les manières un peu cérémonieuses du claveciniste.

— Eh bien ! Je venais demander à madame Beausoleil si...

— Si quoi ? Accouchez, bon sang !

— Si madame n'avait pas de blattes dans son intérieur !

— De blattes, dites-vous ?

— Oui, de blattes ! J'ai d'ailleurs fait le tour de l'immeuble et plusieurs locataires se plaignent de leur présence.

— Vous voulez dire des coquerelles ?

— Des blattes, des coquerelles, des cafards, etc.

— Pas que je sache... et vous ?

— Moi, oui...

— Ah bon !

— Qu'allons-nous faire ?

— Dès demain, je demanderai un exterminateur et on va régler ça à la source. Bonsoir !

Atterrée, Gertrude Bellehumeur retourna à la salle de bains, où un curieux clapotement de vagues l'intrigua.

— Ah non ! Charlot ! De l'eau à la grandeur sur le plancher. Qui c'est qui va éponger ça ? demanda la nounou observant la bouteille de bain moussant vide de son contenu et des bulles… et des bulles…

— C'est toi, nounou Gertrude, répondit Charlemagne en riant de sa voix d'enfant railleur.

— Toé, mon p'tit verrat ! Sors de là !

L'intendante agrippa Charlot par un bras, l'enroba rageusement dans une serviette, le souleva et le déposa sur la moquette de la chambre.

— Essuie-toé, *viarge*, pis au *litte* !

Après un grand ménage de la salle de bains, la gardienne, complètement vannée, ressentit un grand calme l'envahir. À pas de félin, elle s'avança vers la chambre et regarda sur le lit. Le petit dormait. Elle sortit des couvertures du placard de la chambre, qu'elle étendit sur le canapé du salon pour y dormir.

4

LE LENDEMAIN MATIN, COURBATURÉE, la concierge rassembla ses forces et déjeuna avec Florence et Charlot. Florence narra sa sortie avec un certain Manuel Bédard, un enseignant au teint crayeux qu'elle avait croisé au gymnase et qui semblait la transporter de joie. Quant à Charlemagne, il passerait la journée au Jardin, au grand soulagement de madame Bellehumeur qui, du 21, devait rappeler l'exterminateur pour le questionner sur la senteur de son produit et discuter de la possibilité de procéder à la fumigation de tous les appartements de l'immeuble en insistant sur le fait que la situation revêtait un caractère d'urgence.

L'exterminateur de Razzia inc., un homme dans la soixantaine au nez épaté aussi large que sa bouche lippue, se présenta à la concierge — ses vêtements de la veille sur le dos — qui attendait de pied ferme dans l'entrée de l'immeuble.

— Quelle sorte de cochonnerie avez-vous répandue dans mon appartement ? admonesta la concierge.

— Je vous suis, madame, se plia l'employé de Razzia. Allons voir !

En pénétrant dans l'appartement, une odeur encore plus forte assaillit les narines de l'homme au nez épaté.

— Je vous le disais ! sermonna madame Bellehumeur.

Les mains gantées et calmement, l'exterminateur ouvrit le tiroir du guéridon. Du bout des doigts formant pincette, avec la précision et l'assurance du chirurgien, il ouvrit ensuite la petite boîte métallique dans laquelle reposaient les cadavres de trois souriceaux.

— Voilà la provenance de l'odeur dont vous parliez, madame. Mon produit est presque inodore. Mettez-vous à quatre pattes et sentez.

— Ce ne sera pas nécessaire, monsieur. Auriez-vous l'obligeance de me débarrasser de ces infectes bestioles ?

La demande de madame la concierge, qui, par le ton et l'œil incisif, ressemblait plutôt à un ordre péremptoire, fut aussitôt exaucée. Dès lors, des soupçons se logèrent dans son esprit tourmenté et se portèrent sur la personne du claveciniste, qui aurait eu l'infâme audace de poser un tel geste disgracieux et déshonorant. Elle en était sûre. Claveau ne s'en tirerait pas. Parole de Gertrude.

Chacun des appartements de l'immeuble « bénéficia » de la fumée insecticide durant la même journée sans même que les locataires en soient préalablement avisés, tous absents sauf Edgar Claveau. Il fallait au plus tôt éradiquer cette plaie galopante qui s'était déjà trop répandue dans le salubre immeuble. Pour chacun des appartements visités, la concierge, un masque lui couvrant la bouche et le nez, patientait dans le passage, attendant que l'homme habillé d'une combinaison loufoque et muni d'une sorte de pistolet complète son travail et laisse la place dans un état lugubre de désolation.

Gertrude Bellehumeur fonça tout droit vers le 23, le seul appartement qui n'avait pas été soumis au traitement. De son poing serré, elle cogna avec insistance jusqu'à ce que le claveciniste — pratiquant le deuxième mouvement d'une sonate de Rameau — daigne lui ouvrir.

— VOUS! fulmina-t-elle, montrant la porte de sortie de l'immeuble. Cette fois, je vais me passer de pétition pour vous expulser. Sortez de votre terrier qu'on nettoie chez vous. Ensuite, je vous donne vingt-quatre heures pour déguerpir. Demandez à madame Lizotte ou, à la rigueur, à n'importe quel pouilleux de vous prendre en pension, mais arrangez-vous pour qu'on ne vous revoie plus.

Le soir même, Florence, Charlemagne et madame Bellehumeur s'entassèrent chez *matante* Guylaine, dans son minuscule deux et demi.

5

CHARLEMAGNE FRÉQUENTAIT MAINTENANT la maternelle
et avait pris la mauvaise habitude de folâtrer avec des camarades en revenant de l'école. Il s'était pris d'affection pour
les chiens qui gambadaient dans le parc, sur le trottoir ou
dans la ruelle derrière l'immeuble qui abritait son appartement et tardait parfois à se rapporter à madame Bellehumeur. Celle-ci avait consenti à le superviser, seulement en
attendant le retour de Florence. Elle avait définitivement
renoncé à l'éduquer, s'en remettant aux bons soins de son
institutrice, s'indignant de plus en plus de la mollasserie de
sa mère. Selon les termes de l'entente, Charlemagne signa-
lait son arrivée à son ancienne gouvernante et celle-ci lui
ouvrait la porte puis jetait un œil à ce qui se passait dans le
logement.

Un jour, Charlot revint de l'école plus tôt, délaissant
pour une fois son attitude indolente. Les derniers jours, un
petit quadrupède noir et blanc reniflait ses traces et montait
sur ses talons. À l'aide de Vincent Debloies, un compagnon
de classe qui demeurait rue Valois, il s'empara facilement
du chien et, passant par la ruelle, l'enferma dans la cour
arrière de l'immeuble clôturé d'une palissade de planches

grises et peu jointives, à l'insu des voisins et surtout de Gertrude Bellehumeur, dont le logement donnait sur la façade. Après avoir fait acte de présence à la porte de la concierge, il s'empressa de redescendre dans la cour arrière avec les restes du souper de la veille et une écuelle d'eau en passant par l'escalier de secours, observa le chien affamé, lui prodigua quelques caresses et remonta à l'appartement.

Lorsque Florence rentra après une accablante journée de travail prolongée où les vagissements ininterrompus d'un nouveau-né avaient ébranlé sa vocation d'infirmière, elle embrassa son fils avachi sur le canapé du salon et fouilla dans le compartiment des viandes du réfrigérateur et sur toutes les tablettes pour mettre la main sur les restes de pâté chinois de la veille. Elle referma la porte, réfléchit un instant, s'avança vers Charlemagne pour lui en parler, mais s'abstint pour ne pas le déranger, absorbé qu'il était devant sa captivante et insignifiante émission. Sur le moment, elle attribua son oubli, en apparence anodin, à la fatigue et prépara un repas léger, vite fait.

Plus tard dans la soirée, alors que Charlemagne prenait son bain, on entendit de plaintifs et inhabituels jappements qui semblaient provenir de la ruelle. Curieuse, Florence sortit sur le balcon, balaya du regard les lieux avoisinants et aperçut un petit animal aux couleurs de mouffette qui frétillait dans la cour. Étonnée, avant que les jappements n'alertent les locataires des immeubles voisins, Florence pensa que son fils pouvait être au courant :

— Excuse-moi, mon trésor, tu dois savoir à qui appartient le bâtard qui jappe en bas ?

— Non, maman !

— Ah bon ! Je croyais que tu pouvais le savoir, se ravisa Florence. Maintenant, il est temps que tu sortes du bain, mon trésor.

Charlot n'avait pas menti. Effectivement, il ne connaissait pas le propriétaire du chien.

Tant et aussi longtemps que sa mère pouvait croire qu'il n'y était pour rien, il jouerait le jeu. Cependant, à peine était-il couché que le voisinage entendit une nouvelle quinte de jappements qui irritèrent au plus haut point Gustave Godue — le locataire qui avait emménagé dans l'ancien appartement d'Edgar Claveau — qui sortit sur son balcon, barbe et cheveux hirsutes, *bedaine* à l'air et bouteille à la main, proférant des menaces au bâtard et vitupérant contre l'imbécile qui avait emprisonné son chien dans la cour. Florence s'énerva à entendre son nouveau voisin qui « enterrait » le petit chien. Charlemagne se leva et se précipita à la fenêtre. Lorsqu'il aperçut Godue qui descendait dans la cour, laissant glisser sa grosse main épaisse le long de la rampe, il bondit hors de la chambre, frôla sa mère qui le pria instamment de demeurer à l'intérieur et se retrouva en pyjama, dévalant l'escalier, mais pas aussi rapidement que Godue qui dégringola jusqu'au sol, à côté des poubelles en plastique rigide qui amortirent considérablement le choc. Une fois dans la cour, le petit bâtard enjoué se rua vers Charlemagne, qui le prit dans ses bras, et remonta avec lui dans l'appartement sous le regard ahuri de sa mère qui verrouilla la porte.

— Tu as menti à maman, Charlot, ce n'est pas correct !

— Tu m'as demandé si je connaissais le propriétaire de Mouf. J'ai répondu non parce que je ne le savais pas, c'est tout.

— Quel drôle de nom pour un chien, Mouf !

— Il est blanc et noir comme une mouffette.

— Je comprends maintenant où sont passés les restes du souper d'hier. Combien de temps penses-tu garder Mouf dans l'appartement ?

— Je ne sais pas, le plus longtemps possible...

— Tu sais que les animaux sont interdits dans l'immeuble. Madame Bellehumeur va se faire un plaisir de nous le rappeler.

Florence consentit à garder Mouf pour la nuit. Le lendemain, on le remettrait à la rue, avec ses camarades, puisque, selon elle, un chien sans médaille ne méritait pas qu'on en retrace le propriétaire. Charlemagne déposa son chien sur le tapis de l'entrée que sa mère avait glissé jusque dans un coin de la cuisine, puis retourna sagement dans son lit.

Lorsqu'elle eut entrebâillé la porte de la chambre, Florence s'allongea le cou dans la fenêtre de la cuisine et remarqua une masse informe qui gisait au bas de l'escalier. Godue n'était pas dégrisé, il y passerait sûrement la nuit.

Trois jours plus tard, Mouf passait toujours ses nuits dans l'appartement. Le jour, il batifolait dans les environs et repérait son nouveau maître afin de quêter un hébergement pour la nuit. Gustave Godue ne s'était pas remontré le bout du *pif* dans la cour arrière. Une seule fois, Charlemagne l'avait croisé dans l'immeuble, mais l'ivrogne ne sembla aucunement le reconnaître.

6

Ces derniers temps, Florence avait multiplié ses visites au centre d'entraînement. Manuel Bédard y était pour quelque chose. L'homme, qui demeurait sur la Rive-Sud et enseignait à Montréal, fréquentait, après son travail, le même centre et retournait à Rougemont en fin de soirée. Bédard n'avait pas particulièrement le style athlétique, mais tentait de modifier son gabarit, surtout en ce qui concerne le ventre. À l'aube de la quarantaine, il avait la garde de sa fille Mélodie, dont la mère, Mélisandre Petit, avait mené une carrière de violoncelliste jusqu'à ce qu'un cancer du sein l'emporte. Or, il se produisit un événement qui permit à Charlemagne de faire connaissance avec Mélodie qui devait devenir, en quelque sorte, sa demi-sœur.

Tout le secteur de la fonction publique était en phase de renouvellement des conventions collectives avec le gouvernement. Les pourparlers s'avéraient encore longs et stériles plus de deux ans après l'expiration de l'entente précédente. Une grogne sans cesse croissante s'était installée chez les syndiqués, qui réclamaient des hausses de salaire jugées déraisonnables. L'équipe au pouvoir martelait le même discours sur l'incapacité de payer de l'État et refusait de déroger à son étroit cadre financier. Au surplus, de méprisantes paroles émanaient de la bouche même de la présidente du Conseil du trésor laissant entendre que, de toute façon, le tout serait réglé « avant la dinde de Noël ».

Or, un matin de novembre, le front commun intersyndical devait tenir une manifestation monstre à Montréal devant les bureaux du premier ministre, boulevard René-Lévesque. Florence avait proposé à Bédard de faire garder sa fille Mélodie par madame Bellehumeur, la concierge de l'immeuble et ancienne nounou de Charlemagne. Les services de madame Bellehumeur furent donc réclamés. Celle-ci accepta, considérant la situation comme un cas de force majeure et l'infirmière s'empressa de faire disparaître les indices de la présence de Mouf dans l'appartement.

Lorsque Charlemagne apprit qu'il devait passer une partie de la journée avec une fille un peu plus jeune, il invita son camarade Vincent Debloies à l'appartement. Bédard attendait au salon. Sa fille lui arrachait un bras, comme si elle craignait que son père ne l'abandonne pendant que Charlemagne et Vincent écoutaient la télévision qui jouait à tue-tête. Au moment où Gertrude Bellehumeur entra dans l'appartement — ce qu'elle n'avait pas fait depuis fort longtemps — ses narines lui révélèrent une odeur caractéristique :

— Ça sent le chien ! décréta la concierge péremptoirement.

— Vous devez avoir l'odorat dérangé, Gertrude, risqua Florence.

— J'ai l'habitude d'avoir le nez fin, Florence. On ne me trompe pas là-dessus.

La gardienne du jour prit la télécommande du téléviseur et le mit en sourdine.

— D'abord, on va aller jouer dehors! décida Charlemagne.

— Habillez-vous chaudement, les enfants! recommanda Florence.

Madame Bellehumeur se réjouissait de la décision des deux amis de passer la porte. Bédard embrassa sa fille et, peu après, Florence et lui quittèrent l'appartement comme deux adolescents qui allaient se livrer à des gamineries. Seule avec la petite, la concierge jugea qu'elle était bien sage pour une enfant de son âge et qu'elle aurait l'auguste privilège de franchir le seuil de sa porte.

— Si tu le veux, on va se rendre à mon appartement et je vais te montrer ma collection de poupées. Chut, c'est un secret entre nous.

— Oui, madame, acquiesça l'enfant, un sourire dans les yeux.

Pendant que Mélodie faisait connaissance avec chacune des poupées de la gardienne, Charlemagne et Vincent s'amusaient au parc, insouciants et libres, s'écartant de l'aire de jeux pour s'adonner à de réchauffantes galopades, se tiraillant, s'administrant mutuellement d'amicales bourrades, exécutant des culbutes dans l'herbe rêche et jaunie de l'automne. Soudain, l'un d'eux s'arrêtait pour s'essuyer la morve du nez et ensuite batifoler de plus belle, pris en chasse par l'autre qui le rejoignait pour lui administrer un solide croc-en-jambe et lui sauter dessus comme un footballeur.

Au même moment, devant l'édifice d'Hydro-Québec où se terrait le premier ministre et quelques-uns de ses lieutenants, des dizaines de milliers de manifestants, brandissant pancartes et banderoles, scandaient des slogans dénonciateurs de l'immobilisme et de la mauvaise foi du gouvernement. Après une longue marche pour se rendre au lieu de rassemblement et une non moins longue station à écouter des discours galvanisants pour la poursuite des moyens de pression, Florence et Manuel, que Guylaine avait temporairement rejoints, décidèrent de retourner rue Bourbonnière pour se réchauffer. Le calme plat de l'appartement suggéra à Florence que la gardienne avait dû s'éclipser avec sa jeune protégée et les deux gamins pour faire une bénéfique promenade au parc.

Rapidement, après un fugace coup d'œil au judas de la porte fermée et verrouillée, le regard concupiscent, le retour à la chaleur aidant, l'ardeur syndicale des deux employés de l'État se convertit en fougue pulsionnelle qui projeta la puéricultrice dans les bras de l'enseignant. Presque sauvagement, ils se déshabillèrent mutuellement et tombèrent sur leurs vêtements reposant sur le plancher de l'entrée. Ils se *pelotèrent* avec frénésie jusqu'à ce que le phallus surexcité du syndiqué — en berne depuis le décès de sa conjointe — fraternise avec la zone clitoridienne de sa partenaire et permette à la réciproque tension sexuelle culminante de se libérer brutalement.

Une clef intruse s'enfonça dans la serrure. Florence se leva rapidement, ramassa son fagot de vêtements et disparut pieds nus dans la salle de bains pendant que Bédard s'adossait à la porte close, offrant une résistance qui découragea la concierge. La bouche béate de confusion, elle étudia son trousseau dans un cliquetis de clefs à la recherche de la 21. Convenablement rhabillée, la locataire replaça ses cheveux en désordre en s'appuyant contre l'ouverture. Le visiteur ramassa ses effets et courut à son tour comme un chien en culotte pour s'enfermer dans les toilettes pendant que Florence, de son sourire ingénu, accueillait la concierge et sa petite pensionnaire qui tenait une poupée à la robe ornée de froufrous.

— Vous éprouvez de la difficulté avec votre clef, Gertrude ?

— C'est à n'y rien comprendre. Pourtant…

Mélodie s'avança vers son père pour lui présenter sa nouvelle amie.

— Allô, ma chérie. Tu as fait connaissance…

— Madame Bellehumeur m'a donné sa plus belle poupée.

— Comme elle est jolie ; elle te ressemble, Mélodie, déclara Florence candidement.

— Les garçons ne sont pas revenus ? demanda la concierge.

— On peut se passer des garçons, décréta Mélodie.

— Tut, tut ! réagit la nouvelle amie de Mélodie.

On frappa à la porte donnant sur le balcon, à l'arrière de l'immeuble. Avec empressement, Florence intervint pour ouvrir. Mouf se faufila entre les jambes de Charlemagne, se trémoussant du plaisir d'avoir reconquis son foyer d'adoption. Puis, se retournant vers Florence, la concierge réaffirma sa conviction :

— Bon ! Quand je vous disais que ça sentait le chien…

— Madame Bellehumeur ! laissa tomber Florence, affichant un air de contrition.

— Il n'y a plus de madame Bellehumeur qui tienne, Florence. Sortez-moi cet animal d'ici sinon je ne réponds plus de moi, avisa une concierge outrée.

— Mets-le à la porte, ordonna Florence à son fils. Donne-le à Vincent.

— C'est pas juste ! décréta Charlemagne.

— Écoute ta maman, mon amour.

— Mieux vaudrait que tu te départisses de ton chien, mon Charlot, suggéra Bédard, prenant part à l'échange sous les yeux effarés de la concierge.

— Toé, le prof, mêle-toé de ce qui te regarde !

— Ce n'est pas gentil, Charlot ! Tu ne vois pas que Manuel essaie de nous aider ?

Bédard s'empara de Mouf, qui se débattait pour qu'on lui laisse sa liberté. Il le remit entre les mains de Vincent qui était demeuré interdit au bord de la cuisine.

Quelques mois plus tard, Florence, malgré les lancinantes protestations et lamentations de Charlemagne, avait décidé d'emménager avec son fils dans la lointaine maison de Bédard, sur la Rive-Sud, dans le rang de la Grande-Caroline à Rougemont. L'air de la campagne leur ferait du bien. Néanmoins, le déménagement était assorti de la promesse de Bédard d'acquérir un gros chien pour compenser la perte du « regretté » petit Mouf et l'attirer dans son coin de pays. Le bâtard avait échoué chez les parents de Vincent. Madame Debloies avait fait son deuil d'une vieille chienne incontinente qui *pissait* partout, qu'ils avaient dû faire euthanasier et qu'ils ne voulaient pas remplacer. Du moins, pas tout de suite. « Mets-le à la rue, Vincent. Il va tout simplement gonfler le tas des itinérants de la race canine. Quelqu'un va peut-être le prendre en pitié et le recueillir sur le trottoir ou l'expédier à la fourrière municipale. »

Guylaine avait jugé qu'il était temps que son amie déménage. Le logement était petit. « Il n'est pas normal qu'un enfant de sept ans couche dans le même lit que sa mère », avait-elle mentionné, approuvant en cela la suggestion de garde Manger qui s'était mêlée un jour de la conversation sur le délicat sujet. Florence avait rougi jusqu'au lobe de l'oreille et détourné la conversation en précisant : « Pour me rendre au travail, je ferai du covoiturage avec Manuel ; je ne serai pas pire que d'autres », sachant pertinemment qu'à certaines périodes du jour ou de l'année, il eût été moins long de traverser le fleuve à la nage que d'emprunter le pont.

Gertrude Bellehumeur avait eu le cœur gros lorsqu'elle avait vu les déménageurs quitter le 21. La camionnette de Bédard en tête, le camion de déménagement du Clan Panneton suivait, en seconde position, et Florence fermait la procession, Charlemagne assis sur la banquette arrière de la coccinelle orange, casquette de travers, les bras croisés sur le baudrier, la moue récalcitrante.

Bédard avait fait les démarches pour l'inscription de Charlemagne à La Champenoise, l'école du village. Lundi matin, il n'aurait qu'à prendre l'autobus scolaire avec Mélodie. Florence n'était pas particulièrement favorable à l'idée de déménager avant la fin de l'année académique, mais dans les circonstances...

7

En mai, dans les pommeraies rougemontoises, les délicates et trop éphémères fleurs blanches et rosées exhalaient un indéfinissable parfum de cannelle. Les glaces de sa coccinelle rétractées, Florence humait goulûment l'air campagnard de la Grande-Caroline pendant que Charlemagne dormait sur la banquette arrière, rêvassant à Mouf qu'il ne reverrait plus.

À la suite du camion de déménagement, « l'orange » quitta la route des pommiers pour traverser un ponceau miné de part et d'autre qui enjambait un fossé profond et marécageux, avant d'emprunter une étroite entrée rocailleuse et cahoteuse qui aboutissait à une vieillotte maison à deux étages, au revêtement poussiéreux et squameux, qui s'inclinait du côté opposé aux vents dominants. À proximité de la cambuse centenaire, dans un état de délabrement avancé, un hangar bardé de bois de grange servait de remise et de garage.

Des aboiements étouffés et contrariés accueillirent les arrivants. Le cou enserré dans un large collier de cuir repoussé, un énorme saint-bernard vieillissant s'excitait au bout d'une chaîne. Les dents serrées et le visage contracté,

Manuel souleva une grande porte qui frottait paresseusement au sol. Suivant ses indications, le camion recula devant la porte du hangar délabré. Pendant que Charlemagne s'approchait d'Aristote, le saint-bernard — qui semblait mendier des caresses —, Florence s'adressa à Manuel :

— Je ne pensais pas que je déménageais dans la remise, fit-elle d'un ton gouailleur.

— Le mobilier est complet dans la maison. On va décharger les meubles. Rentre ton linge et celui du petit.

Le camionneur et Bédard se mirent à décharger le camion. Ils entassèrent les pièces de l'ameublement de Florence au deuxième étage du hangar en gravissant glorieusement les barreaux d'une échelle où s'agrippaient les toiles d'envahissantes araignées.

La tête renversée par une brassée de vêtements retenus par des cintres de métal entremêlés, la nouvelle arrivante, assistée de la petite Rougemontoise qui s'embarrassait de sacs contenant des objets hétéroclites, s'exclama :

— Ne t'éloigne pas, mon Charlot. Ce n'est pas le temps de t'épivarder dans le paysage. Maman préférerait que tu restes sur la propriété de Manuel.

Faisant fi de la recommandation de sa mère, Charlemagne, qui avait déjà apprivoisé l'énorme bête maintenant libérée de sa chaîne, prenait le large, engagé dans les herbes longues et filandreuses du verger voisin.

Dans la maison, Florence avait entassé ses vêtements tamponnés dans le placard de la chambre de son hôte, à l'étage, auquel on accédait par un escalier abrupt dont les marches recouvertes d'un tapis usé craquaient sous les pas aventureux. Manuel lui avait laissé un peu d'espace en poussant à une extrémité de la pôle les vêtements de sa défunte Mélisandre. Florence remarqua les couleurs sombres des robes suspendues et leur grande sobriété. Mélisandre était morte bien jeune, emportée par une impardonnable maladie. Bédard ne s'était pas entièrement détaché d'elle. Il ne l'avait pas effacée de sa mémoire. À voir tous ces bibelots qui ornaient la commode de madame, Florence se demanda si son amant ne recherchait pas d'abord une mère pour sa fille. De cela, elle n'était pas certaine. Elle verrait...

Charlemagne occuperait seul sa chambrette, qu'il faudrait éventuellement décorer pendant les grandes vacances d'été. Mélodie occupait la troisième chambre, attenante à celle de Charlemagne. Elle s'y engouffrait parfois des heures, s'amusant avec ses personnages imaginaires auxquels elle avait ajouté la poupée de la généreuse Gertrude Bellehumeur en lui accordant une place de choix.

En moins d'une heure, on avait rangé meubles et vaisselle dans le vétuste et vénérable hangar, et le camion allégé quittait la propriété. Florence s'inquiétait. Charlemagne n'était pas revenu de son impétueuse exploration. En fait, il avait traversé des rangées de pommiers odorants et investi, devancé de quelques pas gourds par le sénile Aristote, le terrain voisin, où il grimpait à une corde à nœuds accrochée à un érable à Giguère. Un certain Félix, de deux ans son aîné et qui le dépassait d'une tête, bizarrement accoutré de vêtements étriqués et d'espadrilles éculées, se balançait au même arbre sur l'escarpolette de fortune fabriquée avec un pneu.

« Patente à gosse », se répétait Rosaire Pelchat. Le père de Félix, petit foulard rouge au cou et couronné d'un chapeau de cow-boy, s'ingéniait, en sifflotant des airs country dans son atelier au sous-sol, à trouver la cause du mauvais fonctionnement d'un appareil électrique. Le brocanteur avait fièrement rescapé un grille-pain de la main impropre au discernement du boulimique vidangeur lors d'une de ses fructueuses tournées de ramassage. Pelchat servait à la fois de père et de mère au foyer, la mère naturelle ayant exercé son métier de péripatéticienne, travailleuse autonome exilée dans la ville sainte de Toronto avant de revenir à Montréal pour satisfaire une clientèle désireuse de liquéfier sa libido. « Tant qu'à rester à Toronto, livrait-elle un jour à une collègue de travail, je préfère travailler dans les deux langues. »

Après une heure d'inquiétude, Florence alerta Bédard :

— Il y a beaucoup à découvrir dans ces grands espaces, Manuel, et je me demande où est passé fiston…

— Ne t'en fais pas, Flo, ton fils n'est pas en perdition. Les saint-bernard sont reconnus pour être de bons sauveteurs.

— C'est pas très convaincant, ton affaire, Man, rétorqua Florence.

— Bon, le voilà qui revient avec Félix, le p'tit voisin. Je te l'avais dit qu'il n'y avait pas matière à se faire du mauvais sang… conclut Bédard.

— Oui, mais regarde-le donc, la salopette sale et déchirée

et la casquette sens devant derrière. Viens ici, Charlot, cria Florence.

— Pauvre enfant, laisse-le faire. Tu ne vois donc pas qu'il a l'air heureux ? Il est à peine arrivé ici qu'il a déjà deux compagnons. Tu devrais t'en réjouir…

8

— Dépêche-toi, Charlot ! Tu vas être en retard à l'école, mon trésor, ordonna doucereusement Florence.

— Oui, oui !... répondit Charlemagne avec détachement, continuant de flatter la toison fauve d'Aristote, la gueule béante de bonheur, heureux de bénéficier des dernières marques d'affection de son nouveau maître avant son départ pour la journée.

Au grand désespoir de sa mère, Charlemagne, toujours affublé de son gélatineux flegme à l'anglaise, progressa vers le vestibule comme dans un sac de farine. Nonchalamment, il glissa la deuxième bretelle de sa salopette sur son épaule, renifla en se passant machinalement la paume de la main sur le nez de toute la longueur des phalanges vers le poignet et ramassa lentement son lourd sac à dos en maugréant contre l'obligation de se presser pour aller à l'école.

— Charlemagne, je t'ai déjà dit que ce n'est pas comme ça qu'on se mouche. Ce n'est pas très hygiénique. Il y a des mouchoirs dans la salle de bains ; mouche-toi, avant de partir, je t'en prie. Prends un petit emballage de mouchoirs en papier, mets-le dans ta poche et garde-le pour la journée.

— Qu'est-ce que ça donne l'école dans la vie ? Pourquoi s'instruire s'il faut courir tout le temps, après ? Regarde, toi et Manuel, vous êtes obligés de travailler. Le père de Félix, par exemple, ne travaille pas. Il n'est pas *stressé*, lui. Il ne crie pas après son fils, non plus.

Contrariée, Florence s'approcha à petits pas pressés avec la boîte à lunch de son fils et, d'une main nerveuse et mal-habile, fourragea dans son sac d'école pour s'assurer que le paquet de mouchoirs s'y trouvait bel et bien, consulta sa montre, prit une grande inspiration en pensant que les pro-pos qu'elle venait d'entendre n'étaient pas tout à fait dénués de sagesse, et répliqua :

— Le père de Félix est un sans-cœur, mon trésor. Ce n'est pas pareil. Il ne travaille pas. Manuel m'en a parlé, il l'a sou-vent vu passer avec une remorque bondée d'objets de toutes sortes. Ça me semble un peu suspect ! Il paraît que la diffé-rence d'âge que tu as avec son fils s'explique par le fait qu'il n'a pas fréquenté l'école avant d'atteindre huit ans et qu'il s'absentait très souvent. Le p'tit suivait son père à la jour-née longue. D'ailleurs, je ne sais pas exactement comment monsieur Pelchat occupe ses journées. Manuel et moi, on a notre petite idée là-dessus. En tout cas, c'est un parasite de la société.

— C'est quoi, un *parasite* ?

— Quelqu'un qui profite des autres pour subsister.

— Monsieur Pelchat travaille au marché aux puces à Cari-gnan, le vendredi, le samedi et le dimanche, tu sauras…

— À part ça, comme le dirait Manuel, arrête de philoso-pher, Charlemagne. Si ça continue, tu vas manquer ton autobus scolaire. Mélodie est au bord du chemin, elle.

— Qu'est-ce que ça veut dire, ça, arrête de philosopher ?
interrogea l'écolier, les yeux arrondis de curiosité.

— Cesse de poser des questions ! j'ai dit...

Florence regarda furtivement par la fenêtre :

— Ah non ! L'autobus scolaire est déjà passé !

Mélodie avait cru bon de ne pas signaler au chauffeur
que son demi-frère devait prendre l'autobus. Quelques minutes plus tard, la mère de Charlemagne sautait dans sa
coccinelle et faisait un crochet par l'école de son fils pour
lui éviter un retard. Ensuite, elle reviendrait à la maison
chercher Bédard, qui s'étirait encore dans son lit.

L'institutrice accueillit Charlemagne avec des points
d'exclamation dans les yeux : « Encore un autre qui vient
d'une famille monoparentale ! » À cette période de l'année,
il restait à peu près seulement la révision et un peu de temps
pour finaliser des projets. « Tu parles d'un temps pour arriver », songea encore sentencieusement madame Laforce-
Delage qui, malgré ses vingt-huit ans d'enseignement et la
dérangeante réforme — qu'elle appliquait parcimonieusement et avec circonspection — avec ses tares évidentes,
maintenait le cap vers sa douce retraite en égrenant son
chapelet de patience, elle qui avait consacré tant d'années à
des générations d'assoiffés de connaissances, luttant désespérément pour faire reculer les récalcitrantes frontières de
l'ignorance en déversant son savoir.

Le matin même, poussant un profond soupir d'exaspération, essayant tant bien que mal de décrypter le bulletin
de son nouvel élève, adossée à la porte de son local, madame

Laforce-Delage s'écarta pour laisser le préposé à l'entretien de l'établissement entrer dans la classe avec un pupitre pour le petit Lamontagne, un « inhibé », espérait-elle, qui arrivait tout droit de Montréal. À entendre parler Bédard lors de l'inscription, la pédagogue s'attendait presque à voir une larve occuper un siège de plus. Elle s'était trop vite réjouie du départ d'un hypernerveux qui ne pouvait tenir en place et qui lui avait occasionné des douleurs gastriques. Elle en était persuadée. Le petit Turbide, atteint d'un incoercible flux verbal, provoquait des zones de turbulence dans le groupe avec ses nombreuses interventions déplacées, la cause première de sa boule dans l'estomac et, par conséquent, de ses récurrentes insomnies. Même dans la cour de récréation, une surveillante était en congé de maladie parce qu'elle s'arrachait les cheveux à force d'interdire les malveillantes circonvolutions de Tristan autour des grappes des grandes de sixième année. C'est dire à quel point…

En pénétrant dans la classe, Charlemagne s'étonna de la disposition des pupitres placés en rangées, ce qui lui rappela l'étrange configuration observée dans les pommeraies de la Grande-Caroline. Dans son lieu d'apprentissage montréalais, les tables de travail étaient disposées autour du local, sauf sur un pan de mur, où ronronnaient des ordinateurs très puissants, et des coussins jonchaient aléatoirement le plancher de tuiles. Malgré sa taille réduite, suivant le doigt pointé de l'institutrice vers l'arrière de la classe, le nouveau rougemontois avait docilement pris place pour ne pas briser l'harmonie précaire que madame Laforce-Delage avait réussi à créer depuis le départ de Tristan Turbide. À la demande expresse de Bédard, qui s'opposait aussi vertement à la réforme de l'éducation en cours, Charlemagne ne se retrouvait pas dans la même classe que Félix Pelchat, qui progressait à son rythme — pour ne pas dire qu'il stagnait ou qu'il reculait — dans une classe « réformée ». Mais il comptait sur les récréations et l'heure du dîner pour renouer avec ce nouvel ami.

« Les enfants ! Ce matin, nous travaillerons dans notre cahier de français. Ensuite, nous repasserons nos multiples et nos complémentaires. Cet après-midi, nous allons poursuivre notre projet sur la pomme », annonça madame Laforce-Delage, qui ne pouvait pas diamétralement s'opposer à l'esprit de la « perestroïka ministérielle ». Comme d'autres chevronnées collègues, elle travaillait dans l'ombre, voulant préserver ses élèves, dans la mesure du possible, de l'effondrement du système en se réservant plusieurs moments pour transmettre le savoir. En effet, elle préférait enseigner d'une manière magistrale plutôt que de laisser patauger les jeunes intelligences dans les méandres d'Internet. D'ores et déjà, elle était convaincue qu'on s'illusionnait sur les miracles de l'esperluette aux vertus magiques apparentées à celles de la poudre de perlimpinpin.

À sa descente de l'autobus, Charlemagne était rentré à la maison avec sa demi-sœur, la clef accrochée au cou. Avant d'entrer, il avait donné une bonne dose d'affection à Aristote, qui l'avait léché abondamment au visage et sur les mains, puis s'était précipité dans le salon avec lui. Félix viendrait le rejoindre avec un jeu vidéo. Peu après, complètement avachis devant le téléviseur, les deux jeunes se distrayaient avec le jeu en grignotant d'énormes galettes à l'avoine. Pour sa part, dès qu'elle eut passé le seuil de la porte d'entrée, Mélodie accourut à sa chambre pour jouer avec ses poupées qui, selon ses dires, s'étaient ennuyées d'elle. De toute façon, elle ne tenait absolument pas à se mêler aux garçons de la maison…

À la fin de leur journée de travail, Florence et Manuel s'arrêtèrent à l'épicerie afin de se procurer quelques victuailles pour le souper. Comme elle n'avait pas le goût de fricoter un petit plat, la maîtresse de maison s'empara compulsivement d'une pizza congelée et d'une boîte de petits gâteaux Vachon dont les enfants raffolaient, pendant que Bédard attendait dans la coccinelle, se remettant de sa journée de travail et de la conduite de la voiture.

La coccinelle entra dans la cour. Aristote, qui d'ordinaire ne réservait pas un accueil chaleureux au maître de la maison, se contenta de vérifier si les gens qui venaient d'entrer étaient bien des résidants de la place en leur adressant un aboiement sourd mais bref. Par délicatesse, Florence embrassa Mélodie et s'avança vers Félix et son fils :

— Bonne journée, Charlemagne ? Oh ! les enfants, regardez les miettes sur le plancher. Que penses-tu de ta nouvelle école ?

— Ce n'est pas mieux qu'à Montréal ! C'est plate à mort ! Demande à Félix, réagit-il en ne se détournant pas du téléviseur.

— Un vrai champion de la communication, cet enfant-là ! répartit Bédard.

— Ne sois pas trop dur avec lui, Manuel. On se parlera au souper, tout simplement.

Florence s'empressa de mettre la pizza à chauffer.

— Félix, tu reviendras une autre fois, veux-tu ? Nous allons souper. Ton père doit t'attendre.

— On ne soupe jamais à la même heure. Je ne suis pas pressé, madame.

Sur ces entrefaites, la sonnerie du téléphone retentit comme un appel d'urgence dans toute la maisonnée.

Florence empoigna l'appareil :

— Oui !

— …

— Comment avez-vous obtenu mon numéro ?

— …

— Philippe…

— …

— Quoi de neuf ? Ça va bien. Et vous ?

— …

— Au Nevada, dans le Grand Canyon…Voulez-vous bien me dire ce qui vous prend encore ? Pendant des années, on n'a eu aucunes nouvelles de vous et de papa, puis vlan ! Depuis quelque temps, vous vous manifestez.

— …

— Bon ! C'est ça, vous rappellerez.

— …

— Bye !

Florence raccrocha sans ménagement, tira son tabouret et s'assit pour manger avec les siens au comptoir de cuisine. Elle noua le tablier autour du cou de Mélodie. La pizza était servie. Félix venait de passer la porte.

Avant la naissance de Charlemagne, Florence et ses parents s'étaient brouillés. Fernand Beausoleil avait sommé sa fille de quitter le nid familial parce que ses amoureux passaient la nuit à la maison. Peu après, Fernand et Madeleine Beausoleil vendaient leur propriété et faisaient l'acquisition d'une spacieuse autocaravane pour parcourir des milliers de kilomètres par année grâce aux intérêts de placement, de la pension de monsieur — sans compter les rentes et la sécurité de vieillesse —, ce qui leur procurait assez d'argent pour vivre et voyager allègrement six mois par année. L'année précédente, pendant des mois, ils avaient zigzagué dans le paysage américain, s'installant dans un camping ou un autre, visitant ici et là, s'arrêtant au gré de leurs désirs, de leurs besoins et de leur fascination.

Depuis quelque temps, madame Beausoleil appelait régulièrement chez sa fille et déversait sur elle son flot d'enthousiasme en lui vantant les mérites de la retraite de son mari. Bien sûr, elle s'informait de Charlemagne tout en regrettant de ne pas le voir grandir. « En un sens, avait-elle dit une fois à Florence, tu ne le vois pas vraiment plus que moi, ton petit ; tu travailles presque tout le temps. Maintenant que tu t'es acquinée avec ce professeur d'école, surtout qu'il a une enfant, tu pourrais arrêter de tourner en rond comme un chien qui court après sa queue. Tu devrais cesser de travailler, ou du moins réduire tes heures de travail et prendre le temps de vivre. Je ne vois pas ce que vous seriez devenus, ton frère et toi, si je n'étais pas demeurée à la maison pour vous élever. » À cela, Florence avait répondu que les temps avaient bien changé et qu'elle n'allait pas à la catastrophe avec l'éducation de Mélodie, loin de là, que Charlemagne était un enfant difficile, soit, mais qu'elle en viendrait à bout. Et sa mère d'ajouter que les jeunes couples d'aujourd'hui veulent tout avoir trop rapidement. Qu'il faut savoir « faire des sacrifices » ! À des propos aussi cinglants, Florence préférait s'abstenir de répliquer, sachant que sa mère avait d'autres formules de gentillesse toutes aussi « castrantes » les unes que les autres.

Mélodie avait déjà complété ses travaux scolaires et s'était mise à la flûte à bec. En cela, elle imitait sa mère, qui lui avait enseigné les rudiments de la musique. « Un jour, je jouerai avec le violoncelle de maman », confiait-elle à une amie. Florence était montée dans les chambres pour rapailler le linge sale et faire le lavage. Manuel supervisait la pratique de sa fille et les efforts scolaires de Charlot qui, grâce à la dérogatoire conception de madame Laforce-Delage, avait des devoirs et des leçons à la maison. « C'est comme ça qu'on a appris, Florence, pourquoi pas les enfants d'aujourd'hui ? » s'était emporté Bédard dans une charge à fond de train contre la marmite dans laquelle il barboterait lui-même sous peu au secondaire si rien ne freinait l'action de la moulinette qui hachait systématiquement les approches traditionnelles.

Assis à la table de cuisine, les coudes sur la table, le menton appuyé sur les mains, la moue boudeuse, Charlemagne ronchonnait à l'idée de compléter la page de son cahier d'exercices de mathématiques, tel que prescrit par madame Laforce-Delage. Reniflant et se mouchant avec la paume de sa main, il reprit le crayon, barbouillant plus qu'il n'écrivait, raturant au lieu d'effacer ou superposant de nouveaux chiffres aux anciens, au grand dam de son beau-père, qui l'exhortait à la patience et aux vertus du travail bien fait. « Qu'est-ce que ça donne, les maths ? » demanda l'écolier. Il n'irait pas bien loin dans les études, celui-là, pensa l'enseignant qui, à première vue, n'entrevoyait guère pour lui davantage que la fin du secondaire. Et encore… comme bon nombre de ses propres étudiants ! Il en savait quelque chose. En tant qu'enseignant, il avait déjà décelé le peu de disposition du fils de Florence pour « les choses de l'esprit » et compris qu'il était peu enclin à potasser et à s'élever au-dessus de la masse. Un enfant davantage disposé à se lever à six heures le samedi matin pour être le premier sur la glace de l'aréna plutôt qu'à se propulser en tête de liste de sa classe. Mais Manuel se retint dans l'attribution de ses qualificatifs peu élogieux à son égard. Heureusement, il ne tenait pas de lui, son beau-père, mais plutôt de Yann, son père biologique, un individu qui semblait se vautrer dans son ignorance crasse comme un cochon dans la vase. Analphabète, de surcroît, ce Yann ! À sa décharge, il fallait bien le comprendre, le pauvre petit, et l'excuser de ne pas orthographier correctement son nom, au long, sans bavures ni anicroches :

Charlemagne Lamontagne. Au moins, Florence avait eu la présence d'esprit de ne pas lui accoler en plus son propre nom de famille. D'ailleurs, Bédard n'avait jamais saisi pourquoi Florence s'était entichée de son Yann...

9

L'ANNÉE SCOLAIRE VENAIT DE SE CONSUMER comme une bougie à la flamme vacillante, exposée au souffle des petits bonheurs et des contrariétés. Sous le régime de la réforme, tous les étudiants étaient promus et accédaient au degré suivant, peu importe leurs compétences. Le dernier jour de classe, Charlemagne avait quitté La Champenoise, le sac sur le dos, le cœur léger, ressentant une inextinguible joie qu'il avait, du reste, l'intention de partager avec son ami Félix.

Or, le soir du vingt-quatre juin, à la brunante, un essaim de bourdonnantes motos envahit les abords de la maison de campagne de Bédard, soulevant un léger nuage de poussière. Aristote s'égosilla d'effroi et se retira dans le hangar où Charlemagne, à l'étage, fouillait dans une boîte à la recherche du canif égaré que Vincent Debloies lui avait donné en échange d'une toupie qu'il n'arrivait jamais à étourdir. Sa mère ne l'avait pas convaincu de sa mystérieuse disparition mais lui avait défendu de monter sur le palier. Félix, qui avait abandonné toutes recherches, venait de descendre de l'échelle.

— Y a quelqu'un icitte ? s'écria un des motocyclistes qui

descendait de sa monture, casque à la main et flanqué d'une jeune femme qui ouvrit sa veste de cuir sur une poitrine où flottait un chemisier transparent.

— Ferme ta gueule, Aristote, s'impatienta Charlemagne, encore sur le palier.

— Quelqu'un vient d'arriver dans la cour, Charlot.

— Qui c'est ? interrogea le compagnon de Félix.

— Viens voir toi-même !

Oubliant la boîte entrouverte, Charlemagne descendit de son perchoir avec la rapidité d'un pompier répondant à un appel au devoir, se plaignant de douleur en observant l'écharde qui venait de s'enfoncer sournoisement dans la chair de sa main. Il sortit timidement du hangar, suivi de Félix et d'Aristote, qui avait cessé de manifester sa désapprobation.

— Charlot ! Viens voir ton père...

— Yann ! cria Charlemagne, se ruant vers Lamontagne, qu'il venait de reconnaître dans son habit de circonstance, barbe et cheveux négligés.

— Un instant, fiston ! riposta Lamontagne, réprimant ainsi l'élan de son fils.

Le motocycliste se contenta de poser sa grosse main rugueuse sur la casquette du petit campagnard, lui secouant légèrement la tête en signe d'affection sous le regard amusé des membres du groupe, qui se gaussèrent de Florence et de Manuel agglutinés à la fenêtre de la maison, observant ce qui se tramait dans leur cour. Mélodie, timorée, avait pris le parti de se réfugier dans la penderie de l'entrée en attendant d'être rassurée ou qu'on lui annonce que l'envahisseur était parti. Félix avait pris la clef des champs et déguerpi chez lui. Il y avait pas moins de douze motos qui brillaient au soleil et autant de motards, chacun accompagné de sa motarde, qui prirent d'assaut l'arrière de la maison, sauf Yann qui s'employait fièrement à montrer son engin à Charlemagne.

— Veux-tu bien me dire qui c'est qui a mouchardé ma nouvelle adresse ?

— Tu as dû la donner au gymnase, Florence.

— C'est bien vrai ! Je suppose que Yann est ici parce qu'il est en proie à une autre de ses crises de paternité ?

— Si ça peut lui faire plaisir, Flo ! Ce n'est pas moi qui vais intervenir. As-tu vu le gros ? Lui, je ne l'ai jamais vu au gym.

— J'ai reconnu la blonde de Yann : une traînée qui aime se montrer les « totons ». Rébecca, je pense. Mais il y en a plein que je ne connais pas, Man. On devrait appeler la police.

— Sérieusement, je pense que ce n'est pas la chose à faire, Flo.

— Veux-tu bien me dire ce qu'ils sont allés faire en arrière de la maison ? questionna Florence en voyant Lamontagne intimer des ordres aux autres membres du groupe.

— Rien d'autre que de fêter. C'est la Saint-Jean pour tout le monde...

— Ah non ! Yann a placé le petit sur sa moto. Une casquette, pas de casque ! Manuel ! Va lui dire avant qu'il arrive quelque chose à mon fils.

— Il l'a assis devant lui sur le siège. Il va faire un tour tranquillement dans le rang, puis revenir. Après tout, c'est son père, à cet enfant-là, expliqua Bédard pour rassurer Florence.

Une demi-heure plus tard, Lamontagne était revenu dans la cour. Avant de descendre de sa monture, il souleva fièrement son fils et le déposa par terre comme si de rien n'était. Dans un état de ravissement total, Charlemagne était conquis par la puissance de son père, qui conduisait une grosse « machine » et qui le manipulait comme un sac d'épicerie.

— C'est toi mon vrai père, Yann ! affirma Charlemagne. Manuel n'est qu'une poule mouillée.

— Je sais, je sais, Charlot. Mais tu es avec ta maman, au moins. De toute façon, je n'aurais pas été un bon père pour toé. Je ne suis jamais là. Aussi bien avoir Manuel, c'est mieux que rien. Bon ! Allons retrouver les autres en arrière.

Insatisfait de la remarque de son père, Charlemagne consentit toutefois à le suivre, voulant profiter de son inestimable présence.

Quelques motards avaient commencé à établir un campement avec de petites tentes disposées de façon à éviter les irrégularités du terrain en friche. Près d'un périmètre de pierres, d'autres membres du groupe s'employaient à ériger une gigantesque structure conique composée des branches de pommiers entassées qui n'avaient pas été épargnées dans le sévère émondage effectué dans le verger du voisin.

— Regarde, Manuel, lança Florence, interloquée, en observant par une fenêtre de la maison qui donnait sur le campement de fortune. Et puis, il y a cette maudite musique qui m'étourdit déjà.

— Non, mais ils s'installent pour la nuit! brama l'enseignant, qui avait réussi à calmer Mélodie, sortie de la penderie.

— C'est toi-même qui faisais un appel au calme, Man. Il va falloir les endurer. Oh! Charlot est revenu. Il suit Yann comme un chien de poche. Regarde l'approvisionnement de bière qui arrive...

En effet, une des motos, tirant une petite remorque, venait de s'approcher du lieu du campement avec de grosses caisses et des bouteilles de spiritueux.

— C'était à prévoir que cette bande de fêtards ne se contenterait pas de jus de pomme, soupira Manuel, qui entraîna Mélodie à l'étage pour la nuit.

La petite en avait assez vu de cette bacchanale dont Charlot était témoin, jugea Bédard. Paralysée par la crainte, Florence surveillait les allées et venues de la cohorte de motocyclistes. Cependant, elle demeurait aux aguets, subodorant quelque incartade extravagante qui devait se produire, tôt ou tard. Malheureusement, les événements qui suivirent devaient lui donner raison.

Une brise de montagne soufflait le parfum de fleurs dans les pommeraies de la Grande-Caroline. La brunante s'évanouissait lentement à la faveur de la nuit, encore intimidée par le solstice d'été. Près du campement, des bohémiens ayant déjà éclusé plusieurs bières, bouteille à la main, s'aventuraient dans les fardoches. Près du potager, d'autres romanichels s'enlaçaient sur de douillettes courtepointes ouatinées, éloignant les lucioles et les criquets, apeurant les oiseaux nichés dans les gros arbres près de la chaumière de Bédard. Sous le commandement de Lamontagne, Charlemagne craqua une allumette, et aussitôt les branches mortes du verger voisin s'embrasèrent.

Lorsque le feu prit des proportions plus convenables, Lamontagne, toujours flanqué de Charlemagne, s'approcha de Raphaël — celui-là même qui avait contribué à l'enlèvement de Charlot au Jardin d'Aurélie — et sembla lui demander quelque chose. Raphaël s'éloigna en direction du hangar, y pénétra et en revint avec des boîtes en bois comme celles qu'utilisent les pomiculteurs pour la récolte. Ensuite, avec un acolyte, il fit d'autres voyages dans le hangar et en rapporta suffisamment de boîtes, qu'il renversa pour en faire des sièges sur lesquels s'asseoir autour du feu de joie. Effrayé par tout ce branle-bas, Aristote avait profité d'un moment d'accalmie, entre deux voyages de boîtes, pour s'éloigner du hangar. Le saint-bernard avait trouvé refuge au fond de la propriété, où vivotait une plantation de souffreteux pommiers atteints de nanisme dont le timide bourgeonnement laissait présager, encore cette année, une maigre production de purée de pommes limitée à quelques pots.

Soudain, un hurluberlu éméché, reconnu pour ses fanfaronnades et ses impondérables frasques, la cervelle passablement embrumée par les vapeurs d'un alcool V.S.O.P.

à 40 %, retourna vers le hangar pour rapporter d'autres boîtes de bois.

— On en a assez pour asseoir tout le monde, Grizzly, lui mentionna Raphaël.

L'homme, fort comme un ours, arrivait avec deux boîtes dans chacune de ses mains, la démarche claudicante à cause d'un accident de motocyclette.

— T'as pas compris, Raphaël, marmotta le gros déchaîné. C'est pour activer le feu ; y est après mourir, *tabarnac* ! Tassez-vous, que je l'active à ma manière…

Les dents serrées, résolument décidé, l'ours projeta à bout de bras ses quatre boîtes dans le brasier, ce qui eut pour effet d'illuminer instantanément la voûte céleste d'un panache de flammes vives. Lui-même impressionné par le rougeoiement et attisé par le crépitement du feu, de sa démarche lourde, Grizzly retourna de nouveau vers le hangar. Cette fois, il glissa sa patte de plantigrade dans un interstice du recouvrement de planches, en tira une vers lui dans un couinement de clous rouillés, l'arracha et revint vers le cercle de feu avec l'intention évidente de l'alimenter.

— Es-tu viré fou, toé, mon gros *câlisse* ? l'apostropha Yann qui, aidé de Raphaël, tenta de maîtriser la bête, incapable de le dissuader.

— Lâchez-moé, mes *tabarnacs* !

Malgré elle, même apeurée, Florence admirait le corps de Lamontagne et la force herculéenne qu'il déployait pour venir à bout de l'ours qui se débattait contre ses congénères, qui tentaient de le neutraliser.

— Donne-nous c'te planche-là, Grizzly ; fais pas le fou, ordonna Raphaël.

— Attention ! éclata Lamontagne.

L'instant d'après, ignorant les supplications, arrachant la planche vermoulue des mains des ravisseurs qui s'opposaient à son inquiétant dessein, l'ours se cambra, perdit pied et tomba à l'intérieur du périmètre de flammes, l'arrière-train dans la braise ardente, hurlant de douleur. Lamontagne lui tendit sitôt la main pour le retirer, pendant que Raphaël tenait la planche épargnée. Vociférant des blasphèmes à s'en époumoner, tant bien que mal, Grizzly accourut vers une petite mare d'eau boueuse à laquelle il offrit son siège incandescent sous le regard compatissant de quelques motardes ivres mortes. Dans un coassement de grenouilles des marais, l'ours, aidé d'une noiraude exhibant une longue tresse postiche, s'extirpa péniblement de la fange rédemptrice, exerçant une forte succion sur ses fesses endolories, le cuir de son pantalon de motocycliste ayant été soumis à un nombre élevé de degrés Celcius.

Grizzly, mains aux fesses et suivi d'Angela, la fille de la mare, qui semblait maintenant le prendre en pitié, vitupéra encore furieusement des imprécations contre Yann et Raphaël et s'approcha lentement du feu. Il descendit sa braguette et se mit à uriner sur les braises fumantes pour les éteindre, sous le regard amusé d'un certain nombre de *soûlaudes*, de *soûlauds*, et de Charlemagne qui observait la scène grotesque en se blottissant contre son père. Craignant une autre échauffourée, Angela entraîna Grizzly vers la maison, lui prodiguant de lénifiantes paroles de réconfort. Florence, toujours postée à la fenêtre — comme la soldate qui garde la forteresse ou le matelot qui, du haut de son mât, exerce une vigie, à l'affût des moindres mouvements, des moindres bruits et d'inhabituels clapotements —, se précipita vers la porte pour en vérifier le verrouillage. Devant une porte close et le visage émacié de Florence, qui avait écarté le rideau de dentelle sans toutefois ouvrir, Angela afficha un air de vierge offensée et se tourna vers Grizzly, qui décida que rien ni personne ne lui opposerait de résistance. Au même moment, Charlemagne détacha son regard admiratif de Yann, qui avait entrepris tant bien que mal de fixer la planche arrachée du hangar avec une pierre tout en devisant des événements avec sa motarde :

— Regarde, Yann ! Grizzly veut entrer dans la maison.

— Attends, toé, mon gros *câlisse*...

Grizzly avait reculé de trois pas et s'apprêtait à foncer vers la porte. Yann, voulant épargner d'autres dégâts à la propriété, s'élança vers la maison et agrippa l'ours échaudé par le collet, le saisit au bras et le projeta durement aux pieds d'Angela, qui posa sur son protégé un regard d'indignation. Contre toute attente, voulant probablement éviter le pire, Florence ouvrit piteusement :

— Entrez, je vais le soigner.

— Merci, Flo, s'étonna Yann.

Lamontagne, flanqué de Charlemagne qui l'avait rejoint, et assisté de Raphaël et d'Angela, tentèrent de relever Grizzly, qui acceptait maintenant de l'aide. Ils entrèrent dans la maison. Florence, troublée par la présence inopinée de son ex, supplia l'homme aux fesses à l'air de s'allonger sur le canapé-lit du salon, postérieur en relief, et quitta la pièce. L'homme gémissait, la face contre l'oreiller, le souffle haletant de douleur plus que de pudeur, entouré de soupirs charitables. Florence s'amena, un pot entre ses mains d'infirmière. Angela flattait la luxuriante chevelure de Grizzly — qui affichait un air bravache malgré tout — et tentait de le rasséréner, pendant que Florence s'apprêtait à enduire les clochettes de la peau roussie d'une pommade pharmaceutique, molle et grasse comme il se doit. La main frêle de Florence frôlant sa peau, Grizzly se rappela, enfant, la douce main de sa mère qui le soignait contre la varicelle et ses repoussantes éruptions cutanées. Qui aurait dit que le valétudinaire petit Rodolphe, qui attrapait tout ce qui courait pendant son enfance, deviendrait le solide gaillard que tous redoutaient aujourd'hui pour sa force et sa bravoure ?

— Mon gros, tu vas rester bien calme et faire dodo, plaisanta Yann en adressant un clin d'œil complice à son fils et à Florence.

— Maintenant, tu vas te coucher, mon Charlot. Maman trouve qu'il est bien assez tard.

— Non, maman, répliqua Charlemagne, réprimant un bâillement. Je veux coucher avec Yann dans sa tente.

— On a une toute petite tente pour deux et c'est pas certain que Rébecca aimerait ça, rétorqua Yann.

— Il faudrait peut-être lui demander, Yann... Ça ferait

tellement plaisir au p'tit. Tu ne le vois pas souvent, après tout, trancha Florence.

— Vendu !

— Va d'abord mettre ton pyjama, mon amour, supplia sa mère, qui se réjouissait de la tournure des événements.

Cinq minutes plus tard, Charlemagne sortait de la maison avec son père, encadré par Yann et Raphaël, abandonnant Grizzly sur le canapé-lit, sous l'œil attendri d'Angela.

Florence monta à l'étage pour la nuit. Bédard avait bordé sa fille et dormait à côté du lit pour la rassurer, étendu sur les planches en pin noueux de la chambre.

10

Il n'était pas onze heures le lendemain matin que le convoi vibrait de toutes ses motocyclettes vers Montréal. Rodolphe, alias Grizzly, après une nuit à plat ventre, avait douloureusement enfourché sa moto, reposant la partie moins noble de sa personne, rehaussée d'un carillon, beurrée d'une bonne épaisseur de pommade et recouverte d'une gaze protectrice. Lamontagne avait salué son fils, l'abandonnant devant la porte de la maison, sans lui dire quand il le reverrait. Charlemagne avait regardé son père, un dernier instant, caracolant en tête du convoi, béat d'admiration et la tête remplie d'impérissables souvenirs. Pour rien au monde il n'aurait troqué sa mère contre cette Rébecca qui accompagnait Yann, mais il aurait volontiers donné n'importe quoi pour se débarrasser de son beau-père et vivre avec son père naturel. Florence avait délibérément choisi de demeurer à la maison pour s'occuper des enfants en attendant que l'année scolaire se termine, après quoi Bédard pourrait prendre la relève. Tôt le matin, l'enseignant était reparti au travail, esquivant le colosse au postérieur calciné et sa compagne échoués au salon, promenant un regard désabusé sur sa cour arrière et son potager, qu'une barbare invasion avait saccagés.

En après-midi, Mélodie était partie chez une petite voisine pour s'amuser. Florence confia à son fils la responsabilité de remettre le « terrain de camping » en état pendant qu'elle redresserait les plants de tomates du potager avant de rentrer à la maison. Le vieil Aristote était sorti de sa torpeur et de sa période d'ermitage de la nuit précédente et suivait son petit maître pas à pas. Charlemagne procéda donc au ramassage de bouteilles et de capsules avec une excessive lenteur, baguenaudant çà et là où il avait accompagné son père, s'attardant autour de l'emplacement du feu. Un amas de canettes, de flacons et de bouteilles vides s'amoncelaient près du hangar. Ressassant ses images vives et hallucinantes de motocyclettes chromées et sa promenade hélas trop courte avec son père, Charlemagne délaissa son chantier de verre et de métal pour pénétrer dans le hangar.

La vue des bicyclettes — celle de Mélodie et celle de son beau-père — rangées contre une cloison l'incita à « emprunter » celle de sa demi-sœur. Certes, il eût été préférable d'obtenir son assentiment, mais la tentation était trop forte pour ne pas en profiter. Il sortit donc du hangar, marchant à côté de la bicyclette rose vers l'entrée rocailleuse en tenant fermement le guidon. Pressentant un danger imminent, Aristote aboya de désapprobation et alerta Florence qui sortit sur la galerie.

— Mon chou, tu ne vas pas monter sur cette invention à deux roues, toi qui n'as pas appris en ville…

— J'veux essayer, maman, aide-moi !

— Oui, mais c'est la bicyclette de Mélodie.

— J'veux quand même, bon !

Le sourcil contrarié, Florence descendit les marches de l'escalier de la galerie et s'approcha de son fils, qui n'avait pas tardé à enfourcher la bécane. Comme Charlemagne était habillé de sa salopette aux genoux avachis, Florence se rassura à la pensée que le vêtement amortirait une éventuelle chute ou en amoindrirait les fâcheuses conséquences. Dans l'entrée de la propriété, l'espace disponible au novice pour apprendre les rudiments de la conduite était largement suffisant et la coccinelle, hors de danger. Le cœur serré, la main fermement agrippée au-dessous de la selle, Florence réussit à maintenir un certain équilibre pendant les quatre ou cinq révolutions des roues, dont le pneu arrière avait manifestement besoin de renfort, jusqu'à ce qu'un caillou un peu obèse fasse dévier le vélo de sa course. Pas de dommage ; la bicyclette était sauve et le fiston exempt d'éraflures et d'ecchymoses.

Après quelques périlleux essais, Florence, à bout de souffle, supplia Charlemagne de ranger l'objet de sa fatigue et de son inquiétude dans le hangar. Ce qu'il ne fit pas. Il abandonna la bicyclette rose de Mélodie près de la coccinelle orange puisque, sur ces entrefaites, Félix surgit dans la cour :

— Hein ! un *bicycle* de fille…

— Au moins, j'me promène pas à pied, rétorqua Charlemagne avec véhémence.

— C't'une blague ! Charlot.

— À Montréal, c'est pas la place pour apprendre, tu sauras…

— Bon, OK. Si tu veux un vélo, juste pour toi, tu me le diras. Mon père peut t'en fournir un, sans problème.

— Peut-être, on verra… Qu'est-ce que tu fais de bon ?

— Comme j'ai vu passer la bande de motards en avant de chez moi à la fin de l'avant-midi, j'ai pensé qu'on pourrait jouer ensemble ?

— C'est Yann qui était en avant avec son gros Harley ! J'ai dormi dans la tente avec Rébecca et lui. Il est super *cool*, mon père ! Florence était pas contente parce que la gang a laissé des « traîneries ». Il faut d'abord que je finisse de ramasser. T'as vu le gros tas à côté du hangar ?

— Ouache ! C'est dégueulasse !

— Viens m'aider. Ensuite, on pourra faire autre chose ensemble.

Grappillant çà et là, Charlemagne s'amusa à relater la désopilante scène de Grizzly qui s'était fait chauffer les fesses sur la braise.

Après une heure de glanage de canettes, de bouteilles vides et de bouchons dans l'herbe foulée par les tentes dressées, Félix proposa que son père vienne récupérer la manne. Opinant sans hésiter de la casquette, Charlemagne accourut vers l'escalier de la maison, entrouvrit la porte, cria son intention de se rendre chez son ami, la referma avec fracas et s'enfuit chez son voisin en passant par la pommeraie mitoyenne, suivi d'Aristote qui, abasourdi d'incompréhension, consentit toutefois à suivre son jeune maître.

En arrivant, Charlemagne repéra l'escarpolette pour s'y balancer pendant que Félix disparaissait entre les bâtiments. Vingt minutes plus tard, entre deux lisières de plantes sarmenteuses, un quad ronronnant traînant une charrette à ridelles s'amena en avant de la maison et s'immobilisa. Pelchat avait décidé de faire plaisir aux gamins :
— Montez, les enfants ! commanda-t-il vigoureusement, une longue guiche émergeant sous son chapeau de cow-boy, les yeux à demi cachés.

Charlemagne se hissa à bord le premier, Félix ensuite, mais Aristote refusa poliment l'invitation en aboyant son refus, un tel saut en hauteur sollicitant exagérément ses vieux muscles endoloris. Les enfants enjoués s'agrippèrent solidement aux ridelles de la charrette bringuebalante et le véhicule s'ébranla vers une ouverture de la haie, sorte de tonnelle pratiquée dans les cèdres pour accéder à la pommeraie.

Après une bonne demi-heure d'un fructueux ramassage chez Bédard, la charrette à débarras rebroussa chemin, Félix et Charlemagne assis sur le rebord de la voiture pour retenir la précieuse cargaison, Florence se réjouissant du nettoyage de l'emplacement de camping avant l'arrivée de Manuel.

De retour, Pelchat recula près de sa Jaguar avec sa charge. Son fils échangea avec lui quelques paroles à voix basse et s'approcha de Charlemagne.

— Suis-moi ! lui ordonna-t-il.

Intrigué, Charlemagne suivit Félix dans un des bâtiments où s'entassaient des bicyclettes de grandeurs et de
couleurs variées. Il promena un regard de convoitise sur la
« collection », reluquant les plus attrayantes pièces, et son
œil se posa enfin sur un modèle à pneus larges d'un bleu
royal métallique.

Pendant que Pelchat s'affairait au transbordement de la
cargaison, Félix donna une leçon de conduite à Charlemagne qui dura cinq bonnes minutes, suivie d'un cours pratique qui mit rudement à l'épreuve la patience de l'enseignant en herbe et qui se solda par un arrêt brutal de l'élève
contre un cèdre hostile qui lui infligea quelques écorchures
superficielles. Les yeux révulsés de colère, Charlot ramassa
sa bicyclette et manifesta son intention de rentrer chez lui.
Pelchat, qui venait de filmer de son œil moqueur la course
vertigineuse et s'apprêtait à ranger son équipement de
transport dans une de ses annexes, intervint pour empêcher le petit voisin de quitter les lieux si promptement :

— Bon ! Une autre bécane à réparer. Patente à gosse !

— J'y arriverai jamais, laissa tomber Charlemagne, en
proie au découragement.

— Ben oui ! décréta Félix pour encourager son ami.

— Ce soir, on t'amène pour une tournée…, reprit Pelchat
pour changer les idées de Charlemagne.

— Où ça ?

— On va à Montréal.

— Tu vas voir, c'est le *fun* ! réagit Félix.

— D'où penses-tu que vient ta bicyclette ? poursuivit Pelchat.

— Tu l'as volée ! affirma Charlemagne sans broncher.

Les traits de Rosaire Pelchat se rembrunirent devant la réponse de prime abord impertinente :

— La plupart des gens jettent leurs choux gras, se ressaisit-il. On fait du ramassage, précisa-t-il. Pas du vol, patente à gosse ! Je répare, puis je vends au marché aux puces. Ça rend service à la société et c'est mon gagne-pain.

— C'est bon pour l'environnement. C'est du recyclage, ajouta Félix.

— En tout cas, parles-en à ta mère. On part à sept heures.

Pas tout à fait persuadé du bien-fondé de l'entreprise de Rosaire, Charlemagne prit la décision d'en parler à Florence. Empoignant son cadeau par le guidon, il rentra à pied avec Aristote, qui en avait assez de son séjour chez le voisin.

Au souper, Charlemagne dut s'expliquer auprès de Mélodie pour avoir laissé traîner sa bicyclette rose. Il s'en excusa, prétextant l'arrivée intempestive de Félix qui l'avait détourné de ses intentions et promit de la ranger tout de suite après le repas. Passant aux « choses sérieuses », il fit part de sa singulière demande pour la soirée. Il accompagnerait Rosaire et Félix dans leur tournée. Le travail qu'exerçait monsieur Pelchat, lui semblait-il, était tout à fait honnête et essentiel à la société. Florence hésita avant de donner son approbation, mais Manuel consentit à se rendre avec

Charlemagne à sept heures chez le voisin pour s'enquérir des véritables intentions de Pelchat.

Après le souper, la camionnette de Bédard s'immobilisait devant une maison délabrée, déglinguée : une chartreuse lambrissée de déclin de bois beigeasse sur lequel pendouillaient des pelures de peinture séchée avec une façade percée de fenêtres aux carreaux sales ou embués et un toit sur lequel manquaient des morceaux de bardeaux d'asphalte. « Ça doit pas être beau là-dedans », se dit Bédard. Jamais son œil de voisin n'avait pu embrasser d'un seul coup l'ensemble de la propriété puisqu'il n'avait fait qu'entrevoir les lieux de la route, réprimant sa curiosité l'incitant à s'en approcher. Mais cette fois, il avait de bonnes raisons pour passer de l'autre côté des énormes portes de bois habituellement entrouvertes.

Dans l'entrée d'asphalte craquelé du garage double, Manuel reconnut la Jaguar et la bagnole crème et rouille à laquelle était attachée une énorme remorque remplie d'une multitude d'objets hétéroclites : fenêtres, vieux poêles, boyaux d'arrosage, bicyclettes, etc. Parfois, il voyait passer ces véhicules devant chez lui, subodorant un étrange commerce chez son voisin. Effectivement, Pelchat donnait dans la brocante. La semaine, les jours d'enlèvement des ordures, il parcourait sélectivement les rues de certains quartiers de Montréal à la recherche d'objets de toutes sortes qui lui semblaient d'un certain intérêt et susceptibles d'attirer l'attention d'éventuels acheteurs. Selon son expertise, il y avait deux moments privilégiés de la journée pour entreprendre une tournée payante : la veille au soir, à la brunante, alors que des poubelles et des « choses à jeter » se retrouvaient au bord de la rue, et tôt le matin, une fois que les travailleurs quittaient leur domicile. Dans les deux cas, Pelchat passait plutôt inaperçu et pouvait agir avec une relative quiétude.

Le brocanteur jouissait d'une certaine largesse de conscience puisqu'il se croyait absolument indispensable à la société. Il se considérait comme le poisson vidangeur dans l'aquarium des humains. Il nettoyait le devant des portes et, par-dessus tout, donnait une seconde vie à des articles qui, autrement, auraient terminé leurs jours sur un tas de ferraille ou dans l'incinérateur. Une fois tous ces trésors récupérés, il en faisait le tri, réparait ce qui devait l'être et, la fin de semaine venue, offrait ses trouvailles au marché aux puces de Carignan à un coût dérisoire, selon ses dires. N'empêche qu'il en tirait de quoi vivre décemment, le montant de ses ventes surpassant allègrement celui de sa source de revenu officielle, l'aide sociale. Le pauvre Pelchat souffrait d'un inguérissable lumbago qui le rendait inapte au travail... mais apte à tout ce qui n'en portait pas officiellement le nom.

Semblablement au crime organisé, la ville était divisée en secteurs étant donné la concurrence féroce qui se livrait dans ce commerce de bas étage. Habituellement, chacun respectait les limites territoriales des rivaux, mais dans le cas où un « malfaisant » se permettait une incursion « illégale » hors zone, il faisait face à des représailles. C'est à ce moment que Rosaire Pelchat, animé d'un désir de vengeance, empruntait une rue plus tranquille sur le territoire ennemi et s'attardait devant une propriété où tout semblait parfaitement immobile. Là, avec grande circonspection, il poussait sa hardiesse jusqu'à sonder les portes, pénétrer dans les demeures, rafler quelques trucs — systèmes de son, micro-ondes, téléviseurs —, fouillait dans les commodes, à la recherche de quelque malheureux billet de banque. Quelquefois, il se contentait de passer par en arrière et de subtiliser un poêle BBQ ou des pièces d'un ensemble jardin de son goût qu'il chargeait fièrement dans sa remorque et s'enfuyait avec son butin en souhaitant que ses adversaires soient accusés de vols par effraction.

Il était sept heures. Charlemagne était au rendez-vous. Pelchat sortit de la maison, affublé de son habituel chapeau, laissa sortir Félix derrière lui puis verrouilla la porte. Charlemagne descendit de la camionnette et Bédard s'empressa d'imiter son geste. Il engagea aussitôt la conversation avec Pelchat :

— Comme ça, vous faites une tournée...

— Oh ! Juste une petite. La remorque est pleine, patente à gosse ! Pour ce soir, je prends la Jaguar. Ce sera une courte promenade. On va commencer par larguer notre chargement de bouteilles de bière et de boissons gazeuses au dépanneur en passant.

— Merci de m'en débarrasser, monsieur Pelchat.

— De rien.

— Merci pour la bicyclette de Charlot.

Bédard parut rassuré sur le mobile de la « petite tournée » et retourna chez lui.

La Jaguar s'engagea à vive allure sur la route. Après s'être délesté de son chargement au dépanneur et avoir récolté une somme non négligeable en échange auprès d'un commis découragé devant l'ampleur de la tâche, il fila vers la grande ville, louvoyant entre les innombrables nids-de-poule de la route 112. À Montréal, à la demande de Charlemagne, Pelchat fit un crochet par la rue Bourbonnière, question de montrer à son ami Félix où il avait habité avant de déménager.

Le crépuscule assombrissait les sacs de vidange, répandant sur eux un voile de mystère. Les lampadaires éclairaient comme une veilleuse les objets dont on voulait se débarrasser. Des piétons déambulaient, insouciants de toute la richesse de ces ordures, détournant la tête, jetant parfois un regard méprisant sur ces immondices nauséabondes. Et pourtant, la Jaguar avançait lentement, les yeux de Félix et de Charlemagne en alerte, le conducteur prêt à s'immobiliser devant tout ce qui possédait un potentiel de revente.

Au bout du compte, le coffre de la Jaguar ne recueillit que des objets sans grande valeur, tout juste bons à payer le coût de l'essence pour la promenade en ville : une lampe torchère qui avait courbé l'échine, une raquette de tennis à corder, trois enjoliveurs de roues dépareillés et une chaise bancale.

Pelchat était lui-même un peu déçu de cette *virée*. Mais il le cachait bien, riant et comptant des blagues, entretenant de fadaises ses deux passagers à l'air renfrogné, assis piteusement sur la banquette arrière, essayant de les distraire de leur ennui manifeste. Avant de retourner sur la Rive-Sud, il eut l'idée d'arrêter au Bilboquet pour déguster une glace, ce qui permit d'oublier le temps perdu et de finir la journée plus agréablement. D'ailleurs, c'était dans l'intérêt du « ramasseux » de soigner ses deux aides, car le jour viendrait où leur indispensable collaboration serait requise.

II

Le vingt-neuf juin. Après un congé de quelques jours, Florence, à bord de sa coccinelle, avait repris le chemin de l'hôpital. Au contraire, Bédard se retirait dans son repaire campagnard pour les vacances estivales. La plupart de ses élèves avaient réussi leur cours de mathématiques. Il s'en trouvait toujours qu'il n'arrivait pas à arracher à leur inertie, mais le médecin, aussi compétent soit-il, ne peut guérir de tous les maux. Malgré un système d'éducation boitillant, Bédard continuait de croire que ce n'était pas en le remplaçant progressivement par une gangreneuse réforme que les enfants apprendraient mieux à lire, écrire et compter.

Bien sûr, il fallait s'occuper des enfants. Mélodie s'amuserait avec une voisine, Charlemagne avec Félix. Depuis les derniers jours, Charlemagne montait à bicyclette avec une aisance enviable pour un débutant. Il pratiquait à l'insu de sa demi-sœur, son orgueil de jeune garçon lui conférant une motivation intrinsèque. Il faut croire que son progrès était notable puisque Félix avait cessé toute raillerie à son égard.

Bédard se réservait aussi du temps pour assurer l'entretien de la propriété. La vue, quelques jours auparavant, de

pelures de peinture sur la maison de Pelchat l'avait convaincu de sa laide apparence et de l'impérieuse nécessité de rafraîchir sa propre maison. Le vacancier avait enfilé un jeans
délavé et un t-shirt maculé de peinture pour grimper dans
son échelle extensible en aluminium. D'abord installé du
côté du soleil levant pour profiter de la lumière du jour, il
tenta de nettoyer les gravats de la corniche qui tombaient
comme feuilles en automne sur le sol parsemé de reliquats
de peinture. Le chantier, tout de même d'une certaine envergure pour un homme seul, lui « mangerait » pas mal
de temps, mais il s'en réservait pour s'adonner à sa secrète
passion : l'écriture. Justement, il attendait des nouvelles de
plusieurs éditeurs auxquels il avait soumis un roman policier pour adultes. On lui avait poliment mentionné que
son polar « ne répondait pas à la politique éditoriale de la
maison » ou encore que son texte n'avait « pas touché la
sensibilité des membres du comité de lecture », ce qui lui
avait laissé un goût amer de désenchantement. Et, presque
par dérision, il avait tenté d'obtenir l'assentiment d'un autre
éditeur de qui il attendait incessamment des nouvelles.

Après nombre d'ascensions, descentes et déplacements
de l'échelle pour se réinstaller, courbaturé, l'auteur posa
son grattoir sur le sol et se rendit à la boîte aux lettres au
bord du chemin puisque le facteur en avait levé le drapeau.
En dessous du compte de téléphone reposait une lettre qui
lui était adressée. Les Éditions du Scorpion avaient daigné
lui répondre après des mois d'attente, sans même lui avoir
au préalable adressé un accusé de réception. Il décacheta

l'enveloppe et lut à voix haute en demeurant au bord de la route :

Nous avons le regret de vous informer que les membres du comité de lecture n'ont pas recommandé la publication de votre œuvre. Bien que le style empanaché soit agréable et l'écriture achevée, que vous sachiez créer, par moments, un véritable univers interlope, le texte que vous nous proposez suscite peu d'intérêt. Également, il faudrait retravailler les personnages, en particulier cet enquêteur insignifiant et paillard qui ne va pas à la cheville de Colombo ou de Maigret, sans compter que l'intérêt du lecteur est en chute libre dès la trente-deuxième page. Il y a malheureusement trop de plumitifs de votre nature dans le monde littéraire.

Nous vous remercions de votre intérêt pour les Éditions du Scorpion.

Veuillez agréer, monsieur, l'expression de nos sentiments les meilleurs.

Agathe Christie
Adjointe à la directrice éditoriale

— Calvaire ! Si c'est pas insultant…

L'auteur déglutit pour avaler les commentaires de l'adjointe, baissa la tête, et son visage s'assombrit. Il dégagea promptement la route au long coup de klaxon projeté par un camion de Robert Transport qui fonçait à vive allure.

— Non, je ne me laisserai pas faire !

Insulté, il replia la lettre au ton acerbe, la remit dans son enveloppe et l'enfouit rageusement dans la poche arrière de son jeans avec son compte de téléphone.

Mélisandre, la défunte femme de Bédard, avait mis son mari en garde contre l'achat de sa maison de campagne, alléguant que son prénom avait trait davantage aux livres qu'à son pragmatisme. « On n'achète pas une vieille maison de bois quand on n'est pas bricoleur, Manuel ! » Après les funérailles, il avait quand même décidé de conserver sa propriété pour ne pas déraciner la petite et parce qu'il aimait la vue sur la montagne et la quiétude des lieux. Mais comme la corvée de l'entretien lui incombait, ne pouvant la partager avec la femme qu'il avait invitée à vivre avec lui, Bédard s'attaqua à un pan de mur de la maison, grattoir en main, l'air maussade, parcourant dans sa tête les passages insultants qu'il venait de lire. L'écrivain consacra ainsi de longs moments à ressasser l'acrimonieuse critique, mais réagit soudain en se disant que les paroles de l'adjointe à la directrice éditoriale ne resteraient pas lettre morte. Il en était à gratter le châssis d'une fenêtre lorsqu'il consulta son bracelet-montre, réalisant que Florence arriverait bientôt et que les enfants réclameraient à souper.

Le besogneux abandonna son chantier et se précipita à la cuisine, où Charlemagne achevait de se tartiner une tranche de pain sept grains avec du beurre d'arachide et du miel.

— C'est quoi ça ? éclata le peintre en bâtiment.

Sur le plancher de la cuisine, expirait une truite mouchetée, les yeux suppliants de désespoir.

— Je voulais te faire un cadeau, Manuel. C'est ce qu'on va manger pour le souper.

— Où as-tu pêché ça ? Ce n'est pas ce qu'on appelle du menu fretin !

— Pas d'importance ! Tu le fais cuire ou pas ? Avant que Florence arrive… On va lui faire une belle surprise…

— Tu étais avec Félix, je présume ? Alors, apporte ça chez lui. L'autre jour, quand je suis allé te conduire, j'ai vu qu'il y avait des chats.

— Pas nécessaire, Félix a attrapé trois poissons.

— Peu importe, mon sacripant ! Je sais où tu as pêché ça. Faut pas être bien malin pour le déduire, Charlot : dans le lac artificiel de monsieur Marin, lança Bédard en haussant le verbe.

— Oui, et puis qu'est-ce que ça peut faire ?

— Écoute-moi bien, mon Charlot…, se radoucit son beau-père.

— Je ne suis pas ton Charlot, tu sauras !

— Bon ! Dépêche-toi avant que ta mère arrive. Sinon, je sens que je vais t'*étriper*.

Le petit braconnier n'obtempéra pas tout de suite. Il ouvrit lentement la porte d'une armoire en décomposant son geste, prit un verre, le plus grand possible, se rendit au réfrigérateur et se versa du lait, s'assit à la table de cuisine et prit le temps de savourer sa tartine entre de brèves lampées, sous le regard médusé de Bédard. Exaspéré, celui-ci commençait à éplucher des légumes lorsque la coccinelle s'immobilisa dans la cour. Florence entra avec Mélodie, qui revenait de chez son amie :

— Ouache ! Un poisson mort ! s'époumona Mélodie.

— Dans ma cuisine, en plus, s'exclama Bédard.

— Sais-tu d'où ça vient, Charlot ? demanda Florence.

— Certainement qu'il le sait, coupa Bédard. Ça vient du lac artificiel de monsieur Marin. C'est du pur braconnage !

— C'est sûrement une idée de Félix, répartit Florence.

Bédard se pencha et fouilla dans l'armoire sous l'évier. Il en sortit un sac d'épicerie vide, s'approcha du poisson — qui avait rendu l'âme — et enfouit le fruit de la pêche interdite dans le sac :

— Finis ta beurrée, pis va me porter ça au plus sacrant chez Félix !

Le petit pêcheur avala sa dernière bouchée et laissa son verre à moitié plein sur le comptoir à côté de son beau-père à l'humeur assassine et s'exécuta avec lenteur. Pour calmer son conjoint, Florence prépara une eau savonneuse dans un seau, s'empara d'un torchon, se mit à quatre pattes et lava une bonne surface du prélart de la cuisine où, vraisemblablement, le poisson avait lutté pour vivre avant d'agoniser.

Charlemagne de retour de son voyage éclair chez Félix, on s'attabla. Bédard, lui, revenu à de meilleurs sentiments, proposa aux enfants une journée à la Ronde. Cependant, on devait vérifier, au préalable, la disponibilité de Gertrude Bellehumeur, qui servirait d'accompagnatrice.

— Pourquoi tu ne les accompagnes pas toi-même ? s'informa Florence, interdite. Tu abandonnes ton chantier ou quoi ? D'ailleurs, j'ai remarqué la progression depuis ce matin, c'est encourageant.

— J'abandonne temporairement mon chantier. Premièrement, je vous annonce que je dois rencontrer mon éditeur, demain. Ensuite, je suis persuadé que Gertrude se fera un incommensurable plaisir de passer une partie de la journée avec Mélodie et Charlemagne.

— Un éditeur veut publier ton texte ? s'enquit Florence.

— Il en est fortement question, ma chère. Enfin, on verra. Je poserai certainement mes conditions…, précisa-t-il, suffisant.

— Il faut fêter ça ! explosa Florence.

Elle se leva et revint avec deux coupes et une bouteille de vin.

— Je préférerais attendre que le contrat soit signé, refroidit Bédard.

— Si tu es invité chez l'éditeur, c'est déjà bon signe, non ?

— Bravo, papa, s'interposa Mélodie, ravie.

12

Le lendemain matin, l'auteur avait délaissé son eczémateuse maison et filé rue Saint-Denis. Il avait déposé les enfants à l'entrée de la Ronde, où l'ancienne nounou manifesta avec exubérance sa joie des retrouvailles avec Mélodie et Charlemagne. Elle s'était rendue en métro pour simplifier les déplacements de Manuel. Couverte de son chapeau de paille à large bord, Gertrude Bellehumeur s'était saucissonné les jambes avec des kilomètres de bandelettes et se disait prête à « traîner » les enfants alors que, dans sa condition, il s'agissait précisément du contraire. Florence, qui avait traversé le fleuve dans sa coccinelle, avait suggéré que Gertrude « se ménage » en apportant une chaise pliante pour s'asseoir dans les files d'attente. La camionnette du « plumitif » s'arrêta près des Éditions du Scorpion.

Un timide panneau de bois peint légèrement décoloré portant le nom de la maison d'édition souligné d'une flèche et l'inscription 3ᵉ *étage*, attira l'attention du rougemontois. Manuel entreprit de monter. Une autre flèche dessinée à la mine de plomb sur un carton foncé pointait vers le fond du corridor mal éclairé. « Décidément, l'éditeur se terre dans un endroit peu accessible », pensa l'écrivain. Il avança d'un pas mal assuré vers la dernière porte à gauche du corridor. « Le Scorpion n'a pas précisément pignon sur rue, ricana-t-il. Ce n'est pas le temps de faire des plaisanteries, imbécile », se ravisa-t-il pour se contenir.

D'un poing craintif, Bédard frappa avec retenue à la porte close. Des pas progressèrent vers lui. Dans un grincement horrible, la porte s'ouvrit sur un petit homme dans la quarantaine à la peau crevassée, à la chevelure gominée et à l'œil méfiant retranché derrière une monture sombre soutenue par un nez affublé d'une affreuse verrue.

— Que me voulez-vous ? demanda l'homme qui retenait la porte d'une main effrontée.

— Je suis Manuel Bédard, écrivain. Je suis venu pour récupérer mon manuscrit, *Le suspect numéro 2.*

— Ah, c'est vous l'auteur ? réagit le littéraire.

Avec impassibilité, l'homme laissa la porte entrouverte sur un véritable capharnaüm, en faisant signe à son visiteur d'attendre un instant dans le passage et disparut dans une pièce attenante. Défiant la consigne du bureaucrate, Bédard poussa la porte, s'avança et s'assit sur une chaise droite, devant le serpentaire dominé par un ordinateur et bondé de documents de tout acabit, les uns bien reliés, les autres entourés d'un simple élastique. Le petit homme revint dans la pièce et, réalisant que son visiteur était entré sans sa permission, lança sur le bureau une grosse enveloppe à bulles que l'auteur reconnut tout de suite :

— Qu'est-ce que vous faites là ? maugréa-t-il avec un air de bouledogue. Je vous avais signifié d'attendre à la porte.

Imitant le geste provocateur de son vis-à-vis, Manuel se leva et sortit de la poche de sa chemise la lettre de la maison d'édition qu'il avait reçue la veille, la brandit les dents serrées devant le visage de l'éditeur et la remit dans sa poche :

— Vous avez une façon de traiter les auteurs, monsieur ! Les propos que vous avez tenus dans cette lettre sont indignes d'un éditeur qui se respecte.

— Sachez, monsieur, que comme éditeur, j'ai le devoir de ne publier que des textes de qualité et que le vôtre ne respecte pas les standards que nous avons établis.

— Ce n'est pas une raison pour écraser un auteur qui tente de se faire connaître.

— Le comité de lecture n'a pas recommandé la publication de votre œuvre, monsieur Bédard.

— Il n'est pas possible de reconsidérer votre décision ? se radoucit Bédard, empruntant un ton moins belliqueux. Madame Agathe Christie a signé une lettre peu élogieuse et peut-être un peu injuste à mon égard…

— Il n'y a pas de second tour, ici. Je n'irai pas à l'encontre de la recommandation de mon comité. Un point c'est tout ! Ai-je bien entendu mon nom dans le corridor ?…

— Bonjour, mon chéri ! Je viens te chercher pour dîner, intervint familièrement Agathe Christie en demeurant dans le chambranle de la porte.

— Imagine-toi donc, Agathe, que monsieur Bédard

critique la décision de notre comité de lecture pour son roman policier *Le suspect numéro 2* !

— Manuel Bédard, n'est-ce pas ? Pourquoi pas Manuel Cahier ? Ce serait un drôle de nom ! Qu'en penses-tu, Anatole ?

— En effet, Agathe ! Avec un nom pareil, monsieur se croirait vraiment prédestiné à la littérature. Vous ne l'êtes qu'à demi. Quoi qu'il en soit, l'habit ne fait pas le moine, monsieur… Bédard ?

— Trêve de sarcasmes !… poussa l'écrivain d'un ton rageur.

Montée sur ses talons aiguilles et bombant le torse, Agathe Christie fit quelques pas vers une petite bibliothèque près de l'entrée de la pièce, en retira un volume, s'avança vers l'intrus et le lui tendit :

— Sachez, monsieur, que j'ai déjà publié *L'ombre de l'homme invisible*, qui a été tiré à trois mille exemplaires, et qu'un second polar est présentement en préparation.

— Vous en avez deux mille neuf cents dans votre cave, je suppose ?

— Agathe détient un certificat en littérature. Elle est en voie de devenir la reine du polar au Québec, monsieur Bédard.

Le visiteur lut d'abord la quatrième de couverture et feuilleta le bouquin de cent cinquante-trois pages, s'arrêtant sur un passage qu'il lut à voix haute :

— « … ». Tout à fait insignifiant, madame Christie ! Vous faites honte à votre presque homonyme, la grande romancière Agatha Christie. Non, mais vous pouvez aller vous rhabiller ! affirma Manuel, cinglant. Croyez-moi, vous avez intérêt à demeurer dans l'ombre… de l'homme invisible…

— Sortez, infâme personnage, et qu'on ne vous revoie plus !

— Laissez-moi le temps de reprendre mon manuscrit, rétorqua l'écrivain rougemontois.

Bédard s'étira stoïquement le bras, s'empara de l'enveloppe à bulles qui reposait encore sur le monticule de paperasse et sortit en faisant vibrer la porte.

« Je parie que le comité de lecture des Éditions du Scorpion se réduit à une personne, c'est-à-dire à elle-même, la reine du polar », gouailla le romancier.

Malgré sa déconvenue encore fumante, l'auteur déambula sereinement sur la rue, manuscrit sous le bras. Il s'arrêta à la hauteur de sa camionnette, vérifia le temps qu'il restait au parcomètre à puce, ajouta suffisamment de monnaie pour une heure supplémentaire et chercha un restaurant pour dîner.

L'écrivain s'assit à une table embarrassée sur la terrasse d'un petit bistrot à la devanture éventrée par des portes coulissantes ouvertes pleine largeur. Un journal replié dans une assiette attira son attention. Il déposa son enveloppe à bulles sur la chaise libre mais encore chaude du précédent client et se mit à parcourir les colonnes du journal de quartier. Une serveuse au sourire déjà flétri à cette heure de la matinée se présenta, napperon et menu à l'aisselle, carnet et stylo d'une main, ustensiles de l'autre, et entreprit de redonner à la table un aspect plus agréable. Une fois la commande notée de sa main gauche, elle repartit puis revint avec une désaltérante bière hollandaise blonde que le littérateur s'empressa de goûter. Il savoura ce moment de repos en songeant à Mélodie et Charlemagne qui devaient tourner et se faire brasser sous l'œil attentif et bienheureux de Gertrude Bellehumeur.

Il tourna négligemment les pages de l'hebdomadaire, s'attardant à quelques entrefilets, et tomba sur une annonce qui le fascina au moment où la serveuse lui présenta son plat de poisson servi avec du riz brun et des pointes d'asperges. Les Éditions de la Dernière Chance offraient aux « refoulés » et autres « frustrés » de l'écriture la possibilité d'être édités... à des coûts très abordables. Au risque d'avaler une insidieuse arête de poisson, Bédard accéléra sa mastication, déchira un morceau de napperon, prit en note le nom et l'adresse de la maison d'édition et interpella la serveuse pour qu'elle lui apporte son café et l'addition.

Peu après midi, l'auteur garait sa camionnette près d'un bar billard, rue Saint-Laurent. Un attroupement de motocyclettes parait la façade de l'établissement. À première vue, rien ne laissait présager l'existence de la salvatrice maison d'édition. Dans la touffeur des lieux, la moue réticente, assailli par une musique trop forte, le rougemontois entra dans le commerce. Des joueurs invétérés, soit patiemment appuyés sur leur queue, soit penchés au-dessus des tables, étudiaient le jeu ou maniaient habilement la longue tige de bois tronconique heurtant de leur procédé des boules numérotées pendant que des salonnards gravitaient autour des tables à tapis vert éclairées par des faisceaux de lumière jaunâtre. Le long d'un mur de l'établissement, une rangée de machines amusaient bêtement des mordus alors que quelques flemmards blasés ingurgitaient des consommations, perchés sur des tabourets rembourrés, ou noyaient leur déception avec quelques dollars rescapés des machines à sous avaricieuses et gloutonnes.

Des visages, dont ceux de Grizzly et Angela, se tournèrent vers l'étranger qui les reconnut et, mine de rien, s'avança vers le bar, s'adressa au barman à nœud papillon et à la chevelure mordorée en bredouillant le nom des Éditions de la Dernière Chance. À cause de la musique assourdissante, des chahutantes voix entremêlées et des boules qui s'entrechoquaient, davantage par la consonance que par l'intelligibilité du nom, le serveur comprit et pointa le fond de la salle à côté des toilettes en criant le nom de monsieur Lachance. Dans un bureau très exigu, un homme à chemise blanche aux longues manches retroussées dont les trois boutons du haut détachés élargissaient l'encolure s'ouvrant sur une touffe de poils grisonnants, alignait des données dans un chiffrier, le front en sueur, pendant qu'un éventail s'étourdissait en projetant un souffle de vent plutôt faiblard :

— Comment puis-je vous aider, monsieur ? demanda-t-il, le visage accueillant.

— Je désire vous soumettre mon manuscrit, un roman policier, répondit l'auteur.

— Très bien ! Assoyez-vous, je vous prie.

— Quand voulez-vous publier ? questionna l'homme sans détour.

— Mais… je. Je vous laisse mon texte et vous jugerez de la pertinence de sa publication.

— Vous êtes prêt à débourser quel montant, monsieur… ?

— Bédard, Manuel Bédard. Un prénom destiné à l'écriture, on me l'a déjà dit. C'est la première fois qu'on me parle de montant à débourser, monsieur Lachance.

— Soyons francs, c'est la première fois parce que vous avez soumis votre manuscrit à des éditeurs traditionnels et, sans vouloir vous offenser, personne n'a voulu s'embarquer avec vous. C'est cela ?

— C'est à peu près cela, acquiesça le romancier.

— Vous savez, monsieur Bédard, vous avez le portrait type de l'écrivain qui se présente timidement aux Éditions de la Dernière Chance avec un trésor sous le bras.

— Ah bon !

— Soyons concrets, voulez-vous ? Vous écrivez depuis des années et, voyant le temps passer, vous n'entrevoyez pas le jour où vous pourriez être publié. Alors, vous tombez sur une annonce dans le journal qui vous dirige droit au fond du bar billard et vous voilà lancé sur la voie exaltante de l'édition.

L'éditeur fit quelques manœuvres à l'ordinateur, s'étira le bras pour ramasser la feuille que son imprimante venait de lui régurgiter et la tendit à l'écrivain :

— Voici la liste de prix que nous vous proposons.

Le rougemontois écarquilla les yeux et expira bruyamment sa déception :

— Cinq mille dollars pour cinq cents exemplaires, c'est beaucoup !

— Pas vraiment ! Le travail comprend une révision linguistique, évidemment. Et c'est si peu pour démarrer une carrière de romancier et vous révéler au monde.

— Le monde dont vous parlez est certes très restreint.

— Ça commence par des annonces dans le journal du quartier. Le bouche à oreilles, vous savez. Les lecteurs se procureraient votre livre chez un ami libraire ou à votre adresse personnelle.

— Le lancement ! Qu'en est-il du lancement, monsieur Lachance ?

— Ce serait ici, tout simplement ! Vous savez, un bon lundi soir — c'est toujours plus tranquille le lundi soir — on prend un coin de la salle, on installe quelques chaises. Vous faites vos invitations et le tour est joué.

— Ouais, je vais y réfléchir, conclut le rougemontois. En attendant, pouvez-vous m'indiquer l'adresse du libraire en question ?

— À votre convenance, monsieur Bédard. Lorsque vous serez prêt à me livrer votre chef-d'œuvre, n'hésitez pas. Communiquez avec moi. Cependant, donnez-moi vos coordonnées. Je vous laisse également les miennes.

L'éditeur tendit à l'auteur papier et crayon et griffonna à la hâte l'adresse du libraire sur la première page du manuscrit et le lui remit. Bédard retraversa la salle d'amusement sous l'œil perplexe de Grizzly, comme si, cette fois, le rôle d'envahisseur avait changé d'acteur, et quitta les lieux.

Le rendez-vous avec Gertrude Bellehumeur étant fixé à seize heures à la Ronde, il restait donc à l'auteur plusieurs minutes pour bouquiner à la *Librairie du quartier*, sise un peu plus bas, rue Saint-Laurent. À travers la vitrine bariolée en brun-jaune de l'inscription *Livres neufs et usagés*, le romancier remarqua un certain fourmillement près des rayons et du comptoir caisse. Les livres neufs voisinaient avec les livres usagés, mais ces derniers se trouvaient nettement en plus grand nombre. La qualité matérielle de chaque titre variait beaucoup et les prix s'harmonisaient en conséquence.

— Connaissez-vous les Éditions du Scorpion ? demanda Bédard à un employé à grandes lunettes qui venait de se libérer.

— Suivez-moi, répondit le jeune homme au visage blafard.

L'employé se fraya un chemin entre quelques clients et s'arrêta devant un rayon où s'épaulaient une cinquantaine d'exemplaires de *L'ombre de l'homme invisible*.

— L'auteure, madame Agathe Christie, est venue elle-même nous offrir son produit à un prix dérisoire. L'homme qui l'accompagnait, attendez… un certain Anatole quelque chose… vantait les talents d'écrivaine accomplie de madame, émule de sa presque homonyme Agatha Christie. Par curiosité, j'ai lu son polar pendant mes périodes de pause. Laissez-moi vous dire que, bien honnêtement, je n'ai pas tendance à le recommander à nos clients. Sauf si la personne veut s'initier à ce type d'ouvrages, et encore…

— Dans ce cas, avez-vous des titres des Éditions de la Dernière Chance ?

— Oui !

— Qu'en pensez-vous ? osa l'écrivain amateur devant l'employé loquace.

— Si vous désirez encourager un nouvel auteur, vous trouverez d'excellents bouquins.

— Vraiment ? feignit Manuel, persuadé depuis longtemps que c'était effectivement son cas.

Le client suivit l'employé qui retira un roman des tablettes.

— Prenez ce roman, par exemple, je le recommande sans réserve. Nous en avions dix exemplaires et il en reste un seul, comme vous le voyez. L'auteur est Québécois. Il a une telle maîtrise de l'écriture…

— Vous me semblez être un fin connaisseur, jeune homme.

— Je suis étudiant en lettres à l'université. Je travaille à la librairie une quinzaine d'heures par semaine.

— Je vois…

— Une petite chose encore, monsieur. Les livres des Éditions de la Dernière Chance sont ici en consignation.

— C'est-à-dire…

— Que nous ne les avons pas achetés et qu'il nous revient quarante pour cent par livre vendu.

Le client de Rougemont remercia l'étudiant, passa au comptoir caisse et sortit avec un livre en main.

C'est une nounou assise dans l'herbe, veillant sur une famille de toutous, exténuée, la respiration haletante, agitant son chapeau de paille devant son visage bouffi, que l'écrivain retrouva pendant que les enfants plumaient une collante barbe à papa et tentaient de récupérer les filaments sucrés autour de leur bouche. Arrivé plus tôt sur les lieux, l'écrivain aurait assisté au ligotage de Mélodie à un feuillu rabougri avec les bandelettes dont l'ex-gouvernante s'était soulagée quelques minutes auparavant, les saphènes engorgées par un torrent de sang trop pressé. De là la promesse d'une friandise, autant pour l'assaillant que pour la victime, qui se lamentait à fendre l'âme de son perçant cri de pluvier.

Après d'interminables au revoir, accolades et promesses de nouvelles rencontres, le père de Mélodie repartit avec la famille agrandie dans sa camionnette vers la Rive-Sud, attendu que Gertrude, qui avait du reste reçu des bizous collants même de la part de Charlemagne, rentrait à Montréal par le transport en commun. Pour le conducteur, le voyage de retour fut plutôt éprouvant pour les nerfs, considérant que les enfants se chamaillaient pour la même banquette dans une camionnette qui comptait sept places.

Lorsque la coccinelle entra dans la cour, Manuel, le tablier noué autour de la taille, préparait le souper en songeant à la façon de convaincre Florence du choix de son éditeur. Le cuisinier remarqua que l'orange s'était gorgée de deux personnes plutôt qu'une. Guylaine, la citadine, débarquait à la campagne avec une valise.

Florence tardait à rentrer avec sa visiteuse. Guylaine découvrait la propriété de son amie, retirée depuis peu dans cette belle région réputée pour ses pommes. Les deux infirmières firent le tour du potager, s'arrêtant çà et là, discutant de la valeur nutritive des légumes et du plaisir de les voir pousser.

Charlemagne, qui s'était manifestement ennuyé de Félix, suivi d'Aristote, qui s'était ennuyé de son maître, avait roulé jusque chez son voisin pour lui rappeler qu'il existait toujours et que, après le souper, il retournerait chez lui. Mélodie avait réussi à loger ses nouveaux locataires dans sa chambre dorénavant surpeuplée. Les deux femmes entrèrent dans la maison.

C'est un Manuel à demi fermé qui accueillit Guylaine. Bien sûr, les deux habitués du gymnase se croisaient quelquefois, mais n'entamaient jamais de grandes conversations. Mélodie, qui avait entendu des portes d'auto fermer, traîna derrière elle un nounours géant pour le montrer aux arrivantes. Guylaine, qui ne s'était jamais démentie de son faible pour les animaux rembourrés de tous genres, s'extasia et, se tournant vers l'hôte :

— Quand est-ce qu'on te lit, Manuel ? Florence m'a beaucoup parlé de ton projet.

— On en reparlera au souper, s'exclama l'écrivain.

— À te voir l'air, Manuel, il faut fêter ça ! conclut Florence

en se dirigeant vers la petite réserve de vin dans le vaisselier.

Une demi-heure plus tard, Charlemagne était attablé,
manifestant sa joie de revoir *matante* Guylaine. Décidément,
c'était la journée des retrouvailles. Charlemagne relata
quelques-uns de ses nombreux tours de manèges alors que
Mélodie insistait plutôt sur la gentillesse de Gertrude, qui
s'était *trimbalée* toute la journée pour leur plus grand plaisir.

— Raconte-nous comment ça s'est passé aux Éditions du
Scorpion, insista Florence.

— Simplement, très simplement! Ils m'ont soumis un
projet d'entente qui ne me convenait pas, raconta l'auteur
le plus sérieusement du monde en versant du vin dans la
coupe de Guylaine. On m'offrait seulement cinq pour cent
sur chaque exemplaire vendu. J'ai refusé. Catégoriquement.
J'avais la certitude qu'on voulait m'exploiter.

— Pourquoi as-tu l'air si content alors ?

— Parce que j'ai rencontré par hasard un éditeur au restaurant ce midi. Il a vu que j'étais absorbé dans mon manuscrit et s'est approché de moi, par curiosité. On a discuté
ensemble et, d'une chose à l'autre, m'a proposé un contrat
intéressant. Et voilà !

— Quel est le nom de la maison? s'empressa de demander
Florence.

— Les Éditions de la Dernière Chance.

— Quel curieux nom pour une maison d'édition! fit remarquer Guylaine.

— *Tchin-tchin*, proposa Florence, levant sa coupe.

L'écrivain avait honte de ses grossiers mensonges, de sa tartuferie passagère. Il avait à peine rougi en masquant la vérité. L'effet du vin, peut-être ? Ce soir, sur l'oreiller, il se promettait de tout dévoiler à Florence. On se mit à parler de publication à la fin de l'été, de lancement, etc.

13

DANS LES SEMAINES QUI SUIVIRENT, l'écrivain partagea l'essentiel de son temps entre deux choses : retaper l'extérieur de sa maison et réviser en profondeur son roman policier. Il n'avait pas eu le courage de dévoiler à Florence qu'il lui fallait débourser la rondelette somme de cinq mille dollars pour se faire éditer. Après tout, il s'agissait de son argent et personne ne l'empêcherait de réaliser son rêve de publier, même à compte d'auteur.

Charlemagne accompagnait de plus en plus fréquemment le père de Félix dans ses tournées, le soir. Le brocanteur enseignait aux deux jeunes comment reconnaître le « bon stock », discerner et ramasser ce qui était vraiment récupérable et « prendre », parfois, des objets un peu moins usagés dans la cour des gens. « Il n'y a pas de mal à se gâter de temps en temps, patente à gosse », raillait Rosaire Pelchat sous son chapeau de cow-boy. Toutes les fins de semaine, il les amenait à Carignan pour offrir à une clientèle souvent vulnérable leurs découvertes ou leurs babioles à « petits prix ».

Lors des journées de canicule, Félix et Charlemagne se rendaient au lac artificiel chez monsieur Marin pour se baigner. Félix avait compris que le beau-père de Charlot n'appréciait pas la pêche chez le voisin, mais jugeait tout à fait légitime de profiter d'une belle étendue d'eau pour se tremper... quitte à se faire mordiller les orteils par les poissons du lac ensemencé. Lorsque apparaissait quelqu'un aux abords du lac, les deux baigneurs, rouflaquettes humides au visage, mettaient peu de temps à décamper avec leurs bicyclettes. Sous la garde de Manuel, Charlemagne jouissait d'une relative liberté, un peu trop pour son jeune âge. Florence faisait confiance à l'éducateur de métier, même si elle le savait très occupé pendant ses longues vacances estivales, mais elle redoutait que le manque de surveillance ne mène son fils à des écarts de conduite. Bédard lui-même s'y attendait, mais un enfant est un enfant, et « le Charlot » en cause n'était pas son fils.

Même si Charlemagne avait promis à Florence de ne prendre la route à bicyclette que très exceptionnellement, parce que la circulation dans la Grande-Caroline était rapide et faisait battre son cœur de mère à l'excès, il lui arrivait fréquemment de vadrouiller dans le rang pendant de longs moments d'errance, découvrant un ruisselet ou un fossé marécageux où il faisait bon s'arrêter. Un jour, s'éloignant un peu plus de la maison avec Félix, Aristote conservant une respectable distance de dix tours de roue, il remarqua deux chevaux dans un luxuriant pacage entouré d'une clôture de perches. Une jument baie broutait paisiblement pendant qu'un étalon beige fringant s'ébattait en faisant ondoyer sa crinière sable.

— J'ai une idée, mâchonna Félix, une chique de gomme lui occupant l'entièreté du « mâche-patates ».

— Quoi ? se surprit Charlemagne, la casquette de travers.

— Suis-moi !

Sans donner d'explications, Félix était déjà en mode retour, pédalant comme un forcené sur le macadam de la Grande-Caroline. D'une main décidée, Charlemagne enfonça sa casquette, éperonna vigoureusement sa monture et rejoignit son prédécesseur avec Aristote.

Pelchat aimait se faire rissoler la carcasse au soleil, mais cette fois, il était plongé dans un comateux farniente. Enveloppé dans un hamac comme dans un balluchon, sous l'épais feuillage de l'érable à Giguère, duquel descendaient un noueux cordage et une escarpolette, il se berçait au rythme d'une séquence de profonds ronflements, le souffle agitant son petit foulard rouge comme le vent le drapeau accroché au mât. Son chapeau de cow-boy était tombé à la renverse dans l'herbe clairsemée où s'animaient plusieurs représentants d'une colonie de fourmis.

Lorsque Félix réalisa que son père ne réagissait pas, il s'en approcha, s'empara subtilement de son chapeau, puis s'éloigna de l'érable. Faisant signe à Charlemagne de le suivre, il s'engouffra dans un bâtiment de la dépendance qui avait jadis servi d'écurie et, juste avant d'atteindre la limite de sa patience, mit la main sur le lasso qu'il cherchait, rangé avec une étrille et un licou. Toujours réfugié dans son mystérieux mutisme, Félix repartit sur la route des pommiers, le lasso enroulé autour de la taille, pourchassé par le fidèle

Charlemagne — lui-même suivi d'Aristote qui hésitait à reprendre le chemin — qui avait résolu de s'expliquer la cause de l'air énigmatique de son ami.

Effrayé, le bel étalon à la crinière et à la queue sable se mit à galoper en s'éloignant de la clôture où il s'était étiré le cou sous le presque imperceptible fil de fer électrique pour happer une irrésistible gerbe de fourrage alors que le pacage dans lequel il évoluait nuit et jour était loin d'être une garrigue. La rossinante, elle, à la recherche d'un coin ombragé, s'était avachie sous une talle de bouleaux. Le fougueux mustang la plongeait dans une totale indifférence, au grand déplaisir du fermier, qui comptait sur son étalon pour la ragaillardir et lui redonner le goût de vivre et ainsi retarder l'inéluctable moment où Sandrine serait dépecée dans une boucherie chevaline.

Les bicyclettes abandonnées au bord du fossé, lasso en main, Félix rampa sous la clôture alors que Charlemagne, dominant le pacage à califourchon sur une perche, s'agrippa au fil métallique une fraction de seconde :

— Aïe ! cria-t-il, en relâchant le fil qui lui avait transmis un insoutenable picotement.

— Stupide ! Y a du courant là-dedans, imbécile !

Charlemagne sauta par terre et rampa à son tour dans l'herbe du côté du fossé, sous la perche, loin du fil insidieux, léché au visage par Aristote, le secouriste chien de montagne qui ne pouvait rien faire d'autre que lui transmettre son affection et ses condoléances par le truchement de sa langue rude et déshydratée. Il observa Félix qui tentait de déployer son lasso en s'approchant de l'étalon rétif qui refusait obstinément de se laisser passer la corde au cou. À chaque tentative de le capturer, le cheval beige s'immobilisait, hennissait sa supériorité, piaffait d'insoumission et s'esquivait avec une déconcertante aisance qui obligea le jeune cow-boy à enrouler son lasso.

À jouer ainsi au chat et à la souris, Félix se retourna du côté de la cavale résignée, qui ne semblait nullement intimidée par ses manœuvres. Charlemagne s'était distancé du courant électrique et s'approchait avec un bouquet de luzerne et de mil.

— Bonne idée, Charlot.

Pendant que Félix passait sans ambages la corde au cou de la bête, Charlemagne offrait son picotin à la jument, qui semblait apprécier cette marque d'attention. La bête toujours allongée, calme et malaxant ses céréales fourragères, Félix se risqua à l'enfourcher. Charlemagne comprit tout de suite que l'animal, comme le vieil Aristote qui les accompagnait, n'avait rien de revêche. Se tenant debout à côté de Sandrine, il lui lissa la crinière en songeant au violoncelle de la mère de Mélodie.

— Penses-tu, Félix, qu'on a vraiment arraché les crins d'un cheval pour fabriquer un archet de violoncelle ?

— Pourquoi tu demandes ça ?

— C'est ce que mon beau-père a raconté à Mélodie.

— Peut-être ben que oui, peut-être ben que non !

Soudainement, des hennissements d'une grande intensité fendirent l'air. On entendit l'étalon galoper et s'élancer vertigineusement par-dessus la clôture du côté de la ferme de monsieur Clouâtre. Félix et Charlemagne s'esclaffèrent. Le finaud avait décidé de s'évaporer dans la nature, dans un boisé foisonnant où il jouirait d'une grande quiétude et d'une relative liberté.

— Le bonhomme va être fâché quand il va s'apercevoir que son cheval est parti. Allons-nous-en, Félix !

— Laisse-moi le temps de descendre, au moins.

Félix récupéra son lasso, le passa autour du cou d'Aristote et enfourcha le vieux chien comme s'il pouvait remplacer la jument.

— Débarque de là, Félix ! Aristote a déjà assez de misère à souffler...

— OK, d'abord !

Félix reprit son lasso, qu'il enroula autour de sa taille. Charlemagne s'inquiétait pour le retour. Au souvenir saumâtre du choc électrique s'ajoutait l'épouvante de l'étalon. Et maintenant, le temps qui changeait. Le ciel se chagrinait, se voilant de nuages gris sombre menaçants.

Rapidement, les deux galopins reprirent la route, pédalant sans relâche, subissant le déchaînement de l'orage qui s'abattait dans la campagne rougemontoise. Leur vessie gonflée au superlatif, les cumulo-nimbus n'avaient pu réprimer leur envie d'évacuer. Le grondement du tonnerre apeura les deux fugitifs et le saint-bernard, qui se réfugièrent sous l'auvent d'un stand de produits de la ferme, alors qu'une adolescente mouillée, exhibant un appareil buccal en broche, se battait contre les bourrasques pour couvrir d'une bâche un vieux tombereau offrant des marinades, du sirop d'érable, des fleurs séchées, de la confiture et de la gelée de pommes.

La belligérante s'adressa aux deux passants :

— Entrez, les amis ! Mettez-vous à l'abri et prenez une belle pomme dans un panier.

— Regardez sur la route ! avisa Charlemagne, stupéfait.

Effectivement, on entrevoyait, dans la tourmente, des spasmes de lumière et un véhicule immobilisé au milieu de la route.

— Non, ce n'est pas possible ! Un cheval est étendu sur la chaussée ! s'exclama la jeune fermière.

Le visage fermé, la mine coupable, Félix et Charlemagne observèrent la scène de désolation sans mot dire.

— Ce cheval vient sûrement du ranch après la grande courbe, supposa la jeune fille.

— Probablement ! Hein, Félix ? laissa échapper Charlemagne.

— Ta gueule, Charlot ! répartit Félix, décontenancé par la naïveté de son ami.

— Vous êtes au courant de quelque chose ? s'enquit la fermière.

— C'est qu'on l'a vu dans le clos du ranch, bredouilla Félix.

— Ah !

Après ce bref échange, ils entrèrent tous les trois rejoindre Aristote qui séchait sur une vieille carpette, le temps de croquer une pomme d'été et de faire plus ample connaissance. Après l'orage, le ciel sourit de ses rayons chauds et on reprit la route, les vêtements et les espadrilles aussi détrempés qu'à la suite d'une immersion dans le lac artificiel de monsieur Marin.

Les bicyclettes s'immobilisèrent près de l'étalon gisant, dont le souffle était perceptible, cependant. Des passants ou des voisins atterrés s'étaient massés près de la pauvre bête. Le chauffeur ventru d'un semi-remorque de Robert Transport expliquait avec émotion qu'il n'avait pu éviter l'animal :

— J'ai dû écraser une vingtaine de chats, de chiens et de marmottes dans ma carrière de camionneur! Mais pas un joual, ciboire!

— Ne vous en faites pas, monsieur. Vous n'êtes pas responsable, il faisait un temps de chien, rassura un paysan.

— À part ça, voulez-vous bien me dire ce qu'il faisait là sur la route! s'étonna un autre qui s'expliquait mal ce qui avait pu se passer.

Entre-temps, le sénile Aristote s'était frayé un passage entre les curieux qui continuaient de s'agglomérer sur les lieux de l'accident. Félix et Charlemagne souffraient de voir la bête qui agonisait. Elle devait avoir les pattes sérieusement fracturées, les côtes enfoncées, les os fracassés. Dans un geste qu'on pourrait qualifier d'humanitaire, Aristote lécha le flanc de l'animal, qui ouvrit les yeux de reconnaissance et les referma aussitôt, incapable de soutenir son regard d'agonisant.

Un vieux pick-up freina brusquement au bord de la

route en faisant rouler le gravier. Furieux, un septuagénaire, menton en galoche et jambes en fer à cheval, en sortit avec une carabine. Tout le monde s'écarta, sauf le camionneur qui ne cessait de s'apitoyer sur le sort de l'animal blessé à mort.

— Éloignez-vous! ordonna le septuagénaire à la peau burinée qui ne portait pas ses dentiers à cause d'une insupportable gingivite.

Rapidement, l'homme — un ermite qui avait la réputation d'être un demeuré — fit le tour de l'animal heurté, s'arrêta près de sa tête, se pencha vers lui comme pour se faire pardonner le geste irrémédiable qu'il allait poser, épaula son arme. La plupart des visages se retournèrent. Le coup de feu partit.

Plus tard, au début de la soirée, le même pick-up entrait dans la cour chez Manuel. Un petit homme bouillonnant de colère en sortit, acclamé par les aboiements sourds d'Aristote. Il monta les marches de l'escalier de la galerie et frappa à la porte, sans retenue. Bédard ouvrit en gardant la main sur la poignée:

— Oui, monsieur...?

— Poulain! Céleste Poulain!

— Qu'est-ce qu'on peut faire pour vous, monsieur Poulain?

— Il n'y aurait pas, par hasard, un dénommé Charlot qui habite ici? questionna le vieil homme de sa bouche pâteuse.

— Qu'est-ce que vous lui voulez? s'interposa Florence.

— Le questionner, rapport à mon cheval !

— Entrez deux minutes, consentit l'homme de la maison.

— Cet après-midi, votre garçon était sur la route avec son copain, un certain Félix, expliqua le fermier. Ils sont venus chez moi pour s'amuser avec les chevaux. L'un d'eux, mon étalon, a pris le mors aux dents, s'est échappé de l'enclos et pas longtemps après, on l'a retrouvé étendu sur la route, frappé par un camion de Robert Transport. Faut dire que le mauvais temps n'a pas aidé, mais quand même. J'ai dû l'abattre…

— Que voulez-vous qu'on fasse ? s'impatienta Manuel. On n'est toujours bien pas pour ressusciter votre cheval !

— Et qu'est-ce qui vous prouve que c'est mon garçon qui est la cause de votre malheur, monsieur ? s'opposa Florence.

— Il y a de fortes chances que ce soit votre fils et son ami, madame, d'après ce que j'ai entendu dire par la petite Sarrazin qui tient le stand en bordure du chemin. En tout cas… Heureusement qu'il me reste ma vieille Sandrine.

— Comment est-il possible que des jeunes de cet âge réussissent à faire évader un cheval d'un enclos clôturé et entouré d'un fil électrique ? argumenta Bédard.

— Vous devez bien avoir des assurances pour votre cheval, renchérit Florence.

— Non, justement ! Je vous réclame cinq mille dollars, à vous et à votre voisin. D'ailleurs, j'arrive de chez lui. Personne… Il ne perd rien pour attendre…

— Cinq mille dollars ? Vous êtes malade ou quoi ? Vous n'aurez pas un sou, monsieur Poulain !

— Bon ! si vous le prenez comme ça ! se replia le propriétaire du cheval. De toute façon, l'affaire est entre les mains
de la police, conclut le fermier éprouvé.

La séance de défoulement terminée, le vieil homme
quitta prestement la demeure de Bédard, emportant sa
grogne avec lui.

En fin de soirée, alors que Mélodie dormait à l'étage,
Florence plaidait encore l'indulgence pour son fils, persuadée de son innocence, pendant que Manuel attendait
Charlemagne de pied ferme, désireux d'obtenir quelques
éclaircissements sur sa conduite. Le fils de Florence avait
participé à une tournée de ramassage profitable avec Félix
et son père et croyait rentrer paisiblement chez lui. Bédard
surveillait attentivement l'arrivée du tacot crème et rouille
de Pelchat, prêt à sortir pour l'intercepter avant qu'il ne re-
parte.

— Les voilà ! exulta Manuel.

Avant même que Charlemagne n'ait le temps de descendre de voiture, l'homme de la maison ouvrit la portière,
sous le regard pétrifié de Félix et de son père :

— Où étais-tu cet après-midi pendant que je desquamais
la maison ? interrogea Bédard à la manière d'un avocat de la
couronne.

— Laisse-lui le temps d'arriver, Manuel, s'opposa Florence,
qui venait d'accourir à l'auto.

— À bicyclette ! répondit le fils de Florence.

— En voilà toute une réponse ! rétorqua le maître de la
maison.

— Qu'est-ce que tu veux que je te dise, prof ? réagit Charlemagne, impertinent.

— Je ne suis pas ton prof, Charlemagne. Mets-toi bien ça dans le *ciboulot*, mon garçon !

— J'suis pas ton garçon ! s'emporta le petit.

Bédard asséna un solide coup de poing sur le capot de la bagnole.

— Manuel ! Tu lui fais peur et tu vas réveiller Mélodie…

Charlemagne sortit de la voiture, monta à sa chambre, se soustrayant aux foudres de son beau-père. Florence le rejoignit.

— Patente à gosse ! Allez-vous enfin me dire ce qui s'est passé cet après-midi, monsieur Bédard ? s'insurgea Rosaire Pelchat pendant que Félix demeurait muet comme une carpe.

— Il s'adonne, Pelchat, que Félix et Charlemagne se seraient amusés aux dépens de l'étalon de Céleste Poulain. Le cheval se serait emballé et aurait choisi les grands espaces pendant que la vieille Sandrine serait demeurée dans le pacage.

— Et puis après ?

— Vous ne comprenez donc pas, Pelchat ?

— Non !

— Pendant l'orage, l'étalon se serait fait frapper dans la Grande-Caroline par un camion de Robert Transport. Poulain a dû se résoudre à l'abattre. Voilà ! Comprenez-vous maintenant ?

— En quoi cela me concerne, patente à gosse ?

— Le vieux *schnock* nous réclame cinq mille dollars.

— Ah ben ! J'vas lui en faire un cinq mille dollars, à pépé Poulain. D'ailleurs, vous devez bien savoir, Bédard, que Poulain n'est pas très sain d'esprit. Si les enfants avaient été aperçus par lui, le vieux aurait pu sortir sa carabine et tirer dans leur direction.

Pelchat mit en branle son équipement et quitta la propriété de son voisin avec une idée bien précise en tête. Dans la chambre de Charlemagne, Florence, empruntant un ton doucereux, tentait de faire parler son fils.

— Raconte à maman ce qui s'est passé cet après-midi, mon Charlot d'amour. Tu sais qu'un monsieur très fâché est venu ce soir pour t'interroger au sujet de son cheval épouvanté qui a pris la route et s'est fait frapper par un gros camion. Le monsieur nous réclame cinq mille dollars. C'est beaucoup de sous…

En peu de temps, étendu sur son lit, Charlemagne se déboutonna et raconta que Félix et lui avaient été attirés par de beaux chevaux, en proie à une étourderie bénigne :

— On a seulement flatté le plus vieux, maman, je te jure ! Le plus jeune ne voulait rien savoir. Il a dû s'énerver parce qu'on ne s'occupait pas de lui. Je ne sais pas, moi…

— Bon, je te crois, mon amour. Mais c'est très dangereux de s'approcher d'une grosse bête qu'on ne connaît pas. S'il fallait qu'il t'arrive quelque chose… maman serait très malheureuse, tu sais. Maman va rapporter à Manuel ce qui est arrivé. Ne t'en fais pas.

— Manuel n'est pas très gentil avec moi, je trouve. Si Yann était là, ça ne se passerait pas comme ça...

Florence baissa la tête, approuvant discrètement les dernières paroles de son fils.

— Maintenant, va te laver, mon chou. On oublie tout ça...

La mère embrassa son fils et retrouva Bédard qui se berçait alors dans le salon.

— Qu'est-ce qu'il a inventé pour t'*emberlificoter*, Florence ?

— Écoute, Manuel, Félix et lui n'ont rien fait de grave. Pris de panique, le cheval a sauté la clôture, c'est tout. Ah ! c'est vrai que les enfants n'auraient pas dû s'approcher, ça je te l'accorde, argua-t-elle de sa voix sirupeuse.

— Tu es naïve, Florence. Je m'excuse de te le dire, mais tu es naïve. Penses-y ! Cinq mille dollars. J'avais prévu faire autre chose avec cinq mille dollars, tu vois ?

— Qu'est-ce que tu veux dire ?

— Rien ! Je disais ça de même... On peut toujours faire autre chose avec un montant pareil, se radoucit-il. Ce n'est pas une fortune, mais bon...

— Tu me caches quelque chose... rappliqua Florence. Tu viens de me traiter de naïve. Ça serait-tu que je devrais savoir quelque chose que je ne sais pas ?

— Qu'est-ce que tu vas chercher là ? Je n'ai rien à cacher, Florence. Tu me connais ! Changeons de discours, veux-tu ?

Manuel cessa subitement de se bercer, sonda les portes de la maison et monta à l'étage pour la nuit.

Pelchat n'entendait pas monter sur ses grands chevaux comme son voisin : il agirait en douce, sans tambour ni trompette. Son expertise de promeneur du soir lui servirait. D'habitude, le roi des vidangeurs ne se laissait pas impressionner. Le « crack » de Poulain ne serait pas le seul à pâtir…

La nuit même, Pelchat roulait lentement, chapeau de cow-boy sur la tête, avec sa guimbarde tirant sa remorque recouverte d'une immense toile kaki dans la Grande-Caroline en direction de la ferme Poulain. Le brocanteur avait passé une bonne partie de la soirée à décharger des « trouvailles » pour libérer la remorque pendant que son fils dormait à ses côtés… en attendant qu'il le réveille pour une opération d'envergure. Il immobilisa son équipement au bord de la route, à proximité de la propriété de Poulain.

Il était environ deux heures du matin. Réverbère du ciel, un tout petit croissant de lune éclairait faiblement la campagne rougemontoise. Pelchat, muni de sa trousse du parfait cambrioleur, progressait dans le noir vers l'écurie avec un Félix qui avait peine à se tenir les yeux debout, une lampe de poche éclairant son pas de malandrin. La porte de l'écurie n'était pas verrouillée. Le contraire eût été surprenant. Rosaire Pelchat n'aurait pas besoin d'utiliser son pied-de-biche ni son pince-monseigneur pour s'introduire dans le bâtiment.

En ouvrant doucement la lourde porte sans fenêtre légèrement grinçante, le brigand fit courir son jet de lumière sur le sol vers la stalle. Toutes étaient inoccupées sauf une, identifiée au nom de Sandrine en lettres capitales, sur une plaque de bois gravé. Félix entra le premier dans l'écurie, puis son père referma la porte derrière eux. La vieille rossinante eut un léger frémissement lorsqu'elle réalisa que l'homme qui s'en approchait n'était pas son vieux maître et réprima un hennissement de frayeur à ressentir la main caressante qui flattait sa croupe amaigrie de vieille jument fatiguée.

Le voleur entrouvrit la porte du bâtiment après avoir sellé le cheval docile pour y attacher une botte de foin. Aucune lumière ne parvenait de la maison. « C'est le temps », jugeat-il. Afin de minimiser les risques de son audacieuse équipée, le cow-boy résolut de contourner l'écurie et s'éloigner de la maison. Félix exultait, le sourire affidé sous la visière de sa casquette, se réjouissant de « l'enlèvement » du paisible quadrupède chargé comme un baudet et qui n'opposait aucune espèce de résistance.

Prévoyant, Pelchat confia à son fils la mission de se poster en éclaireur en bordure de la route et de lui signaler tout mouvement susceptible de déjouer leur dessein. Une voiture ralentit pour ne pas emboutir la remorque stationnée et fila vers Rougemont. Une fois le véhicule passé, Félix agita les deux mains pour annoncer que la voie était libre. Rapidement, Pelchat longea la clôture avec le cheval qu'il attacha à un piquet, ouvrit l'arrière de la remorque, en tira une plate-forme de bois du plancher et l'appuya fermement sur le bord. Ensuite, il détacha l'animal qui s'engagea dans la cache et disparut sous la bâche. Une fois à l'intérieur, il l'attacha solidement à l'avant de la remorque, en sortit, glissa la plate-forme dans le fond, referma les deux battants et se mit en branle vers son petit domaine.

La vieille jument ne semblait pas apprécier sa nouvelle résidence, sale et exiguë, encombrée par un fatras d'objets divers, habituée qu'elle était de loger chez Céleste Poulain dans une écurie où elle avait pouliné quatre fois et chez qui elle comptait finir paisiblement ses jours dans un enclos dont elle connaissait les moindres recoins, à l'abri des inquiétudes alimentaires, le vétérinaire faisant du service à domicile, lui évitant ainsi de monter dans une remorque éprouvante pour sa vieille ossature et l'équilibre précaire auquel on soumettait les chevaux. D'ailleurs, elle ne comprenait pas pourquoi le jeune Gipsy n'était pas revenu de son escapade après que Félix et son compagnon l'eurent taquiné. Il est vrai qu'aussi loin qu'elle se souvienne, elle n'avait rien connu d'autre que la vie bucolique de la campagne rougemontoise et que, du reste, elle n'était plus d'âge à faire l'aguicheuse pouliche ni à exciter un étalon que, de toute façon, elle aurait été incapable de satisfaire. Malgré son côté « allumeuse » propre à embraser un jeune étalon, Gipsy était incapable de reconnaître et d'apprécier tout ce que le vieux fermier lui procurait. *À cheval donné, on ne regarde pas la bride*, c'est bien connu. Félix et Charlemagne avaient-ils été le prétexte pour que Gipsy saute délibérément la clôture ?

Tôt le lendemain matin, Félix se rendit à l'écurie pour s'enquérir de la présence de Sandrine. La jument avait passé une nuit blanche à dormir debout et à ressasser des réminiscences, cherchant dans sa mémoire le visage partiellement écrémé de son propriétaire qui, hélas, se morfondait au même moment à établir des conjectures dans sa chaise berçante après le constat de la mystérieuse disparition de sa « picouille » esseulée. Le vieux Poulain avait versé une larme qui avait emprunté les sillons de ses rides et déclenché un halètement de pleurs qu'il ne parvenait pas à contenir. Plongé en plein désarroi, il avait tenté de joindre la police montée pour signaler sa perte. On lui avait gentiment rétorqué que, malgré son appellation « contrôlée », la Gendarmerie royale du Canada ne traitait pas plus de chevaux volés que de chiens écrasés, qu'il devrait dans les plus brefs délais s'adresser à une autre instance et qu'il ne servait à rien d'insister sinon la police pourrait monter sur ses grands chevaux. Raccrochant le combiné, il avait péniblement mâchonné un quart de *toast* sec dénué de garniture tout en regardant fumer sa tasse de café corsé jusqu'à ce que la vapeur se dissipe, songeant à l'inconcevable oubli qu'il avait peut-être fait de refermer la lourde porte de l'écurie. Il ne savait plus très bien…

Félix tapotait la fesse de Sandrine, qui avait entamé la botte de foin volée en même temps que la bête. Pelchat surgit dans l'écurie :

— Patente à gosse ! Tu ne dors pas, toi ? À l'heure qu'on s'est couchés ce matin, mon garçon, tu devrais être au lit jusqu'à midi, réprimanda le brocanteur, sous son chapeau de cow-boy.

— Je ne dormais plus, papa. J'avais hâte de revoir Sandrine, rétorqua Félix.

— Va te reposer, mon fils ! lança l'homme d'un ton impératif. Il n'y a personne qui va la voler, ta Sandrine, s'esclaffa-t-il en mettant la main sur l'épaule de Félix.

— Penses-tu, papa, que le vieux monsieur va s'ennuyer de son cheval ? demanda Félix avec une certaine contrition dans la voix.

— Mon fils, les plaisirs qu'on ne peut se payer dans la vie, il faut parfois obliger les autres à les partager.

— Oui, mais un animal qu'on aime, ce n'est pas comme une bicyclette qu'on vole à un inconnu.

— Sandrine fera le bonheur de deux garnements plutôt que d'un vieux grincheux, patente à gosse. Qu'en penses-tu ?

Sans attendre de réponse, le père et le fils rentrèrent pour se reposer, s'humectant les souliers de la rosée du matin que le soleil n'avait pas encore eu la force d'aspirer.

Pelchat avait assez dormi. Pendant que Félix récupérait le sommeil perdu de la nuit précédente, il prit son petit-déjeuner. Peu après, il sauta dans sa Jaguar, fila tout droit chez le père Poulain et remarqua le vieux pick-up.

Les yeux rougis, Poulain ouvrit la porte de sa maison avec un air confiant, lui qui, à l'accoutumée, présentait un visage hostile à ses visiteurs. L'inconnu qui se tenait sur sa galerie lui apportait probablement des nouvelles de Sandrine ; il ne pouvait que l'accueillir civilement.

— Je suis Rosaire Pelchat, se présenta l'homme à la Jaguar.

— Oui, oui ! Entrez, monsieur. Justement, je suis allé chez vous, hier, après l'accident de Gipsy.

— J'ai su pour votre cheval, se livra Pelchat avec un simulacre de compassion dans la voix. Mais n'allez surtout pas croire que mon fils y était pour quelque chose.

— C'est justement pour cela que je voulais vous rencontrer, hier.

— Mon voisin, le père de Charlemagne, m'a raconté que vous exigiez la somme négligeable de cinq mille dollars, si je ne me trompe.

— C'est exact ! Et vous ne pouvez pas savoir ce qui m'arrive ce matin, en plus !

— Non, je n'en ai aucune espèce d'idée. Comme vous le dites, je ne peux pas le savoir !

— Sandrine est disparue. Le malheur s'abat sur moi, monsieur Pelchat.

— Comme ça, votre femme vous a quitté aussi. Le cheval d'abord, la femme ensuite. Vous devez être invivable, monsieur Poulain, railla Pelchat.

— Vous vous moquez de moi, Pelchat, je vis seul, soupira le vieil homme exhibant une profonde mélancolie.

— N'est-ce pas vous, Poulain, qui allez trop loin ?

— Je ne réclame que ce qui est dû.

— Sachez, monsieur, que d'un commun accord, mon voisin Bédard et moi sommes prêts à vous affronter en cour

pour les accusations que vous avez portées contre nos enfants.

Poulain faiblissait. Pelchat poursuivit :

— Écoutez, monsieur Poulain. Vous avez beaucoup de
chagrin, je le comprends. Les émotions d'hier vous ont
considérablement ébranlé. Entre vous et moi, cette histoire
de Sandrine est une invention. Vous n'aviez plus de jument.
Vous l'avez tout simplement remplacée par un jeune étalon
que vous avez vous-même tiré à bout portant. C'est tout !

— Vous croyez…

— Non seulement je le crois, mais c'est la vérité même.
Maintenant, vous allez abandonner cette idée de jument
disparue, prendre un bon petit-déjeuner. De mon côté, je
m'engage à convaincre mon compagnon de ne pas inten-
ter de poursuite contre vous et l'affaire sera réglée… Nous
sommes quittes… Ça vous convient ?…

— Disons que oui. Pour le moment…

— Pensez-y, monsieur Poulain. Deux fois plutôt qu'une…

Bien avant la fin de l'avant-midi, Félix, contre la pres-
cription de son père de se reposer jusqu'à midi, était déjà
rendu chez son voisin Charlemagne pour lui faire part de la
« pêche miraculeuse » de la nuit précédente.

— La vieille jument de monsieur Poulain ? T'es pas sérieux ? Vous auriez pu m'en parler, je serais allé avec vous.

— C'était trop risqué ! avança Félix en se donnant un air
de supériorité. Une prochaine fois, peut-être. On verra…
Mais, en attendant, tu gardes ça pour toi. Compris ?

Charlemagne sauta sur sa bicyclette et roula derrière

son copain, déjà devancé par Aristote, qui semblait avoir saisi l'importance de la nouvelle qui concernait un autre représentant de la gent animale.

— Je le savais bien, Félix, que tu ne m'écouterais pas. Sacripant, va ! lança Pelchat, étrille à la main.

— Tu la brosses, papa !

— Ça fait partie des soins quotidiens, mon fils.

— La vieille jument chez vous, Félix ! Cool...

— Tu ne me croyais pas, Charlot ? Je te l'avais bien dit. Rosaire n'est pas un débutant...

— Je vais seller la Sandrine et vous pourrez vous promener sur le terrain, les amis.

— Youpi !

Charlemagne offrit un petit fagot de foin à la vieille bête pendant que Félix cherchait de l'eau fraîche à lui faire boire et qu'Aristote surveillait la scène.

Peu après, on sortit Sandrine de l'écurie. Sans mettre le pied à l'étrier, Félix, aidé de son père, la monta, sous le regard envieux et excité de son ami.

— Tiens la bride, Charlot !

En marchant devant, Charlemagne fit trois fois le tour de l'écurie, escorté par Aristote qui ne voulait rien manquer.

— À moi, maintenant ! réclama Charlemagne.

Après ses trois tours d'écurie, Félix voulut exiger davantage de la vieille jument qui, butée, refusait de suivre Charlemagne qui tirait pour la faire marcher plus vite. Rien à faire. Félix redescendit de cheval, déçu :

— C'est plate, elle ne veut pas courir ! grommela-t-il.

— C'est un vieil animal, tu sais, rappela son père.

— J'vas essayer, intervint Charlemagne.

— Moi, j'vas me balancer, coupa Félix.

Pelchat accepta de prendre la relève pour une petite promenade autour des vieilles dépendances au rythme du pas lent de la *traînarde* Sandrine qui ralentissait progressivement. On aurait dit une mule qui allait s'évanouissant.

— Bon, assez pour aujourd'hui ! décréta le cow-boy.

Charlemagne remercia Pelchat et rejoignit Félix pour se balancer.

— Rosaire nous a trouvé un beau jouet, Félix.

— Pas tant que ça, Charlot.

— En tout cas, c'est pas Manuel qui aurait fait ça pour moi !

— Ça ne me tente plus de faire du cheval !

— OK, d'abord ! Continue de te balancer sans moi, conclut Charlemagne en tournant les talons.

Lorsque Florence rentra de son travail, elle constata l'humeur fragile de son garçon et lui demanda ce qui n'allait pas.

— Félix ne voulait plus monter à cheval, livra-t-il sans se rendre compte qu'il mettrait la puce à l'oreille de sa mère.

— Comment ça, à cheval ? demanda-t-elle distraitement en pensant à un jeu quelconque où l'on devait monter à califourchon.

— Qu'est-ce que c'est que cette histoire de cheval ?

interrogea Manuel, occupé à superviser la pratique de flûte à bec de Mélodie.

— Oh ! Je ne sais pas trop, rétorqua Florence.

Puis, sans chercher davantage à comprendre, elle se consacra à la préparation de la volaille au menu du souper et l'échange fut inscrit au registre des conversations oubliées.

Deux jours plus tard, constatant le réel désintéressement de son fils pour la vieille Sandrine, Pelchat décida de s'en départir. Il ferait un coup d'argent sans trop se donner de peine. Toujours attifé de son chapeau de cow-boy et de son foulard rouge, il sauta dans sa Jaguar et se rendit au village, obsédé par une idée brillante qui avait jailli d'une partie incandescente et moins noble de son cerveau calculateur et astucieux.

La Jaguar s'immobilisa au marché du coin, où un téléphone libre l'attendait. Il enleva son chapeau, le retourna pour en sortir un bout de papier sur lequel il avait noté avec concupiscence le numéro qu'il s'apprêtait à composer.

— Allô, dit une voix faible et rauque.

— Vous êtes bien Céleste Poulain ? demanda Pelchat d'une voix étouffée et malveillante.

— Oui ???

— Seriez-vous, par hasard, le propriétaire d'une vieille jument brun-roux ?

— Sandrine ! Vous avez retrouvé ma Sandrine !

— Holà ! Vieil homme !

— Comment l'avez-vous retrouvée ? Où êtes-vous ? Qui me parle, s'il vous plaît ?

— Écoute-moé ben, mon vieux *crisse*…

— Pardon ?

— Si tu veux revoir ta jument, y va falloir que tu me le prouves.

— De quelle façon ?

— Avec un premier versement de mille dollars, en billets de vingt.

— Quoi ? Vous me demandez de payer mille dollars pour retrouver Sandrine ? Elle est à moi, on me l'a volée.

— Non, t'as rien compris, vieux *crackpot* ! On va commencer par un premier mille dollars, puis un autre suivra…

— C'est de l'argent, ça, monsieur !

— Y tiens-tu à ta vieille *picouille* ou non ?

— Dites-moi ce qu'il faut faire…

— Tu vas déposer l'argent dans une enveloppe scellée dans ta boîte aux lettres au bord du chemin.

— Quand ça ?

— Ce soir, à l'heure du souper.

— OK. Mais quand est-ce que je vas revoir ma Sandrine ?

— Tu le sauras ben assez vite, vieux timbré ! Pis niaise-moé surtout pas parce que tu vas payer pour, mon *tabarnac* !

— Ça va, monsieur, ça va.

— Oh ! Une chose ! Tu vas retirer toute plainte à la police si tu veux que tout se passe bien pour toi. Compris ?

— Compris !

Pelchat raccrocha, la mine satisfaite, et s'en retourna chez lui. Il s'enferma dans son atelier du sous-sol pour tenter de réparer un grille-pain qui dorait un côté à la fois pendant que les enfants se promenaient en quad dans le verger voisin au détriment de la vieille Sandrine, qui avait refusé sa ration et qui dépérissait dans ce dégradant hôtel une étoile et demie alors qu'elle jouissait peu avant d'un confortable hébergement normalement réservé aux chevaux de course ou à des juments sélectionnées pour la reproduction.

La journée même, à la Caisse populaire Desjardins de Rougemont, le vieux Poulain avait fait transférer le montant d'un dépôt à terme qui générait un maigre 1,25 % dans son compte courant, à la suite de quoi la gueule d'un généreux guichet automatique lui avait rendu deux fois cinq cents dollars de billets verts. Il avait ensuite déposé frénétiquement son enveloppe de billets dans sa boîte aux lettres de tôle brunie sur laquelle son adresse s'était à la longue effacée, et surveillait de son œil myope du coin de l'écurie, prêt à débusquer l'ignoble inconnu qui tenait sa jument en otage. Jusqu'alors, aucun suspect ne s'était montré le bout du museau ou n'avait ralenti devant sa boîte à communication, qui reposait d'ailleurs sur un piquet de cèdre qui avait résisté aux multiples accrochages de charrues qui l'avaient malencontreusement frôlé sans toutefois lui asséner un coup fatal.

Le jour vieillissait et le vieil homme clignait de l'œil de plus en plus souvent à force de regarder fixement vers la route qui disparaissait dans la sévérité de la nuit. La fatigue le gagnait et l'espoir de connaître l'identité du ravisseur s'amenuisait. Peut-être la voiture de l'inconnu s'était-elle immobilisée à son insu, dans un moment de faible vigilance. La nuit, tous les chats ne sont-ils pas gris, et les malfaiteurs ne se confondent-ils pas avec les honnêtes gens, même au grand jour ?

À vingt-deux heures, Poulain, qui avait soutenu son regard même pendant les deux séances où il avait arrosé copieusement trois planches de l'écurie en urinant, n'en pouvant plus, lâcha spontanément la proie pour l'ombre et se retrancha dans sa maison. Avant de se glisser sous les draps, il contempla la photo bien encadrée de Sandrine accrochée au-dessus de la tête de son lit. Dans son sommeil, ponctué de multiples et inconfortables tressaillements, il revit sa jument qui, malheureuse, poussait des hennissements de détresse en lui réclamant une aide que lui seul pouvait apporter.

Au milieu de la nuit, Pelchat décida que le moment propice était venu pour prendre possession du premier millier de dollars qui dormait au fond de la boîte en forme de pain roussi devant la propriété du septuagénaire. Téléphone cellulaire en main, il immobilisa sa Jaguar non loin de là de façon à voir la maison et, par une insistante sonnerie, réveilla le vieil homme en caleçon qui bondit sur ses deux jambes en fer à cheval. Une lumière incendia soudainement la maison. Le rançonneur se contenta d'entendre la voix plaintive du vieillard, persuadé qu'il se trouvait à l'intérieur, ce qui lui donna par le fait même le champ libre pour récolter son petit magot. En toute quiétude, le brocanteur à la Jaguar s'avança vers son profit, tira la petite porte qui s'ouvrait sur le ventre cossu de la boîte en émettant un grincement métallique, saisit l'enveloppe fortunée, referma la porte et retourna chez lui en s'enfonçant dans la nuit pendant que Céleste Poulain revêtait une chemise à carreaux et une salopette en denim et descendait l'escalier de sa galerie avec sa carabine pour courir clopin-clopant au bord de la route. La boîte avait été soulagée de son contenu. L'enveloppe ne s'y trouvait plus ; l'escroc avait commis son larcin.

À peine le propriétaire de Sandrine s'était-il couché, tirant vers lui le drap en maugréant entre ses gencives enflées, que la sonnerie du téléphone se faisait de nouveau entendre. Rosaire Pelchat rappliquait déjà, réclamant un versement final de mille cinq cents dollars pour conclure la transaction.

— Écoute-moé ben, mon vieux *tabarnac* !

— Qui c'est qui parle, s'il vous plaît ?

— Devine ! Le père Noël ? Peut-être ben, vieux dingue ! C'est lui qui t'apporte un beau cadeau : une vieille *câlisse* de jument !

— Vous insultez ma Sandrine, monsieur ! Dites-moi ce que je dois faire pour la récupérer, qu'on en finisse. Il est tard et je n'en peux plus, monsieur l'inconnu.

— Ça adonne ben parce que moé aussi, j'veux en finir au plus sacrant ! Tu déposes l'enveloppe dans une heure au même endroit. Après, plus tard dans le courant de l'avant-midi, t'attendras mon téléphone pour que je te dise où se trouve ta Sandrine.

— Vous ne lui avez pas fait de mal, j'espère ?

— Ta jument s'est juste ennuyée un peu. C'est toute...

Une fois rhabillé, le septuagénaire saisit sa carabine et se rendit à l'écurie pour charger son pick-up de bottes de foin et les disposa dans son champ, à proximité de la route, de manière à former une espèce de cache percée d'une ouverture, sorte de meurtrière destinée à surveiller le rançonneur qui surviendrait un peu plus tard. Près de sa boîte aux lettres, il pourrait vraisemblablement identifier le ravisseur au lever du jour et intervenir si nécessaire.

L'étape suivante consistait à se rendre à la Caisse populaire Desjardins de Rougemont pour qu'un guichet gorgé de vingt dollars lui restitue le montant nécessaire pour combler la somme déjà enfouie sous son matelas en petites coupures. En revenant, il déposa sa précieuse enveloppe dans sa boîte rurale, se retrancha dans sa cache, carabine en main. Il agirait dans l'intérêt supérieur de sa jument, d'abord et avant tout. Après une heure et demie d'une infructueuse attente, ivre de fatigue, semblable à un soldat épuisé dans sa tranchée, le vieux fermier n'en pouvait plus de fixer sa boîte à pain rouillée et d'attendre, et gagna derechef sa maison et son lit.

Pour Pelchat, le moment était venu de jouer le tout pour le tout. Avant même l'heure où le coq ne chante, il atteignit son écurie et amena Sandrine, titubante de faiblesse, dans un verger voisin en demeurant éloigné du chemin pour éviter d'éveiller tout soupçon à son égard. Quand il se fut suffisamment distancé de chez lui, il gagna le bord de la route, attacha la bête à un piquet de clôture de perches et retourna à son domicile.

De retour à la maison, il composa le numéro du fermier pour lui indiquer où trouver Sandrine tout en lui signifiant de ne pas lui faire faux bond en enlevant le fric de sa boîte à pain, que c'était un échange dans les règles de l'art et qu'il y aurait des conséquences sur sa Sandrine si l'entente n'était pas respectée en toutes lettres. Ce à quoi Céleste Poulain adhéra religieusement en jurant sur la tête de sa jument, empressé de retrouver la bête qui revêtait pour lui une ineffable valeur sentimentale.

Perplexe, voulant s'assurer de la plus grande loyauté de Poulain, Pelchat attendit de voir venir au loin le pick-up du vieux fermier. Pour ne pas le croiser en allant, il se dirigea vers le village et contourna l'homme et sa bête par la Petite-Caroline pour atteindre la ferme de Poulain, s'emparer de l'enveloppe gonflée de billets verts et revenir par la Grande-Caroline en croisant le vieil homme et sa jument. Une belle arnaque de deux mille cinq cents dollars pour un cheval qu'on mènerait certes à l'abattoir avant longtemps, un cheval à qui on injecterait peut-être un liquide pour le soulager de ses malaises et mettre ainsi un terme à ses jours.

14

L'ANACHORÈTE AVAIT ÉCLATÉ EN SANGLOTS lorsqu'il avait récupéré sa Sandrine attachée à un piquet de clôture de perches. Sa rousse rossinante avait poussé des hennissements mêlés de joie et de reconnaissance à la vue du vieillard attendri et réconforté. Avant de l'attacher à l'arrière de son pick-up et de la traîner au rythme de son pas lent, le fermier lui prodigua de réconfortantes caresses de retrouvailles, lui offrit quelques bonnes poignées d'avoine et la fit boire dans un seau d'eau fraîchement pompée de son puits artésien. Il avait déjà oublié les deux mille cinq cents dollars exigés par le rançonneur impuni et rassasié qui s'était d'ailleurs empressé de former des liasses de visages aplatis de la reine à couleur de moisissure et de les ranger cupidement dans une ancienne armoire rescapée de sa main vorace de vidangeur qu'il avait rafistolée.

Manuel constatait avec désolation qu'il ne restait plus beaucoup de sable à couler dans son sablier des vacances. Parallèlement au travail de desquamation de sa maison, il avait dépensé beaucoup de temps à peaufiner son roman policier, à tel point que Florenc, qui avait, tel que promis, décoré la chambre de son fils, remarquait que le chantier extérieur ne progressait pas vraiment et qu'il serait prolongé l'été suivant. Un jour de grande fatigue, Florence, pourtant si douce et si compréhensive, commença à s'impatienter dès son retour à la maison après son labeur quotidien, prétextant qu'il consacrait sûrement trop de temps à un projet qu'elle qualifia d'utopique. Mais l'auteur ne l'entendait pas ainsi. Hésitant encore, il s'était livré à des calculs très serrés et estimait que son projet de publication en valait la peine même si le tout devait se solder par une perte financière.

C'est Charlemagne qui, un bon matin, rapportant le courrier de la boîte aux lettres et le déposant sur la table de cuisine, fut l'élément déclencheur. Bédard le remercia, croyant qu'il fallait saisir l'occasion de souligner l'effort de quelqu'un qui participait généralement peu aux besognes et petits travaux domestiques et qui, ce matin-là, avait pris une louable initiative. Il s'empara d'une lettre adressée à son nom et ses joues se gonflèrent de bonheur quand il lut le nom de l'expéditeur de la lettre : Les Éditions de la Dernière Chance.

Il n'en fallait pas plus pour que l'auteur décroche le téléphone et s'adresse à l'éditeur lui-même :

— …

— Ainsi donc, vous me proposez une publication rapide et un lancement collectif, monsieur Lachance.

— Il faut saisir l'occasion, Bédard.

— Mais vous comptez faire réviser mon texte et le faire imprimer à temps ?

— Certes, monsieur Bédard. Si vous m'apportez le manuscrit de votre dernière version demain, nous serons à temps, sans problème.

— Vous parlez de lancement collectif ?

— C'est une formule gagnante, Bédard. Vous bénéficierez d'un plus vaste public. C'est dans l'intérêt de chacun des trois auteurs, vous savez.

Le lendemain matin, l'auteur se rendit au bar billard, rue Saint-Laurent, avec la dernière version de son roman policier, *Le suspect numéro 2*. Comme Florence travaillait ce jour-là, il déposa Mélodie, Charlemagne et son ami Félix chez Gertrude Bellehumeur, qui était aux anges. Comme c'était jour d'enlèvement des ordures ménagères et de cueillette d'articles pour le recyclage, Félix, qui avait l'œil écologique, demanda à l'ancienne nounou de lui fournir un sac en plastique vert. Ainsi donc, Mélodie demeurerait seule avec madame Bellehumeur pendant que Félix et Charlemagne arpenteraient les ruelles environnantes, à la recherche de petits trésors abandonnés ou rejetés.

Le rendez-vous avec l'éditeur était fixé à dix heures. Déjà, des buveurs assoiffés se dandinaient autour des tables de billard ou avalaient des chopes de bière en fût. Lachance accueillit l'auteur avec la plus grande courtoisie, comme si Yves Beauchemin lui-même l'avait choisi pour publier son premier polar :

— Vous ne regretterez pas, monsieur Bédard, d'avoir choisi les Éditions de la Dernière Chance pour lancer votre carrière d'écrivain.

Le contrat fut glissé sous les yeux de l'auteur, qui en prit connaissance en lisant les grandes lignes et en survolant les paragraphes écrits en petits caractères. Selon les conditions de l'entente, la moitié de la somme relative aux frais de production était payable sur-le-champ et le reste le jour du lancement — qui coïncidait avec sa dernière journée de vacances.

Durant les deux semaines qui suivirent, l'écrivain tenta de joindre des collègues de travail et de les inviter à célébrer l'événement. Il fit paraître une annonce, un huitième de page, dans le journal de quartier du bar billard et prépara un court laïus qu'il retoucha une bonne dizaine de fois avant de lui donner sa forme finale. Au journal, on lui donna même l'assurance que l'événement serait couvert par un des journalistes, généralement affecté aux *potins* du quartier.

Le soir du lancement, Manuel ne se possédait plus. Florence, qui avait décidé d'y assister, tenta de le calmer en lui disant qu'il n'avait rien à perdre, qu'elle avait entendu dire que même un grand talent pouvait demeurer dans l'ombre et que la plupart des artistes vivaient sous le seuil de la pauvreté. Ce à quoi l'écrivain avait répliqué que même s'il n'envisageait pas de vivre de son art, il était en droit d'espérer une certaine reconnaissance de son talent.

Rue Saint-Laurent, une rangée impressionnante de motocyclettes s'inclinaient devant l'édifice abritant le bar billard où devait se dérouler le lancement collectif. C'est un monsieur Lachance radieux, accompagné d'une hôtesse au décolleté offrant un généreux poitrail exhibant un collier qui devait peser une tonne, qui accueillait les gens, celle-ci les invitant de son bras boudiné de bracelets à prendre une coupe de vin et à les suivre à l'arrière du commerce où l'on avait aménagé, pour l'occasion, un petit coin de salle pour le lancement. On dénombrait une vingtaine de chaises disposées en demi-lune devant un lutrin et trois petites tables rondes recouvertes d'une nappe de papier crêpé sur lesquelles reposaient une douzaine d'exemplaires de chacun des ouvrages publiés.

Pour un lundi tranquille, il y avait passablement d'animation. Une oppressante atmosphère régnait dans la pièce. Plusieurs motards jouaient de la baguette aux tables de billard. Manuel Bédard se remémora la présence de Grizzly en ce lieu mais ne chercha aucunement à le repérer parmi la faune de motocyclistes. En plus d'un jeune journaliste du journal de quartier, la plupart des autres personnes présentes, des gens d'un certain âge, se tenaient en grappes autour de deux dames âgées qui répondaient à des questions de l'entourage. Suivi de Florence, Bédard, qui avait hâte de découvrir la page couverture de son livre, s'approcha de la table qui lui était réservée. La dame au collier lourd l'intercepta et se présenta comme réviseure linguistique :

— C'est moi qui corrige les épreuves, annonça-t-elle fièrement. C'est un travail très privilégié où on a l'avantage de découvrir des textes inédits et de grands auteurs avant le public.

— Enchanté, madame...

— Édith Roman. Appelez-moi Édith. Je vois que votre regard se porte vers une table, monsieur Bédard.

Madame Roman prit un exemplaire du *Suspect numéro 2* et le tendit à son auteur, qui s'étonna de la faible épaisseur de l'ouvrage et surtout de la piètre qualité de l'illustration de la page couverture.

— Qu'en dites-vous, monsieur Bédard? Je suis également illustratrice pour les Éditions de la Dernière Chance. J'ai commencé un cours en graphisme pour mettre mon talent au service de l'édition.

— Ça paraît, intervint Florence, à qui déplaisait manifestement la facture du produit.

— C'est presque illisible tellement le caractère est petit! La numérotation des chapitres n'arrive pas toujours en haut d'une page, en plus, se révolta le romancier.

— Pour le prix, monsieur Bédard, les lecteurs ne peuvent pas avoir mieux…

— Décevant, très décevant! s'exclama l'auteur du polar.

Une quinzaine de personnes avaient déjà pris place. Baguette en main, plusieurs motards curieux, dont Yann Lamontagne et Grizzly, s'approchèrent de l'assistance. L'éditeur fit un signe de la main pour faire baisser le volume de la débilitante musique qu'on entendait. Lachance s'éclaircit la gorge et prit la parole devant son auditoire:

« Bonsoir! Au nom des Éditions de la Dernière Chance, je suis particulièrement heureux de vous faire découvrir trois nouveaux talents dans le domaine littéraire: Annette Bertrand nous offre son autobiographie. Elle nous livre, pardonnez-moi le jeu de mots… sa vie, au fil des cent vingt-trois pages de l'œuvre. Avec *Ma vie en deux temps trois mou-*

vements, l'auteure nous fait entrer dans les secrets de sa vie affective.

Dans un autre ordre d'idées, Henriette Deveau nous met l'eau à la bouche avec son livre de recettes minceur qui tire la nappe sur l'alimentation des obèses en leur dévoilant des menus santé pour petit budget.

Enfin, Manuel Bédard nous propose la lecture du *Suspect numéro 2*, un roman policier dont l'intrigue est digne des plus grands *Sherlock Holmes*.

Je vous laisse maintenant entre les mains de nos trois auteurs en les remerciant d'avoir choisi les Éditions de la Dernière Chance pour se révéler. »

D'abord, Annette Bertrand détailla sur son long processus d'écriture, ses valses-hésitations autour de sa vie qui, somme toute, aurait pu avantageusement se résumer en trois quarts de page. Elle fut chaudement applaudie par des membres du club « J'écris ma vie » dont elle faisait partie. Ensuite, Henriette Deveau, une obèse aux chairs molles ballottantes, narra sa lutte pour contrer son excès de poids et sa recherche d'un équilibre alimentaire... Enfin, lorsque Manuel prit place en avant de l'assistance, tous les joueurs encore présents aux tables cessèrent de fixer leurs boules numérotées et la musique s'évanouit dans un silence de monastère.

Lorsque l'auteur commença à débiter son petit laïus, il remarqua la présence de Lamontagne, celle de Grizzly et de quelques autres vestes de cuir qui avaient envahi son terrain en début d'été. Ce qui l'intimida quelque peu. À la fin de sa brève allocution, tous les motards manifestèrent leur encouragement, martelant simultanément leur queue vernissée, effilée et dressée à la verticale contre le parquet de la salle de billard. Les yeux des femmes de l'assistance se tournèrent avec ahurissement. Pour sauver la situation, Lachance intervint, invitant les participants à se présenter à la table des auteurs pour la séance de signature pendant que le journaliste prenait des photos de circonstance et griffonna quelques notes dans son calepin. Des lecteurs s'alignèrent devant Annette Bertrand et Henriette Deveau. Un homme de taille moyenne, au dos légèrement voûté et aux verres sur le bout du nez, se posta devant la table de Bédard. Le collègue de travail le congratula en réclamant une dédicace, lui serra la main et s'éloigna rapidement.

Florence dut contenir sa joie lorsque ses yeux croisèrent ceux de Lamontagne. Loin d'approuver le geste cavalier de son ancien conjoint, elle n'en éprouvait pas moins une attirance pour celui qui personnifiait le mâle auquel elle avait toujours rêvé, le père de son enfant. Elle s'en approcha et lui adressa la parole en se remémorant le temps où elle se considérait comme une soupirante :

— Yann, je suis contente de te revoir. Je ne m'attendais pas à te voir ici. Charlot s'ennuie de toi, tu sais. Tu lui as tellement fait plaisir lors de ta visite à Rougemont. Tu es important pour lui. Promets-moi de le revoir, Yann. Je t'en prie… Juste une chose encore. Je ne comprends pas très bien votre petite mise en scène. C'est de mauvais goût ! Et puis, je ne vois pas pourquoi vous vous moquez de Manuel. Bon, il faut que je te laisse...

Lamontagne n'eut pas le temps de réagir. Il se tourna vers Grizzly, qui comprit que le moment était venu de passer à l'étape suivante. L'ours hocha la tête pour montrer qu'il avait bien reçu l'ordre et qu'il l'exécuterait. Aussitôt, Grizzly et une bonne douzaine de durs à cuire se répartirent devant les tables de mesdames Deveau et Bertrand. Manuel, qui observait la scène, assis derrière une table désertée, se leva et se dirigea précipitamment vers Lamontagne, qui semblait s'amuser follement de la situation qu'il avait sciemment provoquée.

— Tu aurais pu laisser faire tes farces épaisses, Lamontagne.

— On ne peut pas empêcher un lecteur de choisir son auteur préféré...

— Toé, tu t'es pas mis en ligne. On le connaît ton auteur préféré. Tu sais même pas lire, espèce de nouille.

Il n'en fallut pas davantage pour que Lamontagne décoche un solide coup du droit au plexus solaire de Bédard qui, le souffle coupé, s'effondra sur le parquet, créant toute une commotion chez les lectrices, qui s'agglutinèrent autour du gisant.

Le journaliste et photographe présent se faufila entre les curieux et, de sa longue main décharnée, les supplia de s'écarter pour qu'il prenne la scène en photo. La bande de joueurs à baguettes se mit à rire et des moqueries fusèrent de toutes parts. Complètement groggy, Bédard mit un long

moment à reprendre ses esprits alors que Florence, age-
nouillée à ses côtés, cherchait à le réanimer, condamnant
l'intervention de Yann, qui avait agi d'une impulsive et ré-
préhensible manière. Le journaliste de l'hebdomadaire *La
Ruelle* tenait une nouvelle qui intéresserait certainement
ses lecteurs.

Le tenancier du bar billard, un *mastard* dans la jeune
trentaine, émergea de son bureau et dispersa tout le monde.
Barsalou, crocs proéminents, s'approcha du journaliste de
La Ruelle et lui conseilla de demeurer muet comme une
tombe, considérant que l'incident était clos. Dans un claquement de doigts, les motards se distribuèrent autour des
tables pendant que Manuel se relevait péniblement avec
l'aide de Florence. Annette Bertrand et Henriette Deveau
réglaient avec l'éditeur Lachance et ramassaient leurs livres invendus alors que les lectrices empressées passaient la
porte de l'établissement. Comme convenu, Bédard voulut
payer le solde de son compte — à l'insu de Florence qui
n'était pas au courant — avant de retourner à la maison.
Lachance se confondait en excuses, cherchant à expliquer
qu'il s'était produit quelque chose de totalement imprévisible, un événement qu'il trouvait d'ailleurs éminemment
regrettable et que, la prochaine fois, il trouverait sûrement
un endroit plus approprié pour un lancement.

Le surlendemain, parut dans *La Ruelle* un article qui relata l'esclandre du bar billard impliquant deux hommes, un
motard et un écrivain, dans une échauffourée sanglante qui
nécessita l'intervention de la police. L'article mentionnait

le nom de l'auteur, le titre de son roman policier, *Le suspect numéro 2*, et indiquait qu'on pouvait se procurer l'œuvre à la *Librairie du quartier*. Résultat : tous les exemplaires du titre disparurent en trois jours et Bédard dut retourner en ville pour réapprovisionner le libraire.

15

LES VACANCES À BATIFOLER dans les vergers voisins, à chevaucher sa bicyclette au bord de la Grande-Caroline, ses nombreuses et parfois périlleuses escapades avec Félix, ses « collectes sélectives » avec Pelchat le « ramasseux », sorte de substitut de son père absent, sans oublier la compagnie de son chien Aristote, tout cela avait contribué à rendre heureux Charlemagne. Les mots *école, devoirs, leçons*, avaient été, à toutes fins utiles, temporairement bannis de son vocabulaire restreint. Une entorse pour confirmer cette règle, cependant : il fallait que son beau-père s'appelle Manuel. Heureusement que Florence, sa mère, l'appelait affectueusement Man, parce qu'il aurait développé une maladie en réaction à ces pensées à connotation scolaire. Frémissante de bonheur, Mélodie attendait déjà la boîte roulante « jaune école » qui accosterait bientôt devant chez son père. Sac au dos, casquette de travers, Charlemagne s'attardait à faire des *mamours* à Aristote, qui sentait que quelque chose d'étrange se tramait.

L'autobus s'arrêta ensuite chez Félix, qui nourrissait la hâte de revenir chez lui au plus tôt. Combien il aurait aimé demeurer avec son père et le suivre pas à pas à travers ses occupations pas tout à fait orthodoxes! Mélodie, assise avec une amie, s'était bien gardée de s'asseoir avec Charlemagne, qui réservait la place pour son meilleur camarade. Le long de la Grande-Caroline, la boîte jaune hoqueta de nombreux arrêts pour faire monter d'autres enfants à la mine joyeuse. Mais tous, comme c'était le cas pour Félix et Charlemagne, n'étaient pas joyeux pour les mêmes raisons. D'aucuns avaient grand hâte de connaître leur institutrice. Avant de monter la côte, devant le hameau qui constituait une excroissance du village où s'entassaient des centaines de rougemontois dans des maisons mobiles immobilisées, le véhicule se gava longuement d'une ribambelle d'enfants sous le regard de mères au cœur gros de voir partir leur petit poussin pour l'école.

Le visage d'Irène Lalumière s'irradia:

— Bonjour, les enfants! sourit l'institutrice.

Charlemagne n'était pas très heureux d'apprendre qu'il n'était pas dans le même groupe que Félix, encore une fois. Pendant l'année, il évoluerait sous la tutelle de la grosse mademoiselle Lalumière, une « consacrée » à l'enseignement en phase terminale qui mettrait bientôt un terme à sa longue carrière dans l'enseignement. Comme la plupart des enseignantes d'expérience du milieu, elle s'esquivait de la réforme en transmettant sa matière d'une manière traditionnelle plutôt qu'en laissant *poireauter* et s'amuser en équipe de trois ou quatre, des élèves qui découvriraient peut-être par eux-mêmes les rudiments d'une notion qu'ils s'empresseraient d'oublier. Quant à Félix, il se désolait de ne pas être avec Charlemagne, mais se réjouissait de l'approche par projets de Marie-Soleil — qui se faisait appeler Marie-So par ses élèves — et qui avait l'habitude de ne pas donner de travaux à la maison, au grand bonheur de parents à qui il exécrait de contrôler les interminables devoirs et les délirantes leçons imposées.

16

Samedi matin. On sonna à la porte. Aristote aboya de protestation pour dénoncer une présence et défendre son territoire. Florence accourut pour éviter que la maisonnée ne se réveille, referma les deux pans de sa robe de chambre et replaça d'une main sa coiffure défraîchie. Elle regarda par la fenêtre et ouvrit :

— Yann et Grizzly ! Quelle surprise !

Les deux hommes entrèrent, Lamontagne tenant un gros sac en tissu qu'il portait fièrement à bout de bras :

— C'est pour Charlot, va le réveiller !

— Heureuse initiative, Yann, mais tu aurais pu me prévenir. On se voit de temps à autre au gym, pourtant. Tu nous arrives comme ça, à l'improviste, à sept heures et demie un bon samedi matin. Depuis quand t'intéresses-tu à ton fils ? Tu es venu le voir une fois au début de l'été, puis plus rien, morigéna faiblement Florence, qui éprouvait davantage de joie que le désir d'adresser des reproches au père de son fils.

— Tu le réveilles ou je le fais moi-même ?

— Doucement, Yann ! On ne se presse pas ici le samedi matin.

— Accouche, Flo ! répartit platement Lamontagne.

— J'ai déjà accouché une fois en ton absence, Yann ! C'est déjà assez ! railla-t-elle en s'éloignant de lui pour aller réveiller leur fils.

Lamontagne se rendit compte de ce que le mot « accouche » évoquait pour Florence et baissa légèrement les yeux. Un semblant de repentir parcourut son visage.

— J'ai faim, moé ! déclara subitement Grizzly.

N'écoutant que le gargouillis de son estomac affamé, Grizzly fit quelques pas vers le garde-manger, ouvrit les portes, en retira des boîtes de céréales sucrées, un pot de beurre d'arachide, un pot de miel, un pot de confitures de framboises et les déposa sur la table. Il fouilla ensuite dans les armoires pour prendre des verres, des bols et des assiettes à déjeuner qu'il disposa maladroitement de sa grosse main sur la table et compléta deux couverts avec des ustensiles. Le réfrigérateur fut finalement soulagé d'un pichet de lait, d'une bouteille en verre de jus d'orange et d'un pain, sous l'œil de Yann, qui s'amusait de l'impertinence de son compagnon.

Comme Charlemagne se faisait attendre, Yann, qui connaissait l'appétit d'ogre de Grizzly, entreprit de faire cuire des œufs.

— Tu vas prendre un bon *snack*, mon Grizzly. Combien t'en veux ? demanda-t-il en lui montrant un œuf d'une main et en tenant la porte du réfrigérateur de l'autre.

— Quatre !

— L'ours a un appétit d'oiseau ce matin ?…

— Regarde qui est là, mon trésor ! annonça Florence à son fils.

— PAPA !!!

— Yann, appelle-moi Yann, si ça te fait rien. Papa, ça me fait drôle…

— Yann, d'abord ! se reprit Charlemagne.

— Mais que fais-tu là, Yann ? se surprit Florence.

— T'es pas ben ben recevante, Flo ! Je fais cuire des œufs pour mon petit copain affamé. Tournés, pas tournés, Grizzly ?

— Pas tournés ! Mais tu crèves le jaune…

— T'es pas mal compliqué… plaisanta Yann.

Florence comprit tout de suite qu'il ne lui servait à rien d'intervenir pour contrecarrer l'initiative du père de Charlemagne. Elle souhaitait cependant que le maître des lieux ne s'aperçoive pas de la présence inattendue et non souhaitée d'un adversaire qui l'avait récemment rudoyé.

— T'es venu avec ton gros *bicycle*, Yann ? interrogea le petit.

— Non, pas à matin !

— T'es venu comment, d'abord ?

— En jeep.

— J'veux que tu m'emmènes.

— J'suis venu te chercher, mais pas pour ce que tu penses.

— Où est-ce qu'on va, Yann ?

— Y est temps que tu te déniaises, mon Charlot ! Regarde dans le sac que j'ai apporté.

Les yeux pétillants de curiosité, l'enfant se précipita

sur le gros sac, tira hâtivement la fermeture à glissière et en sortit toutes les pièces, y compris les patins, qu'il s'empressa de chausser avec émerveillement. Voyant la difficulté qu'éprouvait le petit de Yann, l'ours délaissa sa tranche de pain recouverte de beurre d'arachide et enduite d'un miel de trèfle liquide, se lécha les doigts et se pencha vers l'enfant pour l'aider en tricotant de ses gros doigts pour enfiler les lacets dans les œillets et les tirer pour assurer la tension appropriée. Charlemagne se mit debout, essaya de se tenir droit. Il tenta de faire quelques pas, vacilla comme la flamme d'une chandelle qui va s'éteindre et s'effondra sur le plancher de la cuisine.

— Content, mon Charlot? s'assura Yann, voilant à peine son émotion en servant les œufs dans l'assiette de son ami.

— On dirait bien que oui! s'interposa l'homme de la maison se présentant en boxer et en camisole. Enlève tes patins, Charlemagne, tu vas faire des marques sur le plancher avec les lames!

Puis, observant le sans-gêne de Lamontagne et de Grizzly qui se sentaient un peu trop à l'aise dans la maison:

— Ouais, les gars, s'il y a quelque chose qui vous manque, n'hésitez surtout pas!

— Tiens, l'écrivailleux en bobettes! Tu pourrais t'habiller mieux que ça pour recevoir la visite, s'exclama Lamontagne, la poêle de fonte à la main.

— Non, mais vous n'allez pas recommencer comme au bar

billard l'autre jour ! intervint Florence en haussant le ton. Surtout pas devant le p'tit ! C'est franchement indécent !

— Y en a un qui est indécent icitte ; c'est celui qui se promène les fesses à l'air, précisa Grizzly.

Enhardi par les propos de l'ours, Charlemagne éclata de son rire cristallin en montrant son beau-père d'un doigt moqueur. Devant cette insupportable et mordante raillerie qui le réduisait proprement au ridicule, le maître de la maison choisit de libérer la pièce de sa présence, marmonnant des injures aux deux ostrogoths.

— Bon ! Vous êtes fiers de votre coup, les gars ? réagit Florence.

Grizzly enleva les patins de Charlemagne et le pria de s'asseoir pour déjeuner avec lui. Lamontagne se mit à ramasser l'équipement de hockey et le rangea méthodiquement dans le sac. Pour la première fois, Florence ressentit quelque chose d'indéfinissable qui se passait entre elle, Yann et leur fils. Au fond d'elle-même, mais sans y croire cependant, elle avait toujours souhaité ce rapprochement, cette intimité entre son père et son enfant oublié. Pourquoi Yann revenait-il maintenant ? Pourquoi ne s'était-il pas manifesté de l'été ? Que s'était-il passé pour qu'il rapplique, soudainement ? Peut-être que la présence de Grizzly n'était qu'une mascarade pour aider à cacher ses véritables intentions, ses véritables sentiments à l'égard du petit ? D'ailleurs, Grizzly lui-même, sous des dehors de gros ours mal léché, n'était-il pas, au fond, qu'un cœur attendri ?

— Où allez-vous pour le hockey ? demanda Florence avec émotion.

— À l'aréna de Saint-Césaire. Inquiète-toi pas, Flo ! On te le ramène pour le dîner.

La jeep démarra, enveloppant Aristote, qui éternua dans un nuage de poussière.

Dès son retour de l'aréna, Charlemagne, dans un état de surexcitation avoisinant l'euphorie, accourut chez Félix pour lui narrer les détails de son avant-midi exceptionnel.

— J'veux jouer au hockey, moi aussi, insista Félix auprès de son père, qui avait accueilli le petit voisin survolté à sa porte.

Le jour même, Pelchat se présenta chez Forand Sports à Saint-Césaire et couvrit, des patins au casque, un nouvel adepte du hockey avec une partie de la somme provenant de la prise en otage de la vieille jument de Poulain.

17

Au début de la semaine suivante, les enfants couchés, Bédard se remit le nez dans ses préparations de cours. Chaque nouvelle année scolaire le replongeait dans une espèce d'état second où il tentait de se transformer en gourou pour intéresser des groupes d'adolescents à sa matière. Une matière « grise », mâchonnée, mastiquée, ruminée et prédigérée avant d'être régurgitée dans l'amphore des jeunes trop souvent désireux d'en finir avec l'école. Bon nombre d'entre eux occupaient déjà un emploi en parallèle et certains rechignaient devant l'ampleur de la tâche à exécuter. Une de ses élèves lui avait même demandé s'il donnait des devoirs parce que ses travaux scolaires entraient en conflit avec son travail rémunéré. Ce qui l'avait scandalisé.

Par moments, il avait l'impression de prêcher dans le désert d'une terre peu fertile à l'assimilation des connaissances. Mais enfin ! Il aimait son travail et se croyait investi d'une mission qu'il jugeait indispensable à la société, malgré les commentaires au vitriol que ladite société lui renvoyait parfois : vacances trop longues, heures de travail trop courtes, trop de journées pédagogiques, salaire trop élevé, échecs lamentables des jeunes au secondaire, des ados qui ne savent ni lire ni écrire au terme de leurs études, etc. Somme toute, pas grand-chose de positif!

Il était tard. L'enseignant avait fermé ses livres et ses cahiers. Dans la mesure du possible, il savourait ce moment de tranquillité et en profitait pour poursuivre l'écriture de ses textes. Car il adorait se plonger dans ses histoires inventées pour s'extraire du quotidien, réfléchir sur le comportement humain ou imaginer quelque autre intrigue policière. Le succès instantané qu'il venait de remporter le grisait d'orgueil et il travaillerait à conquérir un auditoire plus vaste. Mais ce soir-là, la fatigue avait eu raison de son inspiration et il en fut quitte pour s'écraser sur le canapé-lit et écouter le bulletin de nouvelles. On annonçait des coupures dans les commissions scolaires et les hôpitaux. Ce qui l'agaça. Engoncé dans son fauteuil, il s'étira le bras, saisit la télécommande et éteignit le téléviseur. Il s'empara du journal qui trônait sur le tas de la petite table à ses côtés et se mit à lire les grands titres. Ses yeux se fermaient. Ne voulant pas résister au sommeil, il replia le journal, le laissa tomber sur la table et se dirigea vers la salle de bains.

Même si Florence n'était pas rentrée, Manuel se coucha et s'endormit en pensant que la journée qui s'achevait avait été comme toutes les autres. Environ une heure plus tard, sa compagne se glissa à ses côtés, davantage commandée par l'heure tardive que par le sommeil. Chaque fois qu'elle revenait du centre d'entraînement, Florence, encore surexcitée malgré une douche bienfaisante et apaisante, recherchait les caresses de son partenaire, se lovait lascivement contre lui et finissait par le tirer langoureusement de son sommeil. Et la journée se terminait par des ébats amoureux qui rapprochaient le couple et laissaient l'homme repu, à demi mort de fatigue, le petit manche télescopique rétracté, pleinement satisfait. Mais Florence avait remarqué une inappétence croissante chez son homme, un affadissement de sa passion. Son Manuel pouvait aller se rhabiller à côté de Yann, duquel elle s'ennuyait au lit. Ses récentes retrouvailles avec lui au bar billard et le week-end précédent avaient ranimé la flamme du seul véritable amour qu'elle avait connu dans sa vie.

18

EN ÉCOUTANT LES ROUCOULEMENTS DE LA CAFETIÈRE, « enrobedechambré », Manuel pensa qu'il était temps de réveiller Charlemagne et Mélodie pour les faire déjeuner pendant que Florence « partait » un lavage de foncé qu'elle mettrait dans la sécheuse avant de quitter, même si la journée s'annonçait clémente pour le séchage à l'extérieur. C'est elle qui s'occupait aussi du lunch des enfants. La journée s'annonçait assez peu « tripative » pour l'enseignant, qui commençait sa journée de cours à la deuxième période de l'avant-midi. Il quitterait après Florence, jouissant d'un rare moment de sursis avant d'affronter des étudiants sans doute insatiables de connaissances. Cependant, cette journée-là, contre toute attente, devait finalement s'avérer un peu différente.

Bédard avait depuis longtemps remarqué l'empressement trop facile et esclavagiste des gens obnubilés par l'acquisition d'un nouveau produit de consommation. Notamment, le téléphone cellulaire avait provoqué un engouement particulier. De plus en plus, on voyait des personnes occupées à conduire habilement d'une main et à tenir avec l'autre un petit appareil soudé à leur tête. Même sur la rue, des gens affairés, le pas allongé, parlaient « seuls » à voix haute, déambulant inopinément entre des piétons. Non seulement le téléphone cellulaire ne devait pas tarder à faire son apparition dans les mœurs, mais aussi s'immisçait-il pernicieusement dans les classes.

Sa première période de cours venait de débuter dans un soporifique climat. Manuel s'évertuait à expliquer au tableau — qui prenait la largeur de la classe — les propriétés des rebutants logarithmes. La plupart des étudiants semblaient suivre, sauf deux ou trois « décrochés » qui étaient — Manuel aurait mis sa main dans le feu pour en témoigner — gelés. La sonnerie d'un téléphone se fit entendre. Comme s'il avait été sur la rue, Guillaume Blanchard engagea sans vergogne une conversation avec son interlocutrice.

— Tu viens de te réveiller ? T'as bien dormi, j'espère ? Tu sais que j'aurais aimé prolonger ma nuit avec toi, genre.

— C'est ton cours de maths ?

— Ben oui ! *Stie* que c'est plate ! C'est ennuyant à mort. On comprend rien, genre, pis le prof continue pareil...

— GUILLAUME BLANCHARD ! VEUX-TU BEN ME FERMER ÇA ! tonna Manuel, le visage empourpré.

Toute la classe se mit à rire.

— Bon, j'raccroche. Le prof a pas l'air d'aimer ça.

— Ça presse...

— Pogne pas les nerfs, prof, répartit l'élève, affichant un air offusqué.

— APPORTE-MOI TON APPAREIL !

— Si ça peut te faire plaisir. Mais tu me le remets genre à la fin de la période.

— C'EST MOI QUI POSE LES CONDITIONS ICI. DONNE-MOI ÇA !

L'incident du téléphone cellulaire terminé, le calme était revenu dans la classe et Manuel, le pouls en accéléré, put compléter ses explications. À la fin de la période, les élèves ayant quitté le local, Guillaume Blanchard réclama son appareil, ce à quoi Bédard refusa d'obtempérer.

— Tu vas me donner ça, mon *tabarnac*. Sinon…

— Sinon quoi ? Des menaces maintenant !

Manuel tremblait encore. Il avait osé affronter un élève qui lui avait tenu tête. Aurait-il à s'en repentir ? Il n'était tout de même pas pour le laisser faire et créer un fâcheux précédent. Quoi qu'il en soit, il se promit d'aller rencontrer l'adjoint pour lui faire part de l'événement et chercher son appui afin que pareille esbroufe ne puisse se reproduire. D'autant plus que l'élève Blanchard n'en était pas à sa première fanfaronnade.

Après son dernier cours de la journée, Manuel frappa au bureau de monsieur Savard.

— Entrez ! fit une voix qui traduisait de l'impatience.

Le bureau de monsieur Savard était plongé dans une demi-obscurité. Derrière lui, les rideaux étaient tirés et une musique très douce — Manuel crut reconnaître un concerto pour piano de Brahms — se répandait dans l'atmosphère de la pièce.

— De quoi s'agit-il, monsieur Bédard ?

Manuel narra l'événement à monsieur Savard qui était demeuré assis, le visage impassible, retranché derrière son énorme bureau jonché de multiples dossiers éparpillés à la grandeur. Monsieur Savard était demeuré tourné vers son ordinateur et semblait écouter très distraitement l'enseignant. Tout en laissant parler Manuel, il continuait à fixer son écran. Puis, lorsque Manuel eut terminé l'exposé des faits, il s'arrêta un instant, en attente de la réaction de l'adjoint. Savard fit pivoter son siège vers Manuel et donna son verdict :

— Vous ne trouvez pas, Bédard, que c'est pur enfantillage ? Il y a dans cette école des problèmes beaucoup plus graves et plus urgents à régler. Allez, je compte sur votre expérience et votre psychologie pour étouffer une telle affaire.

Manuel n'avait aucunement le goût de réagir verbalement. En quelque sorte, monsieur Savard lui laissait carte blanche. C'était la première fois qu'un tel problème faisait son apparition. La mâchoire tendue, l'enseignant commençait à se demander s'il avait bien fait de confisquer l'objet en question. Il n'allait pas tarder à le savoir.

En quittant le bureau de monsieur Savard, Manuel se dirigea rageusement vers la salle des profs. Il ramassa quelques effets, deux livres, un cartable, une pile de copies à corriger qu'il enfouit sans précaution dans son sac, qu'il empoigna solidement, et sortit de l'établissement. En se dirigeant dans le stationnement, il s'arrêta net à une dizaine de mètres de son véhicule, les poings sur les hanches, stupéfait. Un groupe de collègues encerclait sa camionnette. Il s'en approcha avec circonspection et constata que les quatre roues de son véhicule avaient été enlevées et abandonnées par terre à côté des essieux. Consterné, il fit le tour de sa camionnette pour voir si le méfait se limitait à cela. Heureusement, aucune égratignure ou bosse quelconque n'était venue altérer la physionomie de la carrosserie. « T'es pas chanceux, mon Manuel », fit l'un des curieux. Sur ces entrefaites, une berline blanche maculée de nombreuses taches brunâtres passa en trombe près de lui. Sans en reconnaître les passagers, il vit deux ou trois têtes sortir simultanément par une fenêtre et crier unanimement « *Ostie* de gros trou de cul ! »

Manuel avait compris que le grossier message s'adressait à lui. Le rapprochement avec l'incident Guillaume Blanchard était évident. Mais il y avait fort à parier qu'il n'en aurait jamais la preuve formelle. Et qu'il ne servait à rien de chercher à l'inculper de quelque manière, au risque de représailles plus sérieuses encore. Peu importe, il demeurait en possession de l'appareil et il devenait impératif de prendre la décision : rendre ou conserver le téléphone cellulaire. Il sortit l'appareil enfoui dans le fond de son sac et composa le numéro du garage où on assurait l'entretien de sa camionnette. Une fois le véhicule paralysé par une quadriplégie remis sur ses quatre roues, en chemin vers son domicile, Manuel résolut de rencontrer Guillaume Blanchard dès le lendemain. Sans compter sur l'adjoint qui, de toute évidence, semblait assez peu coopératif, tout préoccupé qu'il était par des dossiers jugés « prioritaires ».

Dès qu'il le put, le lendemain, Manuel rencontra dans une salle de classe libre Guillaume Blanchard, qui se montra offusqué de ne pas recevoir son appareil.

— Comme ça, t'as décidé de garder mon téléphone… Tu cherches le trouble, prof.

— Tu vas me dire que tu y étais pour rien, hier…

— Rapport à quoi, *man*?

— RAPPORT À MON CHAR, *CRISSE*! COMPRENDS-TU ÇA *TABARNAC*?

— Woooh! Monsieur s'énarve. Donne-moé mon téléphone, pis on en parle pus.

L'élève Blanchard prit congé en faisant à son interlocuteur un bras d'honneur. « Polisson », ragea Manuel intérieurement.

Fermement décidé à ne pas baisser pavillon, Manuel tenta de joindre les parents de l'élève Blanchard. Il s'informa auprès du secrétariat pour obtenir le numéro du père au travail. Après un long moment d'attente, il réussit à parler à monsieur Blanchard qui refila le numéro de son « ex » au travail, prétextant que c'est elle qui s'occupait de l'éducation de son fils. La mère, de son côté, se montra plutôt cassante, arguant que, débordée de travail, elle n'avait pas le temps de s'occuper des frasques de son fils, et que de toute manière, les profs étaient payés pour « faire leur job ».

À la fin de sa journée de travail, le prof Bédard rentra à la maison, exténué comme s'il venait d'abattre deux grosses journées de labeur sans interruption. Comme il lui arrivait, à l'occasion, pour survivre à des moments de fatigue ou de tension, l'enseignant se décapsula une bière bien froide et la but goulûment, au salon ; il avait en horreur la bière qui prenait la température de la pièce lorsqu'elle était bue trop lentement. De son côté, Florence, qui maintenant partageait son temps entre les chambres de naissance et d'autres départements de l'hôpital, avait aussi passé une grosse journée et semblait au bout de son rouleau.

— Tu m'as l'air de quelqu'un qui a charroyé de la brique toute la journée, Flo.

— T'es pas loin de la vérité, Man. On a eu de la misère avec un bénéficiaire. Il est de plus en plus perdu et cherche à s'en aller de l'hôpital. On a essayé de le raisonner. On s'est mises à trois pour tenter de le convaincre. Rien à faire. Il a fallu utiliser la contention.

— C'est quoi ça, la contention ? demanda naïvement Mélodie. Avec tendresse, Florence prit la main de la petite et l'amena s'asseoir sur le canapé-lit près de son père.

— Supposons, Mélodie, qu'une de tes poupées doive aller au lit parce que c'est l'heure du coucher et qu'elle refuse en tapant du pied et en faisant une crise de larmes. Tu lui parles gentiment et elle n'écoute toujours pas. Alors tu la prends de force par la main et tu la conduis dans sa chambre... Bon, c'est un peu ça.

— J'comprends maintenant, acquiesça Mélodie en fermant ses grands yeux.

— Puis toi, Manuel, ça s'est réglé avec ton étudiant ?

— Pas vraiment ! Il ne veut rien entendre et m'a envoyé paître...

— Dis donc, vous n'avez pas grand recours contre des étudiants récalcitrants ?

— Faut que je m'arrange avec ça, Flo. Ça fait partie du travail !

En soirée, Florence s'évada de la maison pour magasiner. Elle ressentait l'impérieux besoin de changer d'air. Mélodie s'assit paisiblement avec un livre. Charlemagne, qui avait encore des devoirs à faire, passa à côté de sa demi-sœur et lui tira une « lulu ». Dotée d'une certaine sagesse pour son âge, elle choisit de ne pas réagir, même si elle avait été agacée par le geste de son demi-frère.

— Holà ! Du respect pour ta sœur, garçon ! Tu devrais t'installer pour tes travaux, mon Charlot, intervint Bédard.

— C'est pas ma sœur, c'est ma demi-sœur. Pis j'suis pas ton Charlot, prof. J'suis le Charlot à ma mère…

— Bon, d'accord ! On jouera pas sur les mots. Installe-toi ! Puis appelle-moi pas prof, veux-tu ? J'suis quand même ton beau-père.

— Mon demi-père…

— Bon, ça fera ! Mademoiselle Lalumière t'a sûrement donné des travaux…

Charlemagne sortit péniblement un cahier d'écriture de son sac et le déposa sur la table de cuisine. Manuel attendit un moment que le travail fut enclenché avant de jeter un regard par-dessus l'épaule de l'écolier, qui devait copier des mots en passant de l'écriture en caractère d'imprimerie à l'écriture cursive, le jambage de certaines lettres souffrant affreusement de vertige et certaines autres étant cruellement décapitées. Il s'en éloigna pour ne pas l'indisposer. Mais, un peu en retrait, il ne put s'empêcher de l'observer. Grimaçant, la langue sortie, retenant le bord retroussé du cahier d'une main, Charlemagne exécutait son travail avec une lenteur désarmante. Le résultat n'était pas très reluisant. Des hiéroglyphes ! Que des gribouillages ! Des agglomérations informes ! De temps à autre, il effaçait vigoureusement en chiffonnant sa page et en laissant les rognures de gomme à effacer sur les lignes. Manuel sentait jaillir en lui une impatience qu'il tenta de réprimer en détournant la tête et en essayant de penser à autre chose. « Cet enfant va me faire sortir de mes gonds », songea-t-il.

— J'ai hâte à samedi pour revoir Yann et jouer au hockey !

— À force de travailler, tu vas te rendre à samedi.

— C'est long ! T'aimes pas le hockey. Yann, lui, mon vrai père, aime beaucoup le hockey. En plus, c'est le coach de mon équipe. C'est lui qui va venir me chercher la fin de semaine pour m'amener à l'aréna. C'est pas toi…

— Yann fait sa part pour élever son fils, c'est normal. Ta mère et moi, on s'occupe de toi toute la semaine. C'est une sorte d'entente entre ton père et ta mère.

— Lui, il est super en forme. Toi, t'as un gros ventre.

À cet instant précis, il sembla à Manuel qu'il se retrouvait dans sa classe avec une bande d'abrutis. L'écolier déposa son crayon. L'enseignant et père substitut n'était pas loin de l'exaspération totale.

— Continue, Charlemagne, si tu veux en finir avec tes

obligations scolaires. Après, tu pourras faire autre chose avant de te coucher. D'ailleurs, je m'occupe de coucher ta DEMI-SŒUR et je reviens.

Manuel considérait Yann Lamontagne comme un grand adolescent, un égoïste. Un exhibitionniste fier de se pavaner devant ses groupies — qui lui tournaillaient autour sans arrêt —, tantôt sortant avec l'une, tantôt sortant avec l'autre. Dire que son fils l'admirait, lui qui, après des mois et des années d'un silence presque total, le prenait maintenant en charge quelques heures par semaine et le rendait à sa mère le reste du temps. Ce qui lui permettait amplement de donner libre cours à sa vie de libertinage.

Après d'agréables moments passés en compagnie de Mélodie avant son coucher, Manuel revint dans la cuisine. Charlemagne rangeait ses effets dans son sac, poussant des soupirs de profonde lassitude.

— Encore une demi-heure avant de te préparer, mon Charlot.

— J'te l'ai déjà dit : j'suis pas ton Charlot ! rétorqua l'écolier du tac au tac.

Lorsque le plus vieux des enfants fut sous les couvertures, Bédard respira. Il lui sembla qu'un peu de temps lui appartenait. Au sous-sol, assis devant son ordinateur, il composa quelques dizaines de lignes avant de se retrouver à son tour dans la salle de bains. En se déshabillant, il étudia son profil en songeant aux paroles blessantes de Charlemagne. « Le p'tit vlimeux disait vrai à propos de ma silhouette, et Florence doit regretter le corps d'athlète de son

Yann. D'ailleurs, je ne serais pas étonné que Charlemagne ait d'autres demi-sœurs ou demi-frères », pensa-t-il.

Enfin samedi. Lamontagne vint sonner à la porte pour amener son fils à l'aréna. Un sans-allure que ce Lamontagne ! Il fit résonner le carillon de l'entrée jusqu'à ce que Florence aille finalement lui ouvrir, avant de réveiller la maisonnée entière. Trop tard, battant des paupières, Manuel s'était déjà étiré le cou pour jeter un œil entrouvert à son réveille-matin. « On dirait qu'il le fait exprès, l'imbécile. » En douceur, Florence lui rappela qu'il ne fallait pas « réveiller la petite ». Qu'elle avait besoin de récupérer étant donné qu'elle se levait tôt tous les matins de la semaine ! Surtout pas de sollicitude pour Bédard, qui souffrait de temps en temps d'insomnie et qui se réveillait de plus en plus fréquemment en sueur après des nuits cauchemardeuses. L'école, avec son lot de misères, le pourchassait même la nuit, ne lui laissant que bien peu de répit. Ils n'étaient pas rares, les moments où l'enseignant se levait, même le week-end, avec la désagréable sensation de manquer carrément de sommeil.

19

Pour Lamontagne, la garde se terminait à la fin de l'avant-midi, le samedi. Au retour à la maison, dès que la porte s'ouvrait devant lui, il lançait la « poche » de hockey de son fils dans l'entrée en faisant invariablement aboyer Aristote, qui ne savait trop où donner de la tête, et en faisant sacrer Manuel qui devenait irrémédiablement hors de lui. Suivait bientôt le fils, qui aurait bien aimé se pendre au cou de son père pour qu'il l'amène passer la semaine avec lui. Ce qui déchirait le cœur de beau-père de Bédard qui, tout compte fait, aurait préféré que Charlemagne vive avec son père biologique plutôt qu'avec lui, le père rapporté. À cause des tiraillements qui le mettaient directement en cause. Néanmoins, il est vrai que Lamontagne éprouvait un certain attachement pour son fils, fils qui était parti pour suivre ses traces. « Mon fils est un vrai gars, pas une tapette comme toé, Bédard », lui lança-t-il un jour. Malgré ce que Florence elle-même pouvait en dire, Lamontagne n'avait pas un cœur de pierre et devenait de plus en plus attaché à son enfant, à mesure qu'il grandissait. Il avait déjà fait remarquer avec fierté à la mère de son fils que Charlemagne lui ressemblait de plus en plus. Sa fierté grandissait avec la croissance de fiston et atteignait un summum lorsqu'il « scorait » au hockey. Il envisageait la possibilité de lui établir éventuellement un programme d'entraînement au gymnase, le moment venu, considérant qu'il pourrait se développer autant que lui, qu'il avait le potentiel physique pour le faire.

La semaine avait repris son cours habituel et Bédard, son bâton de pèlerin. Chaque jour, il appréhendait un événement nouveau dans ses classes. Comme enseignant, il était soumis à une tension permanente. Cet état d'esprit ne lui était pas particulier, cependant. Il le savait pour en avoir parlé à des collègues qui subissaient le même sort que lui. Mais qu'importe, il réussissait quand même à s'accommoder de ses conditions de travail. Un certain nombre d'entre eux tombaient sous les drapeaux, le nombre d'absences pour épuisement professionnel augmentant sensiblement au fil des mois.

En ce lundi matin, pendant un cours donné devant un certain nombre de « corps morts », des bruits inhabituels parvinrent de la classe voisine. Le vacarme s'intensifiait de telle sorte que Bédard dut interrompre ses explications, en pleine résolution de problèmes sur la fonction sinusoïdale. L'idée lui vint alors d'intervenir en personne dans le local voisin, mais il se ravisa, pensant qu'il n'avait certainement pas la prestance ni l'autorité pour gérer une crise et aider un collègue en difficulté et assurer simultanément une supervision adéquate de sa propre classe. Les élèves chahutèrent copieusement l'enseignant en devoir. Tout de suite après, un claquement de porte ébranla le mur mitoyen de la classe. Des éclats de rire fusèrent en cascade.

Au début de la récréation, une jeune enseignante, exsangue, l'air particulièrement accablée, se présenta dans l'embrasure de la porte de la classe de Manuel et attendit que le dernier élève quitte le local. La jeune dame, très élégante, portait une robe fuchsia et arborait une longue chevelure blonde.

— Qu'est-ce qui vous arrive, pauvre mademoiselle? C'est vous qui étiez dans le local d'à côté tout à l'heure?

— Oui, c'est moi. Ils m'ont fait suer, je vous en passe un papier…

Aussitôt cette dernière parole lâchée, la voisine éclata en sanglots. Mal à l'aise, Manuel se précipita vers son armoire de classe et sortit une boîte de mouchoirs qu'il réservait normalement aux *morveux* insouciants et imprévoyants qui réclamaient en catastrophe de se retirer du local pour se moucher. La suppléante éprouvée enleva ses lunettes, s'épongea les yeux et se moucha bruyamment à trois reprises avant de raconter l'incident.

— J'écrivais au tableau une longue phrase qui contenait un certain nombre de fautes d'orthographe à corriger. C'était un exercice comme bien d'autres. J'ai entendu soudainement des rires complices. Lorsque je me suis retournée, un élève audacieux m'a alors fait une remarque plutôt gênante. Il m'a dit qu'il aimait voir branler mon derrière quand j'écrivais au tableau. Que ça le faisait triper et qu'il n'avait jamais eu une maîtresse de français aussi intéressante. Prise au dépourvu, je ne savais pas comment réagir. J'ai balbutié quelque chose… je ne me souviens d'ailleurs plus très bien quoi… Vous connaissez à peu près le reste.

Après la narration des événements, nouvelle séance de larmes… et de mouchage.

— Quand vous avez quitté le local de classe, vous vous êtes réfugiée à quel endroit?

— Dans des toilettes du personnel, réussit-elle à préciser entre deux hoquets de pleurs.

Plus Bédard l'écoutait, plus il avait la réaction de s'approcher de la jeune femme éplorée et de la consoler en appuyant sa jolie tête sur son épaule. Mais il se retint. Pour les convenances! Une si jolie fille devait sûrement avoir un jeune homme dans sa vie pour entendre ses pérégrinations.

— Qu'est-ce qui vous chagrine tant? C'est presque un compliment qu'on vous a adressé. Les adolescents ne sont pas toujours subtils, vous savez.

— J'ai peur qu'on raye mon nom de la liste de suppléants! J'ai besoin de travailler, vous savez. J'ai des dettes d'études de trente mille dollars. Je viens de m'acheter une auto. L'appartement…

— Si cela peut vous rassurer, allez dire à la secrétaire qui vous a affectée à ce remplacement que vous ne voulez pas retourner dans ce groupe et tentez à nouveau votre chance.

La suppléante quitta précieusement la classe de Manuel en se chaloupant de la croupe, le remerciant de l'avoir écoutée et de lui avoir prodigué un conseil qu'elle prendrait sûrement en considération.

La récréation venait de prendre fin. Bédard n'avait pas eu le temps de distribuer les devoirs notés sur les pupitres des élèves. Il lui fallait faire vite après cette séance de « consultation ». L'enseignant ne perdait rien pour attendre. Malgré ses années d'expérience, il pouvait survenir de petits incidents de nature à aiguiser sa patience. Après avoir servi de bouée à une jeune enseignante, suppléante de surcroît, Bédard allait être à son tour éprouvé.

Pendant la correction du devoir, tout se passa très bien, comme à l'accoutumée. Un peu plus tard, au moment d'une démonstration assez élaborée, tout en écrivant au tableau, Bédard songea une fraction de seconde à ce qui s'était passé le cours précédent avec sa voisine — dont il n'avait d'ailleurs pas su le nom — et au risque qu'il encourait chaque fois qu'il tournait le dos à la classe. Dans ces circonstances, il lui arrivait de se rappeler les paroles d'un pédagogue qui aimait dire à ses futurs maîtres : « Chaque fois que vous tournez le dos, vous les perdez. » « Même quand on ne leur tourne pas le dos, on a de la misère à garder l'attention », blagua-t-il intérieurement. Toujours est-il qu'un rayon lumineux rouge se promenait sur le tableau noir, pointant ici et là, indistinctement. « J'ai le goût d'exploser, mais il faut que je me contienne », se dit-il dans une première tentative pour se calmer. Il se retourna lentement, comme si de rien n'était. Il prit une grande inspiration et jeta un coup d'œil circulaire dans la classe, cherchant un indice de la provenance du pointeur au laser. Rien. Aucun indice. Ce ne pouvait être Guillaume Blanchard : ce n'était pas son groupe.

— Pourquoi tu continues pas ? demanda un étudiant qui manifestait un certain sérieux.

— Je continuerai lorsque votre camarade aura définitivement remisé son pointeur, pas avant ! articula Manuel avec assurance.

Déterminé à attendre aussi longtemps qu'il le fallait, Bédard s'assit à son bureau et commença à farfouiller nerveusement dans ses paperasses, espérant que quelqu'un intervienne. Comme personne ne prenait la parole, il s'adressa à la classe :

— La loi du silence vous interdit de dénoncer un des vôtres. Je peux comprendre cela. Seulement, si vous croyez que je vais reprendre les explications sans qu'on me rende d'abord le pointeur, simplement parce que vous en avez décidé ainsi, vous vous trompez. On ne bousille pas un cours comme ça, impunément, sans conséquence aucune.

Impassible, le prof s'arrêta de parler et considéra longuement, sans broncher, le visage tétanisé de ses étudiants. Vingt minutes plus tard, alors qu'un silence monacal régnait dans l'atmosphère glauque du local, un grand élève aux cheveux rasés se leva et se dirigea à l'avant de la classe avec ses effets, déposa l'objet sur le bureau du prof.

— Bon, OK ! La v'là, ta maudite bébelle. Qu'on en parle pus, *câlisse* !

— Merci ! se contenta de dire le prof, visiblement satisfait de la tournure des événements. C'est mieux ainsi, beaucoup mieux !

Dès que l'objet fut remis, l'étudiant quitta promptement le local. De lui-même, sans que l'enseignant intervienne. Le reste de la leçon se passa sans ambages, heureusement. Bédard savait, par expérience, que les choses auraient pu mal tourner.

Le rassemblement d'objets que Bédard faisait commençait à constituer une collection. Qui ne devait pas se limiter au téléphone cellulaire et au pointeur ! L'année scolaire était encore jeune et d'autres objets hétéroclites viendraient s'ajouter aux premiers. L'enseignant craignait les représailles des étudiants concernés, certes, mais il était prêt à maintenir le cap encore un certain temps. Malgré le manque de support de la direction. Dans son for intérieur, il se promettait de remettre lesdits objets à leurs propriétaires, éventuellement. Quel dommage, pensa-t-il, que des jeunes s'imaginent pouvoir ainsi réussir. Précisément un de ceux-là lui avait un jour confié qu'il envisageait une carrière de vétérinaire alors que, selon lui, il devrait tout au plus se contenter de présider à des séances de toilettage d'animaux domestiques.

À la maison, Bédard se réservait de plus en plus de moments pour écrire. Il lui prenait des rages d'écriture qui le conduisaient parfois aux petites heures du matin. Son rendement au travail s'en trouvait par le fait même affecté. Une fois à l'occasion, cela pouvait aller, mais pas deux ou trois jours consécutifs. Surtout en pleine semaine. Florence, pour sa part, s'en plaignait. Assurément ! Elle trouvait qu'il gaspillait sa santé en s'imposant de longues heures de travail alors que le sommeil aurait été si bénéfique.

— J'sais pas ce que t'écris, Man, mais il me semble que t'en as des choses à dire.

— Si je te disais que certains matins, j'aurais le goût de demeurer à la maison et de continuer à composer…

De temps en temps, Bédard servait cette phrase qui faisait frémir sa conjointe chaque fois. Elle lui répondait qu'il ne pouvait se soustraire à ses obligations et qu'elle ne se verrait pas assumer seule la charge financière familiale.

— À l'école, j'entends souvent des profs se lamenter et dire que même à deux jobs, ils n'arrivent pas. Il y a certainement un excès quelque part.

— Il y en a qui sont incapables de bien administrer leur budget. Ça, c'est autre chose. Penses-tu vivre seulement avec mon salaire, Man ? On n'arriverait pas. Non ! Tu es aussi bien d'oublier ça. Imagine-toi surtout pas qu'on pourrait vivre avec tes redevances…

20

L'ÉTÉ S'ÉVANOUISSAIT LENTEMENT avant de tomber dans un sommeil hivernal que seul le printemps parviendrait à réveiller. La maudite cigale — *où c'est qu'elle est, elle, que je l'attrape et que je lui règle son compte,* songea Manuel — avait chanté tout l'été sans même attraper un petit froid, sans s'égosiller. « S'il y a quelque chose qui gâche une température clémente l'été, c'est bien le chant de la cigale », réfléchit Bédard.

Samedi après-midi. Partout dans le voisinage, les gens profitaient du beau temps pour s'adonner à certains travaux extérieurs. Florence ratissait la pelouse et les plates-bandes et amassait les feuilles en tas. Mélodie courait derrière Aristote qui la traînait de force. N'en pouvant plus, elle abandonna la laisse et tomba dans un amas de feuilles que sa belle-mère venait tout juste d'amonceler. Elle se leva, riant à gorge déployée de son beau rire d'enfant, secouant de ses petites mains frêles les feuilles encore agrippées à ses vêtements. « Dommage que cette enfant ait perdu sa mère, pensa Florence. Elle n'en parle que rarement ; elle ne doit pas lui manquer tant que ça, finalement ! » Bédard s'approcha d'elle et la fit sortir de ses pensées.

Sur ces entrefaites, dans un bruissement de feuilles, quelqu'un surgit derrière eux :

— Salut !

Bédard, Florence et Mélodie se retournèrent :

— Bonjour, Lamontagne ! Qu'est-ce qui t'amène ?

— Si tu ne vas pas à Lamontagne, Lamontagne ira à toi…

Lamontagne, tenant contre lui un casque de moto, s'esclaffa d'un gros rire percutant qui éloigna Florence et Mélodie.

— Pour un ignare, tu te débrouilles pas mal bien ! ironisa Manuel. Charlemagne est avec toi ?

— C'est quoi c'te grand mot-là encore ?

— C'est un qualificatif qu'on emploie pour désigner les mecs de ton acabit, *man*.

— J'sais pas trop c'que tu dis, mais ça doit pas être un compliment.

Florence resta éloignée, Mélodie blottie contre sa jambe. Elle se contenta de demeurer en retrait, observant d'un œil envieux celui que son cœur avait tant aimé. Habillé d'un pantalon de cuir serré, un gilet sans manches mettant en évidence ses gros tatouages violacés, la barbe abondante, Yann l'attirait encore. Un rustre, certes, mais un homme dans la force du mot, comme elle les aimait, au fond. Pendant qu'il conversait avec Bédard, elle se prit à comparer les deux hommes du point de vue physique. L'un qui possédait un corps à faire rêver n'importe quelle femme et l'autre… eh bien, l'autre… Ne s'était-elle pas éprise de Manuel pour se consoler de son Yann coureur de jupons, habile à faire des galipettes avec ses élèves de gym ? Tiens, justement ! Les deux étaient professeurs. Mais n'avait-elle pas choisi Manuel pour remplacer le père dont l'enfant était soudainement devenu orphelin ? Charlemagne était une erreur de parcours. Il l'avait si souvent répété à Florence, qui n'avait pas voulu se défaire du petit avant sa naissance. « Si jamais t'as un p'tit, tu le liquides, sinon tu me perds », lui avait-il cruellement annoncé. Comme Florence était plutôt du genre à materner et à travailler dans une pouponnière, elle avait opté pour s'occuper du petit. Puis, à mesure qu'il côtoyait son fils, Lamontagne se découvrait un quelconque talent de père, même s'il ne le voyait qu'une fois par semaine.

— J'ai ramené Charlot, comme d'habitude.

— Emmène-moi en moto, Yann ! implora son enfant.

— J'm'en vas en *bicyc* avec ma blonde. Pas question aujourd'hui, Charlot.

— Tu peux aller jouer avec Félix, après-midi, suggéra Florence.

Lamontagne tourna sur les talons de ses bottes et disparut. Charlemagne entra dans la maison en pleurant. Florence le suivit, sous le regard attristé de Manuel. Le petit était étendu sur son lit, sanglotant.

— Tu pleures, mon amour ! Qu'est-ce qui t'arrive, Charlot ?

— Achale-moi pas ! Laisse-moi tout seul, j'ai pas besoin de toi ! Mon père s'en va en moto. J'aurais aimé ça, moi aussi. Mais non ! Il faut qu'il amène sa blonde.

— Oui, je comprends !

— Non ! Tu peux pas comprendre, maman !

— Il fait si beau, Charlot. Tu devrais venir t'amuser dans les feuilles avec Mélodie et moi.

— Mélodie, c'est juste une fille...

Assis sur le rebord du lit, il se retourna, les mains au visage, et se projeta contre son matelas.

— Bon, si jamais tu changes d'idée, on t'attend dehors.

Pour la première fois de sa vie, Manuel éprouva une grande compassion pour l'enfant de sa femme. Il comprenait le désarroi dans lequel son père bien-aimé le plongeait. Il en voulut à celui qui rendait un enfant de sept ans aussi malheureux, par égoïsme, par pure recherche de plaisir personnel au détriment de son fils qui le réclamait. À ses yeux, le grand insignifiant de Yann était bel et bien un écœurant, rien de moins ! Heureusement que Pelchat prenait la relève...

21

CHARLEMAGNE AVAIT BOUGONNÉ TOUTE LA SEMAINE, jusqu'au samedi suivant. Il renâclait à la besogne, de plus en plus allergique au travail scolaire, plutôt lent à se mettre à l'ouvrage, s'attablant après avoir fait crier Mélodie et fait aboyer Aristote… qui aboyait parce que Mélodie criait. Bédard se convainquait qu'il ne ferait pas de lui un « intello ». Mais, du même coup, il fallait comprendre le contexte : un père qu'il admirait, qui ne s'en occupait que les fins de semaine et qui ne l'encourageait pas à obtenir de bons résultats scolaires. Quant à Florence, elle avait pour son dire que la charge des devoirs et des leçons incombait à Manuel, le « professionnel » de l'apprentissage. Bédard le prenait souvent comme une corvée, mais au moins, il avait la consolation de se dire qu'il faisait sa part.

Charlot avait mal réagi à sa promenade en moto ratée. Non seulement les choses ne s'étaient pas améliorées à l'école — Irène Lalumière s'en plaignait — mais ses relations déjà restreintes avec sa demi-sœur allaient s'envenimer. Un bon soir, à la fin du souper, profitant d'un instant de silence, Charlemagne demanda gentiment, d'une voix mielleuse :

— Aimerais-tu ça avoir un petit minou, Mélodie ?

— Ben oui, j'aimerais ça !

— La chatte de Félix en a eu huit, il y a deux mois. J'pense qu'il leur en reste encore à donner. Tu pourrais en avoir un si Florence voulait !

— Il faudrait que je sois d'accord aussi, garçon, intervint Manuel. Après tout, c'est moi qui changerais sa litière.

— Dis oui, papa, supplia Mélodie.

— Si maman est d'accord, c'est oui.

Les deux adultes se consultèrent du regard, esquissèrent un sourire complice et Florence rendit le verdict :

— Oui !

Charlemagne était aussi content que sa sœur, mais sans doute pour d'autres raisons...

— On pourrait téléphoner chez Félix après le souper. Si ça convient, papa pourrait aller chercher le minou avec vous deux, suggéra Florence.

Puis, tournant la tête du côté de Charlemagne :

— Tu connais la condition, Charlot ?

— ... que je finisse mes devoirs pis mes leçons de bonne heure...

En moins de deux minutes, Florence joignit Rosaire Pelchat au téléphone. « Elle a le choix, patente à gosse ! On commence à les donner. On attend la petite... » se réjouit-il. Aussitôt qu'elle comprit que la réponse était positive, au lieu de s'absorber dans un livre, jouer de la flûte ou s'amuser avec ses poupées, Mélodie débarrassa la table, s'étirant le bras pour atteindre les plats du milieu et les déposant fré-

nétiquement sur le comptoir, puis essuya un petit coin pour
que son frère puisse s'installer. Charlemagne s'absorba rapidement dans ses travaux avec une application qui lui était
peu commune. Les conjugaisons défilaient comme jamais.
La page d'arithmétique fut remplie en un temps record.

— Je suis fier de toi, Charlot!

— Je sais que je suis capable; mademoiselle Lalumière l'a
dit.

— Attends que je regarde si tes calculs sont exacts...

L'enseignant saisit le cahier, parcourut la page du garçonnet et releva quelques coquilles. Aussitôt les fautes corrigées, Mélodie et Charlemagne prenaient place dans la
camionnette.

Bédard attira l'attention des enfants sur la pancarte
« *Chattons a donnez* » accrochée à la barrière au bord de
la Grande-Caroline, ce qui eut pour effet d'exacerber l'état
d'excitation dans lequel Mélodie se trouvait déjà. Derrière
la porte vitrée de la maison, Félix souriait à pleines dents,
serrant outrageusement la bête qui devait être la mère des
chatons en même temps qu'il tournait la poignée de la porte.

— Je te présente Cacahuète.

— Quel drôle de nom pour un chat! fit remarquer Charlemagne.

Félix et Charlemagne se retrouvèrent rapidement devant un immense écran de cinéma maison pour visionner
un film d'aventures. Coiffé de son chapeau de cow-boy,
lampe de poche en main, Rosaire Pelchat tendit une main

moite à son voisin. Un bracelet doré encerclait son maigre poignet et une chaîne rutilante ornait un t-shirt troué et malpropre. L'homme s'empressa d'amener Mélodie et son père vers le garage en empruntant un passage bordé de canettes de boissons gazeuses et de bouteilles de bière vides qu'il repoussa du pied pour se frayer un chemin. À voir le désordre qui régnait dans le passage, Manuel s'attendait au pire dans le garage. La porte s'ouvrit sur un incroyable foutoir. Sur les murs, des tablettes montant jusqu'au plafond ployaient sous le poids de multiples pièces de rechange. Le plancher, lui, était presque complètement recouvert d'objets de toutes sortes. Bédard eut un réflexe préventif. Il prit Mélodie sur ses épaules et suivit Rosaire, qui enjamba une bonne dizaine de boîtes de carton éventrées, frôla une laveuse, trois sécheuses, un poêle électrique, un autre au propane ou au gaz naturel, se faufila entre deux rangées de bicyclettes attrayantes, côtoya un étalage de bidons de peinture qui dégringola, avant d'atteindre, dans un coin sombre, un amas de vêtements usagés et de guenilles où Cacahuète avait vraisemblablement eu sa portée.

— Vous en avez du stock ! fit remarquer Manuel.

— Voulez-vous voir mon sous-sol ? C'est mon département des petits appareils : bouilloires, grille-pain, fers à repasser... Que voulez-vous ? Je suis brocanteur de métier, patente à gosse ! fit remarquer fièrement Pelchat.

— On n'a pas vraiment le temps, répondit Bédard, qui appréhendait un désordre semblable à celui qu'il voyait.

Rosaire Pelchat alluma sa lampe de poche qui éclaira faiblement la progéniture, sourit de ses dents jaunies :

— Y sont beaux, hein ! s'exclama le brocanteur. Elle en a eu huit. Y en a trois qui ont pas survécu.

— J'aimerais celui-là, fit Mélodie en désignant de son index une petite femelle chamoisée qui semblait très vigoureuse.

— Tu es la première à choisir. Les quatre autres sont réservés mais personne n'est encore venu en réclamer un. C'est une femelle. Prends-la, je te la donne. Comment vas-tu l'appeler ?

— J'ai pensé à… Amandine. Pour un garçon, j'aurais choisi… Pistache.

Périlleusement mais fièrement, suivi de Bédard surmonté de sa fille, qui tenait Amandine enrobée dans une guenille, Pelchat retraversa les zones encombrées du garage en exécutant quelques entrechats.

— Faut qu'on s'en aille, Charlot ! cria son beau-père.

— OK, d'abord !

Puis, se retournant vers son ami, Charlemagne déclara :

— T'es chanceux de vivre avec ton vrai père, toi…

Deux jours plus tard, Charlemagne mit le plan diabolique qu'il concoctait à exécution. C'était soir de sortie pour Florence. Elle avait mis une brassée de linge sale à laver et avait demandé à Manuel de surveiller les opérations. Charlemagne s'installa pour travailler pendant que Mélodie coloriait un petit chat, en mauve, Amandine s'assoupissant sur ses genoux, emmitouflée dans sa doudou.

— C'est l'heure, Mélodie.

Toujours aussi docile et ordonnée, Mélodie rangea ses crayons dans leur étui, referma son cahier à colorier. Elle emballa maternellement Amandine dans sa couverture et la remit délicatement à Manuel qui s'en chargerait.

— T'inquiète pas, Mélodie ! Amandine va passer une belle nuit. Comme toi ! Regarde comment j'en prends soin !

Bédard déposa Amandine dans son petit panier, la recouvrant douillettement d'un lange, sous le regard impassible d'Aristote, qu'on tolérait dans la maison malgré la présence de la nouvelle locataire. Charlemagne avait écouté la brève conversation sans mot dire, donnant l'impression d'être très concentré sur son travail, mais écoutant le bruit excitant de la laveuse qui fonctionnait encore. Profitant de l'absence de son beau-père, qui s'occupait du bain de Mélodie, Charlemagne, conscient de son maléfique pouvoir, s'empara d'Amandine, s'élança vers la salle de lavage attenante à la salle de bains, souleva le couvercle de la laveuse et la précipita dans la cuve. Il referma aussitôt le couvercle et retourna à son travail. Comme si de rien n'était !

Une fois la douce et angélique Mélodie bordée, Bédard retourna dans la cuisine. Charlemagne refermait hypocritement ses livres et ses cahiers.

— Est-ce que je peux jeter un coup d'œil à ton travail, Charlot ? Veux-tu que je te fasse réciter tes verbes ?

— Non, ce ne sera pas nécessaire ! Je travaille fort ces temps-ci !

— Tu seras récompensé par tes succès, mon garçon…

— J'suis pas ton garçon ! s'opposa Charlemagne, haussant la voix.

— C'est une façon de parler, Charlot ! Bon ! Dans une demi-heure, il faudra que tu sois au lit ! Maintenant, il faut que je m'occupe du lavage.

N'entendant plus le bruit de la laveuse à linge, Bédard se dirigea vers la salle de lavage pour passer à l'opération suivante, le séchage. Il ouvrit le couvercle de la laveuse ainsi que la porte de la sécheuse dans le but de transférer le linge essoré et encore humide dans l'autre appareil. Il prit un premier amas de linge qu'il secoua vigoureusement avant de le lancer dans la sécheuse, puis un second qu'il agita avec autant d'énergie. Au troisième morceau était accolée une masse informe qui laissa croire à Manuel que Florence avait lavé un toutou de Mélodie. Il le prit pour en lire les instructions de séchage. Un moment, il se dit que Florence n'avait certainement pas dû lire les directives de lavage puisque le minou avait légèrement ratatiné et perdu un peu de son pelage. Pas d'instructions. Il mit le « minou » de côté sur la laveuse et s'occupa du reste. Ce n'est qu'une fois la sécheuse mise en fonction qu'il récupéra le « minou » pour le faire sécher à l'air libre sur le comptoir de la salle de lavage.

Bédard s'installa devant son ordinateur pour prélever ses messages et, avant de poursuivre l'écriture de son texte, il voulut s'enquérir de l'état du sommeil d'Amandine. Il remonta au rez-de-chaussée, s'approcha de son panier, se pencha, souleva délicatement le lange et s'aperçut qu'Amandine n'y était pas. C'est alors qu'il tâta partout le fond du panier. « Ah ! Le chenapan ! » s'exclama-t-il, ivre de colère.

En catastrophe, il bondit à l'étage dans la chambre de Charlemagne, alluma la lumière et s'approcha du lit. Le coupable se rentra la tête sous les couvertures, à la manière d'un furet.

— Je sais que tu ne dors pas, Charlot.

Charlot ne réagissait pas.

— Tu fais le mort, Charlot. Amandine, elle, ne faisait pas semblant. Ça va faire beaucoup de peine à Mélodie, tu sais…

Voyant qu'il ne servait absolument à rien d'insister, Bédard sortit de la chambre, les yeux exorbités d'horreur en songeant à la manière dont il apprendrait la mauvaise nouvelle à sa fille. Pour lui, il n'était pas question de pure méchanceté. Il devait y avoir un autre motif… Et ce motif était certainement lié à l'absence de son père. Tout en jonglant avec ces pensées, il ne pouvait faire autrement qu'attribuer à ce Lamontagne un manque de responsabilité flagrant. Pour tenter d'oublier la dernière partie de la soirée, l'écrivain s'absorba dans son texte jusqu'à ce que Florence arrive. C'est avec consternation que Florence apprit la mort atroce du chaton.

Mélodie s'était levée avec empressement. Encore vêtue de sa robe de chambre, le visage illuminé par un sourire, elle s'élança vers le panier d'Amandine. Délicatement, elle retira le lange qui l'avait entourée si précautionneusement.

— Amandine est sortie de la boîte ! cria-t-elle de sa petite voix claire.

— Ta petite chatte n'est plus là, murmurèrent Florence et Manuel en s'approchant de leur fille.

— Elle est retournée chez elle pendant la nuit ?

— Non, Mélodie. Amandine est morte ! lui annonça son père.

Mélodie éclata en sanglots en se blottissant dans les bras de sa belle-mère. Florence la serra contre elle. Après un moment, elle l'assit sur elle et lui expliqua, sous le regard attendri de son père, que les petits chats ne vivent pas longtemps, parfois. À preuve, les trois petits frères et sœurs d'Amandine, qui étaient morts peu après leur naissance. Malgré les efforts déployés par ses parents, Mélodie demeura inconsolable jusqu'à son départ pour la journée. Il n'y eut que son minou en peluche qui, en dernier ressort, réussit partiellement à la consoler.

Charlemagne, qui était demeuré distant, étranger et muet, se versait des céréales dans un bol. Il savourait sa petite vengeance, ne semblant éprouver aucun remords. Bédard commençait à comprendre que Charlot manifestait ainsi une quelconque jalousie envers Mélodie… qui vivait avec son vrai père.

À la fin de l'après-midi, de retour à la maison, Mélodie demanda à voir ses dessins animés alors que Charlemagne avait obtenu la permission d'aller chez Félix pour s'amuser. On présentait une histoire de chat musicien qui jouait du violoncelle.

— Moi aussi, je voudrais jouer comme maman ! Pareil comme maman !

— C'est difficile, le violoncelle, tu sais ! l'avertit Florence, qui fricotait un plat pour le souper.

— Ça fait rien ! J'veux apprendre à jouer de cet instrument. J'veux devenir une vraie musicienne, comme maman.

Au souper, Mélodie revint sur les dessins animés qui l'avaient tant fascinée et ce chat qui jouait de la musique. Puis de nouveau le lendemain. Et le surlendemain. À tel point que ses parents se consultèrent et décidèrent d'aller chez un luthier pour lui procurer un violoncelle.

C'était un samedi. Lamontagne avait appelé la veille pour annoncer un voyage en Floride, ce qui déclencha de nouvelles réactions négatives chez son fils. Yann voulait profiter de la période plus tranquille avant les Fêtes pour déguerpir dans le Sud pendant deux semaines avec sa nouvelle flamme. Pour éviter d'accompagner Charlot à son match de hockey, Bédard dut s'entendre avec Rosaire Pelchat pour qu'il l'emmène avec Félix pendant qu'il se rendrait en ville pour l'achat promis.

Manuel, Florence et Mélodie se présentèrent chez Wilder and Davis, rue Rachel à Montréal. En entrant, Mélodie fut saisie par la hauteur des plafonds de l'établissement. L'attention de Bédard fut attirée par les boiseries du chambranle des portes et l'odeur mêlée de bois et de colle qui flottait dans l'air de la pièce. Florence se déplaça, faisant couiner les lamelles disjointes du plancher, vers de magnifiques toiles qu'on y exposait. Un vieil homme aux sourcils épais, tablier de cuir noué autour de la taille, se présenta et amena ses clients dans une pièce attenante à celle de l'entrée où l'on avait disposé, sur des supports, des violoncelles de différentes grandeurs. Au mur, des vitrines fermées à clef gardaient jalousement des instruments de plus grand prix. Il expliqua longuement les bienfaits de l'apprentissage d'un instrument en bas âge avant d'en proposer un qui conviendrait à Mélodie : un violoncelle un huitième :

— Il ne faudrait pas oublier l'archet non plus. Vous avez un professeur en vue ? s'informa-t-il dans un français presque impeccable mais teinté d'un accent savoureux.

— Personne pour le moment.

Une demi-heure plus tard, Bédard repartait avec le violoncelle dans un étui, Florence tenant la main de Mélodie qui clopinait joyeusement derrière lui.

Il avait été convenu que le père de Félix reconduise Charlemagne chez lui à la fin de l'avant-midi. Après sa joute de hockey, Charlemagne s'amuserait avec son copain. En rentrant, il se délesta de sa « poche » en la laissant tomber sur le parquet de l'entrée et demeura interdit en entendant les sons bizarres qui émanaient de l'instrument sur lequel Mélodie tentait de frotter son archet. Elle s'était assise dans le salon avec son violoncelle, les jambes écartées derrière son lutrin rouge, et en écorchait les cordes avec ses crins chevalins, produisant des sons propres à faire hennir un cheval.

— C'est quoi c't'affaire-là ?

— C'est un violoncelle, rétorqua Mélodie en s'arrêtant net de jouer.

— Venez dîner, les enfants, cria Florence.

La petite musicienne déposa délicatement son instrument sur un fauteuil du salon.

À table, il fut question de cours de musique pour Mélodie. Charlemagne s'y opposa, prétextant qu'elle coûtait cher à ses parents et que, de toute façon, il détestait l'instrument que sa sœur venait d'acquérir. Ce à quoi Bédard rétorqua qu'il fallait payer pour son hockey à lui et qu'on n'était pas obligé d'aimer le hockey pour autant.

Charlemagne inquiétait de plus en plus avec son rendement scolaire. Il commençait à manifester aussi certains troubles de comportement dans la classe et dans la cour de récréation. À de la taquinerie, il répondait par de l'agressivité. À des bousculades, par des batailles. Irène Lalumière, n'en pouvant plus, téléphona à la maison. Florence prit l'appareil en prétextant qu'elle préférait reléguer le cas à son conjoint, ce qui fit grimacer Bédard quand il comprit de quoi il s'agissait.

— Le comportement de votre fils, monsieur Lamontagne, s'est détérioré gravement ces derniers temps.

— Précisons d'abord, mademoiselle Lalumière, que je suis le beau-père de Charlemagne. Ce doit être écrit dans son dossier, d'ailleurs ! Pour ce qui est de son comportement, je vous l'accorde : Charlot est devenu intolérable. J'œuvre moi-même dans le monde de l'éducation au secondaire, comme vous le savez peut-être, et je vous jure que je ne réussis pas à en faire ce que je veux, loin de là. Au départ, le fait est que son père le néglige depuis quelque temps et fiston réagit à sa manière.

— Pardonnez-moi de vous avoir pris pour son père. J'aurais dû m'en douter. Les trois quarts des élèves de ma classe ne vivent pas avec leur père et leur mère.

— Ça va ! Ça va !

— Faites quelque chose, monsieur, parce que je suis désespérée. Charlemagne est devenu exécrable avec ses camarades. Il y a seulement avec Félix Pelchat qu'il est en bons termes. Heureusement que Félix n'est pas dans la même classe que lui, parce que je serais déjà en congé forcé. Il bouscule les autres, les filles surtout, se bagarre pour un rien, provoque par ses paroles. Je vous le répète, faites quelque chose. Je suis à bout de nerfs avec lui. Bientôt, je devrai l'expulser de la classe. Je ne vous cacherai pas que je suis au bord d'une dépression, qu'il n'est pas le seul cas qui sollicite beaucoup d'attention. Vous savez ce que c'est que l'enseignement de nos jours. Tenez, vous, au secondaire, vous devez en voir de toutes les couleurs. Avec la violence, la drogue, les familles désunies. Oh ! Pardonnez-moi, monsieur comment déjà ?

— Bédard.

— Monsieur Bédard ! Pardonnez-moi, j'allume, réagit mademoiselle Lalumière. Vous savez, les temps ont bien changé, l'école n'est plus ce qu'elle était dans mon temps. Les parents pensent qu'on ne comprend pas leur enfant, mais ils se trompent ; un enfant est toujours un enfant. C'est sûr, avec la télévision, l'ordinateur, les jeux vidéo, les enfants ont accès à tout aujourd'hui. Le pire, c'est qu'on leur dit oui beaucoup trop facilement. Je vous demande, monsieur Bédard, où est-ce qu'on est rendu ? Oui, je vous le demande ! Mais je sais que vous connaissez la réponse à ma question ! Sans doute y avez-vous réfléchi en tant que pédagogue. Pauvre monsieur Bédard, je vous plains ! Des élèves le jour et un enfant à problèmes le soir. Ça ne doit pas vous donner beaucoup de répit. Heureusement que ma carrière achève parce que je ne sais pas comment je ferais pour tenir encore dix ans. Vous savez qu'à ce rythme, on vieillit deux fois plus rapidement. Les années d'expérience devraient être calculées de la même façon. J'envie nos collègues qui sont retraités, monsieur Bédard. Mais dans quel état y arriverons-nous à cette retraite ? Élever les enfants des autres, c'est toute une responsabilité. J'y ai consacré ma vie, monsieur Bédard. Il est temps que je laisse la place à d'autres. Dans mon temps on parlait de vocation. Aujourd'hui, même si on n'en parle plus, il n'en demeure pas moins qu'il la faut quand même, monsieur Bédard.

— Tenez bon, mademoiselle. La lumière est au bout du tunnel, s'amusa-t-il. Pardonnez-moi, mademoiselle Lalumière, je crois qu'on s'éloigne du sujet... Vous m'excuserez sans doute puisque je dois aider Charlemagne à compléter ses travaux scolaires pour demain. Il est justement là près de moi, assis à la table de cuisine.

— Je compte sur vous, monsieur Bédard. Bonsoir !

— Bonsoir, mademoiselle Lalumière.

Manuel raccrocha et s'approcha de Charlot qui tentait d'épeler des mots de vocabulaire en fermant les yeux.

— J'ai tout entendu !

— Sincèrement, Charlot, je me demande ce qu'on va faire de toi. Il faudrait qu'on ait une conversation très sérieuse, nous deux.

— Tu vas parler tout seul, prof. J'suis pas intéressé !

— Pour ce soir, on va compléter tes leçons. On verra pour la conversation, une autre fois.

En fin de soirée, Bédard rejoignit Florence dans la chambre conjugale plus tôt que d'habitude.

— Tu te couches de bonne heure, ce soir, Man.

— J'ai à te parler, Flo.

Florence était déjà allongée sous les couvertures, appréhendant le sujet du discours.

— Florence, par ton attitude, tu agis comme ton fils après son méfait, lorsqu'il a passé Amandine au lavage. Écoute-moi bien... Je trouve que tu ne t'impliques pas beaucoup dans l'éducation de ton fils. Tu aurais pu tout aussi bien que moi parler à mademoiselle Lalumière au sujet des frasques de Charlot. Une vraie petite peste que celui-là. Je t'avoue que ce n'est pas très agréable de vivre le soir avec le fils de ma conjointe ce que je vis le jour avec mes élèves.

— C'était entendu que nous prenions Charlot à charge. Tu connais Yann, c'est un irresponsable ! se défendit-elle.

— Dans ce cas, qui doit être responsable de cet enfant-là ? Veux-tu bien me le dire ? On est en train d'en faire un mécréant, jupiter! Faut qu'on agisse avant qu'il soit trop tard et qu'on le regrette.

— Ce n'est pas ma faute si son père l'ignore ces temps-ci et qu'il *fourrage* parmi la gent féminine.

— Tu ne serais pas un peu jalouse, par hasard? Tu rêves encore de faire l'amour avec lui, Flo. C'est toi-même qui t'es vendue en le nommant dans un de tes rares moments de jouissance avec moi si tu veux le savoir. Je m'excuse pour la franchise, Florence, mais il fallait que je te le dise.

Le ton avait monté d'un cran. Manuel s'emportait devant le laxisme de Florence qui n'ajoutait rien. Comme si la discussion était close!

— En ce qui concerne ton fils, le problème n'est pas pour autant réglé, Flo! Bonne nuit!

Dans son emportement, Bédard avait éloigné le sommeil. Il enfila un pyjama, fit sa toilette et se retrouva devant l'écran de l'ordinateur pour se défouler dans son texte, un exutoire indispensable ce jour-là...

Chaque jour, Mélodie pressait contre elle son minou de peluche, qu'elle avait rebaptisé Amandine en souvenir de la défunte chatte de Félix. Quand elle pratiquait son violoncelle, elle l'assoyait près d'elle dans une chaise pour qu'il écoute bien les notes qu'elle tentait de faire surgir de son instrument. Le temps de sa pratique, elle s'enfermait dans sa chambre, porte close, pour ne pas écorcher les oreilles des autres. Sauf celles de son père, qui avait la charge de superviser son apprentissage. Encore une fois, Florence disait qu'elle n'y entendait rien, qu'elle n'avait pas l'oreille musicale et qu'elle s'en remettait entièrement à Manuel. « J'ai beau avoir une bonne oreille, je n'ai pas la technique de l'instrument et pas de connaissances théoriques très solides en musique », avait-il déclaré à Florence. Le couple avait alors convenu de faire des démarches sérieuses pour engager un professeur qui, de préférence, viendrait à la maison.

Sous les recommandations du professeur de musique de son école, Manuel engagea madame Rostropovitch, une violoncelliste qui faisait partie de différents petits ensembles à cordes et qui donnait également des cours à domicile. Éléonora Rostropovitch était une femme grande et mince, aux lèvres pincées et aux yeux pointus qui effrayèrent Mélodie lors de leur première rencontre. Madame Rostropovitch arborait une chevelure très courte, ce qui lui conférait un air un peu sec. « Je vais me rendre compte assez vite si votre fille a des dispositions pour l'apprentissage du violoncelle, déclara-t-elle. Je ne vous ferai pas perdre votre argent. Ne vous inquiétez pas, monsieur Bédard. »

Les leçons se donnaient dans le salon, Éléonora Rostropovitch ayant besoin de beaucoup d'espace pour travailler. En effet, quand elle rentrait son énorme instrument dans la maison, Mélodie s'engouffrait dans sa chambre et Aristote aboyait de sa grosse voix rauque. « Il va falloir que tu sortes de ta cachette », lui disait son père. Mais, plus tard, il se rendit compte que c'était d'Éléonora Rostropovitch elle-même que Mélodie avait réellement peur. Ce regard perçant qui se fixait sur elle et sur ses moindres gestes la traumatisait. « Il faut déposer l'archet sur les cordes et frotter, répétait-elle. Et éviter de placer l'archet sur la touche ». Après trois leçons, la petite finit par dire à son père que « la madame » lui faisait peur. « La madame est pourtant gentille avec toi, Mélodie, lui avait dit son père pour la rassurer. Tu vas t'adapter. »

Charlemagne, lui, ne s'adaptait pas. À chacune des leçons, qui se tenait immédiatement après le souper pour que la petite ne soit pas trop fatiguée, il se bouchait les oreilles et demandait à aller travailler dans sa chambre, ce qui laissait peu de chance à Bédard de contrôler le travail scolaire de son « intellectuel ». À sa décharge, il fallait cependant dire que depuis le retour de son père du Sud, les choses s'étaient passablement replacées à l'école. Non pas qu'il était devenu un ange, mais mademoiselle Lalumière avait signalé par un petit mot que « le comportement de Charlemagne s'était sensiblement amélioré ». Mais le feu couvait sous les cendres...

22

LE HOCKEY OCCUPAIT LA QUATRIÈME PLACE dans les amours de Charlemagne, après son père, son ami Félix et Aristote. En arrivant de l'école, il jouait de plus en plus fréquemment au hockey dans la cour chez lui avec Félix et quelques jeunes du voisinage. Lorsque deux ou trois joueurs commençaient à déserter, Félix rentrait chez son copain. Or, Bédard avait remarqué que Charlot s'amusait à un jeu vidéo qu'il n'avait jamais vu chez lui. Un jeu où la violence dominait, ce qui était plutôt habituel. Une de ces fois, lorsque Félix partit, Bédard demanda à Charlot d'où provenait le nouveau jeu. « C'est Félix qui me l'a prêté ; il en a une bonne vingtaine », affirma-t-il sans broncher. « Comment Rosaire Pelchat fait-il pour payer à son fils tous ces jeux ? Il demeure dans sa propre maison, possède une voiture comme jamais je ne pourrais m'en payer une et ne travaille pas ! » Bédard voyait de plus en plus le père de Félix comme un paresseux indécrottable qui devait certainement profiter du système. Mais comment savoir ?...

Durant la même période après que le nouveau jeu ait fait son apparition chez lui, Bédard avait cru qu'un billet ou deux avaient disparu comme par enchantement de son portefeuille. Sur le coup, il n'en avait pas parlé à Florence parce qu'il ne voulait pas éveiller de soupçons inutiles, ce qui aurait déclenché chez elle une réaction de défense, alléguant qu'il était encore sur le dos de son fils, qu'il lui trouvait tous les défauts et, partant, elle aurait passé l'éponge, encore une fois.

Bédard rentrait peu fréquemment dans la chambre de Charlot. Le fils de Florence exécrait qu'on pénètre dans sa chambre sans sa permission. Et encore... Pour Mélodie et son beau-père, c'était strictement interdit. En pratique, il n'y avait que Florence qui pouvait entrer dans ce capharnaüm pour assurer l'entretien de la literie et des vêtements, et pour passer l'aspirateur. Profitant d'un moment où Charlot était allé chez son copain Félix, directement en revenant de l'école, Bédard entreprit « un tour du propriétaire » dans sa chambre. Il prit la tirelire de porcelaine sur la commode à côté du lit et la secoua pour en estimer le contenu. À en juger par le faible tintement qui s'en dégageait, il devait y avoir plusieurs billets et très peu de monnaie. Il poussa l'audace jusqu'à ouvrir le coffre aux trésors et fit le décompte des billets, qu'il défroissa pour mieux les compter. Deux cent trente-huit dollars et des poussières reposaient dans cette urne précieuse.

Fort de ce renseignement — qui lui fit vaguement penser aux fouilles systématiques qu'on exerçait dans le casier de certains jeunes de l'école pour vérifier s'il ne cachait pas une drogue quelconque —, Bédard déposa son portefeuille sur le vaisselier dans la salle à dîner en prenant soin, au préalable, d'en évaluer le montant. En fin de soirée, lorsque la maisonnée se fut endormie, avant de travailler à son manuscrit, l'écrivain s'empressa de vérifier le nombre de billets dans son portefeuille. Comme il s'y attendait, il avait tenté le diable. On l'avait soulagé d'un billet vert ! « Il a besoin d'avoir de maudits bons arguments, le p'tit bâtard ! » ragea-t-il.

Le lendemain matin, au déjeuner, Bédard remarqua la mine sournoise de Charlot. D'habitude un peu railleur et taquin, il était demeuré bouche bée, se contentant d'ingurgiter ses céréales sucrées et sa rôtie abondamment beurrée d'un caramel dégoulinant le long du couteau qui avait servi à le répandre.

— Ce matin, je n'ai pas le premier cours. Je pars donc un peu plus tard, avisa l'enseignant.

— Pourrais-tu passer par l'épicerie, Manuel, en revenant cet après-midi ?

C'est autour de ces quelques paroles coutumières et sans importance que le déjeuner prit fin. Dès que tout le monde fut parti, Bédard s'empressa d'investir la chambre de Charlot. Qui n'avait pas fait son lit, évidemment ! « Il ne faut pas leur en demander trop, Man ! Ils sont encore bien jeunes ! » répétait Florence, pour excuser les enfants. Non seulement la tirelire ne contenait pas vingt dollars de plus, mais il n'en restait environ qu'une quarantaine.

L'enseignant partit lentement pour l'école, ruminant quelque pensée inquiétante. Toute la journée, au moindre moment où son esprit parvenait à se libérer de son travail,

Bédard tentait de trouver une explication aux agissements du fils de Florence. Qu'il considérait de moins en moins comme le sien, les bêtises du *rejeton* Lamontagne s'accumulant au fil des jours et des événements !

Après l'école, malgré une journée qui l'avait esquinté, l'enseignant se promit de parler à Charlot, coûte que coûte. Trop souvent, devant l'attitude mollassonne de Florence, Bédard avait passé l'éponge. « Il faut croire que je suis rendu à l'étape de l'essorage, se convainquit Bédard pour se donner une bonne raison d'intervenir. Il vient un temps où l'éponge n'en peut plus d'absorber. Et ce moment, c'est aujourd'hui ! » Se rappelant la demande de Florence, il fit un crochet par l'épicerie et rentra à la maison.

Pendant que Florence s'affairait à préparer le souper, les enfants s'amusaient, chacun dans sa chambre. Bédard s'approcha de la cuisinière :

— Tu ne sais pas ce que j'ai découvert, Flo ? Charlot a subtilisé un billet de vingt dollars dans mon portefeuille.

— Depuis quand laisses-tu traîner ton portefeuille, Man ?

— Tu ne m'avais pas dit que je devais me méfier de ton fils, Flo…

— Charlot est honnête, Manuel ! Tu dois faire erreur ! Ça ne se peut pas !

— Tu fermes encore les yeux, Florence. Tu t'esquives et refuses de voir la vérité en face. De la graine de délinquant, je te dis, Flo…

Bédard raconta à sa conjointe ce qui justifiait son accusation. « Dans ce cas, affirma-t-elle, il faut intervenir. » Évidemment que, pour elle, intervenir signifiait : tu t'occupes de l'affaire.

La petite était couchée. Lorsque Charlot se fut débarrassé de ses « tracasseries » scolaires, Bédard, qui attendait le moment propice, fit sortir Aristote de la maison et mit le grappin sur le « p'tit grippette ». J'ai affaire à te parler, Charlot !

— Pour quossé faire, le beau-père ?

— J'aime pas beaucoup ta manière désinvolte de m'adresser la parole.

— *Désin...* quoi ?

— Dé-sin-vol-te ! En d'autres mots, effrontée ! Il ne faudrait pas réveiller Mélodie. On va aller jaser dans ta chambre pour une fois.

— Pas question !

— Tu t'en sauveras pas toujours comme ça !

Excédé, Bédard saisit Charlot d'une main par le fond de culotte et l'amena de force dans le lieu marqué d'un interdit. Charlemagne se débattait en criant pour que sa mère intervienne. Bédard ferma la porte de la chambre avec fracas — malgré la proximité de la chambre où dormait la petite —, ce qui fit sursauter Florence, qui s'était claquemurée au sous-sol. Voyant venir l'affrontement et voulant surtout éviter de se mêler à l'échange orageux qu'elle pressentait, la mère de Charlemagne avait cru bon de s'éloigner.

— Sors de ma chambre, prof !

— C'est à moi de donner des ordres, riposta Bédard, qui

reprenait lentement son souffle. Pour une fois, tu vas écouter ce que j'ai à te dire.

Assis sur son lit, les bras croisés, le dos légèrement tourné, Charlemagne ne bougeait plus.

— Qu'est-ce que j'ai fait encore ?

— Depuis quelque temps, j'avais l'impression que de l'argent disparaissait de mon portefeuille. J'ai voulu vérifier et en avoir le cœur net. J'ai laissé mon portefeuille à la traîne sur le vaisselier hier et constaté ce matin qu'il manquait un billet de vingt dollars.

— Pis après ! Ça veut pas dire que c'est moi !?

— J'en ai parlé avec Florence. Elle n'y a pas touché. Mélodie non plus, bien évidemment.

— C'est pas une preuve, ça ! ricana le petit d'un ton goguenard.

— Dans ce cas, comme tu ne veux rien admettre, Charlot, explique-moi comment il se fait que tu tiens tant d'argent dans ta banque, là sur ton bureau ?

Charlemagne se précipita vers le bureau, saisit sa banque de porcelaine, l'ouvrit et en retira nerveusement le contenu.

— Y en manque !

— Il en manque parce que tu en as pris, Charlot !

Charlemagne leva les yeux et considéra gravement sans mot dire son beau-père qui espérait un aveu. Il enchaîna :

— Dis donc, c'est avec cet argent que tu te payes de nouveaux jeux vidéo ?

— Pas rapport !!! grogna Charlemagne, empruntant un air renfrogné.

Bédard se sentait devenir hors de lui. Il eut le réflexe de le secouer en le saisissant par les épaules comme on secoue un arbre pour en faire tomber les pommes, mais se retint de justesse.

— Vas-tu ben me dire, *morpion*, ce que tu fais avec tout cet argent ? Aurais-tu acheté autre chose, par hasard ?

— Non !

— Tu es vraiment un irréductible, Charlot !

— Un quoi ?

— Y a absolument rien à tirer de toi, petit malappris !

Réalisant qu'il n'y avait rien à en tirer par un interrogatoire serré — comme s'il se fût agi d'un de ses élèves —, Bédard changea de ton et opta pour la manière douce.

— Si tu as besoin de quelque chose, Charlot, dis-le. Florence et moi voulons que tu sois heureux avec nous. Je t'en prie, Charlot, dis-le !

N'en pouvant plus, épuisé par tout un questionnement qui n'avait conduit nulle part, Manuel lâcha prise, sortit de la chambre de Charlot et s'en alla rejoindre Florence au sous-sol.

— Ça a bardé, Manuel ! Je t'ai entendu fermer la porte et hausser le ton à plusieurs reprises. J'espère que tu n'as pas été trop dur avec lui, Man, parce que j'aurais de la misère à te le pardonner ! L'as-tu fait pleurer ?

— L'important, c'est qu'il sente qu'on désire s'en occuper, qu'on l'aime, mais qu'on ne laissera pas passer n'importe quoi ! Pour te répondre : non, il n'a pas pleuré ! Par contre, je n'ai rien pu en tirer…

— J'vais essayer de lui parler, demain.

— J'en ai assez de ma journée ! J'suis vidé, éviscéré ! Je monte pour me coucher !

Particulièrement conscient que les choses en resteraient là avec Florence et Charlot relativement à l'argent disparu, Bédard se coucha. Admirant ce côté viril que Manuel dégageait lorsqu'il était en furie, Florence s'abandonna à lui et les problèmes de chacun sombrèrent dans la noirceur de la nuit.

Le samedi suivant, Lamontagne largua son *rejeton* à la maison chez sa mère, comme à l'accoutumée. Mais cette fois, il entra accompagné de Grizzly. Bédard leur demanda ce qu'ils voulaient. Ils avaient affaire à lui, justement :

— Florence est pas là ? questionna Lamontagne.

— J'suis pas sûr qu'elle a le goût de te voir, répartit Bédard.

— T'aurais levé la main sur Charlot, à ce qu'il paraît ? intervint Grizzly.

— C'est une affirmation ou une question ?

— Eille ! Niaise-nous pas, Bédard ! rétorqua le père du petit. Charlot s'est plaint que tu l'as pris de force et jeté sur son lit ! On pourrait te rapporter à la DPJ !

— Tu y vas un peu fort, Lamontagne. Je l'ai tout simplement saisi pour l'amener de force dans sa chambre et discuter.

Charlemagne suivait avec grand intérêt l'échange verbal

entre les adultes, savourant la supériorité de son père sur celui qu'il considérait comme une mauviette.

— Y m'a fait mal, papa. Je te l'ai dit. Pis en plus, y m'accuse de l'avoir volé.

Bédard, se retournant vers « le plaignant », le regardant d'un œil torve :

— As-tu expliqué à Yann où tu as pris tout cet argent que tu avais dans ta banque ?

— C'est mon père qui me l'a donné.

— Ah bon ! Et pour acheter quoi ?

— Des nouveaux patins.

— Déjà une nouvelle paire de patins ! Et les jeux qu'on n'avait jamais vus auparavant, peut-être ?

— Les jeux m'ont été prêtés par Félix...

Grizzly fit un pas en avant et, de son bras musclé, saisit Bédard au collet en l'obligeant à se mettre sur la pointe des pieds.

— Lâche-moé, parce que c'est pas la DPJ qui va retontir icitte, mais la police.

Grizzly relâcha l'homme qui se tenait devant lui. Soulagé, Manuel défroissa sa chemise et la rentra dans son pantalon. Il recula de deux pas, d'autant plus humilié que Charlemagne riait de sa déconfiture. Le père qu'il adulait venait de confirmer son indiscutable suprématie.

— En tout cas, mon *câlisse*, que je te reprenne pas à toucher à mon gars parce que t'as pas fini avec moé.

— Pourquoi tu le ramènes pas avec toi, d'abord ? tenta Bédard.

— Parce que j'peux pas m'en occuper la semaine, *ostie* d'épais! J'travaille le soir pendant que le petit est couché. J'sus ben content de voir que Charlot est parti pour devenir un homme. Pas vrai, Charlot?

Charlemagne sourit à pleines dents. Lamontagne lui passa affectueusement la main dans les cheveux déjà ébouriffés. Grizzly imita le geste de son camarade, en ressentit un plaisir presque sensuel, et les deux hommes quittèrent les lieux.

La porte refermée, Bédard poussa un profond soupir de soulagement. Néanmoins, il demeurait perplexe face à l'attitude à adopter envers Charlemagne qui, aussitôt la porte close, réclama sa mère à grands cris.

Dans la mesure du possible, Manuel évitait Charlemagne. De connivence avec Florence, il avait décidé de cacher leur portefeuille dans des endroits gardés secrets. Bédard craignait la récidive et la mère de Charlemagne doutait encore des mauvaises intentions du fils. Le laissant plus souvent qu'autrement se débrouiller avec ses travaux scolaires, Bédard prenait ses distances, n'intervenant qu'en cas de force majeure. Il fonctionnait sur appel, c'est-à-dire uniquement en cas de cris de détresse du cancre dont il avait la charge, auquel cas il se contentait de donner de brèves explications.

Mademoiselle Lalumière rappliqua au téléphone un bon soir, déversant sur Bédard ses nombreuses mais non moins véritables récriminations à propos des insupportables et malveillants comportements de l'enfant dont il avait la responsabilité. Comportements d'autant plus répréhensibles qu'ils influeraient inéluctablement sur les résultats inscrits au bulletin. « Cet enfant est une aberration, monsieur Bédard. Moi qui voulais tout faire pour le sauver des affres de la réforme », avait déclaré une mademoiselle Lalumière désemparée. « Je ne vous le fais pas dire, avait ajouté Manuel en opinant du bonnet. Cet enfant me siphonne. » Et mademoiselle Lalumière de raccrocher après avoir déblatéré contre les familles reconstituées comme du jus de raisin congelé et vanté les bienfaits d'une retraite anticipée.

23

Les semaines passaient et Bédard ne manquait pas une occasion de composer même si Florence grognait en l'attendant sous les couvertures. La vie quotidienne lui fournissait suffisamment de matière première pour progresser dans son texte, *L'alarme du crime*. Cependant, il demeurait d'ores et déjà convaincu que son second polar n'aurait peut-être pas la même rampe de lancement que le premier, qui lui avait valu un certain lectorat…

À l'école, les cours se déroulaient tant bien que mal. Depuis l'affaire du rayon lumineux, rien de vraiment fâcheux n'était venu entraver les leçons de l'enseignant. Que des insignifiances ! Mais l'année scolaire n'en était qu'à son troisième mois et il pouvait survenir encore bien des imprévus et des désagréments. Notamment lors de la traditionnelle rencontre de parents que Bédard exécrait par-dessus tout. Pire que la correction de copies parfois insipides !

Précisément, le soir de la remise des bulletins, tous les enseignants étaient distribués le long des murs du gymnase, retranchés derrière un petit pupitre, comme d'habitude en pareilles circonstances. Les parents, quelquefois accompagnés de leur enfant, se présentaient à un enseignant ou à l'autre. Avec un temps d'attente, parfois. Bédard conversait avec une snobinarde dont la fille avait obtenu d'excellents résultats en mathématiques. Visiblement, elle était venue chercher des félicitations. Elle parlait fort, riant avec exubérance, gesticulant, cherchant à attirer l'attention. Bédard se composa une attitude, lui laissant croire qu'il la trouvait intéressante. Il s'amusait à regarder sa bouche beurrée d'un rouge provoquant, propre à faire foncer un taureau.

— Ma fille a toujours bien réussi dans cette matière. Elle a la bosse des maths. Elle ira certainement loin.

— Je n'en doute pas un seul instant, madame.

La dame racontait que sa fille ne retenait certes pas d'elle, mais plutôt de son père. « J'étais une nullité en mathématiques », se plut-elle à dire. Sur ces entrefaites, on entendit gronder un énorme chien jaune à longs poils, tenu en laisse par un homme gros et grand, un fichu fleuri noué comme une papillote lui couvrant le dessus de la tête, joue balafrée, barbe non rasée depuis au moins trois jours. Il s'avança d'un pas lourd, martelant de ses bottes cloutées le plancher du gymnase, et se posta derrière la dame qui se retourna brusquement.

— Aaahhh ! fit-elle en remarquant le chien et l'homme à la mine patibulaire.

— Tu pourrais laisser ta place, la p'tite mère. Moé itou, faut que je m'entretienne avec le prof Bédard.

Le chien gronda de nouveau, comme pour signifier à la dame que son temps était écoulé. La dame agrippa son sac à main et déguerpit, insultée, le visage convulsé par la peur.

Bien que les animaux ne soient pas admis dans les écoles, à moins qu'il s'agisse de chiens guides, l'homme de grande stature paraissait très à l'aise. Le pirate préféra demeurer debout. Négligemment, il lança le bulletin qu'il tenait en main sur le pupitre.

— De quossé qui arrive avec toé ? Ça a pas l'air d'aller pantoute...

— Vous êtes monsieur ?...

— Mes *chums* m'appellent Ken.

Bédard vérifia le nom de l'élève sur le bulletin pour savoir de quel étudiant il était question.

— Vous êtes le père de Samuel ?

— Pas vraiment !

— Vous êtes son tuteur, alors ?

— Disons que c'est le gars de ma blonde.

— Qu'est-ce que je peux faire pour vous aider ?

— C'est plutôt Sam qui a besoin d'aide. Quarante-deux pour cent ! C'est-tu toé ou ben si c'est lui qui est incompétent ?

— On devrait plutôt parler des causes de son échec et des moyens pour remédier à la situation.

— Avec les taxes qu'on paye, *stie*, les élèves devraient tous réussir.

— Je vous ferai remarquer, monsieur... monsieur Ken, que son résultat navrant n'a absolument rien à voir avec les taxes que vous payez à l'État.

— Ben, ça dépend de quoi d'abord si Sam réussit pas, *tabarnac* ?

Sur le point de s'emporter, Bédard se leva promptement. Effrayé, le molosse se mit à aboyer, ameutant tout le gymnase.

— Sachez, monsieur Ken, que je ne me laisserai pas parler de la sorte. Vous n'avez aucun droit sur moi. D'ailleurs, vous n'êtes même pas le père de Sam. Je parlerai à sa mère ou à son vrai père, un point c'est tout.

Tous les gens autour, parents et enseignants, écoutaient la répartie de Bédard. De la sueur perlait sur son front. Le cœur lui débattait terriblement.

Un collègue qu'il croisait régulièrement dans les corridors de l'institution vint le retrouver, davantage pour tenter d'en savoir plus que pour compatir avec lui. Une telle attitude de fausse empathie de la part des pairs n'était pas particulière au monde de l'enseignement, mais fort courante dans le monde en général. On se réjouit presque de ce qui arrive à l'autre et on prend parfois un incommensurable plaisir à répandre son malheur. Quoi qu'il en soit, Bédard dut se rasseoir pour poursuivre, car un couple de parents se présenta avec un jeune.

Le lendemain soir, Bédard était content de se retrouver à la maison. Florence était demeurée en ville pour s'adonner à ses activités physiques, Mélodie pratiquait son violoncelle et Charlemagne ânonnait des notions de géographie en vue de la récitation de la semaine. Aristote s'enfuyait le plus loin possible de la source sonore, se mettant les oreilles à l'abri en posant ses pattes antérieures sur sa tête ou en demandant carrément la porte.

La vie avait retrouvé sa normalité quotidienne lorsque le téléphone résonna. Charlemagne décrocha l'appareil :

— C'est grand-maman !

Déçu que ce ne soit pas Félix, Charlemagne reprit son étude alors que l'homme de la maison empoigna le combiné.

« Ah non ! Pas la belle-mère ! » réagit-il intérieurement.

— D'où nous appelez-vous, aujourd'hui ?

— Du Texas. Il fait un temps magnifique. Florence n'est pas là ?

— Vous êtes tombée sur un de ses soirs d'exercices.

— Il me semble que Florence est souvent partie de la maison. Est-ce qu'il y a quelque chose qui ne marche pas entre vous ? Une femme qui sort, c'est une femme qui n'est pas heureuse à la maison…

— Florence sort généralement trois fois par semaine, madame Beausoleil. Elle travaille fort toute la journée et elle a besoin de se détendre en faisant de l'exercice.

Bédard fit une pause, et enchaîna :

— À propos de la femme qui n'est pas heureuse à la maison, vous avez sans doute raison, madame Beausoleil, ironisa Bédard.

— En tout cas, dans mon temps, les femmes demeuraient à la maison pour s'occuper des enfants. Aujourd'hui, vous en avez trois ou quatre fois moins, puis vous avez de la misère à vous en occuper. Et encore, il faut à une femme plusieurs conjoints avec des enfants pour réussir à recréer un semblant de famille. On n'a plus les familles qu'on avait...

— Je vous ferai remarquer que Florence a seulement un frère, madame Beausoleil...

— Dans notre cas, ce n'était pas pareil. Fernand avait assez de ses deux enfants et même s'il n'a pas toujours gagné un bon salaire, je demeurais à la maison...

24

Les Fêtes approchaient. Depuis le début de décembre et même avant, des décorations de Noël enjolivaient l'extérieur des maisons en prenant la relève de l'Halloween. Dans la tête et dans le cœur des gens. Une fête après l'autre, comme pour laisser le moins d'emprise possible à l'angoisse. Pour se donner l'illusion que le quotidien, l'ordinaire, n'existe pas. Dans les magasins, tout le monde embarquait dans la grande cavalcade pour se procurer des biens souvent futiles et insignifiants à donner en cadeau à des gens qui feraient semblant d'être heureux. Qui n'accorderaient pas plus d'importance au cadeau lui-même qu'au papier qui l'emballe. Qui diraient merci tout de même, comme en réponse à l'attente d'un objet d'une nécessité absolue.

On en était à quelques jours du congé des Fêtes. Mélodie pratiquait maintenant le violoncelle dans le salon près du sapin de Noël. Madame Rostropovitch — qui faisait de moins en moins peur à Mélodie — se réjouissait des progrès rapides de son élève et de sa grande docilité. « Quelle consolation que cette enfant ! se répétait souvent Bédard. Si Mélisandre l'entendait... » Charlemagne, ayant congé de devoirs et de leçons pour cette semaine, glissait sur une butte de neige dans la cour avec quelques voisins, ce qui soulageait grandement Bédard par le fait même, n'ayant pas à supporter son humeur massacrante d'écolier astreint aux travaux forcés.

Florence venait de partir afin de rejoindre Guylaine pour magasiner sur la Rive-Sud lorsque le téléphone résonna.

— Madame Beausoleil! Quel plaisir d'entendre votre voix! D'où nous appelez-vous? demanda Bédard d'une voix affectée.

— De New York!

— Vous êtes près de chez nous. Pourquoi ne viendriez-vous pas passer quelques jours?

— C'est justement ce que nous avions l'intention de faire, mon gendre!

« Ah non! réagit Bédard intérieurement. Moi qui espérais la tranquillité. »

Elle poursuivit:

— Tu sais, Manuel, je m'ennuie terriblement des deux petits. Comment vont-ils? D'ailleurs, j'ai grandement hâte de les connaître!

— Mélodie va à merveille. C'est une adoration, cette enfant! On a dû vous dire qu'elle jouait du violoncelle...

— Oui, oui! Florence m'en a parlé. J'ai hâte de l'entendre.

Bédard tendit l'appareil vers le salon.

— L'entendez-vous?

— Oui! Un ange venu du ciel! J'ai hâte de l'embrasser. Son

grand-père va être fier d'elle, assura-t-elle d'une voix brisée par l'émotion.

— Quant à Charlemagne, ce n'est pas un enfant facile, vous le savez ! Je pense que son père lui manque beaucoup et, disons qu'il ne s'entend pas particulièrement bien avec son père substitut. Enfin ! Tandis que j'y pense, vous allez vous rendre compte que décembre nous a apporté beaucoup de neige au Québec.

Quelques minutes après, Bédard raccrocha, l'air un peu dépité. « La belle-mère débarque ! » se désola-t-il.

Madeleine et Fernand Beausoleil débarquèrent effectivement le lendemain, en fin d'après-midi. Beausoleil avait parqué son luxueux véhicule récréatif dans l'entrée de cour à côté de la coccinelle de leur fille, en posant un regard de déception sur la maison de leur gendre. « C'est là-dedans que Florence vit avec ce Bédard, sa fille Mélodie et l'enfant qu'elle a eu avec le Yann dont elle nous a parlé au téléphone », fit observer Madeleine Beausoleil à son mari. S'étant libérée plus tôt de son travail, Florence s'activait sur le comptoir de cuisine pour préparer un repas digne d'une femme qui travaille à l'extérieur mais qui ne fait pas qu'ouvrir des boîtes de conserve. Elle roulait sa pâte pour faire un pâté au millet en suivant scrupuleusement la recette de sa mère, pour lui faire plaisir.

Avant même la naissance de Charlemagne, les Beausoleil s'étaient brouillés avec elle et son frère et donnaient depuis lors bien peu de nouvelles. Après tant d'années sans se voir, Florence se questionnait sur le motif véritable de la visite de ses parents. Elle se rappela alors les paroles de Guylaine : « Remarque bien ce que je te dis, Flo : ils vont se réconcilier avec vous quand ils en ressentiront le besoin… »

Madame Beausoleil avait une allure fière. Elle aimait éclabousser son entourage avec ses robes et ses bijoux. Toujours maquillée à outrance, elle ne ménageait pas non plus sur les produits de beauté. Physiquement, Florence tenait davantage de sa mère que de son père. Mais ce qui inquiétait le plus Bédard, c'était l'ingérence de Madame dans les « affaires intérieures de l'État », comme l'avait prévenu Florence. D'ailleurs, il en avait eu un aperçu lors de ses conversations téléphoniques. Madeleine Beausoleil avait le don de mettre son long nez dans les affaires des autres. Comme si cela ne suffisait pas — cela aurait été un moindre mal —, belle-maman régentait. Sur la propreté, le ménage, l'éducation des enfants.

Homme de grande stature, Fernand Beausoleil se tenait droit, n'arborant ni plus ni moins qu'une brosse à plancher à poils courts et drus sous le nez pour contrer l'effet de son menton large et troué en son milieu, se profilant en avant de sa mâchoire. Fernand Beausoleil, lui, était un homme beaucoup moins fier de sa personne. Il connaissait les règles élémentaires de l'hygiène corporelle, mais il ne savait pas marier les vêtements. Une chemise carrelée portée avec des pantalons rayés lui paraissait tout à fait convenable. Ou encore une étonnante association de brun marron et de vert lime. En cela, sa femme demeurait bonne conseillère. Tous les matins, son Fernand devait passer l'inspection avec succès. Sinon, Fernand retournait dans sa garde-robe et tentait un autre agencement satisfaisant au goût du jour de Madame.

— En attendant que Manuel arrive, j'pense que j'vais déblayer pour avancer l'auto de Florence. Sinon il ne pourra pas se stationner.

— Vas-y, Fernand, mais sois prudent. T'es pas habitué de pelleter.

Environ une demi-heure plus tard, Charlemagne, qui était demeuré dehors avec ses amis chez Félix, rentra en trombe dans la maison.

— Grand-papa est tombé en pleine face dans la neige à côté de sa pelle.

— Fernand! s'écria madame Beausoleil, affolée.

— J'appelle une ambulance, maman. Calmez-vous! Vous, vous allez rester à la maison, j'accompagne papa à l'hôpital. Manuel va arriver bientôt. Donnez-moi sa carte d'assurance-maladie!

Florence, faisant appel à son sang-froid d'infirmière, composa le numéro d'urgence et retourna vers sa mère en lui disant de ne pas s'inquiéter, que son père avait dû sentir un malaise passager. Elle s'empara de couvertures épaisses dans la lingerie du passage et sortit précipitamment de la maison à la suite de Charlemagne qui trépignait d'inquiétude dans le vestibule de l'entrée. Le nez collé dans la fenêtre de la porte, Madeleine Beausoleil surveillait les moindres mouvements autour des véhicules stationnés dans la cour. L'ambulance mit peu de temps à arriver sur les lieux.

Il y eut un court échange verbal et quelques gestes, et peu après, le véhicule démarrait vers l'hôpital.

Au moment où Bédard entrait dans la maison, madame Beausoleil, en pleurs, pressait Mélodie contre elle, comme si la petite pouvait la rasséréner. Bédard, désemparé par un tel débordement, chercha à savoir ce qui venait de se passer quand Charlemagne entra, la tuque enfoncée jusqu'aux yeux et la « guédille » au nez. Madame Beausoleil eut un élan de tendresse vers son petit-fils mais se retint :

— Tu jouais au hockey chez Félix avec tes amis ? se contenta de demander Bédard.

Sans attendre de réponse, il l'enjoignit de saluer sa grand-mère.

— Grand-maman a de la peine, Charlot ! expliqua la grand-mère. J'espère que ce n'est pas grave !

Mis à l'écart depuis son arrivée, Bédard réagit :

— Est-ce que quelqu'un va finalement m'expliquer ce qui est arrivé ?

— Fernand a eu une faiblesse en pelletant ton entrée de cour, Manuel, laissa tomber madame Beausoleil comme une accusation. C'est le p'tit qui l'a découvert effondré dans la neige en revenant de chez le voisin. Florence a aussitôt appelé une ambulance.

La belle-mère de Bédard se remit à déverser son flot de larmes et Mélodie, qui avait réussi à se libérer de l'étreinte de sa grand-mère, accourut à la salle de bains et revint avec une boîte de mouchoirs. Elle en tendit un à sa grand-mère, qui la trouva très chouette et bien avenante.

— Prends-en un toi aussi, Charlot! suggéra aimablement
Mélodie à son grand frère qui reniflait encore.

— C'est d'une grande nécessité! renchérit madame Beausoleil, sous le regard attendri d'Aristote.

— Tu peux le garder ton kleenex, Mélodie, réagit Charlemagne en reniflant avec lenteur.

Le beau-père de Bédard passa la nuit à l'hôpital. Florence, qui était demeurée à ses côtés, avait appelé pour rassurer tout le monde. L'exercice inhabituel auquel Beausoleil
s'était livré avait trop sollicité son cœur qui s'était emballé. Il s'en tirerait avec une période de repos. En clair, cela
signifiait un séjour chez sa fille. Ce à quoi Bédard ne put
évidemment s'objecter. Il savait que le séjour terminé, les
deux voyageurs repartiraient vers le Sud et ne reviendraient
qu'avec la belle saison.

La maison des Bédard comportait trois chambres et il
n'était pas question de faire coucher les deux enfants dans
la même pièce. Sans doute que Mélodie aurait été conci-
liante avec son frère mais l'inverse était probablement faux.
Naïvement, Florence avait cru que ses parents logeraient
dans leur véhicule récréatif, capable de leur assurer un
confort d'hôtel quatre étoiles. Cependant, les choses ayant
tourné autrement, Bédard proposa à sa belle-mère d'occuper la chambre des maîtres.

— J'espère que tu vas prendre le temps de changer les
draps!

— Bien sûr, madame Beausoleil! C'est que vous nous avez
pris un peu…

— ... les culottes baissées, je suppose ?

— Ce n'est pas tout à fait ce que je voulais dire, madame Beausoleil. Il s'agit d'un malentendu. J'avais compris que vous arriveriez en soirée. Mais ne vous en faites pas, je m'occupe de changer les draps, illico !

— Maintenant, Mélodie va me jouer du violoncelle. Viens ici, mon ange, et joue-moi ce que tu as appris.

Suivie de sa grand-mère, Mélodie se rendit dans le salon, près du sapin de Noël, où l'attendaient sa petite chaise et son instrument. Charlemagne, lui, disparut dans sa chambre et en referma la porte pour tâcher d'assourdir — selon ses dires — l'insupportable son grincheux qui en sortirait. Dès les premières mesures, Madeleine Beausoleil fut complètement subjuguée par la qualité sonore et la musicalité qui émanaient de l'instrument. Elle se plut à imaginer sa petite-fille sur une scène, avec de longs cheveux blonds, comme une grande violoncelliste interprétant une pièce de Bach pour violoncelle seul. Le mini récital terminé, Mélodie déposa son archet et courut vers sa grand-mère, qui l'entoura de ses bras pour l'étreindre encore. « Tu dois maintenant aller te préparer pour la nuit, mon ange, et tu reviendras dire bonsoir à grand-maman », ordonna madame Beausoleil. Après le passage de sa sœur dans la salle de bains, Charlemagne y passa à son tour pour une brève séance de débarbouillage, lui qui trouvait toujours le moyen de se salir la frimousse. « Dis bonne nuit à grand-maman, Charlot », demanda Bédard. Sans rouspéter, Charlemagne lança sèchement un « bonne nuit » dépouillé de toute affection. Se retrouvant seul avec Bédard et sa belle-mère, Aristote sembla tout à coup désemparé.

— J'espère que tu vas mettre ton chien dans le garage, Manuel. Y dort pas dans la maison, j'espère ?

— Vous savez bien que non, madame Beausoleil.

Bédard cherchait des sujets de conversation pour s'entretenir avec sa belle-mère. Il avait l'impression d'être épié par une étrangère dans sa propre maison. Belle-maman surveillait tout ce qu'il faisait. Après quelques minutes de ce jeu d'observation auquel il s'était livré avec une certaine soumission, il prépara le canapé-lit du salon, disparut du champ de vision de sa belle-mère et retrouva son ordinateur pour composer la suite de *L'alarme du crime*.

Après une nuit passée dans le salon, Bédard se leva, courbaturé. Réveillé de surcroît une heure d'avance, il grommela quelques jurons — ce qui n'était pas son habitude —, déjeuna sans faire de bruit avec deux rôties et un café noir avant de reconvertir le canapé-lit en canapé. Aristote se mit à aboyer d'impatience pour que Bédard lui ouvre la porte de la maison. Ce qui réveilla la maisonnée. Madame Beausoleil surgit dans la cuisine revêtue de sa longue robe de chambre rose et de ses pantoufles en peluche du même rose, faisant aboyer Aristote d'énervement. Effrayée, la belle-maman de Bédard poussa un grand cri de détresse, ce qui eut pour effet de faire sauter le saint-bernard sur elle et de la projeter par terre sur le plancher de la cuisine. Assise, les yeux exorbités de frayeur, le visage convulsé, elle se mit à gémir en se plaignant d'une vive douleur au siège, douleur qu'elle tenta d'apaiser en se frottant avec la main.

— Pauvre madame Beausoleil, s'exclama Bédard en lui tendant la main.

— Rappelle ton chien au plus vite ! ordonna la visiteuse.

Sur ces entrefaites, Mélodie et Charlemagne surgirent à leur tour dans la cuisine.

— Grand-maman ! s'écria Mélodie.

— Charlot, amène Aristote dans le hangar et donne-lui sa ration !

Charlemagne, l'air goguenard, exécuta l'ordre de son beau-père.

— Vous n'avez rien de cassé, madame Beausoleil ?

— Grâce à Dieu, non ! Mais tout le temps que mon mari et moi séjournerons chez vous, vous allez me faire le plaisir de garder cette bête sauvage hors de la maison.

— Certainement, madame Beausoleil !

Les enfants partis pour l'école, Bédard enferma Aristote dans le hangar et décida qu'il était temps de partir à son tour. De toute façon, il ne tenait pas à demeurer avec une belle-mère acrimonieuse qui ne manquerait pas de lui remettre sur le nez la cause du malaise cardiaque de son mari. En temps ordinaire, Madeleine Beausoleil n'était pas particulièrement conviviale. Elle se montrait quelque peu irascible depuis qu'Aristote l'avait assaillie. Florence reviendrait sous peu à la maison avec son père et retournerait probablement au travail.

25

LES JOURNÉES PRÉCÉDANT LA PÉRIODE DES FÊTES n'étaient pas très propices à l'enseignement. À l'approche du congé de deux semaines, les professeurs se plaignaient d'une baisse notoire de motivation chez leurs ouailles. Ainsi, on remarquait que, dans certaines classes, la projection de vidéos était courante. Cela expliquait que les enseignants qui avaient un programme chargé devenaient du même coup impopulaires parce qu'ils persistaient à transmettre de la nouvelle matière, contrairement à leurs collègues qui, eux, « comprenaient » leurs élèves.

Florence avait regagné sa demeure avec son père, qui avait obtenu son congé de l'hôpital. À l'heure qu'il était, Florence avait décidé de ne pas rentrer au travail. Un peu ému de rentrer chez sa fille, Fernand Beausoleil réclama tout de suite un endroit pour s'écraser. À l'urgence, le médecin de garde lui avait fortement recommandé de « se ménager », de prendre quelques jours de repos chez sa fille avant de repartir vers le Sud. Beausoleil n'avait pas été terrassé par une crise cardiaque, mais il fallait prendre le malaise comme un avertissement sérieux. Bien enfoncé dans le fauteuil berçant du salon en expirant profondément, Beausoleil avait fermé les yeux aussitôt assis. Madeleine Beausoleil avait rejoint son mari au salon avec sa fille.

— Dommage que ton Manuel n'ait pas pris le temps de déblayer sa cour, Florence ! D'après ce que je connais du père de Charlemagne, de ce côté-là, ton Yann aurait fait mieux, définitivement !

— Vous n'allez pas revenir là-dessus, maman ! Vous ne pouvez pas comparer Yann et ses gros bras et Manuel ! Man n'est pas un sans-cœur, maman. J'trouve que tu le juges trop sévèrement !

— En plus, on peut pas dire que ton Manuel a une grande conversation...

— Chut... Baissez le ton, maman. Papa a besoin de beaucoup de repos.

Florence fit signe à sa mère de passer dans la cuisine.

— Vous cherchez vraiment à dénigrer le père de Mélodie, que vous adorez, pourtant. Cherchez-lui plutôt des qualités.

— C'est probablement ce que tu tentes toi-même de faire !... Tu veux l'abriter, rien de moins...

— Qu'est-ce que vous voulez insinuer ?

— J'ai remarqué qu'il existe des tensions entre vous deux au sujet de l'éducation de vos enfants.

— Charlemagne n'est pas un enfant très docile. Ça amène parfois des discussions, c'est normal ! Il me semble que vous n'étiez pas toujours d'accord, papa et toi...

— Tu sauras, ma fille, que l'éducation, c'était plutôt mon domaine !

— Vous esquivez la question. Une vraie politicienne !

— Ton *chum* est pourtant un éducateur. Regarde ce qu'il advient de Charlot. C't'enfant-là a la tête dure. Un délinquant en puissance. Je te l'dis, Florence, j'te l'dis ! Rien que de la façon qu'y nous regarde, il a l'air effronté. C'est de la graine de délinquant, vous allez voir !

— Mais ça dépend pas de Manuel, ça, maman. Vous êtes injuste.

— Ben, pourquoi tu t'es séparée de Yann, d'abord ? Ça aurait été ben mieux pour le p'tit que vous restiez ensemble !

— Voyez-vous, maman, y avait pas rien que le p'tit qui était concerné. Yann ne voulait pas assumer son rôle de père à l'année longue. Il me semble vous l'avoir déjà dit ! D'ailleurs, vous venez de l'admettre : l'éducation, c'était votre rayon. On aurait pu mal tourner, mon frère et moi. Ça, c'est une chose. Mais y avait aussi la popularité de Yann auprès des femmes, si vous voyez ce que je veux dire… Bon, j'en ai assez de toute cette discussion stérile.

— Un terme médical astheure !

— Ne vous moquez surtout pas de moi, maman ! Il me semble que je vous ai rendu service en allant à l'hôpital avec papa hier soir. Vous pourriez avoir un minimum de reconnaissance. J'vais aller m'étendre dans ma chambre. Après tout, j'ai passé la nuit à ne pas dormir ou à sommeiller dans une chaise droite à côté du lit d'hôpital, à l'observation.

— Tu serais mieux de t'allonger dans la chambre de la petite. Fernand et moi on va occuper ta chambre. D'ailleurs, au cas où tu le saurais pas, ton Manuel a pris la peine de changer les draps de votre lit, hier soir. Évidemment qu'y l'aurait pas fait par lui-même. Y a pas de saint danger ! Y a fallu que je lui en parle pour qu'y passe à l'action.

— J'en ai assez entendu pour tout de suite.

Exaspérée des allusions haineuses et des méchancetés de sa mère, Florence s'isola dans la chambre de Mélodie.

Les vacances des Fêtes enfin arrivées, il n'en demeurait pas moins que de la maison de Florence et Manuel émanait une atmosphère un peu glauque, étrangère à ce temps pourtant joyeux de l'année. La plupart du temps, Fernand Beausoleil trônait dans le salon, à côté du sapin de Noël. À la journée longue, il faisait craquer les lamelles du vieux plancher de bois en se berçant dans un fauteuil au son d'une musique de circonstance. De temps à autre, il s'assoupissait, la tête renversée, ronflant avec grande régularité jusqu'à ce qu'Aristote, bavant, entre dans la maison sans permission. Charlemagne s'amusait à voir sursauter son grand-père, à le tirer subitement de son sommeil. Chaque fois, Madeleine Beausoleil réagissait en haussant la voix pour qu'« enfin quelqu'un dans cette maison ait l'autorité pour mater l'animal et le retourner dans le hangar de la cour ». Lorsque finalement elle comprit le manège de la « petite peste », elle s'en plaignit à Manuel en le blâmant pour son incapacité à régler une fois pour toutes le problème.

Florence travaillait à l'hôpital et Manuel s'occupait de l'ordinaire et des courses de dernière minute. Du mieux qu'il le pouvait ! Avec la présence de ses beaux-parents, les réserves du congélateur diminuaient rapidement. À son premier jour de congé, Florence entreprit de faire des tourtières avec sa mère, qui ne se gêna pas pour la corriger sur la manière de rouler la pâte, de disposer la préparation dans le fond de l'assiette et de pratiquer adroitement quelques incisions en forme de sapin de Noël ou de bonhomme de neige. Mélodie « collait » sa grand-mère et l'observait, même si elle n'avait guère le nez beaucoup plus élevé que le dessus du comptoir.

— Qu'est-ce que tu as demandé au père Noël cette année, Mélodie ?

— Une maison de poupées, grand-mère. Et toi ?

Madeleine Beausoleil s'esclaffa :

— À vrai dire, je n'avais rien demandé d'autre que de vous voir pour les Fêtes. Vous, ton oncle Philippe et sa famille. D'ailleurs, il faudrait bien que je lui téléphone, à celui-là. Après ce qui est arrivé à ton grand-père, mon souhait le plus cher est qu'il se rétablisse le plus promptement possible.

— Parlant de Philippe, je les ai invités, lui et sa famille, pour le souper le soir de Noël. Après l'accident de papa, j'ai cru bon de lui téléphoner.

— Ça nous fera grandement plaisir à ton père et à moi, se réjouit madame Beausoleil, s'adressant à sa fille.

— D'ici là, il reste quelques jours. Papa a amplement le temps de se remettre sur pied.

Bédard s'efforçait d'entretenir de son mieux la maison, autant par nécessité que pour faire plaisir à sa belle-mère.

En quelque sorte, Madeleine Beausoleil avait peu à peu supplanté sa fille dans son rôle de maîtresse de maison. En peu de temps, la gestion des affaires courantes était passée sous sa gouverne. Sauf peut-être en ce qui concernait l'irréductible Charlemagne, qui profitait de la moindre occasion pour faire des siennes.

Il neigeotait. Le ciel s'égrenait par gros flocons. À quelques jours du soir de Noël, Charlemagne s'amusait dans la cour avec ses copains du rang et avec l'indéfectible Félix. Madame Beausoleil l'avait « chippé » dehors, lui interdisant formellement la maison « pour laisser reposer grand-père ». Ce qui avait contrarié Charlot qui voulait essayer un nouveau jeu vidéo. Après une longue joute de hockey, Félix et Charlemagne s'étaient roulés dans la neige et avaient édifié une forteresse.

Malgré l'heure tardive, le petit ne rentrait pas. Madeleine Beausoleil l'avait réalisé mais avait cru bon de laisser le « flot » s'émoustiller dehors jusqu'à ce qu'il soit assez fatigué pour se coucher en rentrant, après une courte séance d'hygiène, bien sûr. Ni Florence ni Manuel n'avaient appelé le *rejeton*. À un moment donné, Charlemagne et Félix, recouverts de neige, entrèrent en trombe dans le vestibule de la maison et coururent jusque dans la cuisine, où ils se secouèrent énergiquement alors qu'Aristote, enneigé, poursuivit sa course dans le salon pour s'ébrouer en toute liberté devant Beausoleil qui se réveilla en pleine nuit. « Dehors, chien pas de médaille! » cria Madeleine Beausoleil de sa voix tonitruante.

26

C'était la veille de Noël. Florence et sa mère s'affairaient à la confection de beignes, de tartes au sucre et de différents desserts d'occasion avec la modeste participation de Mélodie, à qui on avait confié la fabrication de l'indispensable « trou de beigne » et la décoration de carrés aux fruits avec des cerises confites. Sans crier gare, Charlemagne surgissait dans la cuisine, se mettait les doigts dans les préparations et repartait comme un voleur satisfait de son butin. « Le p'tit goinfre ! » s'exclamait madame Beausoleil.

Le disque de Noël de Fernand Gignac venait de tourner en rond pour la troisième fois. Bédard, n'en pouvant plus d'entendre le chanteur moustachu préféré du beau-père, se réfugia devant son ordinateur pour la suite de *L'alarme du crime*. Le téléphone se fit entendre. « Va donc répondre, Man ! J'ai les mains dans la pâte. » C'était Lamontagne qui annonçait qu'il ne récupérerait son fils que la veille du jour de l'An. « Je me demande bien ce qu'on va faire de lui en attendant », pensa Bédard.

Le soir même, Madeleine Beausoleil avait manifesté son incontournable désir d'assister à la messe de minuit... à sept heures. Florence devait l'accompagner avec Mélodie et

Charlemagne pendant que Bédard veillerait sur son beau-père, qui reprenait du poil de la bête mais qui se sentait encore incapable de sortir.

— Vous devriez marcher un peu, au moins, monsieur Beausoleil! Votre fille vous l'a dit. Vous allez ankyloser! Florence est infirmière, vous devriez prendre bonne note de ses conseils.

— J'ai l'habitude de recevoir d'ordre de personne, mon gendre. Quand j'étais à l'emploi d'Hydro-Québec, c'est moi qui commandais, grogna l'homme bourru.

Bédard avait tendance à croire l'homme qui lui adressait la parole mais il savait pertinemment que c'était madame Beausoleil qui menait la *baraque*.

— Tu devrais replacer le cadre sur le mur en face de moi, Manuel. Y est croche en pas pour rire. J'me suis retenu pour te le dire mais depuis que j'suis assis icitte que ça me fatigue.

— Vous avez sûrement raison, monsieur Beausoleil. Attendez un instant… C'est mieux de même?

— Encore un peu vers la gauche… encore.

— Ton fauteuil berçant a besoin de lubrifiant aussi. Ça tape sur les nerfs à la longue. Si tu y voyais tout de suite, ça ferait mon affaire.

Quelques instants plus tard, Bédard revint de son atelier au sous-sol avec un distributeur d'huile. Beausoleil ne bronchait pas.

— Ce serait plus facile pour moi si vous vous leviez.

— T'as juste à te pencher. Y a pas de problème.

— Voulez-vous quelque chose à boire, monsieur Beausoleil?

— Quand j'aurai besoin de quelque chose, j'te l'dirai!

Ensuite, Bédard laissa monsieur Beausoleil roupiller dans son fauteuil.

Après la messe, Florence prépara quelques canapés et des breuvages qu'on prit dans le salon pour ne pas obliger Fernand Beausoleil à se déplacer et profiter de l'ambiance de la pièce joliment décorée avec l'arbre de Noël. Mélodie, habituellement très sage, n'en pouvait plus d'attendre et demanda à son père à quel moment on dépouillerait l'arbre. C'est elle qui reçut le premier cadeau, qu'elle déballa avec empressement. La grosse boîte sous le sapin lui était destinée. La maison de poupées dont elle avait tant rêvé se découvrait à mesure que les lambeaux de papier tombaient sur le plancher. Elle courut embrasser sa mère, sous les yeux émerveillés de madame Beausoleil. Charlemagne se sentait quelque peu étranger à la fête. Les bras croisés, la moue boudeuse, il savait qu'il ne méritait pas une abondance de cadeaux comme sa demi-sœur. Mélodie abandonna son cadeau l'espace d'un instant et demanda à sa mère de lui désigner un cadeau pour son frère. Elle le prit et le lui apporta. Gentiment, elle le posa sur ses genoux et attendit qu'il l'ouvre sous ses yeux. L'œil furibond, il déchira l'emballage, ouvrit la boîte et en sortit un jeu vidéo qu'il lança négligemment sur le canapé-lit.

— C'est impoli, Charlot! On ne réagit pas de la sorte quand on nous offre un cadeau.

— Oui, mais je l'ai déjà celui-là !...

— C'est pas une bonne raison, Charlot ! Tu vas faire de la peine à tes grands-parents. Ils ont acheté ton jeu aux États-Unis en venant nous visiter.

— Ah ! ce qu'il peut être déplaisant cet enfant ! s'exclama madame Beausoleil.

— Il faut le comprendre, maman, intervint Florence en prenant sa défense.

— On pourra peut-être l'échanger, Madeleine, tenta monsieur Beausoleil pour éteindre l'affaire.

— Mais tu n'y as pas pensé, Fernand. Le p'tit a pas la patience d'attendre.

— J'espère que vous pourrez vous faire rembourser, madame Beausoleil, conclut Bédard.

Charlemagne, déçu du cadeau que ses grands-parents lui offraient, se consola tout de même en constatant qu'il avait provoqué une discussion autour de son cadeau et semé du même coup une forme de mésentente parmi les siens. Il se leva et regagna sa chambre.

— Man, irais-tu chercher le p'tit pour qu'on continue la distribution, demanda Florence sur un ton de supplication.

— Tu penses peut-être que je vais être bien reçu, Florence ?

— C'est toute l'autorité que vous avez sur l'enfant, Manuel ? Pour un enseignant, c'est pas un gros succès ! trancha madame Beausoleil.

— Je vous demande pardon ? s'offusqua l'éducateur, décontenancé.

Madame Beausoleil se leva et bondit vers la chambre de Charlemagne. Elle entra sans frapper et en sortit aussitôt en tirant le petit par le bras et en le traînant jusqu'au salon contre son gré. Madame Beausoleil s'immobilisa et projeta son petit-fils sur le canapé-lit derrière lui. Puis, se retournant vers son gendre :

— C'est de même que tu devrais t'y prendre, Manuel.

À ces mots, comme un ressort, Charlemagne se leva et se réfugia en courant dans sa chambre. Bédard esquissa un sourire en coin et baissa la tête pour ne rien laisser paraître de sa petite vengeance.

— Maman, vous êtes trop sévère avec Charlot. Laissez-le faire. Il va se punir lui-même.

— C'est quand même assez incroyable que vous ne soyez pas capables de le maîtriser, coupa Beausoleil, se redressant dans son fauteuil.

Voulant faire diversion, Bédard désigna une boîte :

— Mélodie, veux-tu donner le cadeau à grand-maman ?

La distribution des cadeaux se poursuivit dans une atmosphère un peu lugubre où chacun ne manifestait que peu de contentement.

Le lendemain, le jour même de Noël, Philippe, le frère de Florence, s'amena pour le souper avec sa femme et leur progéniture comptant quatre enfants dont l'âge variait de dix à dix-sept ans. Bédard avait dû rallonger la table en aboutant une seconde table à la première. On y déposa, au centre, un cactus de Noël offrant ses belles fleurs roses. Madame Beausoleil avait formulé le souhait de rassembler sa descendance et les conjoints à l'occasion d'un même repas. Son vœu se réalisait.

Laurence, la belle-fille de madame Beausoleil, dominait. Depuis qu'elle s'était attablée, elle avait pris la parole et l'avait jalousement gardée. Elle était reconnue dans la famille pour son verbe haut et hémorragique. Son mari, faisant semblant de l'écouter, et tous les enfants, dressés comme des chiens de cirque, mastiquaient lentement la dinde que leur tante Florence avait fait cuire sous le regard suspicieux et expérimenté de sa mère. Madame Beausoleil buvait littéralement les paroles de sa belle-fille, qu'elle écoutait avec la plus grande déférence. Elle admirait en elle la femme qui avait sacrifié sa vie professionnelle pour élever sa famille, contrairement à sa propre fille qui avait opté pour le travail à temps plein. « Tu as du succès avec tes enfants, Laurence », lança-t-elle en souhaitant que sa fille entende. Son gendre surtout ! Car, bien entendu, madame Beausoleil attribuait l'insuccès de l'éducation de Charlemagne à son gendre.

Les patates pilées et la salade du chef semblaient avoir gagné la faveur populaire, mais les petits pois trop gros et la gelée de canneberges avaient provoqué des haut-le-cœur chez William, le plus jeune des cousins de Charlemagne. De concert, les deux garçons, assis à côté l'un de l'autre, avaient repoussé au bord de leur assiette la consistance gélatineuse qu'ils avaient d'abord prise pour du « jello ».

Comme l'atmosphère trop sérieuse du repas lui pesait lourdement, Charlemagne se mit à concocter un mauvais plan qu'il transmit à William. Prenant tous les deux leur cuiller à dessert, ils déposèrent un pois sur le bout du manche et, s'en servant comme catapulte, le projetèrent en direction de Mélodie et de Rose. Les projectiles atteignirent leur but car les deux jeunes cousines crièrent simultanément leur surprise.

Mélodie s'arrêta net de parler et se composa un visage courroucé en regardant les deux suspects qui clamèrent leur innocence, en riant.

— Va dans ta chambre, Charlot! tonna madame Beausoleil.

Comme Charlot se tordait de rire assis sur sa chaise, Madeleine Beausoleil, qui se souvenait de son intervention ratée de la veille, demanda l'aide de son fils :

— Philippe, agrippe-le et enferme-le donc dans sa chambre, qu'on ne le revoie plus.

— Vous pensez pas, maman, qu'il y aurait deux responsables? Les deux petites ont crié en même temps, argua Philippe.

— Ça ne fait rien, j'suis certaine que Charlot a tout machiné et qu'il a embrigadé son cousin! argumenta la grand-mère. Toi, William, reste ici!

De sa main large et du haut de sa stature, l'oncle Philippe empoigna son neveu, le souleva presque de terre et le traîna vers le lieu réclamé. « Ils vont voir qu'il n'est vraiment pas facile, cet enfant! De toute façon, quoi que je fasse, belle-maman a décrété que j'étais un incompétent! » songea Bédard dans son for intérieur.

Autour de la table, une certaine sérénité était revenue. L'oncle Philippe avait repris sa place, et on attaqua la bûche traditionnelle. Après en avoir distribué à tout le monde, Florence en trancha un morceau qu'elle mit de côté pour Charlot. Selon elle, sa mère avait été trop sévère dans son intervention auprès de son fils. Du même coup, elle avait admiré la tranquille assurance de son frère Philippe, qui avait agi avec célérité et efficacité. Elle souhaitait que Manuel l'ait pris en exemple.

« Place à la musique! » annonça en grande pompe madame Beausoleil. En un rien de temps, Michaël, le grand cousin, installa le clavier près du sapin et s'assit pour accompagner sa petite sœur. Rose, rougissante de gêne, se posta devant le clavier, un peu en retrait, et entonna *Il est né le Divin Enfant* suivi par *Les anges dans nos campagnes*. Rose avait indéniablement une belle voix qui prendrait de l'ampleur et de l'assurance avec le temps. On réclama ensuite Mélodie et son violoncelle. Seule, elle interpréta trois courtes pièces du premier cahier de la méthode Suzuki dont le célèbre *Ah! vous dirais-je maman*. Même si les airs n'étaient pas de circonstance, on l'acclama en disant que le violoncelle était un instrument difficile à jouer. Puis, on demanda à William d'exécuter ses pièces pour guitare, qu'il interpréta magnifiquement d'ailleurs. Catherine, accompagnée par son grand frère Michaël, enchanta son auditoire avec une magistrale pièce pour clarinette. Finalement, Michaël accepta de demeurer au clavier à condition qu'on danse sur sa musique.

Madame Beausoleil était dans tous ses états. D'une voix larmoyante, elle félicita ses petits-enfants pour leur prestation en ouvrant ses bras en direction de ses deux « petites-filles » pour qu'elles accourent vers elle.

— J'avais dit à Fernand qu'on passerait un beau Noël dans notre famille, au Québec ! Pas vrai, Fernand ?

— Les enfants ont du talent, maman ! ajouta Florence.

— Dommage que Charlot ne fasse pas partie du nombre ! précisa la grand-mère.

Les enfants se mirent à danser et les adultes à placoter ensemble. Bédard redoutait ces moments d'échange où la discussion aboutissait invariablement au monde de l'enseignement.

— Encore en vacances, Manuel ? lança le beau-frère Philippe pour amorcer l'échange.

— Vois-tu, Philippe, y a pas d'élèves à l'école pendant les Fêtes. Ça me donne donc rien de me présenter au travail.

— Non, mais sérieusement, ça vous en fait pas mal de vacances dans une année ?

— Dis-toi une chose, Philippe : l'éducation coûterait encore plus cher à la société si l'année scolaire était plus longue…

— Là, tu tiens un point, Manuel.

— Pour le temps que les enfants passent à l'école, il me semble qu'ils n'apprennent pas grand-chose ! intervint platement madame Beausoleil, qui voulait mettre son grain de sel.

— On travaille avec les enfants que la société nous confie, madame Beausoleil. Il est difficile de faire autrement, rétablit Manuel.

— Les enfants de Laurence et de Philippe ne doivent pas donner beaucoup de trouble aux enseignants!... J'en connais qui en donnent pas mal plus, renchérit la belle-mère de Bédard.

— Si vous faites allusion à Charlot, avouons que c'est un cas difficile! On fait ce qu'on peut, madame Beausoleil! En parlant de lui, on pourrait le faire sortir de sa chambre...

— J'suis allée le voir tantôt, Man. Le p'tit refuse de se joindre à nous. Il faut le comprendre. Cet enfant-là s'ennuie de son père et c'est avec lui qu'il aurait aimé fêter ce soir. Ça explique pourquoi il a été désagréable au souper, fit valoir Florence.

— Rassurez-vous, ça aurait pu être bien pire! précisa madame Beausoleil. Il en a des mauvais plans, le p'tit *vlimeux*.

— Il paraît qu'il vous mène par le bout du nez? questionna Laurence. On sait jamais ce qui mijote dans sa marmite...

— Faut quand même pas exagérer, Laurence, se défendit Florence. Charlemagne n'a pas vraiment eu de chance.

— Ça l'aurait aidé beaucoup que tu restes à la maison comme l'a fait Laurence avec ses enfants, avança Madeleine Beausoleil.

— Mais maman! Il me semble qu'on a déjà discuté de votre

point de vue. Votre philosophie est complètement dépassée, si vous voulez savoir...

— On voit ce que ça donne, les idées nouvelles, Florence...

Madeleine Beausoleil venait d'outrepasser les bornes. Sa fille s'enivra soudainement de colère :

— Vous êtes insultante, maman. Je ne tolérerai plus jamais de sous-entendus aussi haineux dans ma demeure. C'est méchant ce que vous dites là, brama Florence, insultée.

Tous les regards se tournèrent vers Florence, qui ne savait plus où se mettre.

— Dans ce cas-là, je déménage ! réagit madame Beausoleil. Viens, Fernand, on sacre notre camp d'icitte !

Fernand Beausoleil se leva de son fauteuil berçant et se dirigea vers sa chambre à la suite de sa femme.

— Euh ! Je crois bien que nous allons rentrer, décida Laurence en faisant signe à ses enfants et à son mari de la suivre.

— Je suis désolé, intervint Bédard. Vous pouvez rester encore un peu avec nous. Les enfants semblent bien s'amuser.

— Mais où crois-tu, Manuel, que tes beaux-parents vont se ramasser en ce soir de Noël ? Sûrement pas à l'hôtel ! précisa Laurence.

Laurence rassembla sa progéniture comme la cane ses canetons et passa la porte avec son mari, suivie de Philippe qui tentait de calmer sa mère encore exaltée.

— Prenez les devants, Philippe ! On ramasse nos affaires et ça sera pas long, on emménage chez vous.

Quelques minutes plus tard, la visite avait quitté la

maison familiale et Bédard fut enfin soulagé de se retrouver seul avec les siens. Comme il se faisait tard, Florence demanda à son conjoint de s'occuper de Mélodie afin qu'elle passe à la salle de bains avant Charlemagne. Elle se rendit à la chambre de son fils pour lui demander de penser à se préparer pour la nuit. Étant donné le silence qui régnait dans la pièce, elle crut que son fils dormait bien emmitouflé sous les couvertures. Elle s'approcha du lit pour l'embrasser tendrement, mais réalisa qu'il ne s'y trouvait pas. « Va donc voir au sous-sol, Manuel, le p'tit est pas dans sa chambre ! » cria-t-elle.

— Charlot est pas dans le sous-sol non plus ! s'écria Bédard.

— Mais où a-t-il bien pu passer, le misérable ? s'exclama Florence, désemparée. Mes parents l'ont certainement pas emmené avec eux !

— Charlot, sors de ta cachette ! Il est grandement temps d'aller au lit ! s'impatienta Bédard.

C'est alors que Bédard entreprit une fouille systématique de toutes les pièces, de chacun des placards et même des armoires où le petit aurait pu se recroqueviller. Personne !

— Aurais-tu une idée ? demanda candidement Florence à Mélodie, qui s'inquiétait elle aussi de la disparition de son frère.

Le flair de Florence l'attira vers le placard de l'entrée pour vérifier si l'habit de neige de Charlemagne s'y trouvait.

— Manuel, Charlot est parti ! fulmina Florence, complètement révulsée par la tournure des événements.

Mélodie, apeurée par le cri de sa belle-mère, demeura interdite et se mit à pleurer. Bédard accourut pour la calmer et la rassurer.

— Ah! le p'tit sacripant. On l'avait relégué aux oubliettes. Il a profité du temps où on était tous dans le salon avec la visite pour déguerpir. La première chose à faire, c'est d'appeler chez Félix. On va le retrouver, ton frère; ne t'inquiète pas!

Comme elle ne pouvait dissiper le doute, Florence sauta sur le téléphone et composa le numéro de Félix. Après un long silence: « Aaaallôôô! » fit une voix embarrassée à l'autre bout du fil. Florence discuta quelques minutes avec quelqu'un qu'elle ne reconnaissait pas mais qui était vraisemblablement Rosaire Pelchat. Le brocanteur semblait passablement éméché et Florence comprit que son interlocuteur fêtait Noël lui aussi. « Ouououiii, il est arrivé avec Aristote! » déclara-t-il finalement.

— Ça sert à rien de le ramener à la maison ce soir, conclut Florence, soulagée d'avoir repéré son fils.

Du reste, comment pouvait-il en être autrement? Charlot dormirait chez son ami.

— Pour ce soir, ce sera aussi bien, ajouta Bédard, rassuré.

Il s'empressa d'expliquer à Mélodie que Charlot passerait la nuit chez le voisin.

— Tu sais, papa, Charlot a pas été très gentil ce soir.

Les deux conjoints se regardèrent et Florence, esquissant un sourire, à la fois heureuse et triste, réprima son envie de pleurer. Ses parents partis en claquant la porte, son fils ayant pris la poudre d'escampette, le couple se retrouvait avec « l'adorable » Mélodie qui se réjouissait de l'absence de son demi-frère, gardant pour elle seule l'attention des deux adultes de la maison.

Le lendemain soir, toujours pas de nouvelles de Charlemagne. On sonna à la porte. Bédard ouvrit. Sur la galerie, Laurence affichait un air déconfit.

— Mais entre donc, Laurence. Il y a quelque chose qui ne va pas ?

— Florence est là ?

— Elle est allée coucher la petite. Tu désires lui parler ?

— Oui, mais ça ne presse pas.

— C'est comme tu veux.

« Pieux mensonge. Arriver à l'improviste un bon soir, comme ça ! Certainement que ça doit presser, sinon tu ne serais pas venue jusqu'ici. Puis, ça ne pouvait pas se régler au téléphone, j'imagine… » pensa Bédard.

Laurence attendait au salon, refusant de faire la conversation avec son beau-frère.

— Qu'est-ce qui t'amène, ma pauvre Laurence ? ne put s'empêcher de demander Florence en la voyant pantoise, assise près de Bédard.

— Devine ce qui me chicote, Florence ?

— Il s'agit de ma mère, je suppose ? Qu'est-ce qu'elle a encore fait, celle-là ? Des méchancetés, des paroles amères et blessantes ?…

Bédard restait là, à ne rien dire, attendant que la belle-sœur se vide le cœur.

— Tes parents sont retournés dans le Sud !

— Ils auront simplement devancé leur retour. Il n'y a pas de quoi fouetter un chat, coupa Bédard, se réjouissant d'avance de ce que Laurence allait livrer.

— Tu sais bien, Man, qu'il a dû se produire quelque chose de fâcheux.

— Jamais je n'ai été insultée de la sorte ! Je savais que madame Beausoleil aurait préféré séjourner plus longtemps chez vous, mais c'est elle qui a choisi de venir habiter avec nous. Elle n'aime pas la campagne, les odeurs des animaux qui planent dans l'atmosphère, mais de là à me faire la leçon sur la senteur persistante dans la maison… En plus, elle faisait continuellement des commentaires déplacés sur l'ordre qui règne. Elle est vraiment insupportable quand elle s'y met !

— Comment en êtes-vous venus à vous chicaner ? demanda innocemment Bédard.

— C'est vrai que je ne suis pas très portée sur l'ordre. Du moins, pas autant que Florence. Et puis, à un moment donné, belle-maman s'est mêlée de recommander aux enfants de se ramasser, que ça aiderait maman… Je suis intervenue pour tempérer, pour dire que ça ne valait pas la peine d'insister. C'est alors qu'elle a réagi en s'adressant aux enfants, en leur disant qu'elle avait pourtant élevé autrement les siens, que l'ordre et la propreté allaient de pair, surtout dans une maisonnée de six personnes.

Le visage dévasté, Laurence ne put se contenir et se mit

à pleurer, essuyant avec le rebord de sa robe les larmes qui coulaient sur ses joues.

— On n'y peut rien, Laurence. Maman est comme ça. Papa n'a pas dû être très commode non plus. Il a ce p'tit côté éteignoir désagréable. Il a le don de remarquer tout ce qui retrousse et une manière de le porter à notre attention. Enfin bref, c'est une bonne chose qu'ils soient repartis en voyage. Je sais qu'un de ces jours, ils vont regretter leur comportement et revenir. Il ne faut cependant pas s'attendre à ce qu'ils fassent amende honorable.

Dès que Laurence repartit après s'être livrée à un imprévisible épanchement, le téléphone résonna à nouveau :

— Allô, maman. Je suis chez Yann et Violaine.

Rosaire Pelchat était allé conduire Charlemagne chez son père. Il se disait heureux d'être avec Yann et sa blonde et voulait demeurer avec eux.

— Tes grands-parents sont partis, mon trésor. On s'ennuie tous de toi. Reviens au plus vite.

Florence ne prisait pas du tout l'idée de la présence de cette Violaine, une jeune femme d'une indéniable beauté, une autre groupie qu'elle avait facilement repérée au gym, déployant ses troublantes minauderies autour de son « Suédois » et qui se retrouvait dans le lit de son ex. Quant à Bédard, les bribes de conversation qu'il avait saisies lui avaient suffi pour comprendre qu'il prendrait congé du fils de sa conjointe.

27

CHARLEMAGNE ÉTAIT REVENU seulement la veille de la rentrée scolaire, en janvier, heureux de son séjour avec son idole de père. Il s'était gavé de sa présence et semblait revenir d'un inoubliable voyage au septième ciel. Le congé des Fêtes avait permis à Bédard de refaire ses forces. Mais, malheureusement pour lui, Florence avait la garde de son fils et Lamontagne refusait toujours de prendre son Charlot à temps plein.

Lamontagne avait amené Charlemagne rue Bernard à Montréal, dans la famille de Violaine, sa pulpeuse nouvelle blonde aux lèvres charnues et aux charmes irrésistibles. Monsieur et madame Hurtubise avaient trouvé le petit pas mal grouillant mais sympathique. Les Hurtubise n'avaient pas de petits-enfants et monsieur était tellement fier que sa fille soit tombée sur un gars avec un petit qu'ils en étaient fous de joie. Ils l'avaient « traîné » partout dans la parenté et au restaurant, ce qui faisait l'affaire de Violaine qui pouvait se consacrer à son nouvel amant.

Or, janvier avait déversé des amoncellements inhabituels de neige. Partout dans le voisinage, on cherchait où l'entasser en souhaitant qu'elle fonde au plus tôt ou à tout le moins qu'elle arrête de tomber. Les écoliers avaient bénéficié de trois jours de congé « forcé » dans les deux semaines suivant la rentrée après les Fêtes. Ce qui était de nature à réjouir la gent estudiantine, dont bon nombre d'éléments se retrouvaient sur les pentes de ski.

L'abondance de neige ne faisait pas que des heureux. À juste titre, certains propriétaires jaspinaient contre son accumulation excessive qui alourdissait impitoyablement le toit des maisons, dont certains menaçaient de s'effondrer. Dans la mesure du possible, on recourait aux services d'entrepreneurs équipés d'échelles pour soulager les toitures les plus faibles ou les plus susceptibles de céder sous le poids. Or, c'est précisément un de ces jours-là que tout a basculé pour Lamontagne et que les choses commencèrent à chavirer pour son fils.

C'était un dimanche après-midi et les parents de la blonde de Lamontagne avaient réquisitionné les services de « l'athlète » pour libérer le toit de leur duplex. Dans un premier temps, celui-ci devait grimper sur la couverture de la galerie avant du logement au second étage de l'immeuble afin d'atteindre le toit, dans le but d'en dégager partiellement la neige qui produisait un dangereux excédent de poids. Monsieur et madame Hurtubise se braquèrent dans la cour, les bras croisés, pour surveiller les opérations pendant que Violaine et Charlemagne — qui ne voulaient rien manquer — empoignaient solidement le bas de l'échelle pour la stabiliser. Lamontagne montait prudemment en s'agrippant bien aux montants, tant et si bien qu'il parvint à atteindre le toit de la galerie du second étage. De là, il lança une extrémité de la corde qu'il avait enroulée autour de sa taille. Violaine y accrocha une pelle que l'athlète hissa sans difficulté jusqu'à lui. La deuxième étape consistait à monter sur le toit proprement dit de l'habitation. Lamontagne lança la pelle sur le toit, évalua un court instant la situation avant de se décider à gravir le mètre de hauteur qui le séparait de son objectif. Jusque-là, tout allait bien.

Lamontagne se mit à pelleter avec ardeur et enthousiasme sous les regards admiratifs de son fils, de Violaine et de ses parents. Charlemagne, la tuque enfoncée jusqu'aux yeux, criait des paroles d'encouragement à son père qui, malgré sa grande forme physique, s'arrêtait de temps à autre pour récupérer. La position était plutôt inconfortable, le toit de l'établissement accusant une pente un peu raide. Après avoir raisonnablement dégagé un des quatre versants du toit, Lamontagne entreprit d'atteindre celui qui donnait sur le côté de la cour d'entrée. Au moment où il traversait l'arête qui séparait les deux versants, il vacilla légèrement, perdit l'équilibre, dévala malencontreusement la pente et tomba en chute libre vers le sol, sous les regards horrifiés et impuissants de Charlemagne, de Violaine et de ses parents.

Yann Lamontagne était immobile, sans connaissance, étalé de tout son long sur l'asphalte de l'entrée de cour que monsieur Hurtubise avait fait dégager. Madame Hurtubise fut la première à accourir vers le blessé, qui ne donnait toujours pas de signes vitaux encourageants. « Oh, mon

Dieu ! » fit-elle, complètement atterrée. Monsieur Hurtubise, moins énervé, intima à sa fille l'ordre de lui donner son téléphone cellulaire pendant qu'elle s'occupait de Charlemagne qui s'était jeté le visage dans la neige pour pleurer.

Toujours inconscient, Lamontagne reposait aux soins intensifs, entouré de Violaine et de ses parents. Monsieur Hurtubise avait fait un long détour à Rougemont pour larguer le petit chez sa mère avant de se rendre à l'hôpital.

Plusieurs heures après l'accident, Lamontagne se réveilla lentement en se plaignant de multiples douleurs dorsales et lombaires. Violaine se pencha vers lui en lui couvrant la figure de baisers humectés de larmes de joie.

— Qu'est-ce qui m'est arrivé ? émit faiblement Lamontagne.

— Tu as fait une mauvaise chute, Yann. Rappelle-toi, tu étais monté sur le toit de la maison de mes parents pour le déneiger, puis...

Violaine se remit de plus belle à verser des larmes, imitée par sa mère qui se réfugia dans les bras de son père, le visage assombri. Un médecin, assisté d'une infirmière, s'approcha du lit :

— Monsieur Lamontagne vient de se réveiller, n'est-ce pas ? questionna le médecin.

— Vous croyez qu'il va s'en sortir, docteur ? s'inquiéta Violaine.

— On va poursuivre notre investigation et on en saura plus long... Pour le moment, vous devriez le laisser tranquille et revenir un peu plus tard.

Le médecin se retira dans le passage, faisant signe à Violaine de le suivre. Elle et ses parents sortirent de la pièce et s'approchèrent du médecin qui emprunta soudainement une voix grave :

— Monsieur Lamontagne n'est pas très chanceux. D'après ce qu'on m'a raconté, il est tombé d'une bonne hauteur. Habituellement, dans les circonstances, les gens qui s'en tirent bien sont plutôt rares. Je préfère vous prévenir, il est fort probable qu'il reste avec de graves séquelles.

— Qu'est-ce que vous voulez dire, docteur ? demanda Violaine, la lèvre tremblante.

— Il est fort probable qu'il soit paralysé des jambes !

— Ah non ! Docteur, faites quelque chose pour le sauver ! Yann n'accepterait pas d'être paraplégique.

— On ne choisit pas, madame. Je suis profondément désolé. Dans le meilleur des cas, il pourrait s'en sortir presque indemne, mais les chances sont très minces. Vous savez, depuis quelques jours, on reçoit des cas de chute. Disons que monsieur Lamontagne a été malchanceux...

Sur ces paroles, le médecin s'éloigna et s'engouffra dans une pièce voisine, laissant les trois personnes complètement abasourdies. Sur ces entrefaites, Florence apparut dans le passage et les rejoignit.

— Vous êtes la mère de Charlot, madame ? demanda Violaine, hypocritement.

— Et vous, la plus récente conjointe de Yann, je présume ? s'informa Florence avec une pointe de sarcasme dans la voix.

— Yann et moi sommes très liés, en effet.

Madame et monsieur Hurtubise avaient reculé d'un pas, préférant ne pas se mêler à la conversation. Violaine relata dans les moindres détails les faits précédant l'accident de Yann et les conséquences probables sur sa santé. Florence se montra très bouleversée, à tel point que Violaine Hurtubise lui demanda si elle aimait encore le père de Charlot. « Je me sens concernée par les suites de cet accident », répondit Florence, évitant ainsi de répondre directement à la question de la dernière en lice qui avait pris sa place auprès du don Juan du gymnase. En tant qu'infirmière, Florence eut ensuite le réflexe d'entrer aux soins intensifs et de s'enquérir elle-même de l'état de Yann. Mais monsieur Hurtubise intervint en disant qu'ils attendaient une autorisation du médecin pour y retourner. Debout aux côtés de celle qu'elle considérait maintenant comme sa rivale, Florence se sentait affligée d'une grande douleur. Non seulement l'amour qu'elle avait continué de ressentir pour Yann après sa séparation ne s'était pas dissipé complètement, mais il semblait renaître. Impulsivement, devant son irrésistible besoin de voir Yann, elle poussa les portes de la salle des soins intensifs, jeta un coup d'œil furtif aux patients alités et repéra rapidement le lit de Yann.

— Florence ! balbutia Yann en relevant la tête.

— Notre Charlot m'a appris ce qui était arrivé, Yann. J'ai mal pour toi, mon...

Elle avait dit « notre Charlot » et avait failli dire... « mon amour ». Le mal qu'elle ressentait la ramenait quelques années en arrière alors qu'elle avait été choisie par la coqueluche des abonnées du gymnase qu'elle fréquentait.

Yann avait fermé les yeux. Florence détaillait ce beau visage qu'elle avait tant aimé, l'admirait et devinait ce corps jadis presque parfait mais dorénavant affaibli, diminué, et caché sous des draps d'hôpital. Si l'état de Yann s'avérait aussi grave que Violaine l'avait rapporté, cela pouvait signifier une garde prolongée, voire indéterminée, de Charlot. Ce qui porterait à la fois un dur coup au petit et à Manuel, qui devrait l'endurer. Les perspectives n'étaient pas roses et Florence les envisageait déjà. Profondément absorbée dans ses réflexions, elle sursauta lorsqu'une infirmière vint gentiment lui demander de quitter la salle.

Lorsqu'elle se retrouva dans le passage, Florence, qui s'était renfrognée, frôla sans s'excuser, tête baissée et sans mot dire, Violaine Hurtubise et ses parents, et regagna gravement la maison.

28

On avait tenté vainement de réanimer les membres inférieurs de Yann. Mais rien n'y faisait. Absolument rien. Le diagnostic était tombé comme le verdict d'un juge. Sans appel. Yann était paraplégique. Il ne marcherait plus. Il ne sentait même plus ses membres inférieurs. Paralysés pour la vie. Quel gâchis !

Après un séjour de cinq semaines à l'hôpital, Yann avait réintégré son appartement, rue Saint-Dominique. On lui avait recommandé l'installation d'une rampe d'accès à sa galerie. Heureusement qu'il logeait au rez-de-chaussée. Une fois chez lui, la plantureuse Violaine lui manifesta beaucoup de tendresse et de sollicitude. Elle avait même choisi de prendre ses vacances pour être auprès de lui, le bichonner. En outre, elle s'occupait de tout. En plus de l'ordinaire, qu'elle assurait avec une certaine célérité, elle faisait toutes les commissions et payait les comptes.

Malgré les bons soins de Violaine, le paralytique déprimait. Il avait perdu l'appétit, maigrissait, et jonglait le plus clair de son temps. Connaissant son analphabétisme, sa blonde l'avait installé devant le téléviseur, la télécommande en main. Il se lassait de toutes ces émissions destinées soit

aux enfants, soit aux personnes âgées. C'est alors qu'il résolut de louer des films. Des films d'aventures. Mais cela le
fit déprimer davantage puisque les vedettes n'étaient précisément pas des obèses et offraient aux cinéphiles des corps
bien proportionnés. Ce qui le ramenait mentalement dans
son gymnase, où le culte du corps était à l'honneur.

Forcément, Lamontagne avait dû abandonner subitement sa carrière de culturiste et d'entraîneur. Lorsque Violaine apprit aux autres la nouvelle de l'accident au gymnase,
tous les employés du centre de conditionnement ainsi que
le patron, monsieur Schneider, lui rendirent visite à l'hôpital avec autant de gerbes de fleurs et d'arrangements flo-
raux de toutes sortes que s'il reposait dans un salon mor-
tuaire. Même ses inconditionnelles groupies lui avaient
rendu visite, s'attroupant autour de son lit. Mais une fois
l'appartement réintégré, plus rien de la part des anciens
compagnons et compagnes de travail. La mère et la sœur
de Lamontagne avaient appris avec consternation l'accident
de Yann, Violaine ayant jugé bon de les prévenir après son
hospitalisation. Madame Lamontagne avait déclaré à Violaine sur un ton de reproche : « Vous auriez dû nous avertir
avant ! » À cela, Violaine avait rétorqué que « cela n'aurait
rien changé... »

Depuis sa visite à l'hôpital, Florence n'avait pas revu
Yann. Bédard s'était sincèrement désolé du sort de Lamontagne, mais il n'y pouvait rien. Charlemagne était le plus
affecté de tous. Au début, il ne réalisait pas que son père
était cloué définitivement sur une chaise. Dans sa petite

tête d'enfant, son immobilité n'était que passagère. Il comprenait que pendant son hospitalisation son père ne pouvait suivre ses parties de hockey comme avant. Mais maintenant qu'il était sorti de l'hôpital, qu'il était rentré chez lui, il pouvait se déplacer à l'aréna, s'il le voulait. Violaine pouvait l'amener en jeep et n'avait qu'à pousser son fauteuil roulant...

Après quelques semaines à jouer à la mère Teresa, Violaine commençait à donner des signes d'épuisement. Elle qui s'était dévouée corps et âme jusqu'au sacrifice ultime d'annuler son voyage dans le Sud avec des amies!

— Yann, tu devrais venir à l'aréna avec Charlot et moi. Ça lui ferait tellement plaisir. Tu es encore une idole pour lui, tu sais. C'est ton fils, après tout!

— Une idole, moi! Non, mais regarde-moé, Violaine. Tu ne m'as pas vu. J'suis comme un vieillard qui a perdu toute autonomie.

— T'exagères! Tu te déplaces beaucoup par toi-même, Yann.

— La différence, c'est l'âge, Violaine. J'suis encore jeune. Jeune et impotent! Un vaurien, un déchet de la société.

— Tu te déprécies, Yann. Tu es important pour moi!

— Oui! Regarde ce que je te fais faire. T'es toujours là, au-devant de moi, à chercher à satisfaire mes moindres caprices. Ça peut pas durer indéfiniment, Violaine. Je le sais, je le sens! J'suis un homme FINI!

— Arrête! s'impatienta Violaine. J'en peux pus!

— Tiens, la vérité sort du sac...

Violaine, les yeux embués, regretta ses paroles et détourna le regard. Encore une fois, c'est elle qui s'occuperait de Charlot en l'accompagnant seule à l'aréna...

Depuis sa sortie de l'hôpital, Lamontagne était resté emmuré dans son appartement, se refusant à tout déplacement. Désirant lui faire plaisir, Violaine organisa une petite sortie au restaurant où elle avait convié quelques-uns de ses camarades du gymnase, presque tous des motards dont Raphaël, Grizzly et Angela, et monsieur Schneider, l'ancien patron de Lamontagne. Yann refusa d'abord de s'exhiber en public, prétextant qu'il était bien à la maison alors que tout concourait à prouver le contraire. Il avait honte de son corps atrophié et se considérait comme un dégénéré. De plus, il s'ennuyait à mourir, c'était évident !

Deux de ses bons copains, Raphaël et Grizzly, se présentèrent à l'appartement et offrirent de le déplacer en le soulevant dans sa chaise roulante. D'abord, il leur opposa une certaine résistance en bougonnant quelques sacres qui n'eurent pas l'effet de les décourager. Ils tournèrent les propos de Yann en dérision et réussirent à lui arracher ce que Violaine n'avait pas réussi à faire après des semaines de convalescence : un sourire. Au restaurant, ils devaient être une bonne douzaine à se distribuer autour d'une table ronde, de part et d'autre du fauteuil roulant, à plaisanter et à échanger des anecdotes. Violaine était très fière de son initiative. Yann pouvait enfin voir autre chose que les quatre murs de l'appartement et se défouler un peu. Avec un air égrillard, il ne donnait pas sa place pour badiner et raconter des grivoiseries. Violaine rougissait, elle qui avait pourtant l'habitude d'attirer les regards et les commentaires de la gent masculine avec sa silhouette bien profilée, sa poitrine pigeonnante et sa croupe en saillie. En fin de soirée, après la dégustation d'un gâteau, monsieur Schneider prit la parole au nom du groupe pour témoigner des compétences et de la grande disponibilité de Yann. « Bien sûr, ajouta-t-il maladroitement, les choses ne seront jamais plus les mêmes pour notre ami... » Sur ces paroles, il s'arrêta net, confus et conscient d'avoir dépassé les bornes. Le visage de Yann se rembrunit. Raphaël glissa un mot d'esprit avec raffinement et tous se mirent à rire.

Yann n'avait pas encore sérieusement envisagé la vente de sa jeep. Ni même celle de sa motocyclette. Il préférait éviter le sujet. Dans ses longues périodes de réflexion, il hésitait à s'en départir. Symbole de jeunesse et de puissance, sa jeep demeurait le seul témoin de sa virilité passée. Cependant, Violaine, qui n'aimait pas que les choses traînassent, aborda le douloureux sujet de front en lui lavant les cheveux, la tête dans l'évier. D'ailleurs, elle lui aurait bien coupé cette chevelure réduite à une longue queue de cheval graisseuse. Ç'aurait été moins d'entretien.

— Va pourtant falloir que tu te défasses de ta jeep, Yann.
— J'veux pas en entendre parler, Violaine. Sacre-moi patience avec cette idée-là !

Les semaines passaient et Violaine manifestait de moins en moins de zèle. Yann levait le nez sur ses repas préparés à la sauvette. En revanche, le paralytique s'était jeté dans la cochonnerie : des chips au vinaigre et des croustilles arrosées copieusement de bière composaient ses collations et remplaçaient en quelque sorte les repas qu'il repoussait négligemment du revers de la main comme un enfant difficile. Sa mauvaise alimentation alliée à son inactivité physique contribuèrent bientôt à modifier son allure. Il s'était mis à élargir, à épaissir, à occuper de plus en plus d'espace dans sa chaise d'impotent. Ses muscles se relâchaient et devenaient de plus en plus flasques. L'image qu'il avait de lui-même se détériorait sérieusement et, lorsque nu, il s'allongeait dans son lit pour la nuit, il n'arrivait pas à trouver le sommeil. Le manque d'exercice y était sans doute pour quelque chose, mais aussi, des pensées sombres et tristes l'affligeaient.

Les relations sexuelles du handicapé étaient au point mort. Violaine avait eu la délicatesse d'éviter le sujet. Elle attendait que cela vienne de lui. Elle savait qu'il était incapable d'érection. Un jour, elle tenta tout de même de le caresser, mais il se rebiffa en tournant brusquement le dos. Yann se croyait condamné à ne plus faire l'amour et refusait toute tentative de rapprochement physique avec son aguichante compagne. « Il ne fait pas juste lever le nez sur mon manger », se dit-elle. Aussi, ce qui l'insulta au plus haut point, c'était le fait que son conjoint se soit mis à lui demander de louer des vidéos pornographiques. Comme si son corps à elle ne lui convenait plus !

À partir de ce moment-là, Violaine comprit qu'elle n'avait pas vraiment l'âme d'une sainte. Qu'elle ne se voyait pas en train de servir et de torcher un grand incapable, un renégat doublé d'un impuissant. Après ses journées de travail, elle rentrait à l'appartement, comme à l'accoutumée. Elle fricotait un petit quelque chose pour elle et en offrait à Yann, qui picorait plus souvent qu'autrement dans son assiette. Après la vaisselle — que Yann essuyait assis dans sa chaise roulante — Violaine s'évadait au centre d'entraînement. Elle s'y rendait de plus en plus fréquemment, d'ailleurs.

Un certain soir, monsieur Schneider avait dit à Violaine qu'il irait la prendre chez elle en l'attendant dans son auto et qu'au retour, il rentrerait pour saluer Yann. Schneider avait accepté sous l'insistance de Violaine. Elle savait que Yann le prendrait mal, mais elle avait déclaré à Schneider que « tout finirait bien par se savoir et que le plus tôt serait le mieux ».

Il était environ dix heures trente. Schneider hésitait à entrer dans l'appartement, tête baissée devant la porte. Violaine, qui avait passé une très belle soirée à s'entraîner et à se faire tâter dans le bureau du patron, rayonnait.

— Il va se douter de quelque chose, Violaine !

— Tant pis !

Un cône de lumière éclairait faiblement un coin du salon. Aidé de ses bras encore puissants, Yann s'était soulevé pour se laisser choir sur le canapé moelleux. Les contrôles à portée de la main, il visionnait un film de sexe pour tenter de se stimuler, de réveiller en lui sa libido en dormance. À un moment, dans des circonstances analogues, il était parvenu à éjaculer. Mais ce soir il n'y arrivait pas !

— Tu ne dors pas, mon chéri ?

— Tu le sais que j'ai pas l'habitude de me coucher de bonne heure, *sacrament* !

— Je t'amène de la grande visite, Yann...

— Schneider !

— Salut, mon Yann ! Comment ça va ? J'ai pensé à venir te dire bonsoir, en passant.

— Vraiment ? En passant ? Pis t'arrives, comme ça, en même temps que Violaine. Quelle coïncidence !

— Je voudrais pas que tu penses mal, Yann. Tu sais toute l'affection que j'ai pour toi !

— Te v'là rendu *moumoune* astheure, Schneider !

— Tu sais ce que je veux dire, Yann ! s'esclaffa son ancien patron.

— J'pense que l'affection, tu la gardes pour Violaine, Schneider !

— Voilà qu'on me prête des intentions maintenant !

— Si tu penses que je l'connais pas vot' p'tit jeu ! J'ai ben vu, au restaurant, qu'il y avait quelque chose entre vous deux ! À part ça, Violaine passe pas mal de temps au gym ces temps-ci !

— C'est la jalousie qui te fait parler, Yann, intervint Violaine, embarrassée.

— Chus même pus capable de bander, *tabarnac* ! hurla Yann.

Comme il ne servait à rien d'aller plus loin, Violaine raccompagna Schneider à la porte, lui donna un baiser sur la bouche à l'insu de Yann qui tentait désespérément de se rasseoir dans sa chaise roulante.

Quelques jours plus tard, pendant l'absence de leur fille qui était au travail, monsieur et madame Hurtubise se présentèrent à l'appartement. Yann feuilletait, un nœud dans la gorge, des revues de culturistes, des *Playboy* et le numéro de la revue *Playgirl* dans lequel il se revoyait, nu, avec tous ses attributs physiques. C'était leur première visite à l'appartement depuis qu'ils avaient accouru aux soins intensifs au moment de l'accident. Dès le premier abord, ils constatèrent que Yann avait changé de gabarit mais firent mine de ne pas s'en apercevoir. Il fut question du règlement des assurances, c'est-à-dire du montant qu'elles attribuaient en pareil cas. Ce qui parut satisfaire le paralysé.

— On est aussi venus voir si on pouvait faire quelque chose pour toi, Yann, risqua madame Hurtubise, d'une voix empreinte de commisération.

— Rien du tout ! Le mal est fait, que voulez-vous ?

— C'est notre faute, Yann. Je ne sais pas si tu pourras un jour nous pardonner…, avança monsieur Hurtubise. Nous étions conscients des énormes risques encourus et puis on t'a laissé faire. On t'a même pas remercié, en plus…

— J'ai été maladroit, c'est toute. Si j'*arais* été moins audacieux, pis si j'*arais* pas été si orgueilleux pour monter su le toit !!!

— Nous sommes très reconnaissants pour ce que tu as fait pour nous ! On s'est beaucoup demandé si on pouvait faire quelque chose pour toi avant de venir ici. La chose qui nous apparaît la plus vraisemblable, c'est que tu prennes notre logis et qu'on déménage au deuxième. Violaine et toi n'auriez pas une *cenne* à payer pour vous loger, expliqua monsieur Hurtubise.

— Violaine serait proche de nous. On pourrait la voir souvent, ajouta madame Hurtubise.

— J'apprécie beaucoup ce que vous voulez faire pour nous, mais il faut que je vous dise qu'entre Violaine et moi, ça va pas fort… Et je vois pas comment ça pourrait s'améliorer. Pour tout vous dire, j'ai ben l'impression qu'elle est à la veille de me planter là !

— Ah ! On savait pas ! s'étonna madame Hurtubise, visiblement très désolée. Alors, c'est différent !

— Si jamais les choses s'arrangeaient, rappelle-toi que notre offre tient toujours.

Monsieur et madame Hurtubise demeurèrent encore quelques instants à chercher des mots et des phrases réconfortantes qui ne venaient pas. Madame observait l'étalement de multiples objets à la traîne mais préféra demeurer muette sur le sujet, attendu que Yann éparpillait ses choses et pouvait difficilement les ranger. Tête baissée, monsieur arpentait le salon avec la conviction qu'il avait fait son possible pour compenser.

— Veux-tu que nous fassions la vaisselle, Yann ? demanda gentiment madame Hurtubise.

— C'est pas nécessaire. Violaine s'en occupera en revenant en fin d'après-midi.

— Si jamais tu as besoin de nous, tu nous feras signe, Yann…

Les Hurtubise quittèrent le domicile de Yann la mort

dans l'âme, persuadés d'avoir fait ce que leur conscience leur dictait, mais totalement impuissants pour la suite des choses. Ils écartaient l'idée d'intervenir dans les fragiles relations amoureuses de leur fille et ne s'attendaient tout simplement pas à revoir Yann...

29

DEPUIS L'ACCIDENT DE SON PÈRE, Charlemagne n'était plus le même. L'événement et tout ce qui l'entourait l'avaient d'abord rendu inhibé et songeur. À la suite du regrettable accident, Violaine l'avait amené quelques fois à l'hôpital voir son père. Après s'être amusé une vingtaine de minutes avec les manivelles pour ajuster la tête ou le pied du lit et baragouiné quelques paroles sur ses activités, Charlemagne demandait à s'en aller. Et comme Violaine voulait demeurer encore un peu, elle lui donnait des pièces de monnaie et le petit se faufilait dans les passages aboutissant aux machines distributrices. Il en revenait souvent une demi-heure plus tard les mains poisseuses et le tour de la bouche de couleur orange ou raisin. Certes, il était content de voir son père. On aurait dit qu'il se satisfaisait de la présence de son idole en pensant encore qu'il était temporairement immobilisé et qu'il s'en remettrait.

Quelque temps après que Yann ait regagné son logement, les visites de Charlemagne s'étaient estompées. Comme son père n'assumait plus la responsabilité de son équipe de hockey et refusait de se rendre à l'aréna malgré l'insistance de Violaine, il le voyait de moins en moins souvent.

Après la joute, s'il acceptait de rentrer chez son père, c'était pour le reste de l'avant-midi, pas davantage. Il réclamait un retour chez sa mère pour jouer avec Félix à Rougemont.

À l'école, mademoiselle Lalumière s'étonnait et se réjouissait du changement d'attitude du petit Lamontagne. Elle en avait déjà plein les bras de deux autres cas qui l'accaparaient et lui faisaient espérer hâtivement sa retraite. Comme elle voulait connaître la cause du radical changement de comportement de Charlemagne, elle appela à la maison. C'est Florence qui, cette fois, dut expliquer ce qui s'était produit. En quelque sorte, elle avait eu le beau rôle. Mais l'accalmie ne devait durer qu'un temps.

Quelques jours après son appel à la maison, mademoiselle Lalumière rappliqua. Charlemagne venait de passer d'une phase d'hibernation à une phase extravertie où il s'était mis à agacer tout le monde qui ne faisait pas partie de son clan et de celui de Félix. « J'ai été obligée de l'expulser », raconta-t-elle à Florence, qui s'empressa de passer l'appareil à Bédard parce qu'elle se sentait dépassée. « Pendant sa période tranquille, il mijotait probablement des mauvais coups. Avec sa demi-sœur, c'est un peu la même chose. Depuis quelque temps, il a repris ses provocations. Heureusement que la petite ne réplique pas parce que ce serait pire. N'empêche qu'il la fait pleurer de temps en temps… » rapporta-t-il à l'institutrice.

L'admiration sans bornes que Charlemagne vouait à son père se démentait peu à peu. À preuve, son éloignement progressif et son désintéressement presque total. Florence trouvait étrange ce détachement de Yann alors que le petit aurait pu l'avoir à lui tout seul et profiter de sa disponibilité pour converser. Mais Yann n'était pas très porté sur les échanges père-fils. Il ruminait ses problèmes et consommait une grande quantité de houblon. Pire encore, il s'était mis à consommer de la drogue depuis le départ de Violaine, qui l'avait bêtement abandonné à son destin et relégué à lui-même dans son fauteuil roulant.

Étant donné ses contacts privilégiés au centre d'entraînement, Yann connaissait des camarades qui consommaient des substances illicites pour faire grossir les muscles. En particulier Raphaël, qui avait aussi assisté à la rencontre au restaurant avec Schneider et d'autres. La journée même du départ de Violaine, Yann le contacta et il reçut une première livraison à domicile.

La première semaine de mars était arrivée. C'était congé pour les étudiants et les enseignants. Charlemagne se promettait d'aller dehors et de profiter des derniers moments de la saison hivernale en jouant au hockey dans la cour avec des voisins. Il se réservait aussi des heures de distraction en compagnie de son inséparable Félix. Bédard déplorait le fait que Charlemagne néglige son père et il savait pertinemment qu'il ne pouvait le remplacer. C'est pourquoi, malgré une certaine réticence du petit, il prit sur lui de l'amener à l'appartement — sans s'annoncer — pour tenter un rapprochement du père et du fils. « Tu l'entretiendras de la déroute de ton équipe, Charlot », avait suggéré Bédard au petit. Ce à quoi Charlemagne avait répondu : « Qu'est-ce que ça veut dire, *déroute*? » Malgré qu'il le traitait mentalement de *cabochon*, Bédard aimait susciter les réactions de ce genre chez le petit et se faisait un grand plaisir de l'instruire.

Tel que convenu avec Charlot, Bédard se présenta à l'improviste à l'appartement de Yann. Il se passa plusieurs minutes avant que la porte ne s'ouvre. Un homme bien charpenté, au crâne chauve, apparut dans l'entrebâillement de la porte :

— Qu'est-ce qu'y a? demanda-t-il d'une voix grave et gutturale.

Manuel reconnut Raphaël, l'entraîneur.

— Serait-ce possible de parler à Yann? répondit Bédard, qui aurait préféré s'entretenir directement avec le locataire. Charlemagne aimerait voir son père.

— Attends une minute, l'écrivain.

Charlemagne, qui se trouvait tout de même chez lui, entreprit de pénétrer dans le logement, mais Bédard lui recommanda d'attendre avant de passer le pas de la porte.

— OK. Vous pouvez entrer.

— Merci.

— Je m'en allais, justement !

Charlemagne et Bédard entrèrent dans l'appartement. Une forte odeur de marijuana stagnait dans l'air. Raphaël décrocha son blouson de cuir de la patère et bouscula Manuel au passage, sans s'excuser. Bédard retourna fermer la porte, que le « fournisseur » avait laissée grande ouverte.

Il régnait dans l'appartement une atmosphère apocalyptique. Rien n'était en ordre. « C'est pas un bien bel exemple pour le p'tit, pensa-t-il. Comment fait-il pour se déplacer en chaise roulante dans cet appartement bordélique ? » Lamontagne, jusque-là invisible, roula jusqu'à sa visite, l'air menaçant :

— Que c'est que tu viens faire icitte, Bédard ? *Décrisse*, pis ça presse...

— Ton fils est en vacances, pis j'ai pensé que tu aurais le goût de le voir. Il a une demande à te faire.

— Encore en congé ! Chus pus intéressant pour lui ni pour personne !

— On vient de croiser un de tes *chums*...

— Raphaël, c'est pas pareil ! C'est un de mes anciens compagnons de travail.

Lamontagne ne semblait pas dans un état normal. Il avait le regard louche, suspicieux. Depuis le moment où Bédard l'avait vu, avant l'accident, Lamontagne avait bien changé : la barbe longue, le visage bouffi, les paupières boursouflées d'insomnie, le corps grossi. On aurait dit qu'il avait vieilli de dix ans.

Le paralytique tourna le dos en faisant pivoter sur place sa chaise et se dirigea vers le salon en contournant des objets qui entravaient son passage et en passant sur des vêtements éparpillés.

— Qu'est-ce que tu me veux, Charlot ?

— Mon équipe est en train de perdre au hockey. Comme c'est là, on va se faire éliminer.

— En quoi ça me concerne ?

— Si tu retournais... risqua Bédard.

— Eille ! C'est pas à *toué* que j'parle, *tabarnac d'ostie*... beugla Lamontagne.

— OK.

Charlemagne prit une voix très suppliante, presque attendrissante :

— Viens « coacher », papa, sinon on va perdre.

— Faut que t'apprennes à perdre, mon garçon. Ça fait partie de la *game*.

Puis il y eut un silence d'une grande lourdeur, comme si tout le poids de la demande du petit se concentrait dans cet instant.

— Disons que oui, Charlot !

Charlemagne, encore debout face à son père, lui sauta au cou et fit reculer son fauteuil.

— Ououohoh !

— Bon ! On vient te chercher demain matin à neuf heures.

Comme promis la veille, Bédard se présenta chez Lamontagne. Cependant, celui-ci refusa de monter dans sa camionnette, préférant utiliser la jeep dont il n'avait voulu se départir. Après maintes recommandations sur la manière de pousser, plier et ranger la chaise roulante, l'homme paralysé conseilla Bédard sur la façon de conduire la jeep, un véhicule à transmission manuelle. Manuel vint à deux doigts de lui dire de conduire lui-même s'il n'était pas satisfait, mais lui épargna la remarque, réalisant du même coup le ridicule de la chose. Charlemagne était assis derrière, le visage irradié par un large sourire de satisfaction.

Les jeunes de l'équipe de Charlemagne hurlèrent lorsqu'ils virent arriver Lamontagne. Le père de Félix consentit sans se faire prier à laisser sa place d'entraîneur. La partie se déroula fort bien, mais l'équipe adverse l'emporta tout de même par le compte de quatre à trois, en prolongation. En sortant de la chambre des joueurs, Lamontagne se montra fort déçu. Il demanda à Rosaire Pelchat, père de Félix, de reprendre les commandes de la formation pour les joutes à venir. Celui-ci déclina la demande, évoquant son inexpérience et l'admiration qu'il lui portait.

Pour la partie suivante, même scénario. Bédard sacrifia encore de son temps pour favoriser le rapprochement souhaité entre Charlemagne et son père. Celui-ci revint à la charge avec l'appui de tous les équipiers, sans exception. Cette fois, la victoire fut assurée par le but de Charlemagne. Manuel, pourtant fort peu partisan du hockey, ne put s'empêcher de manifester son enthousiasme aux côtés de Pelchat. Les parties suivantes furent tout aussi enlevantes. L'équipe avait le vent dans les voiles. Bédard ne voulait pas manquer un seul match. Malgré quelques anicroches, l'équipe de Lamontagne se rendit jusqu'en finale. On sentait la pression monter. D'une fois à l'autre, la foule grossissait et manifestait son enthousiasme partisan de plus en plus délirant.

Lors de la dernière partie, c'est Félix qui marqua le dernier but de son équipe avec l'assistance de Charlemagne.

Malheureusement, l'équipe adverse prit les devants et, dans une tentative ultime pour égaliser les points, Lamontagne décida d'enlever le gardien dans les toutes dernières minutes de jeu. Alors qu'il restait quelques secondes à la partie, on compta dans le filet désert, ce qui permit aux opposants d'inscrire la victoire finale.

Quel revers! Mais, en même temps, Lamontagne était sorti de sa torpeur habituelle. Charlemagne n'avait jamais été si fier de son père. Bédard se félicitait d'être intervenu auprès du paralytique. Mais qu'allait devenir la relation entre le petit et son père? Qu'allait devenir chacun, alors que rien ne les réunirait dorénavant? Manuel se posait toutes ces questions qui, pour le moment, demeuraient sans réponses.

30

Lorsque Florence apprit au centre d'entraînement que Violaine avait passé la porte de l'appartement pour habiter avec Schneider, elle voulut se porter au secours de son ex. Elle s'était abstenue d'aller le revoir depuis son séjour à l'hôpital. Elle le devinait maintenant si fragile, si dépendant. Il lui semblait qu'il la réclamait et que, seul, il était extrêmement vulnérable. Nulle autre qu'elle-même n'était à la hauteur pour le comprendre. Certainement pas cette *morue*, la Violaine, qu'il avait pêchée dans la mare des admiratrices ayant gravité autour du bellâtre qu'il était ! De toute façon, elle avait pris le large depuis un bon moment déjà.

Après la semaine de relâche, en sortant de sa séance d'entraînement au gymnase, Florence fit un détour par l'appartement de Lamontagne. Elle avait convaincu Guylaine de l'accompagner. Pour la forme. En cachette, sans le dire à Bédard, elle avait cuisiné quelques petits plats qu'elle apporterait à Yann quand l'occasion se présenterait. Sans savoir qu'elle irait le visiter, il lui avait fait part de certaines appréhensions à propos de son caractère irascible. Cependant, quelque chose lui disait qu'elle se devait de le revoir, ne serait-ce qu'une fois. Elle le trouva changé, diminué, amoindri, mais heureux de sa présence :

— J'pensais pas jamais te revoir, Flo.

— Tu vois que j'pense encore à toi.

— Vous continuez à vous tenir en forme ? Pour vous deux, c'est possible, au moins.

— C'est terrible ce qui t'est arrivé, Yann ! affirma Guylaine, sans mesurer la portée de ses paroles.

Florence regarda Guylaine comme s'il eût été possible qu'elle ravale ses mots. Mais Yann, ayant décelé sa maladresse, tenta rapidement une tactique de diversion.

— Tu m'as apporté quelque chose, Flo !

— Oui, justement ! Je t'ai apporté des petits plats congelés. J'connais tes goûts, Yann Lamontagne.

— Faut pas me prendre en pitié !

— Prends-les, je t'en prie. Avec ta permission, je les mets au congélateur. Je suis aussi venue pour te remercier de t'être occupé de Charlot pendant la relâche.

— J'ai pas beaucoup de mérite, j'ai tout mon temps maintenant. D'une certaine manière, je reprends le temps perdu avec lui. Mais j'suis réaliste, j'sais qu'y est trop tard. La saison de hockey terminée, y a pus rien qui va nous rapprocher, Charlot et moi. Tu vois ce que j'suis devenu. J'servirai pus à rien ni à personne. L'autre jour, ton Manuel m'a dit que j'étais pas une loque humaine. J'avais jamais entendu ce mot-là. Y m'a aussi dit que je pouvais m'instruire. J'ai jamais été un intello, moé ! C'est à peine si je sais lire pis écrire. Faudrait que je réapprenne. J'ai pas l'intention de me mettre le nez dans les livres à longueur de journée comme lui. Du côté sexuel, y a pus jamais une femme qui va tenter su moé. J'suis perdu, Flo. Perdu! Je m'excuse de te parler aussi crûment, mais tu sais que j'ai toujours été assez direct, contrairement à Bédard, qui tourne toujours autour du pot avec ses belles phrases savantes.

Le cœur au bord des lèvres, Florence ne trouva aucune parole pour réconforter Yann. Soudain, elle éprouva une grande tendresse pour lui. D'une certaine manière, personne ne pouvait remplacer Yann auprès d'elle. Du moins en était-elle persuadée. Auparavant, elle n'admirait pas en lui son savoir académique, son instruction échevelée, mais la beauté de son corps, la force qui s'en dégageait, la protection qu'il pouvait lui assurer. Elle qui se sentait si faible dans l'existence, sans trop savoir pourquoi d'ailleurs, avait reposé sa faiblesse sur un homme qu'elle admirait. Mais, au fait, que restait-il de l'homme qui avait partagé son existence?

Pour Florence Beausoleil, Yann Lamontagne n'était plus le même, certes. Son corps s'était métamorphosé, son visage ne dégageait plus la même assurance, ne traduisait plus la même fougue. Même ses grands yeux avaient perdu de leur éclat, n'exprimaient plus le même regard fanfaron et provocateur. Un moment, elle pensa à le reconquérir, à s'en occuper. Après tout, n'était-il pas le père de son enfant?

C'est précisément à cause de cela, de son rôle de père, que Florence Beausoleil lui faisait des reproches. Un père dénaturé! Voilà ce qu'il était, le Yann en question. À bien y penser, avec Bédard, ce n'était guère beaucoup mieux parce qu'il n'avait pas véritablement pris la place de père que Florence aurait voulu. Pas auprès de Charlemagne, en tout cas. Auprès de Mélodie, c'était une tout autre histoire. Comment accepter un substitut lorsque le petit réclamait Yann ? Cela pouvait expliquer en substance bien des bourdes de sa part. C'est vrai qu'on ne retient pas des voisins non plus, mais un père absent est probablement pire qu'un père irresponsable.

Les deux femmes refermèrent doucement la porte de l'appartement, Florence se promettant bien d'y retourner.

Bédard avait fini sa soirée devant son ordinateur, à noircir les pages de *L'alarme du crime*. L'intrigue progressait. L'action se déroulait dans la campagne rougemontoise. Peut-être le petit village serait-il un jour connu pour autre chose que ses pommes, Lassonde et Robert Transport ? Tout cela n'était probablement que vantardise !...

La soirée avait été assez agréable. Charlemagne avait lambiné avant de s'asseoir pour travailler. Il n'en finissait plus de s'amuser avec Aristote dans la maison. Mélodie, elle, avait « catiné » après sa pratique au violoncelle et s'était couchée avec un livre. Avant de s'endormir, elle lisait souvent à voix haute, le corps incliné et la tête appuyée sur deux oreillers. Elle avait pris l'habitude de refermer le livre et, de mémoire, d'en réciter de longs passages. Lorsque Bédard s'en aperçut, il s'émerveilla et depuis lors, chaque fois qu'il entendait sa petite voix douce, il collait l'oreille à la porte de sa chambre jusqu'à ce que la petite s'endorme, le livre abandonné sur les couvertures.

31

BÉDARD S'INQUIÉTAIT POUR LAMONTAGNE malgré les humiliations qu'il lui avait fait subir. Était-il seulement capable de vaquer aux tâches ménagères les plus élémentaires ? Était-il au moins capable de recourir aux services d'autrui ? Quelqu'un l'avait-il pris en charge ? Un parent, un ami, une âme charitable, un bon Samaritain... ou encore était-il en train de sombrer dans la déchéance, incapable de s'accrocher à quelqu'un, à quelque chose ? S'était-il réfugié uniquement dans la bière et la drogue ? Était-il encore capable de se passionner ? Avait-il seulement des ressources qui lui permettraient de rebondir ? On ne finit pas sa vie dans un fauteuil roulant !

Depuis l'épisode du tournoi de hockey, Bédard était demeuré sans nouvelles de Lamontagne. Même pas de la part de Charlemagne, qui ne faisait que de rares et brèves intrusions dans la vie de son père. Et Lamontagne ne cherchait pas à le retenir chez lui. Il y avait bien assez de lui qui était comme un oiseau en cage. Un oiseau aux pattes et aux ailes blessées. En temps ordinaire, le printemps l'aurait ragaillardi, incité à sortir, à profiter du beau temps, mais...

Bédard se préoccupait beaucoup du bonheur de Charlemagne, bonheur indissolublement lié à celui de son père. Avec l'arrivée du printemps, il savait que Lamontagne souffrirait à l'idée de ne plus faire de moto. Il savait également qu'il l'avait gardée, qu'il tenait mordicus à sa Harley-Davidson. À la façon dont il en avait parlé avec lui pendant la semaine de relâche, il considérait sa moto comme une relique, un objet sacré qui témoignait d'un passé encore récent. Son engin lui avait procuré une incroyable sensation de liberté et de bien-être. Plus qu'un symbole, sa machine lui procurait encore un sentiment d'appartenance à la bande de motards dont il avait fait partie et qui s'était volatilisée avec son accident. C'est ainsi qu'à force de penser à tout ce que Lamontagne ne pouvait plus faire, une idée s'imposa dans sa tête. Fort de cette trouvaille, il se présenta un samedi matin avec Charlot chez Lamontagne, fin mars. Pour une fois, il avait confié à Florence la supervision de la leçon de violoncelle de Mélodie pendant qu'il irait chez Yann. Florence avait consenti à la demande tout en ignorant ses projets exacts. Elle savait qu'elle ne pouvait en tirer à la longue que des bénéfices. Une manière de rapprochement qu'elle ne dédaignait pas, au fond !

Depuis son accident, Lamontagne était devenu matinal. Lorsque Bédard arriva à l'appartement, le paraplégique s'était assoupi dans sa chaise roulante. Il avait déjà grillé plusieurs cigarettes, fumé un joint et ingurgité trois bières. Aussitôt entré, Charlemagne salua brièvement son père et se mit à étaler ses cartes de hockey sur le prélart de la cuisine. Bédard n'aimait pas beaucoup que Charlot assiste à la dégénérescence de son père, mais c'était sa réalité à lui. Il se devait de favoriser des rencontres, de les susciter, même.

— Astheure que le p'tit est là avec moé, tu peux décamper, Bédard.

— T'es pas ben ben recevant à matin, toé !

Bédard se tira une chaise à côté de Lamontagne :

— Écoute-moé ben, Yann Lamontagne. J'fais mon possible pour te faire plaisir, pis te ramener à la vie, *tabarnac* !

Bédard se surprenait à parler le même langage que son interlocuteur. Lamontagne lui-même n'en revenait pas. Bédard poursuivit :

— Tu tiens encore à faire du *bécyc* ?

— Ben oui, c't'affaire ! Mais tu sais ben, *ostie* de *tarla*, que c'est pus possible !

— Tiens-toé ben, Lamontagne : j'suis allé magasiner pour un *side-car* qui s'ajuste à ton *bécyc*.

— Pis...

— Ben, j'pourrais conduire, le p'tit en arrière de moé, pis toé dans le panier.

— T'es-tu fou, toé ! Penses-tu que j'vas te laisser conduire mon *bécyc*...

— En tout cas, penses-y à deux fois avant de rejeter une offre de même, Lamontagne !

Bédard tourna les talons, salua Lamontagne et l'informa qu'il viendrait chercher le petit à midi et qu'il l'attendrait en bas dans la voiture. Avant de passer le pas de la porte, il se retourna vers Lamontagne et lui cria :

— Je te le répète, Lamontagne ! Avant de rejeter ma proposition avec autant de désinvolture, réfléchis !

— C'est quoi ça encore, c'te grand mot-là, *tabarnac* ?

Bédard préféra sortir de l'appartement et aller faire quelques commissions.

En arrivant à la maison, la leçon de violoncelle se terminait. Florence semblait saturée d'avoir assisté au cours d'Éléonora Rostropovitch. Plus que la petite elle-même. Elle n'en pouvait plus de supporter les reprises exigées par le professeur, ses nombreuses annotations sur le rythme, la longueur des notes et les silences : pour elle, tout était bien acceptable. Elle profita de l'arrivée de Manuel pour s'esquiver doucement, de sorte que c'est lui qui reçut les commentaires habituels. La responsabilité lui incombait d'office. Mélodie n'était-elle pas la fille d'une violoncelliste et non d'une infirmière ?

Après qu'Éléonora Rostropovitch eut quitté le domicile avec sa gigantesque boîte d'instrument, Bédard s'empressa d'annoncer à Florence la teneur de la proposition qu'il venait de faire à Lamontagne.

— Il n'a pas dû l'accepter, réagit Florence.

— Non ! Mais l'idée va faire son chemin, tu verras.

— Souhaitons-le !

Le samedi suivant, Bédard était résolu à revenir à la charge avec sa proposition de *side-car*. Il avait passé une semaine de travail assez ardue avec ses étudiants... qui sentaient venir le beau temps. Il fallait que la température soit juste à point pour que les étudiants donnent un bon rendement. À point, comme la cuisson de la viande. Une belle température aussi bien qu'une température exécrable incitaient bon nombre d'étudiants à ne faire que le minimum, ce qui rendaient difficiles les fins d'année.

Il était neuf heures et Lamontagne était encore en pyjama, dans son fauteuil roulant. D'habitude, lorsqu'il savait que Bédard s'amenait avec le petit, il s'efforçait de se vêtir d'un t-shirt et d'un jeans. Les cheveux en bataille, la barbe longue, il était de plus en plus méconnaissable. Affalé sur le côté de la chaise, la tête inclinée sur le côté, il roupillait. Lorsque Bédard entra dans l'appartement, il sursauta :

— T'es ben de bonne heure à matin, toé, *câlisse* !

— Tu pourrais peut-être saluer ton fils. Y est venu te voir.

— Salut, Charlot !

Charlemagne avait répondu à la salutation de son père en fouillant dans le réfrigérateur pour prendre du jus.

— Quelle sorte de semaine t'as passée ? reprit Bédard.

— Pas trop pire ! Mais c'est plate en *tabarnac* !

— Si seulement tu savais t'occuper l'esprit, aussi ! Tu pourrais lire, pas juste regarder la télé ou des films loués. À ta place, je m'ennuierais à mourir.

— Tu m'as déjà traité d'*anal*... j'sais pas quoi ! *Anal*... un trou de cul, quoi ! précisa le paralytique.

Encore une parole déplacée. Bédard le réalisa à voir le rictus de mécontentement de Lamontagne.

— As-tu réfléchi à mon idée de *side-car* ?

— Oui ! J'ai fait un gros X là-dessus.

— Pourquoi ?

— Parce que j'veux pas que tu touches à mon *bécyc*, *tabarnac*! Déjà que t'as conduit ma jeep! C'est-tu assez clair, *ostie*?

— Tu vas être ben avancé si y a personne qui y touche, à ton *ostie* de *bécyc*, comme tu dis! s'enragea Bédard, qui sortait rarement de ses gonds.

— Pis après! C't à moé! J'ai l'droit de faire ce que j'veux avec!

— Bon, d'accord!

Il y eut un lourd moment de silence, puis:

— *Eille*, *ostie*! Tu pourrais pas faire attention, *ciboire*!

— J'ai pas fait exprès, papa, regretta Charlemagne, l'air contrit.

Le petit venait de renverser le pichet de jus de pomme, qui avait éclaboussé les denrées sur les tablettes du réfrigérateur et qui dégoulinait maintenant jusque sur le prélart de la cuisine. Compatissant, Bédard intervint:

— On l'a probablement énervé avec notre engueulade, Yann. Faut pas y en vouloir. J'vas ramasser, un point c'est toute!

Bédard mit la main sur un torchon et nettoya les tablettes du réfrigérateur et le prélart. Lorsqu'il eut terminé, il se tourna vers Lamontagne:

— C'est fait!

Lamontagne demeura muet, mais réprima l'envie de remercier son bienfaiteur pour s'être occupé du dégât.

Bédard, s'étant heurté au refus catégorique de Lamontagne, dut chercher une solution de rechange pour le convaincre. Charlemagne ne voulait absolument pas démordre de l'idée de Bédard. Idée qu'il avait faite sienne, tenant pour acquis qu'elle allait se concrétiser. Le substitut de son père n'avait qu'à « se creuser encore la tête » pour trouver le moyen de convaincre Yann. C'est Florence qui proposa de passer par Raphaël, entraîneur au centre, ami et fournisseur attitré de Lamontagne en matière de drogue. Manuel, qui avait pratiquement abandonné tout exercice physique, retourna au centre dans le but précis de rencontrer Raphaël.

Après une séance d'entraînement essoufflante et exténuante, avant de prendre sa douche, Bédard demanda à parler à Raphaël — qui était devenu la nouvelle coqueluche des femmes depuis le départ de Lamontagne. Encore cet entraîneur aux muscles enflés et au crâne chauve qu'il avait croisé à l'appartement du paralytique. Bédard exposa son projet et le fier-à-bras accepta de prendre part à la tentative parce que, osa-t-il avec une certaine compassion, « il ne faut pas que Yann se laisse aller de même ». Bédard se réjouit de sa réponse affirmative tout en la trouvant fort hypocrite ; lui, le fournisseur officiel qui contribuait à faire sombrer son protégé dans la décrépitude et dans un état de dépendance.

Les deux hommes s'étaient donné rendez-vous au logement de Lamontagne le samedi suivant. Raphaël était déjà arrivé lorsque Manuel se présenta avec Charlemagne, qu'il avait prévenu de la présence d'un « étranger ». Les trois adultes se rassemblèrent autour de la table de cuisine.

Lamontagne et l'autre s'appuyèrent de leurs bras musclés sur la table. Ce qui indisposa Bédard, qui se retrancha un peu pour ne pas mettre en évidence ses biceps dégonflés. Lamontagne s'adressa à son fils :

— Apporte-nous chacun une bière, Charlot ! Toé, tu peux te prendre un jus de pomme. Pis surtout, fais attention pour pas en renverser comme l'autre jour, *sacrament* !

— Y a l'air de t'écouter pas mal, ton flot, souligna Raphaël.

Charlemagne reconnaissait bien « l'étranger » qui était assis à la table avec son père et son tuteur. Il l'avait rencontré pour la première fois chez lui l'été précédent lors d'une fête champêtre et revu par la suite à quelques reprises à l'occasion de ses visites hebdomadaires chez son père. Sa curiosité l'avait même poussé à trouver la cache de ce poison que l'homme apportait et que son père ingurgitait avant d'émerger dans un état euphorique. Charlemagne savait que le tiroir de la table du salon recelait une réserve de stupéfiants aux dangereuses propriétés contre lesquels Florence et Manuel l'avaient d'ailleurs mis en garde. Il apporta les bières commandées.

— Astheure, tu peux aller jouer, ordonna Lamontagne à son fils.

Bédard prit la parole en empruntant un ton de circonstance :

— Pour le *side-car*, que c'est qu'on fait, Yann ?

— Oh non ! Tu vas pas encore me fatiguer avec ça, prof !

— Le prof a raison, Yann. Ça vous ferait du bien, à toi et à ton gars. La belle saison commence. Vous pourriez en profiter. Le prof a eu une bonne idée. Faut le reconnaître !

— Comme ça, t'es au courant, Raphaël ?

— Dis oui, Yann, coupa Charlemagne, qui suivait la conversation.

— Y a ben assez que le prof a chauffé ma jeep pendant le tournoi de hockey c't'hiver !

— Tu l'sais ben, Yann, que j'veux faire ça pour le p'tit pis pour toé !

— Moé, j'aimerais mieux que ce soit Raphaël ! clama Charlot.

— J'veux ben, Charlot, mais c'est pas moé qui paye, précisa Raphaël.

Lamontagne, songeur, regardait alternativement son fils et sa chaise roulante. Raphaël et Bédard attendaient avec impatience la décision du paralysé.

— Écoutez-moé ben, les gars ! J'achète le *side-car*, pis c'est Raphaël qui conduira.

— Ça sera pas toujours possible pour moé de conduire. Le prof pis moé, on pourrait se partager ça. Que c'est que t'en dis, prof ?

— Ça me convient.

Ce qui eut l'heur de plaire à fiston.

— Sers-nous une autre bière, Charlot.

Charlemagne exécuta illico l'ordre de son père. La seconde bière scella l'entente. En sa présence, pour la première fois depuis l'accident, Lamontagne paraissait vraiment heureux.

32

L E   V O YA G E   I N A U G U R A L   E U T   L I E U le dernier samedi d'avril.
Le temps était anormalement chaud et radieux pour cette
période de l'année. Le mercure avait grimpé bien au-delà
des moyennes saisonnières. Le grand jour était arrivé pour
Yann et pour le petit. Charlot trépignait en insistant pour
se rendre au logement de son père. Il était tellement pressé
qu'il en avait oublié d'attacher ses lacets de souliers. C'était
excitant. Florence avait fait ses recommandations en disant
au petit de bien se tenir après le conducteur. Pour l'occasion, Bédard avait consenti à laisser conduire Raphaël, histoire de ne pas trop énerver Yann.

La motocyclette était dans la cour lorsque Charlemagne arriva avec Bédard. Raphaël sortait de l'immeuble de
la rue Saint-Dominique en poussant le fauteuil roulant.
En voyant le *side-car*, il poussa un soupir d'admiration et de
contentement. À l'étage, sur la galerie, les voisins d'en haut
étaient sortis, curieux d'assister au « transbordement » du
handicapé physique, qu'ils attendaient de voir prendre place
dans le *side-car*. Se plaçant de part et d'autre de la chaise
roulante, Bédard et Raphaël soulevèrent Lamontagne, qui
s'appuya fermement de ses bras sur les épaules de ses deux
aides.

— Échappez-moé pas, *tabarnac*! Chus déjà assez *magané* de même, *ostie*!

— Laisse-nous faire, Yann. Il nous reste à te *domper* dans le *side-car*, réagit Raphaël.

L'homme au crâne chauve enfourcha la motocyclette. Bédard aida le petit à monter et à s'asseoir derrière. Chacun mit son casque. Le moteur de la moto produit un vrombissement dans une série de pétarades agressantes et le véhicule à trois roues démarra.

La promenade dura presque deux heures. Après avoir ratissé les grandes artères du voisinage, le véhicule se dirigea vers le mont Royal. Il emprunta l'avenue du Parc puis le chemin Camillien-Houde et s'immobilisa dans le stationnement du belvédère. Des flâneurs nonchalants appuyés au garde-fou détaillaient la physionomie de Montréal. Raphaël songea un instant que l'endroit n'était pas très approprié car, de son siège, Yann ne pouvait pas bénéficier d'un point de vue intéressant. Il redémarra en direction du lac des Castors, où le motard coupa l'alimentation du moteur. Le petit voulut descendre pour s'amuser avec des gamins qui lançaient des pierres dans l'onde. Raphaël se retourna vers Charlemagne, qu'il empoigna comme un paquet, le souleva et le déposa par terre. « Cinq minutes, puis on repart », ordonna Yann, qui semblait content de son périple mais qui manifestait certains signes évidents de fatigue, sa condition physique plutôt précaire l'incitant à rentrer. Pendant ces cinq minutes d'arrêt, Raphaël descendit de sa « monture ». Yann enleva son casque, le posa sur lui et se mit à rêvasser en regardant un couple d'amoureux qui s'enlaçaient. De quoi lui rappeler les femmes qu'il avait connues, ses nombreuses conquêtes, l'amour et la tendresse qu'il n'avait plus. Les Josée, Stéphanie, Jacynthe, Audrey et compagnie et, plus récemment, Florence et Violaine, tout cela n'était que du passé. À cet instant précis, il ressentit le poids de la vie solitaire et une grande révolte l'habita. La vue d'un coureur passant près de lui accentua son sentiment d'impuissance, prisonnier dans cette espèce de coquille sur une roue. « On décampe, *calvaire*! » cria-t-il à son fils et à Raphaël, qui s'attardaient aux abords de l'étang.

33

Florence ne pouvait s'empêcher de penser à Lamontagne. Rarement, elle parlait de lui avec Bédard, qui continuait d'ailleurs à assurer le transport du petit les fins de semaine. Naturellement tournée vers les plus faibles, elle s'inquiétait pour l'homme qu'elle aimait toujours. « Dans son état, il est devenu d'une extrême vulnérabilité, confiait-elle à Guylaine. À part les fins de semaine où il voit Charlot, j'ai l'impression qu'il est seul et qu'il s'ennuie. Il m'inquiète ! »

Au gymnase, assez fréquemment, Florence croisait Violaine Hurtubise. « C'est elle, la maudite gribiche qui a pris ma place auprès de Yann et qui l'a planté là ; la dernière en lice en tout cas… » répétait-elle à Guylaine. Jamais elles n'échangeaient de paroles, que des regards obliques de méfiance réciproque. Florence lui en voulait encore d'avoir profité de la disponibilité et de la débrouillardise de Yann pour déneiger la toiture de ses parents. Quand elle la voyait, elle, pourtant si douce, rêvait de l'apostropher une de ces fois. De lui arracher les cheveux un par un, de lui extirper les yeux de leurs cavités. Lors d'un de ses grands moments de rage, elle narra un de ses rêves à Guylaine qui, sans l'encourager, n'avait manifesté aucune réticence à passer à l'action.

Violaine avait complété son programme d'exercices, sous la supervision de Schneider. Elle était la dernière à se rendre au vestiaire. Florence avait prévenu Guylaine de l'attendre dehors, qu'elle avait un compte à régler avec « la Hurtubise ». Les cheveux relevés en chignon, vêtue d'un soutien-gorge et d'une culotte, Violaine Hurtubise se rendait à la douche en portant sous le bras une serviette enroulée autour de ses vêtements de rechange lorsque Florence l'interpella avec une vulgarité qu'elle se serait crue incapable de déployer : « Toé, ma maudite guenon, attends que j'te règle ton compte ! »

Violaine Hurtubise n'eut pas le temps de se retourner et de réagir. Florence Beausoleil était déjà rendue à sa hauteur et l'agrippait traîtreusement par les bretelles du soutien-gorge en l'obligeant à se coucher à plat ventre sur le plancher froid de céramique. Aussitôt, elle l'enfourcha en lui saisissant à deux mains la chevelure et en lui secouant violemment la tête contre le sol. Ensuite, elle la retourna sur le dos, lui égratigna le visage de ses longs doigts aux ongles acérés, lui remonta le soutien-gorge sur le nez et lui tordit sauvagement les mamelons en les tenant fermement entre le pouce et l'index, et ce, simultanément. Abasourdie, Violaine ne pouvait crier grâce. Constatant avec effroi que sa proie ne réagissait pas et que le sol de céramique était maculé de sang, Florence lui souleva le tronc en lui passant les bras par-derrière, sous les aisselles, et traîna le corps inanimé jusqu'à une douche, fit couler l'eau froide sous une forte pression, sortit de la douche, rapailla furtivement ses

effets et quitta le centre en courant pour rejoindre Guylaine. Revenant peu à peu à elle, détrempée et courbaturée,
Violaine se glissa péniblement jusqu'aux casiers, s'y adossa
en se tenant la tête entre les mains. Ce n'est qu'une demi-
heure plus tard que le concierge s'aperçut que la blonde de
Schneider avait été passée à tabac.

Florence attendait que l'occasion se présente pour retourner voir Yann et s'enquérir de son état. Lorsqu'elle avait
parlé de son projet à Bédard, elle l'avait laissé perplexe devant son désir de passer une couple d'heures à *popoter* et à
faire du ménage dans son logis. Il lui avait même demandé :
« Coudonc, l'aimes-tu encore, ton ex ? » Ce à quoi elle avait
rétorqué qu'elle le prenait en pitié et qu'humainement parlant, il fallait faire quelque chose.

Or, Bédard n'avait pas encore conduit la moto de Yann
avec son *side-car*. Toutes les fois précédentes, Raphaël s'était
offert généreusement. Il avait dit à Manuel : « Quand j'aurai
un empêchement, j'te l'dirai. » Cette fois, Florence profita
de la matinée pour se rendre au logis. Elle avait amené Mélodie, qui s'occuperait aisément.

Le jour venu, Bédard était d'une grande nervosité, un
peu comme devant un groupe d'étudiants difficiles à l'école.
La motocyclette était remisée dans le garage dont Lamontagne bénéficiait également pour garer sa jeep. Il réussit,
tant bien que mal, à sortir la moto du garage en la mettant
au neutre. Charlemagne poussait sur l'engin pour le faire
avancer. Lamontagne n'aurait ainsi qu'une courte distance
à franchir. Pendant ce temps, Florence avait ouvert deux

fenêtres pour laisser pénétrer une brise légère afin d'aérer la cuisine — de laquelle émanait une forte odeur de graillon — et le salon, qui sentait épouvantablement le renfermé. Aidée de Mélodie, elle avait commencé à faire la vaisselle du petit-déjeuner qui croupissait dans le fond de l'évier, vidé les poubelles débordantes et malodorantes et ramassé le linge qui jonchait le plancher pour éviter de s'encoubler. Pendant que Florence ferait une brassée de pâle et une de foncé, elle préparerait quelques plats pour la semaine.

Se soulevant avec ses bras musclés, Lamontagne se « transborda » de sa chaise au panier du *side-car* pendant que Charlemagne et Manuel la retenaient fermement en place. De la fenêtre du logement, Florence avait tiré le rideau empoussiéré de la chambre à coucher et observait la scène d'un œil attristé. Elle esquissa cependant un sourire en apercevant la mine réjouie de son fils qui devait encore profiter de bons moments avec son père. Yann gesticulait en donnant des ordres à Bédard qui tentait de comprendre, tête baissée, le système d'embrayage et de changement de vitesses de l'engin.

— Maudit que t'es sans dessein, prof. T'es rien qu'bon pour pousser un crayon.

— Insulte-moé pas, Lamontagne, parce que tu vas te r'trouver tu-seul avec ta bébelle, pis parsonne pour la faire avancer !

Cinq minutes plus tard, le véhicule démarrait lentement vers la campagne. Bédard suivait à la lettre les indications qui l'amenaient Dieu sait où. Il n'en avait pas la moindre idée.

Après une heure et quart de route, près de Saint-Jérôme, Lamontagne intima à son conducteur l'ordre de bifurquer à gauche et de s'immobiliser. De sa poche, il sortit un téléphone cellulaire et composa un numéro. Après un court instant, il s'identifia et annonça son arrivée, referma l'appareil, puis demanda à Manuel de redémarrer et de s'engager avec le véhicule. Un chemin en terre battue serpentait dans un boisé touffu et menait, au bout de quelques centaines de mètres, à un luxueux chalet qu'on devinait de l'autre côté d'une haie serrée au bord d'un lac. De toute évidence, Lamontagne connaissait l'endroit, qui ne laissait rien présager de rassurant pour Bédard. Un moment, il se crut en plein roman policier, ce qui l'inspira pour la suite de *L'alarme du crime*. On entendit des chiens aboyer, puis les portes grillagées s'ouvrirent. Deux types qui ne semblaient pas être d'un commerce facile se présentèrent et se postèrent de chaque côté des portes. Un troisième personnage tout aussi énigmatique se faufila entre les deux malabars et se dirigea tout droit vers le *side-car*. Le visage fermé, il remit à Lamontagne un petit colis qu'il s'empressa d'enfouir dans sa veste. Lamontagne sortit une liasse de billets qu'il tendit à l'inconnu, puis ordonna à Bédard de rebrousser chemin.

Au retour, Manuel proposa de s'arrêter au bord de la route. Le petit avait besoin d'uriner et manifestait le désir de se dégourdir un peu les membres. Bédard immobilisa la moto dans le stationnement d'une gargote où l'on servait de la crème glacée. Charlemagne jubilait. On ferait d'une pierre trois coups. Bédard offrit à Yann de se rafraîchir avec un cornet, ce qu'il refusa.

— Même pas une petite *lichette* de rien, Yann ?

— J'prendrais une demi-douzaine de bières en ligne pour me rincer le dalot, prof. On pourrait arrêter à un dépanneur pour acheter une petite caisse…

— On verra, rétorqua négligemment le conducteur.

Manuel rejoignit le petit, qui attendait impatiemment pour commander son cornet à deux boules. Charlemagne s'installa à une table à pique-nique, à l'ombre sous un feuillage, tandis que Bédard retourna auprès de Lamontagne en sirotant un thé glacé :

— J'aurais aimé savoir où tu nous amenais tout à l'heure. Tu te sers de moi. J'peux pas dire que j'aime ben ça ! Tu nous as mis devant le fait accompli. Avoir su que tu nous amenais là ! C'est pas de mes affaires, Yann Lamontagne, mais j'suis pas certain que ce soit une bonne idée ce que t'es allé faire là. Tu vas encore hypothéquer ta santé avec ton maudit stock.

— Tu l'as dit : c'est pas de tes affaires !

— Me prends-tu pour un innocent ? Même le p'tit doit penser que t'as acheté de la dope. Les jeunes d'aujourd'hui sont pas mal déniaisés. Un peu trop à mon goût, d'ailleurs. Tu dois savoir que des jeunes du primaire consomment. C'est grave en *ostie*, Yann ! Y as-tu pensé ? Quel exemple donnes-tu à ton fils ?

— C'est ma vie, pis c'est mon fils, Bédard. Mets ça dans ta pipe !

— C'est vrai que ça va mieux avec lui depuis que tu t'en occupes. Depuis qu'on le balade avec toé, Raphaël pis moé. C't'enfant-là connaît des moments de bonheur comme y en avait pas connu depuis longtemps. Pis regarde-le manger sa crème glacée. Dire que des fois, y était pas du monde…

— Bon, décolles-tu avant de me faire brailler ? Pis oublie pas de t'arrêter à un dépanneur. J'ai le *gargoton* sec comme le désert…

Charlemagne revenait vers le véhicule à trois roues, rassasié, les mains et le visage verts de glace aux pistaches.

Au logis, Florence avait besogné pendant deux bonnes heures avant de s'asseoir, pensive, sur le couvre-lit qu'elle venait de replacer en le lissant avec le plat de la main. Elle se souvenait avoir choisi le tissu et l'imprimé de fleurs délicates. Yann n'avait passé aucun commentaire sur le choix du nouveau couvre-lit. Ce qui l'avait frustrée. Qu'importe, le souvenir le plus impérissable demeurait ce qui se passait sous les couvertures où l'insatiable mâle l'avait prise — et en avait possédé bien d'autres depuis lors, y compris la Violaine Hurtubise, qu'elle détestait horriblement et qui n'avait même pas osé répliquer après sa fameuse raclée dans les vestiaires du centre de conditionnement, comme si elle endossait la responsabilité de l'accident qui avait irrémédiablement marqué au fer rouge la destinée de Lamontagne.

Florence entendit le vrombissement du moteur de la motocyclette qui se garait dans la cour.

34

L'ANNÉE SCOLAIRE AVAIT FINI PAR RENDRE L'ÂME. Dans les classes de Manuel Bédard, quelques-uns des éléments les plus indésirables en avaient devancé la fin, jugeant que mathématiquement parlant, il leur était impossible de réussir dans certaines matières. Ce qui, du reste, avait pour effet de soulager des enseignants déjà aux prises avec un certain nombre de cas désespérés. Et, à travers tous les cas particuliers, il s'était trouvé une mère pour réclamer des cours de récupération pour sa fille. En effet, Marie-Chantale allait s'exhiber sur une plage états-unienne. La pauvre fille avait, semblait-il, un impérieux besoin de refaire ses forces avant de se mesurer aux examens terminaux, spécialement ceux du Ministère...

Mélodie avait terminé son année académique avec brio. Aussi avait-elle participé à un petit concert intime des élèves chez son professeur de violoncelle. Tout le monde avait apprécié sa prestation au terme de sa première année d'étude en musique. Fort encouragée, elle s'était établi un horaire de pratique pour l'été avec l'aide de son père.

Charlemagne avait survécu à son année d'étude. Il avait majoré ses résultats de façon significative. Mademoiselle

Lalumière avait été étonnée des exploits académiques du jeune Lamontagne, qui semblait démontrer une légère tendance à s'élever au-dessus de la plèbe estudiantine plutôt qu'à patauger dans une accablante médiocrité. Dans son dernier communiqué téléphonique à Bédard, elle avait mentionné « qu'on n'en ferait pas un professionnel mais que, néanmoins, il y avait lieu d'espérer que Charlemagne puisse pratiquer un métier, éventuellement, et qu'il n'y avait pas de sot métier ». Quant à Félix, la pauvreté de ses connaissances lui aurait normalement valu de reprendre son année, mais la philosophie de la perestroïka en éducation en avait décidé autrement.

Les vacances de Florence étant au mois d'août seulement, Manuel — qui les avait d'ailleurs bien rangés... — assumerait la gestion des affaires familiales. Aux besognes fastidieuses et abrutissantes de la routine quotidienne s'ajouterait l'entretien de la piscine dont le couple avait décidé de faire l'acquisition pour garder le petit davantage à la maison et moins s'en inquiéter. Pour faciliter l'accès à la piscine, Bédard avait fait percer le mur de la fenêtre arrière et installer une porte-fenêtre qui donnait maintenant sur un patio. Le propriétaire de la maison avait longuement hésité avant d'entreprendre de tels travaux en pensant à l'éventuelle publication de son second polar qui pourrait, ce faisant, être sérieusement compromise.

Le bien-être et le bonheur de Yann étaient presque devenus une préoccupation familiale. Bédard se promettait de le visiter, de le promener dans le *side-car* le plus souvent possible. Même Mélodie démontrait une grande sensibilité à l'égard du père de son demi-frère. À la demande de Florence et de Manuel, Lamontagne viendrait se baigner dans la piscine à la maison. Malgré son sans-gêne habituel, Lamontagne avait démontré une certaine réticence mais avait finalement accepté. Ce qui avait réjoui Florence, qui n'avait pas caché sa joie. Tout le monde se réjouissait, sauf Charlemagne qui commençait à trouver que Bédard prenait dorénavant un peu trop de place dans la vie de son père. Pourtant, Charlemagne s'en désintéressait. Le fait est qu'il le voyait de moins en moins comme un héros, de plus en plus comme un souvenir.

Fin juin. Le soleil s'était levé timidement mais laissait présager une journée chaude et propice à la baignade. Lamontagne avait plutôt mal dormi, la chaleur humide ayant pénétré insidieusement dans son logis. Il avait hésité à se lever pour ouvrir toute grande la fenêtre. Encore plongé dans un demi-sommeil, il avait évalué que la manœuvre serait trop exigeante. Après un copieux petit-déjeuner, il avait fait deux brassées de lavage et les avait fait sécher. Il avait pensé à faire installer un dispositif à la corde à linge extérieure pour la mettre à sa portée, mais avait abandonné l'idée. Pour lui, il était tellement plus simple de faire sécher à l'intérieur dans la sécheuse.

De plus en plus fréquemment, le père de Charlemagne éprouvait une sensation de lourdeur et de ballonnement au niveau intestinal. Malgré les conseils qu'on lui avait prodigués à sa sortie de l'hôpital, il se refusait toujours à adapter son alimentation à son mode de vie sédentaire. Le reste de l'avant-midi, il avait parqué son fauteuil roulant devant son écran de télévision et visionné des films XXX que Bédard avait eu la gentillesse de lui apporter. D'ailleurs, Lamontagne admettait que ce prof lui accordait somme toute beaucoup de temps et il jugeait qu'il lui avait manifesté bien peu de reconnaissance.

En après-midi, en attendant que Bédard arrive, Lamontagne avait revêtu son maillot de bain, qui était devenu très serré, étant donné son obésité croissante. Il se savait ventripotent et détestait de plus en plus se voir ainsi. La boisson et la drogue contribuaient à l'engourdir, à fuir cette réalité, ce corps qu'il trouvait lui-même de plus en plus imparfait et répugnant. Autant il avait aimé ce corps qu'il avait développé à force de volonté, autant il se détestait maintenant. Il évitait de se regarder dans la glace. De plus en plus, il se retranchait le visage derrière une barbe abondante et broussailleuse comme celle de Grizzly. En quelque sorte, il recherchait l'anonymat. Et, cet après-midi, Manuel et les siens découvriraient ses jambes nues et inertes, ce qui l'avait rendu impotent à jamais. Toutes les tentatives du prof et de sa famille et celles de Raphaël pour le « maintenir » s'avéreraient vaines un jour ou l'autre. Ce n'était qu'une question de temps. Les visites à son logis, les balades en *side-car* ou à l'occasion dans sa jeep, ses films pornos, la drogue, la nourriture qu'il ingurgitait en surabondance, tout cela ne suffirait plus.

Le paraplégique avait insisté pour qu'on l'amène en jeep

et qu'on apporte sa chaise roulante. Au domicile de la famille Bédard, on avait aménagé une sorte de monte-pente pour éviter de gravir les marches avec le fauteuil. « Pas pire pour un pousseux de crayon », taquina Lamontagne en voyant la rampe qu'il s'apprêtait à emprunter. Il traversa la maison avec aisance et roula jusqu'au patio qui donnait sur la piscine. Immobile, il considéra longuement l'eau, faisant abstraction de l'activité qui s'y déroulait.

Mélodie se baignait paisiblement avec une amie. Charlemagne et Félix naviguaient chacun sur un matelas gonflé d'air qui leur servait de bateau de corsaires et de pirates. Le jeu consistait à simuler un abordage et à déloger l'adversaire de son bateau en le projetant dans l'eau et à s'emparer de son « bâtiment ». Les deux garçons s'amusaient ferme mais occupaient un espace qui restreignait les deux jeunes filles et les arrosaient copieusement. Mélodie ne se plaignait pas des vagues qui la déstabilisaient et lui faisaient prendre un léger « bouillon », mais son amie ne supportait pas le moindre mouvement de l'onde. Elle criait « au secours » même si elle n'était pas véritablement en danger.

De sa fenêtre de cuisine, Florence observait la scène et n'osait intervenir. Elle détaillait l'homme qui lui tournait le dos et la curieuse chaise dans laquelle il prenait place. À cet instant, elle aurait quitté son travail et le père de Mélodie pour se consacrer le reste de ses jours à celui qui avait toujours eu la plus grande place dans son cœur. Elle ne pouvait le renier simplement à cause d'un accident qui l'avait rendu invalide. D'une certaine manière, elle aimait le voir dépendant, mais à condition que ce soit d'elle seule. Jamais elle n'avait douté de son amour pour lui, mais de voir qu'il occupait maintenant une place prépondérante la fascinait et la troublait. Elle avait même donné une de ces raclées à la Hurtubise. N'était-ce pas la preuve irréfutable d'un amour profond? Un amour qui subsiste bien au-delà des travers physiques. Bédard était justement ce genre de personnage replet de qui elle s'était amourachée, mais sans passion. Ce *grassouillet* bonhomme à la mine débonnaire qui dégageait en même temps une assurance tranquille. Parfois, couchée sur le dos, les yeux clos, Florence prononçait des formules incantatoires pour qu'il s'étire le bras vers elle. Le plus souvent ses supplications libidineuses la laissaient insatisfaite. C'est précisément dans ces moments-là qu'elle se réfugiait dans son passé, où s'épanchait sa sensualité.

Après avoir déposé Lamontagne, Bédard était reparti au dépanneur acheter des sacs de croustilles et des boissons gazeuses. C'était l'occasion de montrer à Yann qu'on pouvait consommer autre chose que de la bière. Quant aux friandises, c'était la sorte préférée de Charlemagne.

35

Malgré les efforts inouïs de Bédard pour rapprocher le père et le fils, Charlemagne n'en démontrait pas moins un intérêt pour son père qui allait en s'estompant. L'obèse inactif ne le fascinait plus et ne représentait plus un modèle pour lui. En revanche, au fil des semaines, Charlot devenait de plus en plus familier avec Félix et son père. Les permissions spéciales que Bédard lui accordait étaient de plus en plus fréquentes. Certaines conditions étaient toutefois exigées pour ses sorties. Entre autres, pendant l'année scolaire, il fallait absolument que ce soit la veille d'une journée pédagogique ou d'un congé. Aussi, il devait avoir été « correct » avec sa sœur, c'est-à-dire ne pas l'avoir fait crier. Si jamais Charlot n'avait pas été gentil — ce qui lui arrivait hélas encore trop souvent —, il négociait sa permission avec Florence, qu'il considérait beaucoup plus « cool » que le *chum* de sa mère.

Jusqu'à preuve du contraire, le tuteur de Charlemagne faisait confiance au père de Félix qui bénéficiait, pour l'instant, d'un préjugé favorable. Cependant, le croyant apte au travail, il le soupçonnait de mener une existence pas très honnête, profitant impunément de l'aide sociale et revendant le fruit de ses collectes « sélectives » au marché aux puces. Il est vrai que les poubelles regorgeaient de belles choses dont les consommateurs se débarrassaient, mais le profit que Pelchat en retirait apparaissait énorme à Bédard ; à preuve, cette luxueuse Jaguar qui rehaussait la façade de sa modeste demeure.

Un soir, vers la fin des vacances, Rosaire Pelchat avait proposé aux deux gamins de l'accompagner pour l'aider à faire sa « run ». Florence y avait consenti d'emblée, mais Bédard avait exigé qu'il ramasse les vêtements qui traînaient sur le plancher de sa chambre, condition à laquelle Charlot s'était plié en rechignant un peu.

— Pourquoi faut-il toujours que tu jaspines quand on te demande quelque chose, Charlot ?

— Maman, elle, m'a dit OK.

— Fais donc ce que Man te demande, Charlot !

Au crépuscule, une guimbarde tirant une remorque s'immobilisait devant la demeure de l'enseignant. Charlot, qui ne tenait plus en place, sortit de la maison en courant, la bouche pleine de gâteau au chocolat et décorée d'une barbichette de glaçage.

Le trajet que le brocanteur parcourait variait sensiblement d'une fois à l'autre. Une règle, cependant : il n'y a pas de mal à soulager un riche de ses déchets. Ce soir-là, après s'être arrêté pour ramasser une tondeuse, des skis et une planche à repasser, il reconnut le camion noir des « Entreprises Maison Nette » d'une bande rivale en bordure du trottoir. Il plissa les yeux et se durcit la mâchoire. Un charognard tenait un sac de golf appuyé contre lui pendant que son comparse en examinait ostensiblement les bâtons. Pelchat descendit de voiture et s'approcha prudemment des deux « golfeurs », flanqué de Félix et de Charlot.

— Vous êtes sur mon territoire, les gars.

— C'est toé qui es su not' territoire, Pelchat. Ça fa que rembarque dans ta minoune, pis fa de l'air ! ordonna le plus grand des deux, menaçant.

Apeuré, Charlot se réfugia dans la voiture. Peu après, Félix alla le rejoindre. Pelchat n'eut d'autre choix que de quitter les lieux prestement.

— Ton père a eu peur, Félix ?

— Patente à gosse ! Tu sais ben que non, Charlot. Comme t'as pu le voir, on n'est pas les seuls à ramasser. Mon père a peur de personne, tu sauras.

— Bon ! On continue, conclut Pelchat.

Les concurrents ayant vraisemblablement ratissé le coin, le brocanteur se dirigea vers un autre secteur encore vierge. Avec ses aides, Rosaire Pelchat recueillit certains articles qui lui parurent intéressants. À la fin d'une tournée assez profitable, il ramena Charlot chez lui. Il était dix heures. À son retour, ravi par sa nouvelle expérience, Charlot se montra docile, se débarbouilla, s'amusa un peu avec Aristote et se coucha avec la sensation d'avoir accompli quelque chose de très important, quelque chose qui appartenait au monde des grands.

36

Depuis un long moment, Madeleine et Fernand Beausoleil n'avaient pas donné de nouvelles. Bédard ne s'en plaignait pas. Même Florence parlait peu de ses parents, seulement lorsque Mélodie la questionnait. « J'aimerais les revoir pour leur jouer mes nouvelles pièces », répétait-elle à sa belle-mère.

Or, l'été s'achevait et contrairement à leur habitude, les Beausoleil donnèrent signe de vie par courrier. Florence décacheta la lettre, l'ouvrit et la lut à voix basse.

Florence,

La vie a parfois de ces moments où nous avons l'occasion de nous ennuyer des nôtres. De la fébrilité des grandes villes au calme des petits villages, on a goûté au plaisir du voyage, celui de découvrir et de vivre au jour le jour sans se préoccuper du lendemain. Pendant des mois, nous avons eu le sentiment de profiter pleinement de ce que la vie pouvait nous offrir, mais crois-moi, Florence, rien ne vaut la quiétude et le bonheur d'être ensemble et de voir grandir les enfants.

Ta mère qui s'ennuie et qui vous embrasse.

Florence relut la lettre de sa mère en se demandant si elle ne cherchait pas à se faire pardonner pour les bêtises passées. Lorsqu'elle la présenta à Bédard, il décela en plus une façon de préparer les vieux jours de ses beaux-parents qui voyageraient encore un temps, mais qui finiraient bien par se lasser de tournailler en Amérique centrale et aux États-Unis et aboutiraient dans un condominium près de leur famille et de la parenté. La journée même, Florence appela sa belle-sœur Laurence pour lui faire part de la lettre qu'elle avait reçue. Après lui en avoir lu le contenu intégral, sa belle-sœur l'informa que Philippe avait reçu presque une copie conforme de ladite lettre :

— Tu sais bien, Florence, que tes parents réalisent qu'ils sont peut-être allés trop loin avec nous et préparent le terrain.

Une semaine plus tard, une courte lettre des Beausoleil :

Florence,

Nous invitons toute la famille à venir fêter la fin de l'été au camping, le trois septembre prochain, juste avant la rentrée des classes.

Avons grand hâte de vous revoir.

Tes parents

P.-S. Voici le plan du site et notre adresse, au camping du mont Orford.

Cette fois, c'est Philippe qui appela sa sœur pour lui dire qu'il déclinait l'invitation de ses parents, qu'il se trouverait une bonne raison, etc.

— Tu ne peux pas leur faire ça, Philippe. Ça fait un bon moment qu'on ne les a pas vus.

— Laurence et moi, on en a assez de se faire dicter notre ligne de conduite, de se faire observer comme si on était encore des enfants et de se faire reprendre sous tous rapports. Regarde bien ce que je te dis, Florence : allez-y si vous voulez, c'est votre affaire. Mais vous vous arrangerez avec vos problèmes...

— Accepterais-tu que Rose et William nous accompagnent au moins? Ça serait plus agréable pour les miens.

— Tu as le cœur pas mal tendre, Florence. Non, c'est une question de principe.

Le trois septembre, la camionnette de Bédard se dirigeait vers le camping du parc Orford. Mélodie occupait la banquette du milieu avec Amandine, son chat de peluche, tandis que Charlemagne et Félix se chamaillaient sur celle d'en arrière. On avait hésité avant de soumettre Aristote aux vicissitudes du voyage mais les enfants désiraient qu'il soit de la partie. Manuel avait cédé à l'invitation de ses beaux-parents sous l'insistance de Florence, attendu que les relations avec eux avaient été presque inexistantes depuis un bon bout de temps. « Il est toujours plus facile de quitter quand on est en visite que de la mettre à la porte quand on la reçoit », songea-t-il.

Le trois fait le mois, affirme le dicton populaire. À ce compte-là, septembre s'annonçait exceptionnel. Encore une de ces belles journées qu'offrait la saison estivale. La camionnette sillonnait les rues étroites du camping à la recherche de la roulotte des Beausoleil.

— Comment ça se fait qu'on trouve pas, Man ? On est pourtant passés devant le numéro marqué sur l'invitation !

— On va s'informer à l'accueil, trancha Bédard, qui sentait que la *marmaille* s'impatientait.

À l'accueil, une jeune fille souriante souffrant d'un strabisme sévère assura que le nom Beausoleil correspondait bel et bien au numéro du terrain occupé par le couple. Fort de cette confirmation, Bédard retourna à l'emplacement indiqué. Debout près d'une tente modeste attendaient Madeleine et Fernand Beausoleil qui souriaient béatement.

Madame Beausoleil serra d'abord « son ange » dans ses bras, puis embrassa sa fille en se mettant à pleurer. Les larmes ruisselant sur ses joues, elle se pencha pour embrasser Charlot qui s'empressa de reculer d'un pas et de s'essuyer la figure du revers de la main en esquissant un rictus de dégoût. Craignant d'autres effusions de larmes, Charlot s'éclipsa avec Félix et Aristote et partit vers le bord de l'eau. Manuel leur cria de demeurer sur la plage, de ne pas s'éloigner, que c'était dangereux. Monsieur Beausoleil s'approcha de Bédard et lui tendit une main molle en affichant un sourire qui dénonçait une évidente mignardise.

— Vous étiez rendus tantôt. Vous avez rebroussé chemin. On s'est dit que vous reviendriez.

— Admets, maman, que la surprise est de taille. Où est donc passé votre véhicule ?

— Une Neon maintenant ? s'étonna Bédard en remarquant la petite voiture rose fluo garée aux côtés de la tente.

C'est une voiture qui se traîne bien en arrière d'un véhicule comme le vôtre…

— Non ! mais tu comprends pas, mon gendre, ou tu veux tourner le fer dans la plaie ? riposta Beausoleil, qui haussait légèrement le ton en se retenant malgré tout.

— Ne t'emporte pas, Fernand ! Tu fais peur à la petite. Tu vois bien qu'il faut leur expliquer ce qui nous est arrivé.

Les quatre adultes s'assirent à la table à pique-nique sous l'auvent de la tente. Madeleine Beausoleil prit sa petite-fille sur ses genoux et poursuivit :

— Nous sommes dans la dèche. Nous avons tout perdu ou presque… larmoya madame Beausoleil. La valeur des placements de Fernand a chuté dramatiquement. Ça fait environ un mois qu'on le sait. On a tardé à vous en parler. Mettez-vous à notre place. On ne peut plus subvenir à nos besoins en vivant de nos intérêts. On a été contraints de vendre notre VR à perte pour subsister. L'automne s'en vient. Impossible de demeurer encore sous la tente, c'est inconcevable. C'est abominable ce qui nous arrive, Florence. Ton père et moi devrons vivoter le reste de nos jours…

Manuel entrevoyait la suite. La grande demande se préparait, incontournable.

— On va vous héberger, maman.

— Le temps de nous renflouer. Prenez le temps d'y penser, Florence, avança Beausoleil piteusement. Consultez-vous, ton frère et toi, puis vous nous en donnerez des nouvelles. Prenez surtout pas de décision à la légère. On sait que l'impact sur votre vie familiale est non négligeable.

— Mais comment allez-vous faire pour vous renflouer, comme vous dites ? demanda innocemment Bédard.

— Nous allons…

Le gendre de Beausoleil n'eut pas le temps de terminer sa phrase que les deux coquins apparurent aussitôt sur le site, pourchassés par un campeur en peine qui sommait les deux voyous venant de s'engouffrer dans la tente d'en sortir sur-le-champ.

— Sortez de là, petits voleurs, brama le sexagénaire essoufflé.

— Vous n'avez pas réussi à le dompter celui-là, murmura madame Beausoleil.

— Madeleine ! Je t'en prie…, intervint son mari. Ce n'est pas le moment.

— Que vous ont-ils volé, monsieur ? s'enquit Bédard, l'air peiné.

— Ma radio portative, exprima l'homme, qui commençait à reprendre son souffle. Elle était posée sur le coin de ma table à pique-nique quand je suis rentré dans ma roulotte, j'en suis sûr. Lorsque j'en suis ressorti, j'ai vu vos deux jeunes qui s'enfuyaient avec leur butin. J'ai cru qu'il y avait un saint-bernard qui les accompagnait… Tiens, le voici justement !

Bédard se leva, écarta la porte de toile d'une main, entra la tête dans la tente et, empruntant sa voix grave et forte, intima aux deux gamins l'ordre d'en sortir, puis se retourna vers le campeur.

— Sortez de là avec la radio que vous avez volée, les gars.

Doucement, sans qu'ils se montrent le bout du nez, on vit un bras tendu s'allonger vers l'extérieur tenant une radio d'une valeur certaine.

Bédard saisit l'appareil qu'il remit au campeur. Celui-ci l'examina brièvement, parut satisfait, remercia Bédard et fit demi-tour.

— J'espère que…, marmonna madame Beausoleil.

— Maman, ne vous mêlez pas de ça, s'objecta Florence, qui avait suivi la scène sans intervenir, comme à l'accoutumée.

Considérant qu'il en avait assez, Manuel proposa de retourner à la maison, ce qui sembla recueillir l'assentiment de tout le monde. En moins de deux, Charlot et Félix sortirent de leur cachette et sautèrent dans la camionnette en se cachant la binette derrière le dossier de la première banquette.

Le soir même, pendant que Florence rapportait au téléphone à son frère la dégringolade financière de leurs parents et ses possibles conséquences sur leur vie familiale respective, Bédard tenta en vain de connaître le motif qui avait poussé Charlot à commettre son larcin. Dès lors, il commença à croire de plus en plus sérieusement à la mauvaise influence de Félix sur le fils de Florence. Les « tournées » à la Rosaire et ses ventes au marché aux puces devenaient encore plus douteuses. Pelchat menait une vie qui prêtait à équivoque. Bédard avait beau chercher, il n'entrevoyait toujours pas la façon d'interdire à Charlot ses fréquentations avec le fils d'un *crétin* qui aurait sans doute beaucoup de difficulté à montrer patte blanche.

Comme il fallait prendre une décision rapide relativement à leurs parents, Florence et son frère décidèrent de tenir conseil. Bien sûr, les conjoints étant impliqués, les deux couples se rencontrèrent dans un restaurant, le vendredi suivant. C'est Laurence, toujours nerveuse et inquiète qui, la première, prit la parole en s'adressant à sa belle-sœur et à son mari :

— Ça fait des années que vos parents nous vantent les bienfaits de la retraite et nous écœurent avec leurs voyages. Y ont fait des erreurs, pis y payent pour, c'est toute...

— Je trouve que tu es pas mal sévère, Laurence, rétorqua Florence, se portant à la rescousse de ses parents. Ils ont été malchanceux, c'est tout. Ils n'ont pas à payer pour des placements infructueux.

— Infructueux ! Le mot est faible... reprit Philippe. Ils ont plus une maudite cenne, Florence.

— En tout cas, Florence, il est hors de question que je les abrite sous mon toit.

— Tu pourrais être plus hospitalière, Laurence. Elle te considère, toi, au moins. Vous avez une belle famille de quatre enfants, bien élevés. Tu restes à la maison pour t'en occuper, tandis que moi... je suis une monoparentale qui s'est raccrochée à un incapable.

— On ne se souvient que trop de l'épisode de la convalescence de papa, Florence. C'est pas pour rien qu'ils ont foutu le camp de chez nous, rappela Philippe en faisant tourner sa coupe de vin entre ses doigts et en étudiant la réaction des trois autres.

Pendant toute la durée du repas, Bédard sentait monter une tension qui opposait deux couples et où il devenait de plus en plus évident que lui et Florence devaient prendre en charge ses beaux-parents.

— Bon ! On va arrêter de tourner autour du pot puis en finir avec cette histoire. Pour tout vous dire, Florence et moi on s'attendait à un durcissement de votre part, à une fin de non-recevoir. C'est donc dire qu'après une ultime tentative de la soirée pour régler la question, on va les loger chez nous. Ce qui me titille le plus, je vais vous le dire, c'est qu'on va être obligés d'aménager une chambre au sous-sol. On vient justement d'investir dans une porte-fenêtre et une piscine avec tout ce que ça comporte de coûts d'achats et de frais d'installation...

37

Madeleine et Fernand Beausoleil emménagèrent chez Bédard peu après cette rencontre déterminante. Temporairement, Mélodie couchait dans la chambre des maîtres, prêtant la sienne à ses grands-parents, le temps que les travaux d'aménagement de la chambre du sous-sol soient complétés. Les Beausoleil auraient préféré un hébergement chez leur fils, mais leur belle-fille ne l'entendait pas ainsi. Laurence était réputée bonne cuisinière et s'occuperait d'eux pendant la journée alors que Florence, femme d'extérieur... Aussi, Laurence prétexta un manque de place pour loger tout le monde et argua qu'elle n'avait jamais entrevu « l'ouverture d'une maison pour personnes âgées ». Et que dire des dépenses supplémentaires encourues ? « Qu'ils ne s'attendent pas à ce que je les serve et que je sois toujours au-devant d'eux ! précisa Florence. J'ai un travail à temps plein, mais je vais faire mon possible pour les rendre heureux. »

Le sous-sol comportait maintenant une chambre à coucher très rudimentaire au plancher de ciment raboteux, aux murs extérieurs formés d'épaisses fondations de pierres des champs et de mortier et au plafond duquel descendait, comme une araignée, un fil se terminant par une ampoule quarante watts des moins énergivores. Ce n'était pas la quintessence de l'habitation, mais on s'en accommoderait, un temps. En blague, Bédard avait prévenu sa belle-mère qu'une souris logeait en permanence dans son sous-sol. Elle lui avait rétorqué qu'elle n'avait pas le sens de l'humour quand il s'agissait de vermine. Il l'avait cependant rassurée en précisant qu'il travaillait régulièrement avec sa souris, étant donné que son bureau de travail d'enseignant et d'écrivain se trouvait au sous-sol et que la souris à laquelle il faisait allusion n'était rien d'autre que celle de son ordinateur. Cependant, un bon soir, en descendant la première, la belle-mère de Manuel avait crié son dégoût à la vue d'une rate, mère porteuse, qui voulait partager le même logement qu'elle pour élever sa famille. On entendit des cris d'horreur émanant de la cave, mettant ainsi toute la maisonnée en état de choc et obligeant le couple Beausoleil à coucher sur le canapé-lit du salon en attendant que le propriétaire prenne au piège le gros rongeur qui s'est effectivement révélé une belle prise. Florence elle-même évitait les descentes dans le « trou », soupçonnant qu'un endroit aussi frais et humide soit grouillant de *bébites*. Pour épargner à sa mère une montée pour ses besoins « liquides », elle lui avait accordé une faveur en lui procurant un petit pot pour la nuit. Beausoleil, pour sa part, se cognait fréquemment la tête sur les solives équarries à la hache du plafond et collectionnait les prunes dans le front. Heureusement que les Beausoleil avaient accès au rez-de-chaussée. Un accès limité, par contre. Selon les convenances. Par ailleurs, Aristote était complètement interdit de séjour dans la maison en présence des « chambreurs », ce qui eut l'heur de plaire à Madame également. Quant à Monsieur, il avait la ferme intention de s'accommoder un temps des largesses de sa fille, pas davantage, en attendant le jour de la délivrance...

Dans tout le branle-bas de la réorganisation, Mélodie fut la plus heureuse de tous. Elle recevait l'attention de ses grands-parents qui l'adoraient. Charlemagne, au contraire, les évitait. Bédard limitait au minimum les conversations avec quelques mots sans importance et disparaissait dès que possible. Jusque-là, ni l'un ni l'autre de ses beaux-parents ne s'étaient permis d'intervenir dans les affaires courantes avec les enfants. Un certain respect s'était établi en vertu d'une entente tacite, ce qui créait une atmosphère tout à fait respirable.

Monsieur Beausoleil partait le matin, après le déjeuner, avec sa Neon et revenait pour le dîner, repartait l'après-midi, rentrait pour le souper. Il semblait mener une existence mystérieuse. Personne ne savait ce qu'il faisait de ses journées. Pas même sa femme. Le soir, il regardait quelques émissions de télévision, passait à la salle de bains, descendait au sous-sol et se couchait. Madame Beausoleil se levait pour déjeuner lorsqu'elle entendait « brasser au-dessus ». Ce n'est que lorsque Florence et sa famille étaient partis pour la journée que Beausoleil sortait de la cave pour déjeuner pendant que son épouse ramassait la vaisselle. Elle passait beaucoup de temps à lire durant la journée. Le soir, elle s'offrait pour la vaisselle et s'installait discrètement dans le salon à écouter la pratique de Mélodie que son père supervisait. Ayant elle-même une formation en piano, elle aurait aimé intervenir pour dire son mot... Les grandes respirations qu'elle prenait en faisaient foi. Elle veillait ensuite à ce que la petite fasse sa toilette, lui faisait un brin de lecture sur ses genoux, la suivait dans sa chambre pour la border en attendant de s'enrouler complètement dans ses couvertures, appréhendant l'apparition du conjoint de la rate piégée, le rat mâle qui, lui, pouvait rôder, à la recherche de sa conjointe et de ses ratons. Elle s'était juré de ne pas s'immiscer dans les rapports qui concernaient Charlot, même si les occasions d'y mettre son nez étaient nombreuses. « Florence est d'une mollesse... mais, pour un pédagogue, Manuel ne vaut guère mieux qu'elle », avait confié madame Beausoleil à son mari, qui avait fait mine d'appuyer ses dires en inclinant gravement la tête.

Après un mois et demi de semi-réclusion, Madeleine Beausoleil n'en pouvait tout simplement plus. Un beau soir, alors que Bédard était allé à une réunion syndicale, que les enfants étaient couchés et que son mari écoutait une émission de sports, elle profita de l'occasion pour se livrer à sa fille, qui faisait un « petit lavage » :

— Sais-tu, Florence, je suis au bord de la crise de nerfs. Si ça continue, je vais r'virer folle. J'en ai assez de tourner en rond, de relire des romans à l'eau de rose et des revues comme si j'attendais dans le bureau du médecin à longueur de journée. Je ne suis pas non plus encore rendue au centre d'accueil à me bercer, à attendre l'heure des repas et qu'on m'apporte ma dosette de pilules.

— Ben quoi, je ne vous demande pas de devenir ma gouvernante, de voir aux petits, au ménage et aux repas. Vous avez fait votre part pour votre mari et vos enfants. Non, laissez-vous gâter un peu, maman. À part ça, vous êtes pas du tout dérangeants, toi et papa. Au contraire, vous m'aidez à la vaisselle. Pour le moment je ne t'en demande pas plus.

— Non, mais tu ne te vois pas, Florence ? Depuis qu'on vit chez vous, tu as les joues creuses et les yeux cernés. Je vais peut-être me mêler de ce qui ne me regarde pas…

— Justement, maman ! Ça va bien dans la *cabane* parce que chacun se mêle de ce qui le regarde.

— Laisse-moi te dire juste une chose, Florence. Puis après, t'en feras ce que tu voudras.

— Tu vois bien comment tu es, maman… Vas-y, j'écoute. Mais attention à ce que tu vas dire !

— Manuel ne t'aide pas beaucoup dans la maison en ce qui concerne les tâches domestiques.

— Man travaille beaucoup pour ses cours, à l'école toute la journée, puis en revenant de l'école jusqu'au souper. Il investit aussi du temps la fin de semaine. Ce n'est pas facile d'enseigner de nos jours. En plus, il continue de faire son bénévolat auprès de Yann. Pour ce qui est du temps qu'il passe devant son ordinateur pour écrire… je ne pense pas que ce soit la démesure.

— Je vois bien que tu défends Manuel. Admettons que ce

que tu dis soit vrai. Raison de plus, Florence. Je t'offre de l'aide, c'est simple ! Pour l'ordinaire...

— Bon d'accord, je vais te mettre à l'essai, blagua Florence. Mais promets-moi d'en faire juste assez. Pas davantage.

— Promis ! déclara Madeleine Beausoleil à sa fille en levant la main droite.

— Pour ce qui est de ton ex, je crois que tu as encore le béguin pour lui... Est-ce que je me trompe ?

Florence ne releva pas la question, pensant qu'elle avait bien davantage que le *béguin* pour Yann. Elle la laissa mourir d'elle-même comme une vague retourne à la mer. Profitant de ce rare moment de rapprochement, elle interrogea sa mère :

— Dans un autre ordre d'idées, veux-tu bien me dire ce que papa fait de ses grandes journées ?

Pour se donner une contenance, du bout de ses doigts, madame Beausoleil chassa une mousse imaginaire de sa robe.

— Chaque fois que je lui en parle, il me dit qu'il n'a pas de compte à me rendre, qu'il veut être libre de ses allées et venues. Tu sais, Florence, c'est dur pour ton père de se retrouver devant rien à son âge après avoir économisé toute sa vie. Il est très songeur. J'avoue que ça m'inquiète. Il va bien falloir qu'il se fasse une raison lui aussi. On n'a plus une cenne qui nous adore, Florence. C'est pas des maudites farces ! Si tu ne nous avais pas recueillis chez toi, on aurait été des itinérants, Florence. Le réalises-tu ?

— Là, je trouve que t'exagères, maman ! Il y a certainement

quelqu'un dans votre famille qui vous aurait donné asile. Voyons, maman, ça se peut pas !

— Ton oncle Dollard a je ne sais pas combien de logements. Mais il n'est pas prêt à loger son beau-frère puis sa sœur à perte, celui-là. On a beau recevoir une petite pension de vieillesse puis des rentes du Québec, ce ne serait pas suffisant. On vit ici parce qu'on ne vous donne presque rien. Autrement...

Dès le lendemain matin, Madeleine Beausoleil était debout avant tout le monde. La table était mise. Elle avait fouillé pour retrouver une nappe de lin qu'elle avait donnée à sa fille en cadeau et l'avait étendue après l'avoir repassée. Des boîtes de céréales en occupaient le centre. Elle avait déjà pelé l'orange de Mélodie, versé le jus de raisin de Charlot et s'apprêtait à faire griller des tranches de pain. « Faites pas les lits, je m'en occupe », cria madame Beausoleil à toute la maisonnée. De toute façon, Charlot ne faisait jamais son lit et Florence s'était fait à l'idée que c'était comme ça.

— Vous avez bien dormi, belle-maman ?

— En pleine forme, mon gendre.

Manuel se réjouissait grandement de l'implication de sa belle-mère. « Enfin, se dit-il. Il était temps ! » Même si Florence avait promis de ne pas traiter ses parents aux petits oignons, elle avait fait plus que sa part, comme le lui avait fait si justement remarquer sa mère. Manifestement, elle avait pris son temps avant de sortir de la salle de bains afin de lui laisser libre cours.

— Tiens! s'exclama Florence. Une nouvelle nappe ce matin.

— Tu dois t'en souvenir. C'est un cadeau de Noël que je t'avais donné.

Florence s'assit précieusement et se servit un bol de céréales pendant que sa mère ressortait le lait du réfrigérateur et s'apprêtait à le verser.

— Franchement, maman! Même dans un gîte et déjeuner, on ne nous sert pas notre lait. En passant, irais-tu faire un brin d'épicerie pour moi cet après-midi? Ça me rendrait grand service. Il y a du veau en spécial.

— Volontiers!

Madame Beausoleil retint son geste et déposa le pichet sur la table à côté du bol de Florence.

Pendant qu'on finissait de déjeuner, Madeleine Beausoleil s'affairait au comptoir de la cuisine pour la préparation des lunchs.

— Qu'est-ce que tu mets dans ton sandwich ce matin, Mélodie?

— Une tranche de jambon et une tranche de fromage, mamie.

— Et toi, Charlemagne?

— À midi, je mange à la café.

— Grand-maman s'offre pour préparer ton lunch, Charlot. Fais pas ton bec fin, s'interposa Florence.

— OK. Ça a besoin d'être bon!

— Ce n'est pas gentil pour grand-maman, Charlot, conclut Bédard.

La famille partie, Madeleine Beausoleil prit un second café en chantonnant pendant que son mari déjeunait et s'arrêta, pensive.

— Coudonc, Fernand, veux-tu bien me dire ce que tu fais de tes journées ? Jusqu'à maintenant, je ne voulais pas t'importuner avec ça, mais là il faudrait qu'on arrête de vivre comme des étrangers dans la même maison.

— Je me cherche une job l'avant-midi, puis je vais m'écraser, l'après-midi, aux Promenades Saint-Bruno ! Exactement le contraire de ce que je voulais faire quand j'ai décidé de prendre ma retraite...

— Je ne veux pas te décourager, Fernand, mais tu penses pas qu'à ton âge...?

— Je n'ai pas de grandes attentes. Juste un petit quelque chose pour m'occuper et pour m'empêcher de dépérir trop vite.

— Un petit quelque chose de quel genre ?

— Je ne sais pas, moi. N'importe quoi ! Toi, tu ne t'ennuies pas ?

— Depuis qu'on reste ici, oui. Sauf qu'à partir d'aujourd'hui, les choses changent pour moi. Tiens-toi bien, Fernand ! J'ai trouvé un emploi de gouvernante à plein temps.

— Où ça ? Veux-tu bien me dire ?

— Ici, c't'affaire !

— C'est pas très payant...

— Penses-tu que j'ai le goût de m'écraser, à voir tout ce qu'il y a à faire ici dedans, Fernand ? Toi, tu fermes les yeux sur tout. D'habitude, tu réagis au moindre bruit suspect dans la maison : une porte qui grince, un robinet qui fuit. Tu vois la peinture à rafraîchir, un cadre croche. Dehors, il faut que tout soit impeccable : la pelouse, les arbustes, les fleurs. Ça fait un mois et demi qu'on demeure ici. Je ne suis pas du genre à me tourner les pouces.

— Oui, mais penses-tu que c'est ça qui amène de l'eau au moulin, Madeleine ? Je ne suis certainement pas pour demeurer ici le reste de mes jours à attendre que tout rentre dans l'ordre. Parce que ça ne rentrera pas dans l'ordre tout seul !

— T'es bien grognon, Fernand, à matin !

— Tu le dis toi-même : tu t'es trouvé un emploi sur place. Moi, je suis obligé d'aller voir ailleurs !

Madame Beausoleil finit de desservir la table en ramassant sans ménagement la vaisselle et en rangeant les boîtes de céréales dans le garde-manger. Monsieur Beausoleil prit sa douche, s'habilla et passa la porte de la maison.

Cette journée-là, Madeleine Beausoleil entreprit de nettoyer les vitres de la maison. Particulièrement celle de la porte-fenêtre dans laquelle Charlot s'appuyait nonchalamment, au grand dam de sa mère. Elle cuisina un dîner pour elle et son mari qui revint encore une fois bredouille de ses démarches. À lui voir la face longue de déception, elle eut la tentation de le supplier de changer d'air. Comme elle s'était activée tout l'avant-midi, elle se crut en droit de lui demander à quel endroit il avait laissé son curriculum vitae.

— Tu fais enquête ou quoi, Madeleine ? livra-t-il pour

toute réponse, estimant qu'il n'avait de compte à rendre à personne.

— Je m'intéresse à toi, à ce que tu deviens, Fernand.

L'après-midi, Madeleine Beausoleil s'attaqua résolument au nettoyage des deux salles de bains. Maintes fois, elle avait fermé les yeux sur la propreté précaire de celle du rez-de-chaussée, qu'elle trouvait honteusement crottée. La crasse et les cheveux qui reposaient autour du robinet et de la bonde du lavabo la faisaient vomir de dégoût. Les basses besognes exécutées, dès le retour de Fernand, elle sauta dans la Neon pour aller acheter les ingrédients qui manquaient pour cuisiner un plat que Florence aimait beaucoup lorsqu'elle était jeune.

À son retour de l'école, au lieu de se précipiter devant le petit écran pour jouer à son jeu vidéo favori ou de faire claquer la porte de la maison, Charlemagne lança son sac d'écolier sur la table, sortit un livre, un cahier et un crayon et se mit à rédiger compulsivement son devoir.

— Doucement, Charlot !

— Pour une fois que je me débarrasse de mes devoirs pis de mes leçons en arrivant, laisse-moi tranquille…

— Je ne suis pas contre le fait que tu travailles en arrivant de l'école sans même prendre une collation, mais moins de brusquerie dans les gestes n'a jamais fait de tort à personne.

— Qu'est-ce qu'on mange pour le souper ?

— Attends, tu verras, répondit sa grand-mère en roulant entre ses mains des boulettes de veau.

À peine rentrée, l'infirmière referma la porte de la penderie en humant le fumet qui se répandait dans toute la maison.

— Oh !!! Maman, tu as fait la recette de veau que j'aimais tant...

— Oui, Florence. Regarde autour de toi.

Florence se retourna et jeta un regard circulaire.

— Les vitres ! Tu as lavé les vitres.

— De toute la maison. Puis ce n'est pas tout : j'ai fait le ménage dans les salles de bains. C'était dû...

Après avoir prononcé ces derniers mots, Madeleine Beausoleil se mit la main sur la bouche...

— Chassez le naturel... C'est pardonné ! décréta Florence.

À table, les hommes s'assoyaient à l'opposé l'un de l'autre. Ils n'échangeaient que des broutilles. Bédard n'osait pas aborder le terrain glissant de l'emploi du temps de son beau-père. Beausoleil ne s'intéressait pas au travail de son gendre non plus. Ils en étaient quittes.

Beausoleil mangeait avec appétit. Le matin, il continuait de faire le tour des employeurs potentiels tandis que l'après-midi, il se rendait maintenant aux Promenades ou ailleurs... Florence relata sa journée de travail avec force détails, à tel point que tout le monde avait hâte qu'on change de sujet. Vers la fin du repas, sa mère desservit la table et y déposa fièrement une tarte aux pacanes et les assiettes à dessert. Charlemagne repoussa sa chaise brusquement et se leva sans prévenir. Les regards se tournèrent vers lui.

— Où vas-tu, fiston ?

— Je fais une tournée ce soir, maman.

— Demain, ce n'est pas congé pourtant.

— Oui, mais c'est vendredi.

— Grand-maman a cuisiné un de tes desserts préférés…

— Tu m'en garderas un gros morceau.

À pas de loup, sans même passer par la salle de bains, Charlot agrippa sa casquette qu'il enfonça sens devant derrière, décrocha son coupe-vent de la penderie assez brusquement pour projeter le cintre sur le plancher et referma avec fracas la porte de la maison derrière lui.

— Le p'tit a passé la porte. Vous le laissez partir comme ça, Florence ? Cet enfant-là vous mène par le bout du nez, c'est clair ! s'étonna madame Beausoleil, qui s'apprêtait à fractionner la tarte.

— Maman !…

— À son âge, Florence, on ne vagabonde pas dans les rues pour ramasser des restants. De la façon que tu m'as parlé de ce… Pelchat, si je me fie à l'incident du vol de radio au camping, ni Félix ni son père ne sont très recommandables.

— Vous outrepassez les bornes. Laissez-nous gérer nos affaires, s'il vous plaît. Vous m'avez dit vous-même qu'il s'était débarrassé de ses devoirs puis de ses leçons en arrivant de l'école.

Bédard avait préféré ne pas intervenir, laissant à Florence le soin de remettre sa belle-mère à sa place. Tête baissée, déglutissant, Madeleine Beausoleil continua à couper sa tarte. Beausoleil, qui détestait les affrontements — en particulier ceux que sa femme déclenchait —, jugea qu'une digression permettrait de détendre l'atmosphère électrisante :

— Après-midi, j'ai rencontré d'anciens compagnons de travail.

— Ne change pas de sujet, Fernand. Ce n'est pas à contourner les problèmes qu'on les règle.

Le repas s'acheva sur la dégustation de la tarte aux pacanes, que tous avaient grandement appréciée, ce que seule Mélodie eut le bonheur de signaler :

— Ta tarte est succulente, siffla-t-elle entre ses dents.

— Tu es bien fine, toi au moins, mon ange…

38

Rosaire Pelchat préparait un coup pour réagir à l'empiétement de ses concurrents sur son territoire. Il avait repéré un petit coin tranquille dans Outremont et convoitait quelque bijou de valeur qu'il pourrait ensuite aisément revendre à un bon prix. Pour ne pas éveiller les soupçons et mieux se fondre tel un caméléon dans le paysage outremontais, paré de ses plus beaux atours — achetés au marché aux puces à un prix dérisoire —, Pelchat déambula sournoisement sur un trottoir bordant les propriétés cossues, flanqué de ses deux acolytes, après avoir stationné sa Jaguar à proximité.

— Rappelez-vous, les enfants : il faut avoir l'air naturel !

Pelchat poussa sans résistance la porte grillagée qui délimitait le terrain d'une résidence à trois étages, en pierre, et s'engagea sur le trottoir qui menait à la porte d'entrée. Il sonna, attendit un long moment pour s'assurer que personne ne vienne répondre. « Peut-être y a-t-il une gouvernante, mais est-elle en congé ? » pensa-t-il. Ensuite, il emprunta un petit sentier qui longeait un côté de la maison en écartant de sa main au passage le feuillage vert et humide des arbustes mal taillés. Ses deux complices se regardaient, le visage pâli par la peur, les yeux écarquillés sous leur casquette et leur sourire jaune traduisant une certaine inquiétude. Arrêté à la hauteur d'un soupirail, lampe de poche en main, le brocanteur fit remarquer la petitesse de l'ouverture. Impossible à un homme de s'infiltrer par là. Félix et Charlot saisirent d'emblée l'ampleur de la tâche qui s'imposait à eux. L'homme remit la lampe à son fils, descendit la fermeture éclair de son manteau, qu'il ouvrit sur une veste à laquelle s'accrochaient une scie à métal, un marteau, une ribambelle de clefs, une rangée de paires de pinces de grosseurs différentes et un tournevis auquel on pouvait adapter une multitude de mèches, autant de munitions pour perpétrer les vols les plus audacieux. « Vous voyez, leur dit-il, j'ai de quoi scier des barreaux, mais comme il n'y en a pas, le travail n'en sera que plus facile, patente à gosse... »

Il s'agenouilla et, sans effort, enleva la fenêtre elle-même, la replaça aussitôt et enjoignit à ses deux subalternes de se cacher dans la haie de chèvrefeuilles, histoire de vérifier si un quelconque système d'alarme déclencherait une alerte. Après une bonne vingtaine de minutes d'attente, tapi dans la haie, sans perdre de temps, le voleur intima aux jeunes l'ordre de le suivre. Prudemment, il s'approcha du soupirail, donna ses instructions. Le premier, Félix s'infiltra par l'ouverture, lampe de poche accrochée au cou. Charlemagne suivit de près, et les deux jeunes une fois aspirés par le soubassement, Pelchat replaça la fenêtre et se retira derechef dans la haie. Une faible lueur s'évanouit rapidement dans la pénombre du sous-sol et puis, plus rien.

Une demi-heure plus tard, le brocanteur-voleur s'impatientait alors qu'il croupissait toujours dans la haie humide qui lui avait éraflé le côté gauche du visage. Le bienheureux Rosaire Pelchat n'en pouvant plus, il écarta quelques branches, allongea la jambe pour mettre le pied dans le sentier. Au même moment, il entendit les aboiements d'un chien policier qu'on avait lâché sur lui. Plutôt que de prendre l'allée et s'enfuir, il se blottit dans les cèdres dans un état de crispation extrême, le faciès dénonçant une paralysie faciale sévère et gratifié d'autres écorchures moins superficielles. Deux policiers accoururent. L'un d'eux rappela le chien qui grognait toujours pendant que l'autre s'étirait le bras pour mettre la main au collet du commettant qui, tout en se débattant, s'infligea d'ailleurs une autre série d'éraflures en clamant son indignation et son innocence. Un troisième constable vint rejoindre les premiers, tenant sous le bras comme des sacs de farine, Charlot d'un côté et Félix de l'autre.

Il était tard et Charlemagne n'était pas rentré. Florence se tenait la tête à deux mains pendant que sa mère, peu persuasive, tentait de la rassurer. Bédard faisait les cent pas dans le salon alors que Beausoleil avait regagné sa chambre au sous-sol. On sonna à la porte. Florence et Manuel s'y précipitèrent tandis que madame Beausoleil se posta en retrait, les bras croisés, persuadée que son petit-fils avait commis une autre bévue digne de ce nom.

— Vous êtes le père de l'enfant? interrogea le policier, qui occupait presque entièrement l'embrasure de la porte.

— Non, c'est le fils de ma conjointe, balbutia Bédard.

Charlot, décontenancé, se faufila entre le policier et Manuel et courut s'enfermer dans sa chambre.

— Nous avons intercepté Charlemagne à l'intérieur d'une propriété d'Outremont en compagnie de son copain Félix Pelchat.

— Ils ne sont pas rentrés là tout seuls ! avança Florence, tétanisée.

— Bien sûr que non, madame. Le père de Félix a été arrêté et passera la nuit sous les verrous en attendant son enquête préliminaire.

— Puis le petit ? s'inquiéta Florence.

— On l'a retourné chez sa grand-mère.

Le policier reparti, Madeleine Beausoleil esquissa un rictus de plaisir ; le gamin de la maison était revenu mais, surtout, elle venait de démontrer qu'elle avait raison… encore. L'expression de son visage suffisait à le démontrer avec éloquence. Elle tourna les talons et réintégra ses quartiers, au sous-sol. Beausoleil dormait d'un sommeil abyssal, et s'était endormi sans se préoccuper le moindrement de ce qui avait pu arriver à son petit-fils.

Après ce qu'elle avait vécu la veille à propos de Charlot, Madeleine Beausoleil avait attendu que la maisonnée se libère au rez-de-chaussée pour monter. « Peut-être que mes remarques vont finir par porter fruit et que Florence et son mollusque vont finir par s'ouvrir les yeux avant qu'il ne soit trop tard ! » songea-t-elle. Elle réalisa que la petite famille avait déjeuné sur le comptoir, sur lequel on avait laissé de la vaisselle non rincée et des fonds de tasses de café. Elle dégagea le comptoir et installa deux couverts. Avant de s'asseoir pour déjeuner, elle récupéra le *Journal de Montréal* que le camelot livrait tôt, mais que ni Bédard ni Florence n'avait le temps de parcourir le matin. Elle le feuilleta machinalement et tomba sur un article qui faisait état d'un vol par effraction impliquant deux mineurs. Elle dévora le texte et plaça le journal replié devant le couvert de son mari.

Lorsque Beausoleil se hissa sur le tabouret pour déjeuner, son attention fut aussitôt attirée par l'article en question et il lut à voix haute :

« *Hier soir, sur la propriété d'une résidence d'Outremont, un homme d'une quarantaine d'années a été appréhendé. Les policiers l'ont débusqué alors qu'il se tapissait dans la haie en attendant que les deux jeunes qui l'accompagnaient viennent le retrouver avec leur butin. Le malfaiteur a passé la nuit à l'ombre.* »

— Baptême ! lâcha-t-il. Ça promet…

— Personne ne veut m'écouter dans cette maison, Fernand. Pas même toi qui vis comme un pensionnaire.

— Vous êtes assez de monde dans cette maison-là pour vous occuper du petit sans que je m'en mêle.

— De temps en temps, ça ne ferait pas de tort que tu t'impliques. Pour le petit, laisse-moi te le dire, c'est de mauvais augure.

— C'est quand même pas moi qui est le père de cet enfant-là, Madeleine. Tu m'as déjà répété à maintes reprises que Manuel est d'une mollesse. Ce n'est pas lui non plus son père. N'oublie pas que Florence n'est guère mieux, côté discipline…

— En tout cas, Fernand, hier je me suis fendue en quatre toute la journée pour tenir la maison propre puis vous préparer un bon petit souper. Aujourd'hui, c'est décidé, je ne me ferai pas aller le *popotin* comme hier.

Madame Beausoleil se servit un bol de céréales, but goulûment son café, ignorant la présence de son mari, qui replia le journal en première page.

Beausoleil n'avait pas encore complété la lecture du journal que madame passait à ses côtés, élégamment vêtue.

— Où vas-tu, arrangée de même ?

— Tu me prendras quand je reviendrai…

— Puis la vaisselle ?

— Il n'y a pas seulement moi qui peux m'occuper de la vaisselle. À ce midi !

D'un pas décidé, Madeleine Beausoleil passa la porte, monta dans la Neon et quitta le domicile de sa fille pour la Rive-Sud immédiate du Saint-Laurent. « Quel bonheur que de se retrouver tout à coup libre comme le vent ! soupira-t-elle. Il me semble que je respire ! » Ce sentiment de détachement était curieusement entremêlé à un sentiment de culpabilité. Madame Beausoleil savait très bien que sa présence à la maison était requise, souhaitée, mais pas encore appréciée à sa juste valeur. À la maison, elle était de celles qui voient l'ouvrage, capable de prendre des initiatives. Elle était persuadée que sur le marché du travail, elle en ferait tout autant, bref, elle ferait l'affaire. Il fallait d'abord laisser son orgueil de côté. De toute manière, elle ne s'abaisserait pas à faire du porte-à-porte. Après tout, elle n'arpenterait pas les rues de son ancien quartier. Personne ne la reconnaîtrait. Comme maîtresse de maison, elle se souvenait avoir pesté régulièrement contre tous ces étrangers qui la sollicitaient, qui l'assaillaient et qu'elle avait envie de voir disparaître avant même qu'ils ouvrent la bouche. Parfois, les voyant venir, elle se cachait en attendant qu'ils reprennent le trottoir.

Madeleine Beausoleil abandonna la Neon avant de s'engager, à pied, sur une artère commerciale. Au premier commerce qu'elle croisa, un club vidéo, elle entra et offrit ses services. La jeune dame au comptoir lui suggéra d'apporter son curriculum et conclut en disant que le patron verrait ensuite... Au dépanneur, on lui suggéra la même chose tout en lui laissant entendre que... la pile était épaisse. À un restaurant, elle s'adressa à une serveuse coiffée d'un petit bonnet qui lui demanda tout de suite si elle avait de l'expérience. Comme elle répondit non, à voir l'air de la serveuse, elle comprit vite que ce n'était pas sa place. « As-tu vu l'âge de la mémé ? » crut-elle entendre dans son dos lorsqu'elle se retourna vers la sortie. « Quelle insolence ! » s'indigna-t-elle en pressant contre elle son sac à main, franchissant la porte de l'établissement.

Après trois longues heures laborieuses et infructueuses, la mère de Florence décida qu'elle s'offrirait un petit dîner, mais dans un autre restaurant que celui où elle s'était arrêtée en chemin. Fernand n'aurait qu'à se débrouiller tout seul. « On finit toujours par apprécier les absents », pensa-t-elle. Pour ne pas inquiéter inutilement son mari, elle téléphona chez Florence. Pas de Fernand ! « Tant pis, se dit-elle, il n'en mourra pas ! » Elle monta dans sa voiture et roula vers un quartier qu'elle avait habité.

Malgré un oignon au pied gauche qui produisait un malaise croissant, Madeleine Beausoleil résolut de marcher encore. Elle gara la Neon. Elle était à deux pas de la maison où elle avait élevé sa famille. C'était la maison même qu'elle et son mari avaient vendue pour acquérir le véhicule récréatif qu'ils ne possédaient plus, le reste de l'argent ayant été placé puis réduit à néant. Ses yeux s'embrumèrent à la pensée qu'elle s'était départie de sa propriété. Elle n'irait pas jusqu'à tourner le fer dans la plaie en passant pour la revoir. Déambulant sur la rue, elle éliminait mentalement avec regret le nom des bons restaurants qu'elle fréquentait à l'époque avec son Fernand et quelquefois avec un couple d'amis. Cependant, le nom de tous les lieux qu'elle rayait à l'époque lui revenaient avec insistance. « Je ne suis certainement pas pour me retrouver dans un *snack-bar* ! » pensa-t-elle.

Marie-Christine, hôtesse du Saint-Amand — une brunette aux yeux noisette et au sourire épanoui —, la reconnut et lui assigna une place dans un coin retiré du restaurant.

— Madame Beausoleil est seule aujourd'hui ?

— Tout fin seule, Marie-Christine !

Au nom de Beausoleil, deux dames de la table voisine se retournèrent simultanément.

— Madeleine ! s'exclama Fleurette Desruisseaux, enjouée.

— Fleurette et Pierrette !

— Tu parles d'une surprise, fit Fleurette, une grassouillette portant un imprimé magenta.

— Assieds-toi avec nous. On vient juste de commander, précisa Pierrette, une grande mince à la voix chevrotante.

La voix de Pierrette Desmeules était tellement saccadée que les breloques de son bracelet s'entrechoquaient bruyamment.

— Comment allez-vous ? Racontez-moi ce qui se passe dans le quartier depuis mon départ.

Fleurette et Pierrette n'avaient pas changé. Elles passaient leur temps à colporter des mauvaises nouvelles et à se réjouir du malheur des autres. Comme si elles n'avaient rien d'autre à faire ! L'ancienne résidante du quartier, elle, narra la suite des événements depuis la vente de sa maison, en omettant toutefois de mentionner la précarité de sa situation financière.

— Nous avons accepté de demeurer chez Florence. Vous comprenez, les enfants nous réclament. On s'est tellement ennuyés d'eux, nous aussi. Bien sûr, madame Beausoleil prit soin de cacher les véritables motifs qui l'amenèrent dans son ancien quartier, prétextant un incompressible besoin de renouer avec son passé.

À la fin du repas, les trois dames promirent de se revoir, alors qu'au fond, Madeleine Beausoleil souhaitait exactement le contraire. Elle franchit à pied la distance qui la séparait de l'auto, même si ses amies lui offrirent de la ramener et que son oignon la faisait pâtir.

En retournant à la maison, la belle-mère de Bédard sentait monter en elle un vif sentiment de culpabilité. Son escapade de la journée se traduisait par des regrets. Effectivement, après ses démarches pour obtenir un emploi, elle espérait peu. Elle consulta sa montre et décida de rentrer au bercail avant le passage de l'autobus scolaire. En arrivant, elle enleva ses souliers et se massa les pieds en ménageant la zone immédiate de son oignon. Elle s'écrasa sur une chaise de la salle à manger et, d'une main tremblotante, se mit à rédiger le brouillon de son curriculum et le laissa mûrir sur le coin du comptoir pendant qu'elle fricoterait un plat pour le souper. Loin d'elle l'idée d'envahir le bureau de son gendre et de taper son texte à l'ordinateur. De toute manière, elle aurait eu besoin de son assistance et ne se sentait pas l'âme d'une élève docile et douée pour apprendre le doigté d'un clavier alphanumérique.

La clef tourna dans la serrure et la porte de la maison s'ouvrit. Dehors, Aristote se mit à aboyer avec enthousiasme. Charlemagne entra avec Félix, laissa tomber son sac d'écolier à ses pieds et se précipita dans le garde-manger à l'insu de sa grand-mère.

— Juste une petite collation, Charlot ! Je commence à faire le souper.

— Qu'est-ce qu'on mange ?

— Un macaroni gratiné, comme tu l'aimes.

— Youpi !

Comme deux voleurs, Charlot et Félix firent main basse sur un sac de biscuits au chocolat et se retrouvèrent dans le salon pour jouer à un jeu vidéo, devant le petit écran. Lorsque madame Beausoleil entendit converser, elle s'étira le nez dans le salon. « Ah non ! Pas lui, la canaille qui lui colle encore aux fesses ! »

Félix était disparu quelques minutes avant l'arrivée de Florence, et Charlemagne s'était retiré à pas feutrés dans sa chambre pour ses devoirs et ses leçons. Sa mère entrouvrit lentement la porte pour constater qu'il besognait benoîtement au-dessus de ses livres et de ses cahiers. Il passerait pour un écolier modèle et éviterait ainsi une confrontation avec son beau-père de qui, du reste, il ne s'était pas attiré les foudres la veille à la suite de son incartade avec les Pelchat, père et fils. Manuel, pas plus que la mère du petit, n'avait su comment réagir et se demandait comment lui interdire ses mauvaises fréquentations. D'ailleurs, dès son arrivée, la belle-mère de Bédard s'était fait un plaisir de lui marteler que le fils de Rosaire Pelchat était revenu de l'école avec Charlot pour jouer avec lui, s'était empiffré de biscuits au chocolat avant de repartir… comme un voleur.

Fernand Beausoleil était arrivé à l'heure du souper, après tout le monde. Un ami était venu le cueillir dans la Grande-Caroline et l'avait ramené. Comme toujours, il se glissait discrètement à sa place, se désintéressant des membres de la famille et répondant évasivement aux questions qu'on lui posait. Il avait apparemment cherché un emploi le matin, sans résultat, dîné Dieu sait où, et passé un après-midi à jouer aux cartes avec une poignée de retraités.

Après la vaisselle, l'enseignant supervisa le travail scolaire de Charlot. Une fois les corrections faites et les leçons récitées avec rapidité mais exactitude, Charlot avisa qu'il sortait prendre l'air.

— Tu restes dans la maison ce soir, Charlot !

— J'ai fini mes travaux d'école… affirma-t-il sans broncher.

— Tu demeures à côté de la maison et tu rentres lorsque j'allume la lumière en avant.

Ensuite, Bédard se retrancha dans son bureau du sous-sol pour corriger un examen pendant que belle-maman assistait Mélodie dans sa pratique de violoncelle au rez-de-chaussée. Depuis que la grand-mère de Mélodie l'avait prise en charge, Bédard se sentait libéré d'une tâche qui lui incombait jusqu'alors. De Florence ou lui, il se considérait comme la solution du moindre mal, l'oreille de Florence enregistrant indifféremment comme justes les fausses aussi bien que les bonnes notes.

La lumière extérieure de la maison s'alluma et Charlot rentra sans regimber, fit une toilette sommaire et saisit un livre de lecture dans son sac d'écolier. Lorsque Florence et sa mère prirent place au salon pour suivre un autre épisode d'un téléroman, elles trouvèrent fiston engoncé dans le fauteuil, son livre de lecture à la main, assis sur ses jambes repliées sous lui.

— J'espère qu'on ne te dérange pas, Charlemagne ?

— Non, maman !

— Il faut que tu sois couché dans vingt minutes.

— Oui, maman !

Vingt minutes plus tard, pendant une longue et pénible série d'annonces publicitaires, madame Beausoleil appuya sur la touche « sourdine » de la télécommande et fit signe à sa fille qu'il était temps qu'elle rappelle à fiston que l'heure était venue d'aller se coucher.

39

Q̲ᴜᴇʟǫᴜᴇꜱ ᴊᴏᴜʀꜱ ᴘʟᴜꜱ ᴛᴀʀᴅ, madame Beausoleil commençait à travailler au dépanneur où elle était retournée pour porter son *CV*. Au salaire minimum. On lui avait demandé d'être au poste dès six heures le matin. Son travail se terminerait à midi. Elle jubilait. Dorénavant, Madeleine Beausoleil aurait de bonnes raisons de se soustraire aux tâches ménagères. À une partie, à tout le moins. Devant quitter très tôt le matin, elle se lèverait avant tout le monde et quitterait le domicile avant que quiconque mette le pied en bas du lit. Sans bruit, elle ferait disparaître les traces de son petit-déjeuner et mettrait le couvert pour les autres. Pour atténuer ce sentiment de culpabilité qui la tenaillait quotidiennement. Par contre, elle savait qu'en après-midi, elle reprendrait le collier et accomplirait certains travaux domestiques.

Comme les matins précédents, la belle-mère de Bédard se rendit à son travail à une heure où le quartier s'étirait en bâillant après une nuit marquée par un sommeil de banlieusard. Monsieur Sabourin, patron du dépanneur, l'attendait à la porte.

— Vous m'aviez donné la clef, monsieur Sabourin.

— J'avais hâte de commencer ma journée.

— D'habitude, vous n'arrivez qu'en fin d'avant-midi pour prendre la relève de madame Sabourin.

— Vous savez, les habitudes, ça se change…

Elphège Sabourin était un homme de l'âge de sa nouvelle employée. Légèrement bedonnant, l'homme aux tempes grises mettait en évidence un énorme pif surmonté d'une paire de lunettes, ce qui lui conférait un visage de grand-père sympathique. Son épouse ayant décidé d'abandonner son travail au commerce, Sabourin avait placé une affiche « Personnel demandé » pour la remplacer. Plusieurs candidates s'étaient alors présentées à lui en laissant leur CV, mais celui de Madeleine Beausoleil s'était retrouvé sur le dessus de la pile, comme par enchantement. Le fait est qu'Elphège Sabourin avait décelé en elle une femme débrouillarde et hautement désirable.

Ne voulant rien laisser au hasard, le commerçant expliqua en long et en large à madame Beausoleil la vente et la gestion des différentes sortes de billets de loterie et le fonctionnement de la valideuse. Lors des premiers jours d'entraînement, c'est madame Sabourin elle-même qui s'était occupée de tout ce qui ne concernait pas la loterie parce qu'elle n'en avait pas la patience. « Tu lui expliqueras toi-même ! » avait-elle dit à son mari la veille de son départ du dépanneur.

Sabourin se tenait proche de son employée, lui expliquant avec force détails les indispensables rudiments de ce lucratif commerce de billets de l'État. Madeleine Beausoleil eut tôt fait de le trouver « collant », mais ne dédaignait pas ses manières courtoises et l'attention qu'il lui portait. Lorsqu'un client se présentait, il se rangeait avec respect d'un pas, affichant un sourire confiant, laissant son élève se débrouiller, mais demeurant prêt à intervenir au besoin. Le client parti, Sabourin se rapprochait de son élève, heureux de rajouter des informations pourtant secondaires, voire inutiles.

Au terme de quelques journées de travail, madame Beausoleil, qui avait remarqué qu'elle produisait un effet non négligeable sur sa tache de graisse, se rendit chez la coiffeuse pour changer la teinte de ses cheveux. Or, le jour même, au souper, Beausoleil manifesta une pointe de jalousie en désapprouvant la remarque de sa fille :

— Cette couleur te va à merveille, maman !

— Ta mère se sent rajeunir tout d'un coup. Allez donc savoir pourquoi ! insinua Beausoleil.

Manuel avait pressenti un certain malaise en voyant la tête rousse de sa belle-mère s'incliner. D'ailleurs, il devait en être question plus officiellement dans la chambre conjugale.

Devant obligatoirement se lever à quatre heures trente afin d'être à temps pour l'ouverture du dépanneur, Madeleine Beausoleil s'était retirée dans sa chambre pour la nuit. Cependant, son mari ne l'entendait pas ainsi et refusait d'attendre pour lui parler de ce qui le rongeait intérieurement. Il entra alors que Madame étendait ostensiblement son déshabillé sur le fauteuil avant de se mettre au lit.

— C'est qui, ton patron, au juste ? interrogea Beausoleil, la lèvre inférieure frémissante de jalousie.

— C'est un gentil monsieur dans nos âges, Fernand. Donc, rien de dangereux…

— Ce sont les pires, si tu veux le savoir, ces vieux vicieux.

— Tu te traites de vieux vicieux, Fernand ? Pour te rassurer, il m'a déjà accordé une hausse de salaire et fait une demande en mariage.

— Tu lui as exposé notre situation financière et il t'a prise en pitié, je suppose ?

— C'est à peu près ça, Fernand.

— Dis donc, Madeleine, tu te payes ma tête. Tu me prends pour un borgne ou quoi ?

— Tu le sais, Fernand. On n'a presque rien. Florence nous garde par charité… par pitié. J'aimerais qu'on en sorte, Fernand, qu'on arrête de vivre aux crochets de notre fille.

— Voyons donc ! Tu penses vraiment qu'à travailler six matinées par semaine au salaire minimum, on va se payer une nouvelle maison, puis ficher le camp d'ici ?

— Je me demande lequel des deux est le plus réaliste, Fernand ? Depuis le temps qu'on campe ici, je ne t'ai pas vu lever le petit doigt pour m'aider. Je ne t'ai jamais demandé de te trouver un emploi comme je l'ai fait. Seulement un peu d'aide. Maintenant que je travaille, j'ai besoin que tu me donnes un coup de main. Si au moins tu te ramassais. Tu es rendu aussi pire que Charlot, ma foi.

— Ah ! Ne me parle pas de ce chenapan. Sais-tu ce que j'ai lu dans le journal d'aujourd'hui ?

— Non.

— Figure-toi donc que Rosaire Pelchat a obtenu gain de cause contre la police. Le juge a conclu que Pelchat a été brutalisé parce qu'il portait des marques au visage alors que c'est lui-même qui s'est infligé des blessures en se cachant dans une haie. Il a seulement été accusé de violation de propriété privée et s'en est tiré avec quelques heures de travaux communautaires. Résultat : la crapule va reprendre ses activités et Charlot est convaincu que le père de Félix n'est pas un malfaiteur. Tu n'as pas vu sa mine victorieuse au souper ?

— C'est donc ça... Dans ce cas, on n'a pas fini d'avoir du trouble avec cet enfant-là ! Bon, il faut que je me couche, je travaille demain... moi.

Sur ces paroles blessantes, Madeleine Beausoleil tira sur elle la couverture et tourna le dos à son mari qui sortit de la chambre en serrant les dents.

40

Fin octobre, samedi après-midi. Manuel téléphona à Yann pour lui proposer une promenade en *side-car*. Il fallait profiter des belles fins de semaine d'automne avant de « s'encabaner » pour l'hiver.

Bédard continuait son bénévolat auprès de Yann, sa visite hebdomadaire se traduisant par des échanges brefs mais salutaires pour le bénéficiaire. Souvent, Lamontagne remettait une liste de courses que son bon Samaritain s'empressait d'effectuer. Il prenait des nouvelles de son fils — qui espaçait ses visites à l'appartement — et il avait décliné l'invitation des joueurs pour assurer le rôle d'entraîneur au hockey.

Lamontagne épaississait. Gravement. À tel point qu'il se sentait à l'étroit dans sa chaise de paralysé. Selon Bédard, il avait réduit de beaucoup sa consommation de drogue mais, en revanche, avait jeté son dévolu dans la bière et la pitance qu'il se préparait d'ailleurs sans trop de savoir-faire.

— Aujourd'hui, tu viens souper chez nous pour ta fête. Florence veut que je te ramène après notre promenade. On passera par l'appart pour laisser ton *side-car* et prendre ta chaise. C'est un souper en famille.

— Si j'accepte, c'est parce que j'ai besoin de changer d'air.

— Ça va faire plaisir à Florence, tu sais.

— Qu'est-ce que ça peut bien lui faire, à Florence ?

— Elle parle souvent de toi. Elle te...

— Elle me prend en pitié... Je le sais.

— C'est pas ce que je voulais dire...

— C'est ça quand même. J'suis paralysé, pas innocent !

Le *side-car* emprunta des routes de campagne et conduisit les deux hommes dans le décor automnal de Saint-Hilaire. De part et d'autre, en bordure de la route, des passants stationnaient leur voiture ou repartaient les bras pleins de sacs de pommes ou de quelque produit du terroir. Les pommiers surchargés de fruits rouges incitèrent Lamontagne à arrêter. Une fois les stands des pomiculteurs passés, il fit signe à Bédard d'immobiliser le *side-car* aux abords d'un verger. Le véhicule s'avança dans l'herbe longue et s'arrêta sous une branche qui ployait sous le poids des fruits. Manuel coupa le moteur. Yann étira le bras et secoua vigoureusement la branche. Une douzaine de pommes tombèrent dans le panier du *side-car* dont quelques-unes sur le casque du motard, ce qui fit éclater Lamontagne d'un rire d'enfant satisfait. Il en saisit une au fond du panier, enleva son casque et croqua sans gêne. Le jus du fruit inonda sa bouche et dégoulina dans sa barbe abondante.

— Avoir su, Lamontagne, je ne me serais jamais arrêté. Si tu me l'avais dit à l'avance, on en aurait acheté à un stand...

— Les pommes sont à tout le monde, c'est un cadeau du ciel, *tabarnac* !

La réaction de Lamontagne traduisait une conscience large, mais, en même temps, l'occasion lui accordait un des rares moments de grâce que sa vie de paralysé lui permettait.

Florence se languissait de Lamontagne. Il lui semblait qu'il l'appelait à l'aide et elle s'en voulait de réprimer cette envie de le revoir. Il n'y avait que Guylaine qui connaissait le fond de sa pensée à son sujet. « C'est une drôle d'histoire d'amour que tu vis en secret, Flo, lui avait-elle dit. Tu ne trouves pas que tu te compliques la vie ? Un gars qui m'aurait laissée pour une autre ne mériterait pas que je m'en occupe. Surtout dans son état... »

Lorsqu'il apparut en chaise roulante devant la porte de sa maison, Florence voulut se précipiter pour l'accueillir, mais elle retint son élan. Elle acheva les derniers préparatifs du repas, le saluant avec un sourire qu'il lui rendit.

— Qu'est-ce que tu as dans les mains, Yann ?

— Un sac de pommes, Flo. Je les ai cueillies avec amour.

Manuel et sa conjointe échangèrent un regard qui laissa planer un doute sur la provenance des fruits.

— Comme je te connais, je gage que ce sont des pommes volées, coquin.

— Pas le moins du monde, Flo. Elles sont tombées du ciel tout droit dans mon panier. Je te jure que je n'en ai cueilli aucune...

Lamontagne fit un clin d'œil à Bédard pour qu'il taise la vérité.

— Comment va mon Charlot ? Ça va toujours à l'école ?

Pour sa mère, Charlot fonctionnait assez bien à l'école, mais elle préféra s'abstenir de fournir des détails.

— Charlemagne a un rendement à géométrie variable, disons. On n'en fera pas un ingénieur, de ton fiston, Yann, précisa Bédard.

Le visage de Lamontagne s'assombrit.

Florence avait rejoint sa mère dans la salle à manger. Celle-ci ne voyait pas l'intérêt d'inviter l'ancien conjoint de sa fille. « Ça ne se fait pas, lui avait-elle fait remarquer. Vous êtes séparés, après tout ! » Florence avait rétorqué que « Man avait tout orchestré, qu'elle n'y était pour rien. » Mais, au fond, c'est elle qui avait initié la chose puisqu'elle avait habilement glissé l'idée lors d'un repas.

La plus belle vaisselle ornait la table de la salle à dîner. Florence n'en finissait plus de tournailler autour pour replacer les couverts et les ustensiles, et défaire les plis de la nappe de lin pendant que madame Beausoleil apportait les plats.

— On dirait que tu reçois un grand homme dans ta maison. Reviens-en, Florence.

— Vous ne pouvez pas comprendre, maman. J'ai beaucoup aimé le père de Charlot.

— Tu parles au passé comme si c'était fini entre vous deux. Je suis persuadée que tu conjugues l'amour au présent. Non mais, je ne comprends vraiment pas comment tu peux rester accrochée à un homme qui t'a plaquée pour une autre !

— Bon, si ça ne vous fait rien, maman, changez de sujet.

Yann est là, c'est son anniversaire et j'ai l'intention de le recevoir comme du monde.

À un bout de la table, le fauteuil roulant occupait presque tout l'espace. En face de lui, Manuel. D'un côté de la table, Mélodie entre ses grands-parents et, de l'autre, Florence et Charlot, assis près de son père.

— Comme ça, madame Beausoleil, vous travaillez au dépanneur ? s'informa Lamontagne avec une pointe d'ironie.

— Tu n'ignores pas, Yann, que nous avons fait mauvaise fortune et que nous sommes devant rien. Financièrement, je veux dire. Manuel a dû te raconter...

— Pas vraiment...

Madame Beausoleil expliqua ce qui s'était produit pour qu'ils en soient rendus, elle et son mari, à dépendre de leur fille et à loger dans le sous-sol... Il plaisait souverainement à Lamontagne d'entendre son ex-belle-mère raconter les déboires financiers de son mari. Maintes fois, elle avait reproché aux autres de ne pas économiser, de jeter le peu d'argent qu'ils gagnaient par les fenêtres.

Tout le temps que sa femme parlait, Beausoleil avait le nez dans l'assiette que Florence venait de lui servir. Il n'était pas d'humeur à se faire humilier ni par rapport à sa situation financière peu enviable ni au sujet de sa cohabitation forcée avec son gendre et sa fille.

Charlemagne écoutait d'une oreille distraite, pignochant quelque morceau de bœuf qu'il grignotait après sa fourchette, du bout des dents.

— Mange, Charlot, si tu veux grandir et devenir un homme, lança sa mère.

— Comme papa, je suppose ! enchaîna Charlemagne.

Spontanément, Charlot repoussa sa chaise, monta l'escalier et s'enferma dans sa chambre. Bédard eut le réflexe de se lever et d'aller le chercher mais se retint, connaissant son peu d'ascendant sur lui. C'est Mélodie qui, doucement, alla le rejoindre à sa chambre. Quinze minutes plus tard, Charlot, suivi de Mélodie, revenait à table, une carte à la main. Il se posta à côté de son père et lui tendit un carton de bricolage froissé qu'il avait plié en deux et sur lequel il avait écrit de travers, en violet, au crayon feutre et en lettres capitales de grosseurs différentes : BONNE FÊTE PAPA. Le visage de Lamontagne s'illumina et il sourit à son fils :

— Tu vas me lire ce que tu as écrit maintenant à l'intérieur, mon homme.

Charlemagne ouvrit la précieuse carte. À gauche, un texte écrit en grosses lettres cursives et à droite, on devinait un joueur de hockey dessiné et colorié. Il lut d'une voix faible en butant sur chaque syllabe les lignes qu'il avait composées. Tout le monde à table savait que Yann était analphabète, mais tous eurent la gentillesse de s'abstenir de passer des commentaires désobligeants. Lamontagne paraissait vraiment fier de son enfant. Malgré son peu d'intérêt pour la chose scolaire, son fils ferait mieux que lui. Comme si cela en était trop, Charlot voulut s'esquiver et se retirer de nouveau dans sa chambre. Les adultes continuèrent de jaser entre eux sur ses bons résultats.

— Charlot est capable, vous savez, renchérit sa mère.

— Le problème, c'est que ça ne dure pas, coupa madame Beausoleil, en regardant du côté de Mélodie.

Elle poursuivit :

— Mélodie, elle, est d'une constance...

— Maman ! je vous interdis de parler de la sorte à propos de mon enfant.

— Bon ! Calme-toi, Florence. Toi-même, tu n'étais pas particulièrement portée sur les études quand tu étais jeune. Je n'avais jamais hâte de recevoir ton bulletin. Ton frère était beaucoup plus studieux. Enfin ! On est comme on est...

Offusquée, Florence se leva en desservant la table et s'isola dans la cuisine. Madeleine Beausoleil ramassa quelques assiettes et ustensiles qu'elle apporta près de l'évier. Pendant qu'elle les rinçait, Florence, l'air rageur, disposait des chandelles sur le gâteau.

— Vous auriez pu vous abstenir, maman. Ce que vous pouvez être assommante, des fois !

— Il y a des choses qui doivent parfois être dites, ma fille.

— Si vous désirez vous rendre utile, finissez donc de desservir la table pendant que j'achève avec le gâteau.

Comme si elle donnait un peu raison à sa fille, madame Beausoleil obtempéra.

« C'est Yann qui va être content : du gâteau aux noix », pensa Florence.

Madeleine Beausoleil revint une autre fois à la cuisine les mains pleines de vaisselle sale.

— Astheure, éteignez donc les lumières, s'il vous plaît, supplia Florence en allumant la dernière chandelle.

Madame Beausoleil mit la main sur l'interrupteur. Toute la pièce plongée dans la pénombre, on entonna le traditionnel *Bonne fête* et Florence s'avança vers Yann avec le gâteau qu'elle déposa devant lui. Beausoleil et sa femme demeurèrent de marbre pendant que les autres se réjouissaient avec le jubilaire. S'appuyant sur les bras de sa chaise roulante, le tronc légèrement fléchi, Yann souffla vers les chandelles et les éteignit jusqu'à la dernière en balayant de son souffle puissant les flammes vacillantes.

— Vous êtes très gentils avec moi, avoua Lamontagne, les yeux au bord des larmes.

Spontanément, Mélodie se précipita vers Yann pour l'embrasser. De ses petits bras courts et ses petites mains frêles, elle lui enserra le cou et l'embrassa tendrement. Florence trouva le geste tellement charmant qu'elle en fit autant. « Un autre geste déplacé, songea madame Beausoleil. Si ça a du bon sens ! Son ancien *chum* ! »

À la fin de la soirée, Manuel reconduisit Yann chez lui. Florence veilla à coucher les enfants et s'occupa de la vaisselle pendant que les hommes avaient regagné chacun leurs quartiers au sous-sol : Beausoleil s'était cloîtré dans sa chambre tandis que Bédard s'installa devant son ordinateur pour tenter de compléter un chapitre de *L'alarme du crime* qui lui avait donné pas mal de fil à retordre. D'ailleurs, il travaillait le plus assidûment possible à son nouveau polar en espérant qu'il tombe bientôt sous le charme d'un éditeur.

— Je vous remercie beaucoup pour votre aide, maman.

— Tu dois être contente, tu as pu voir ton Yann adoré !

— Ah ! ce que vous pouvez être méchante, des fois. Je me demande sincèrement si vous êtes capable de compassion pour lui.

— Ton Yann narcissique qui se complaisait dans sa beauté et s'exhibait le corps à qui voulait le voir est maintenant réduit à sa plus simple expression. C'est incroyable ce que la vie...

— Taisez-vous, je vous en prie ! Vous reprenez un peu trop de poil de la bête. Vous êtes fanfaronne et vous vous croyez au-dessus de tout. Vous... qu'on a récupérée avec quelques restants pour vous héberger sous notre toit. Dans notre chaumière, comme vous le dites ! Vous qui avez été mise à la porte de chez mon frère, ne vous arrangez surtout pas pour vous retrouver avec vos rares guenilles à quêter votre pitance sur la rue. Ce n'est pas avec votre job au salaire minimum et à temps partiel que vous pouvez vous permettre de péter plus haut que le trou. Je m'excuse de vous le dire, mais depuis que vous avez une job, malgré votre âge, disons-le, vous dégagez un peu trop d'assurance et ça m'énerve au plus haut point.

— Je t'interdis de me parler comme ça, ma fille ! Tu me dois respect. Je suis encore ta mère, tu sais. Je ne tolérerai pas qu'on me parle sur ce ton. À part ça, on n'a encore rien dit de ton missionnaire, qui se dévoue comme si Yann était son meilleur ami.

— Parlons-en, des amis ! Maintenant que vous avez glissé au bas de l'échelle sociale, même en dessous du rang d'une livreuse de publi-sacs, vous êtes bien mal placée pour aller jouer la pimbêche avec vos anciennes péteuses, Fleurette et Pierrette, entre autres.

Madame Beausoleil dénoua son tablier, le lança rageusement sur le dossier d'une chaise et rejoignit son mari au sous-sol. Beausoleil s'était déjà mis au lit et feignait de dormir comme un loir alors que son esprit vagabondait sur ses problèmes. Madeleine Beausoleil aurait souhaité lui faire la conversation. Elle lui adressa doucement la parole, observa un léger frémissement de son corps. Puis l'homme grogna quelques paroles indistinctes en se retournant sur son flanc et sa femme en fut quitte pour se taire et se coucher à son tour.

41

LE LENDEMAIN MATIN, en s'habillant, Madeleine Beausoleil se souriait devant le miroir. Elle songeait au patron un peu collant qui l'avait engagée et qu'elle reverrait sous peu dans ses plus beaux atours. Monsieur Sabourin s'intéressait à elle. Il avait remarqué que son employée se préoccupait de son apparence et semblait assez fière de sa personne physique. Voulant lui éviter des désagréments, il surveillait ses moindres faits et gestes et n'hésitait pas à intervenir en cas de besoin pour l'aider. Il se présentait à son commerce à une heure matinale, même si Madeleine Beausoleil se débrouillait fort bien. Elle avait beau lui répéter : « Prenez votre temps le matin, monsieur Sabourin », le propriétaire du dépanneur répondait presque instinctivement : « J'ai l'habitude de veiller sur mes employés, les premiers temps. » Or, les premiers temps de l'employée Beausoleil s'étiraient inexorablement.

Encore devant son miroir, Madeleine Beausoleil ouvrit son coffre à bijoux avec ostentation et demeura soudainement interdite. Elle avait pourtant sauvé du naufrage colliers, bracelets et breloques, épinglettes et camées, mais il lui sembla que son rang de perles manquait. C'est alors qu'elle se mit à fouiller dans chacun des compartiments du précieux coffre. « Il n'y a qu'une explication, songea-t-elle : Charlot ! »

Devant le miroir de la salle de bains, le dos légèrement incliné, le postérieur en évidence, la tête renversée, elle ouvrit son bâton de fard à lèvres et en appliqua la substance rouge propre à attiser la charge d'un taureau, substance qu'elle répandit ensuite très également dans une savante friction des lèvres. Obligée de se lever tôt, elle marcha à pas feutrés pour ne pas réveiller la maisonnée.

Pendant qu'elle déjeunait, elle ruminait l'idée de pénétrer sans prévenir dans la chambre de Charlemagne, de le tirer du lit et de le « carabiner » d'une série de questions en règle sur ses intrusions dans sa chambre et la mystérieuse disparition d'une partie de son patrimoine joaillier. Soudainement, en moins de temps qu'il n'en faut pour le dire, elle avait déposé son couteau épaissi de beurre de caramel sur sa rôtie et se levait précipitamment vers la chambre de son petit-fils — qui avait depuis longtemps marqué son refuge comme l'animal marque son territoire. Elle ouvrit brusquement la porte et se rua vers le lit. « Charlot, réveille-toi ! » Comme le petit ne bronchait pas, elle redoubla d'ardeur dans la voix. « Charlemagne, réveille-toi, mon garnement ! »

Péniblement, Charlemagne s'assit dans son lit et, d'une main, grand-mère Beausoleil lui serra énergiquement le bras et, d'un ton impératif, le somma de répondre à sa kyrielle de questions. S'il y avait une chose que Charlot exécrait par-dessus tout, c'était bien cette façon de l'aborder et de l'assiéger. Dans son repaire, en plus.

— Mon rang de perles a disparu. Tu l'as sûrement volé. Dis-moi où il est !

— Hein ! C'est quoi ça, un rang de perles ? bâilla Charlot en s'étirant nonchalamment. J'ai pas volé de perles…

— Comment peux-tu me dire que tu ne l'as pas volé si tu ne sais même pas ce que c'est qu'un rang de perles ?

— Parce que j'ai rien volé pantoute !

— Là, tu m'exaspères, Charlot ! Laisse faire, ta mère va le savoir… Ah ! Pis ça ne donnerait rien, de toute façon !

Grand-mère Beausoleil fit rageusement volte-face et retourna à la cuisine pour compléter son déjeuner. Ensuite, faisant tinter ses bracelets, elle décida d'aller chercher une épinglette pour agrémenter sa tenue vestimentaire et enfiler une bague à chaque doigt, ce que remarquerait sûrement le délicat patron qui reluquait de plus en plus de son côté et ce qui, du reste, la laissait de moins en moins indifférente.

— Que se passe-t-il ce matin, maman ? Vous faites bien du train… ragea Florence, emprisonnée dans sa robe de chambre de satin rose.

— Il se passe que ton fils m'a subtilisé mon rang de perles, celui qui vient de ta grand-mère, rien de moins.

— Impossible ! Tu es encore sur le dos de mon fils, maman !

— C'est ça ! Tu te fermes les yeux et tu refuses de voir la vérité en face. Charlot est de la mauvaise graine. Il fréquente encore ce Félix dont le père est un repris de justice, un véritable bandit. Il n'y a pas de pire aveugle que celui qui ne veut pas voir… disait ma mère.

— Rosaire Pelchat n'est pas un voleur. La justice l'a relâché. Tu as le don d'exagérer. Dans un autre ordre d'idées, qu'est-ce que vous avez donc à vous promener avec vos clinquants pis toutes vos décorations après vous ? On dirait que vous voulez vous accrocher quelqu'un ! Pour moi, entre vous pis papa, y a pus grand-chose…

— Ton père ne s'est pas adapté à sa nouvelle vie. Il faudrait qu'il fasse un effort. Moi, je me suis démenée pour chercher un emploi tandis que lui préfère végéter avec sa gang de vieux au centre d'achats et j'sais pas où, l'après-midi, après que je sois revenue du dépanneur. D'ailleurs, pour en revenir à Charlot, contrairement à notre entente, il laisse entrer votre grosse bête dans la maison et dans notre chambre, à ton père et à moi, puis on trouve plein de longs poils sur notre lit. Du poil de saint-bernard !

— Commencez donc par fermer votre porte de chambre, maman !

— Bon ! Comme tu ne veux rien comprendre, je m'en vais. Je ne suis pas pour me mettre en retard pour une discussion complètement stérile.

Impériale, Madeleine Beausoleil quitta le domicile de sa fille pour son travail. En se rendant au commerce de monsieur Sabourin, elle résolut de tirer cette histoire de collier au clair. Charlemagne accompagnant Félix et son père au marché aux puces les fins de semaine, elle se promit de fureter bientôt pour mettre la main sur son bijou, comme les fouineurs peu argentés et souvent déguenillés qui s'arrêtent çà et là aux différents stands, soupesant les objets pour la plupart défraîchis et continuant de chiner à la recherche d'un article pas toujours indispensable qu'ils rapportent chez eux comme un trophée.

La fin de semaine arrivée, Madeleine Beausoleil se rendit à Carignan, dès l'ouverture du marché aux puces. C'était dimanche et Beausoleil s'étonnait de voir partir sa femme à une heure aussi matinale sans qu'elle lui dise où elle s'en allait. Ce n'était pas jour de travail au dépanneur. Elle lui avait seulement signifié qu'elle n'en avait pas pour longtemps. Par ailleurs, Rosaire Pelchat avait réquisitionné les services de Charlemagne pour surveiller les présentoirs de marchandises avec son fils. Le père de Félix, lui-même affublé d'une conscience plutôt large, avait développé une crainte presque maladive des voleurs. Le butin qu'il convoitait lui appartenait dès qu'il avait décidé de s'en emparer. Depuis qu'il s'était fait épingler, ses activités clandestines l'avaient relégué à son atelier du sous-sol pour réparer des objets recueillis lors de ses tournées ou simplement achetés dans d'autres marchés aux puces. Il se faisait plus prudent. Pour un temps, en tout cas !

Il y avait foule cet avant-midi-là et Madeleine Beausoleil ondoyait d'un étalage à l'autre entre les petits commerces de nippes et les minables gargotes dégageant des odeurs à faire vomir, furetant çà et là, s'arrêtant à l'occasion, prenant un objet et le déposant aussitôt. Même les lustrés bibelots de la bimbelotière gitane la laissèrent dans l'indifférence, elle pourtant si sensible au tape-à-l'œil. De la pacotille. Que de la marchandise pour des gens qui n'étaient pas de sa classe mais avec lesquels elle consentait à frayer. Ne s'était-elle pas déjà abaissée au rang de commis au dépanneur de monsieur Sabourin ? Son orgueil l'avait poussée à trouver un emploi pour lui éviter le déshonneur alors que son mari s'enlisait dans la fainéantise la plus totale. Par-dessus tout, elle avait hâte de s'amener au stand de Pelchat pour dénicher son rang de perles, qui avait davantage une valeur sentimentale que financière. Elle saurait le reconnaître entre mille, grâce à un cœur en or fixé au collier. Un cœur qui s'ouvrait et laissait voir d'un côté sa mère, jeune et belle, courtisée par son père, jeune et beau prétendant de l'autre.

À un stand voisin de celui de Pelchat, une affiche annonçait une vente de bijoux à deux pour vingt-cinq dollars. La cliente du marché ne put résister à l'envie de s'approcher de l'étalage qui offrait des ornements dollars pour récupérer clinquants à prix réduit. « Mon rang de perles ! » s'exclamat-elle, les yeux exorbités en voyant un collier qui ressemblait étrangement à celui qu'on lui avait subtilisé. Elle voulut s'en saisir mais, alerté par l'éclat de la voix de la cliente, un gros homme court s'approcha :

— Je peux vous aider ? demanda-t-il d'une voix caverneuse.

— Je magasine ! fit-elle.

D'une main, la cliente prit ostensiblement le rang de perles, le posa sur sa robe et se mira dans un petit miroir posé sur le comptoir de la caisse.

— On dirait que le collier vous appartient.

— La vérité, c'est qu'il m'appartient, monsieur. Comment a-t-il pu se retrouver ici ?

— Un instant !

— C'est un collier usagé. Quelqu'un me l'a chipé et vous l'a vendu.

— J'ai payé pour l'avoir, il est à moi.

— C'est un jeune garçon qui vous l'a apporté, non ?

— Non, justement !

— Laissez-moi vous montrer la photo de mes parents à l'intérieur du petit cœur.

De ses ongles rouges, longs et cassants, Madeleine Beausoleil ouvrit le cœur et réalisa qu'on l'avait libéré des photos. Évidemment !

— Quelqu'un a volé les photos, en plus.

— Vous voyez bien, madame, vous n'avez aucune preuve que ce collier est à vous.

— Bon ! Je vois bien que vous êtes intraitable. Combien voulez-vous ?

— Donnez-moi cinquante dollars et on n'en parle plus.

— Cinquante dollars pour récupérer ce qui est à moi ! Mais vous êtes dingue ou quoi ? Vous annoncez à deux pour vingt-cinq…

Vexée, Madeleine Beausoleil déposa le bijou sur le comptoir et tourna les talons. D'un pas rapide, elle s'éloigna de l'étalage, s'arrêta brusquement et revint au comptoir où l'attendait le gros homme à la voix profonde :

— Je savais que vous changeriez d'idée, madame.

— Cela prouve que ce bijou m'appartient et que je tiens à le récupérer.

Prenant une grande respiration, elle poursuivit :

— Écoutez ! Je vous en donne soixante si vous consentez à me dire en plus qui vous a vendu mon rang de perles.

— Marché conclu, mais payez d'abord !

Hésitante, madame Beausoleil ouvrit lentement son sac à main, sortit son portefeuille et en retira trois billets de vingt dollars qu'elle tendit au vendeur. Celui-ci lui remit l'ornement et elle s'empressa de le laisser couler dans son sac.

— Et maintenant, dites-moi qui vous a vendu mon bijou !

— D'abord, ce n'est pas un enfant, comme vous le croyiez, c'est un homme.

— L'homme en question ne serait-il pas le type d'un stand voisin, par hasard ?

— Non !

— Ce n'est pas monsieur Pelchat ? Ah bon ! Maintenant cessez de me faire jouer au détective et arrêtez de tourner en rond !

— Il s'agit d'un homme d'âge mûr, un homme de votre âge.

— Décrivez-le-moi, s'il vous plaît.

Le vendeur entreprit de parler de l'homme dont la description correspondait en tout point à celle de son mari.

— Merci infiniment, monsieur ! J'ai mon rang de perles et je sais ce que je voulais savoir...

Sans même passer par le stand de Pelchat pour saluer

son petit-fils, qu'elle avait accusé injustement, elle voulut regagner au plus tôt le domicile de sa fille pour que son mari soit confronté à la réalité. Confiant le commerce à son employé, le gros homme du stand à bijoux s'empressa de colporter la nouvelle à Rosaire Pelchat.

Pendant que l'homme rapportait fidèlement les faits, Pelchat se délectait de l'entendre. Or, Félix et Charlemagne, qui se tenaient à proximité, s'arrêtèrent net de parler et comprirent tous deux de qui il s'agissait.

— Ton grand-père aurait volé ta grand-mère? interrogea Félix pour en avoir le cœur net.

— C'est en plein ça! Dire que ma grand-mère m'a accusé de lui avoir volé son maudit bijou.

Charlemagne, pensif, regardait le gros homme regagner son stand.

Un grand calme régnait dans la campagne rougemontoise chez Manuel ce dimanche matin-là. Florence s'était levée pour faire déjeuner le petit avant qu'il ne parte pour le marché aux puces et s'était recouchée aux côtés de Bédard qui faisait la grasse matinée, exceptionnellement. Mélodie dormait encore paisiblement en compagnie de sa poupée préférée, qu'elle écrasait sous son corps ankylosé de sommeil. Les deux pieds sur le pouf, Beausoleil se prélassait dans le salon en feuilletant une revue. Le regard enflammé, madame Beausoleil fit son entrée dans la maison et s'avança vers le coupable, martelant de son pas décidé le plancher de bois, le collier bien étalé surplombant sa large poitrine.

— Déjà revenue, Mado! fit Beausoleil sans regarder sa

femme, parcourant distraitement un texte qui ne l'intéressait même pas.

— Je ne serais pas sortie ce matin si tu avais laissé mon rang de perles dans mon coffre l'autre jour.

Levant les yeux vers sa femme, Beausoleil remarqua son humeur particulièrement maussade et le collier qu'elle arborait fièrement.

— As-tu quelque chose à dire pour ta défense, Fernand ?

— De quoi parles-tu, Mado ? s'informa Beausoleil d'un air impassible.

— De mon rang de perles, Fernand ! De mon rang de perles...

— Tu dois te tromper. As-tu seulement pris la peine d'interroger ton voyou de petit-fils ? Il en sait sûrement plus long que moi là-dessus.

— Figure-toi que j'ai accusé injustement Charlot d'un vol que son grand-père a commis. Je le regrette amèrement. D'ailleurs, j'ai l'intention de m'excuser auprès de lui. Bon ! Ça, c'est une autre histoire. Venons-en à toi, Fernand. Pourquoi ?

— Qu'est-ce qui te dit que c'est moi ? Mais d'abord, qu'est-ce que c'est que ce vol de collier ? Tu me parles de celui que tu portes ?

— Tu fais l'innocent, Fernand. J'ai retracé mon bijou en me rendant au marché aux puces, coupa sèchement madame. Je ne te raconterai pas les moindres détails, mais mon bijou était à vendre et j'ai dû payer soixante dollars pour acheter ce qui m'appartenait déjà. Avoue, Fernand !

— Tu le sais bien que j'en ai marre de cette vie de misérable. Oui, c'est moi qui ai subtilisé ton RANG DE PERLES. Tu es contente, là ?

Fulminant de rage, Beausoleil se leva en lançant sa revue sur la table basse devant lui et, d'un pas décidé, s'élança vers la porte de la maison. Quelques instants après, la Neon démarrait. L'air inquiet, Mélodie, Florence et Manuel se rassemblèrent dans le salon pour s'enquérir de ce qui se passait. Madeleine Beausoleil se tenait immobile, fixant la porte de la maison de son regard courroucé.

— Ça va pas bien, grand-maman ? s'informa Mélodie, affichant un air morose et se pressant contre elle.

— Ton grand-père n'est plus heureux depuis qu'il a perdu beaucoup d'argent et qu'il ne peut réaliser ses rêves.

— Tu veux dire qu'il n'est pas content d'être avec nous ?

— Il nous aime tous, mon ange, mais il n'aime pas ce que la vie lui apporte.

— Est-ce qu'il va revenir ?

— Où veux-tu qu'il aille, ma chérie ? intervint sa mère. Il va revenir, c'est certain.

— Maintenant, on va déjeuner. J'ai une faim de loup, lança Manuel. Vous, belle-maman, vous pouvez vous joindre à nous en prenant un autre café, peut-être ?

— Volontiers, mon gendre.

Visiblement affectée par le comportement de son mari, Madeleine Beausoleil n'en finissait plus de faire tourner la cuiller dans son café pour en dissoudre le sucre et mélanger le lait. Sa vie de couple, qui ne tenait que par l'habitude de ses longues années, ne tenait plus qu'à un fil ténu.

Dès que Mélodie eut fini de déjeuner, elle voulut s'habiller en hâte pour son cours de violoncelle. Exceptionnellement, Éléonora Rostropovitch arriverait sous peu, le cours du samedi ayant été reporté à dimanche, elle dont la ponctualité tenait de la précision du métronome. Florence voulut alors en savoir plus long sur les événements de la matinée.

— À quoi pensez-vous qu'a servi l'argent du vol, maman?

— Je n'en sais strictement rien, ma chère! J'aimerais bien le savoir. Je soupçonne que ton père joue aux cartes à l'argent.

— C'est un jeu dangereux, avança Bédard.

— Je ne vous le fais pas dire, mon gendre. Il risque de nous dépouiller du peu qu'il nous reste.

42

Beausoleil n'était pas rentré pour dîner. Il avait « fraternisé » avec des camarades autour d'une table, engloutissant à lui seul deux pichets de bière en fût, le plus sobre de ses commensaux lui recommandant d'attendre que l'effet de la « broue » passe avant même de songer à entreprendre le retour en droite ligne.

À la fin de l'après-midi, la mine basse, le sobre sexagénaire s'était dissimulé dans le sous-sol et avait regagné ses sombres quartiers. Peu après, Rosaire Pelchat larguait Charlemagne, qui avait acquis la certitude d'avoir besogné toute la journée et ne manquerait pas, à la première occasion, de le faire remarquer à son grand-père lâche et paresseux, voleur en plus.

En soirée, alors repliés dans leur sous-sol, les deux grands-parents réclamèrent la présence de leur petit-fils pour une mise au point. Charlemagne y consentit avec un sourire narquois sous l'insistance de sa mère. Pour une fois qu'il avait le haut du pavé, il en profiterait. Les deux adultes attendaient, drapés dans leur robe de chambre.

— Mon petit Charlot, tu mérites toutes mes excuses. J'ai été injuste en t'accusant faussement du vol de mon collier.

— C'est pas grave ! Je sais que je suis pas mal tannant, des fois. Mais pas voleur. Voleur ? Jamais, patente à gosse !

Au mot de voleur, l'aïeul, le visage ombreux, tressaillit mais se ressaisit aussitôt sous le regard désapprobateur de sa femme.

— Est-ce que tu acceptes mes excuses, Charlot ?

— Mettons ! Mais grand-père, lui, est-ce qu'il s'excuse ?

— Cette partie-là des choses ne regarde que lui et moi.

— Non, justement ! J'ai été accusé à cause de lui...

Embarrassés par la réplique de leur petit-fils, les Beausoleil se regardèrent, se consultant du regard.

— Tu as parfaitement raison, Charlot. Je m'excuse sincèrement, auprès de vous deux. Je vous demande pardon pour vous avoir causé des ennuis.

Beausoleil, repentant et se dessinant sur les lèvres un sourire mi-figue, mi-raisin, sortit une petite boîte de la poche de sa robe de chambre et la tendit à son petit-fils qui recula d'un pas.

— Je ne peux pas accepter, grand-père Beausoleil. Garde ton argent. Vous en aurez besoin. Moi, j'ai une job : je travaille toutes les fins de semaine, argua-t-il fièrement.

Insulté, Beausoleil, qui avait toujours considéré Charlemagne comme le dernier des cancres, réalisa à quel point l'enfant de sa fille usait de raffinement et profitait de la supériorité que lui conférait sa situation pour le dominer davantage. L'instant d'après, Charlot détalait comme un lièvre et montait au rez-de-chaussée en gravissant les marches deux à deux.

Dès le lendemain, couvert de honte, grand-père Beausoleil séjourna dans le sous-sol. Tout le monde avait quitté la maison quand il monta au rez-de-chaussée pour déjeuner. Comme la solitude et son méfait lui pesaient lourdement, il décida d'enfreindre la loi du domicile interdisant de faire entrer Aristote dans la maison. Habituellement, la vieille bête grattait à la porte pour réclamer sa pitance en souhaitant que l'âme charitable qui le nourrissait le fasse entrer dans la maison à sa suite. Non seulement Beausoleil servit le petit-déjeuner au saint-bernard, mais il lui offrit sa ration dans un bol à soupe rangé dans le vaisselier et grignota quelques grains de céréales sèches riches en fibres pendant qu'il observait la vieille bête qui agitait la queue en savourant ses croquettes. Soudain, il fut envahi par un vif sentiment de sympathie pour l'animal, qu'on reléguait trop souvent au hangar. Abandonnant avec désinvolture son bol et celui du chien sur le couvre-plancher de la cuisine, empoignant la rampe d'une main et tenant sa boîte de céréales sèches de l'autre, il s'enfonça pour plusieurs heures dans le sous-sol comme on descend dans une mine souterraine. Aristote l'avait déjà précédé et s'ébrouait comme un chiot sur le lit encore défait où le malheureux retraité se laissa choir, profitant de la bienfaisante chaleur qui se dégageait de l'obèse animal, les yeux dans le vague, songeant aux paysages états-uniens imprimés sur la pellicule de sa mémoire, paysages qu'il ne reverrait probablement qu'en sortant ses albums de photos, ce qu'il n'avait même pas la force de faire, d'ailleurs. Le chien était aux oiseaux, paressant dans le lit moelleux, répandant ses longs poils sur les couvertures, aboyant de reconnaissance et se laissant flatter, bavant impunément son écume sur les draps frais lavés de la fin de semaine. Après un long moment de stagnation, Beausoleil se leva et se mit à marcher dans la plus grande pièce du sous-sol, entre deux solives, le pas mesuré mais chancelant. Semblable à un ours en cage, il revenait sans cesse sur ses pas, imité en cela par Aristote. Ses rhumatismes le faisant souffrir, le saint-bernard finit par se lasser et s'écraser dans un coin avant de remonter à l'étage pour sentir et fouiner dans toutes les pièces de la maison, étant donné qu'on lui en interdisait habituellement l'accès. Demeuré au sous-sol, Beausoleil s'approcha de la fenêtre, s'étirant le nez et suivant de ses petits yeux hagards le glissement des larmes de pluie le long de la fenêtre avant de poursuivre avec grande indolence sa matinée d'errance à piétiner le ciment raboteux. Pour la première fois, il sentait profondément l'échec de sa vie maintenant labyrinthique lui peser sur le crâne, suffoquant dans ce trou de cave déprimant et sans issue. Il n'avait pas réussi à inculper son *morveux* de petit-fils, ce qui, pour l'heure, l'aurait laissé libre de continuer à exercer ses activités illicites de joueur de cartes à l'argent avec de vieux *schnocks* de son acabit qui n'avaient rien trouvé d'autre pour les intéresser en se retirant du monde actif que de s'adonner avec concupiscence à des plaisirs aussi primaires. Mal lui en prit, il fallait qu'un jour ou l'autre le lapin sorte du sac. Poursuivant son errance, il aboutit dans la chambre conjugale et sa main fut attirée par le coffre à bijoux de sa femme.

Il en ouvrit pesamment le couvercle, le refermant aussitôt, comme si une voix le lui interdisait vertement.

Tout le reste de la journée, le sexagénaire se confina dans les pièces du sous-sol, se condamnant à une réclusion obligée, se culpabilisant pour son geste inadmissible et ruminant des pensées sur ses relations avec sa femme qui le délaissait lentement pour le propriétaire du dépanneur. « Son *crisse* de rang de perles, je ne pensais pas le revoir. C'est pour lui, ce calvaire de Sabourin, qu'elle se met belle. Par contre, j'admets que je n'ai pas fait grand-chose pour la retenir. »

La journée avait passé ainsi pour Beausoleil pendant qu'Aristote « évachait » sa vieille peau sur les lits des chambres et oscillait du rez-de-chaussée au sous-sol. La porte de la maison s'ouvrit et Aristote, fraîchement reposé, s'élança de tous ses muscles ragaillardis. Madeleine Beausoleil travaillait maintenant toute la journée et revenait en fin d'après-midi, ce qui, du reste, restreignait considérablement son mari dans ses déplacements. Aristote, qui n'aimait pas particulièrement la résidante du sous-sol, leva ses deux énormes pattes de devant pour l'accueillir. Prise d'une frayeur incontrôlée, elle ressortit aussitôt, attendant que quelqu'un vienne maîtriser la bête enragée qui occupait l'intérieur de la maison. Elle dut attendre le retour de Mélodie, qui entra et ordonna à l'animal de rejoindre Charlemagne dehors.

— Merci, mon ange.

— De rien, grand-maman.

D'un seul coup, le regard de grand-mère embrassa les pièces désordonnées. De prime abord, elle eut l'impression que la maison avait été vandalisée, mais à remarquer les poils bigarrés qui coloraient le plancher, elle comprit qu'Aristote y était pour quelque chose. Cependant, elle ne comprit pas pourquoi deux beaux et précieux bols à soupe jonchaient le sol du coin de la cuisine. Sans perdre de temps, scandalisée, elle ramassa les bols, s'assura que Mélodie avait pris sa collation et entreprit de remettre la maison en état avant l'arrivée de Florence. Les doigts pleins de bagues, courbée au-dessus du manche de l'aspirateur, elle passa dans toutes les pièces, replaçant les couvre-lits et quelques objets qu'Aristote avait déménagés durant la journée, dont une pantoufle de Charlemagne et une poupée de sa demi-sœur.

— Comment se fait-il que ce maudit chien ait été oublié dans la maison ? s'enragea Madeleine Beausoleil. À moins que ce soit le p'tit chenapan qui soit revenu plus tôt et qui l'ait fait rentrer pour nous narguer.

— Ce n'est pas un oubli, grand-mère.

— Comment peux-tu affirmer cela ?

— Grand-père est en bas. Depuis que vous avez cessé de passer l'aspirateur, j'ai entendu du bruit au sous-sol.

— Tu as l'oreille fine, ma petite musicienne.

La grand-mère de Mélodie descendit au sous-sol, alluma les faibles lumières jaunâtres de la pièce déjà mal éclairée en plein jour malgré les rideaux ouverts :

— Qu'est-ce que tu fais là, Fernand ?

Dans son pyjama de flanelle rayé jaune et bleu, appuyé

contre un mur, pas rasé, les yeux révulsés, la bouche béante, son Fernand avait l'air perdu dans ses pensées peu réjouissantes et ne réagissait pas. Il avait sombré dans un état d'hébétude.

— Qu'est-ce que je vois, Fernand ?

— La même chose que moi, Madeleine, murmura-t-il faiblement.

— Des grains de céréales répandus un peu partout. C'est beau en grand. Tu devrais avoir honte, Fernand. Tu te prends pour le Petit Poucet ou quoi ?

S'approchant de l'encadrement de la porte de sa chambre, madame Beausoleil se désola de voir l'aspect de son lit conjugal, les couvertures emmêlées avec un oreiller, l'autre par terre, devinant qu'une multitude de longs poils tapissaient les draps froissés. Elle porta la main à sa poitrine en se retournant, oppressée :

— T'es pas dans ton état normal, Fernand ! Il va falloir que tu te secoues. Au moins que tu décolles pour que je passe l'aspirateur. Le sous-sol, en plus. Comme si j'avais pas eu assez de le passer en haut ! J'ai ma journée dans le corps, moi ! Fainéant !

Après une bonne demi-heure de ramassage et de nettoyage, après que le lit eut été dépouillé de ses poils puis refait, Madeleine Beausoleil, plus sereine, aida Fernand à se lever en le tirant d'une main vers la chambre. Décidée à tirer la situation au clair, elle s'assit au bord du lit et enjoignit Beausoleil à faire de même. Penaud, il écrasa les chenilles du couvre-lit en s'assoyant à ses côtés.

— Je comprends ton désarroi, Fernand, mais il va falloir que tu réagisses. Tu te laisses aller. J'admets que j'ai été un peu brusque tout à l'heure, mais remettre de l'ordre dans notre nid m'a rassérénée. Il va falloir que tu reviennes de ton geste, Fernand, et que tu regardes l'avenir en face et avec confiance.

Pendant que madame Beausoleil poursuivait son long monologue en présence de son mari, Florence rentrait de son travail. Vidée, éviscérée, elle n'avait pas le goût de cuisiner pour le souper. En plus de son travail d'infirmière, pour aider une préposée complètement débordée elle avait passé une partie de son temps à changer les lits des patients et à décrotter les vieux incontinents qui souillaient leur couche. Sa mère, qui venait d'entendre la porte de la maison se refermer, monta du sous-sol et supplia sa fille de venir l'aider.

— C'est-tu si nécessaire, maman ?

— Écoute, Florence, ton père est sur la déprime. Il a passé la journée en pyjama et a l'air d'un zombie traînassant dans le fond de la cave. Pour moi, il est ni plus ni moins victime du syndrome de l'ours en cage.

— Vous êtes pas bien bien gênée de traiter notre sous-sol de cave, maman ! Pis ramassez-le, votre mari. Vous voyez bien que j'en ai plein mon « casse » de ma journée ; faut que j'aille faire le souper, que je m'occupe un peu des enfants, pis vous me demandez de ramasser une loque humaine qui n'a aucun sens de l'initiative.

— Fais quelque chose pour ton père, Florence. C'est moi,

ta mère, qui te le demande expressément. Aide-moi, puis je t'aiderai à faire le souper.

À son tour, Florence s'assit sur le couvre-lit de chenille aux côtés de son père alors que sa mère supervisait le tout, appuyée au chambranle de la porte de chambre. Florence prit une voix de petite fille qui parle à un père retourné en enfance, la même voix infantile et doucereuse que celle qu'elle empruntait avec des patients qui l'exaspéraient.

— Vous devriez bricoler, papa. On peut vous faire une belle place à votre goût dans le hangar avec tous les outils que vous voulez.

Beausoleil consentit à se livrer un peu...

— J'ai pas l'intention de me retrouver avec les vieux de l'âge d'or, à faire rouler ma boule de quille, à jouer au base-ball poche ou à suivre des cours de danse en ligne.

Florence, dont la coupe commençait à déborder, s'impatienta. Elle se leva du lit et s'adressa à son père sur un ton de semonce, délaissant l'attitude empathique qu'elle avait empruntée :

— Bon, on en reparlera ! Maintenant, vous allez être sage. Je me suis occupée un peu de vous, faut que j'aille faire le souper. Y a pas seulement vous dans la maison. Pendant ce temps, vous allez vous laver et vous débarrasser de ce maudit pyjama. Vous avez l'air d'un clown. Allez, ça va vous remettre sur le piton.

Trois quarts d'heure plus tard, le casanier Beausoleil refit surface en sortant de son antre. Il avait revêtu un complet — le seul qu'il possédait — et agrémenté son col d'une cravate pied-de-poule qui s'harmonisait mal avec sa chemise bariolée et qu'il avait nouée de travers. Sa femme avait assisté Florence pour la préparation du souper. Manuel, qui avait deviné quelque drame dans sa chaumière, mit les couverts. Beausoleil s'avança comme un débile, hésitant à chacun de ses pas, tira une chaise et s'assit pesamment.

Les autres s'avancèrent avec respect sur la pointe des pieds vers la table, le souffle retenu, et tirèrent leur chaise avant de s'asseoir à leur tour. Il ne manquait que Charlemagne, qui comprit lui aussi la gravité de la situation et qui, manifestement, semblait en jouir. Madame Beausoleil servit la soupe, en commençant par son mari. La lippe pendante, d'un geste lent et décomposé, Beausoleil attaqua le bouillon en portant une cuillerée encore fumante à sa bouche. Les regards empesés se tournèrent gravement vers l'homme cravaté, surveillant ses moindres gestes.

— Tu sapes, Fernand ! fit remarquer madame Beausoleil en apportant le dernier bol sur la table.

Charlemagne pouffa de rire. On avait l'habitude de le reprendre, lui, mais de réaliser que son grand-père faisait l'objet de réprimande…

— Charlot, c'est pas le temps de rire, lança sa grand-mère.

— Monsieur Beausoleil, je pense que vous devriez mettre vos talents de bricoleur à profit, intervint Manuel dans une tentative de diversion. Sûrement que Canadian Tire, Wal-Mart ou Réno-Dépôt seraient fiers d'engager quelqu'un comme vous. Avec toute l'expertise que vous possédez, vous seriez grandement apprécié.

— J'ai offert à mon père de lui aménager un coin d'atelier dans le hangar, Man.

L'offre de Bédard était demeurée lettre morte. Beausoleil ne réagissait pas, l'œil vitreux, affichant un air désabusé et faisant la sourde oreille. Il repoussa l'assiette qu'on venait de lui présenter, retira sa chaise et passa la porte de la maison. Tous sauf Charlemagne échangèrent des regards indignés. Cependant, seule Mélodie s'en inquiéta et voulut le rattraper.

— Ne t'en fais pas, mon ange. Grand-père est resté enfermé toute la journée. Le grand air lui fera du bien.

Après le souper, se concertant pour débarrasser la table, malgré les paroles rassurantes de Madame, Florence et sa mère échangèrent leurs respectives inquiétudes quant à Beausoleil. Bédard s'absorba dans des préparations de cours et, parvenant à s'installer au comptoir lunch de la cuisine, de sa frêle main gauche, Mélodie acheva de découper dans un catalogue des poupées qu'elle collerait ensuite dans un album. Traînant son sac d'écolier sur le plancher de la cuisine, Charlemagne le hissa sur la table, ouvrit ses livres et ses cahiers et fit semblant de travailler. Après sa petite mise en scène, l'air espiègle, de son œil de gamin parfois malicieux, Charlemagne s'esquiva au sous-sol. Il pénétra dans la chambre de ses grands-parents, ouvrit le coffre à bijoux et s'empara d'une des deux montres qui reposaient dans un des compartiments. Comme madame Beausoleil aimait le changement, elle alternait le port de ses montres d'une journée à l'autre au même titre qu'elle le faisait avec ses colliers ou ses bracelets. Sauf pour le rang de perles, res-capé d'un vol, et auquel elle vouait un attachement particu-lier ces jours-là. Après avoir enfoui le bijou dans le fond de sa poche, Charlemagne s'empressa de quitter la chambre et de retourner à la cuisine pour ses devoirs et ses leçons. Plis-sant les yeux sous la frange de ses cheveux, il ouvrit magis-tralement son livre de français et se mit à épeler tout haut et avec une ardeur simulée des mots dont il ne connaissait même pas le sens jusqu'à ce que sa mère lui demande de baisser le ton tout en le félicitant pour son application peu habituelle.

À la fin de la soirée, Beausoleil n'était pas encore ren-tré. Cependant, se faisant violence pour éviter de se ronger les sangs, Madame se prépara pour la nuit, se délestant de ses bagues, de ses bracelets, de sa montre et de son collier, les déposant négligemment, sans les ranger, sur le bureau à côté de son précieux coffre.

Ce n'est que le lendemain, alors que son mari avait re-trouvé sa couche en rentrant à une heure indue dans un lamentable état d'ébriété, que Madame réalisa ce qu'il était advenu. Debout, devant le miroir du bureau où s'offraient à elle toutes les richesses de son coffre à bijoux, encerclant ses doigts de bagues, entourant son poignet droit de nouveaux bracelets, elle se mit soudainement à fourrager dans tous les compartiments. « Il me manque ma montre à aiguilles ! Fernand, qu'est-ce que t'as encore fait ? »

Après le premier geste malhonnête de son mari, Ma-deleine Beausoleil était disposée à tourner la page. Le rang de perles récupéré, excuses faites, elle aspirait à une vie re-nouvelée, un nouveau départ. Cette fois, ses soupçons ne se dirigeaient pas vers le petit, mais vers son mari. En fait, il s'agissait d'une certitude. Loin d'elle l'idée de le déran-ger dans son sommeil abyssal, elle monta pour déjeuner. Au cours de la journée, elle verrait à la suite des choses. Déjà, elle entrevoyait que sa belle-fille le prenne en charge, à moins que Dollard, son beau-frère, consente à l'héberger. Ce matin-là, elle partit plus tôt vers le dépanneur, ressas-sant ces alternatives peu réjouissantes mais qui lui appa-raissaient de plus en plus souhaitables, au fond.

Dès que le patron se présenta, il s'aperçut que quelque chose n'allait pas chez son employée. Elle qui, d'un naturel accueillant, n'avait même pas levé la tête dans sa direction depuis son arrivée. Le visage tourné vers l'étalage de ciga-rettes, elle replaçait les paquets qui n'avaient pourtant pas besoin de l'être.

— Vous n'allez pas bien, ce matin, Madeleine !

— Il se passe quelque chose de sérieux entre mon mari et moi, Elphège, lui dit-elle en se retournant, exhibant par le fait même tout son attirail de bijoux.

— Nous pouvons en parler, si vous le voulez, lui proposa-t-il, compréhensif.

— Pas maintenant ! Un client pourrait survenir à tout mo-ment. De toute façon, je ne me sens pas vraiment à l'aise pour en parler encore…

— Tenez, je vous invite à dîner au restaurant ce midi. Nous en parlerons à l'aise. Ma femme est partie magasiner en ville et ne sera pas de retour avant la fin de l'après-midi. D'ici là, on évite le sujet. D'accord ?

— D'accord !

À la fin de l'avant-midi, Sabourin sortit une feuille et un crayon feutre de dessous le comptoir et inscrivit en lettres rouges : DE RETOUR DANS UNE HEURE. Il plaça l'affiche dans la fenêtre et le couple s'engouffra dans la voiture de Sabourin.

La voiture s'arrêta devant un restaurant du plus vieux quartier de la ville. Le propriétaire du dépanneur ne tarissait pas d'éloges envers son employée, qu'il trouvait de plus en plus capable d'initiatives, toujours agréablement vêtue et fière. Il confia que sa femme se préoccupait assez peu de se parer de bijoux et de mettre sa personne en valeur. Madeleine Beausoleil buvait les paroles de son patron, d'autant plus que son mari était plutôt avare de compliments. « Venons-en au fait, Madeleine... » avança Sabourin dans un élan d'intimité que sa compagne ne comprit pas tout de suite. « Qu'y a-t-il au sujet de votre mari ? Vous sembliez toute bouleversée en arrivant ce matin. » Et madame Beausoleil de relater tous les détails de la disparition de bijoux. Comme il s'agissait de son mari, elle eut une certaine pudeur à en parler, mais se conforta rapidement en observant l'œil accusateur de son vis-à-vis.

Plus le repas avançait, plus le regard de Sabourin se faisait inquisiteur, détaillant le corsage de son employée. Il se retint de lui prendre les mains, se limitant à les effleurer et à lui avouer en la tutoyant qu'il se plaisait en sa compagnie,

mais son attitude hautement intéressée trahissait ses sentiments. « Je n'ai pas de conseils à te donner, Madeleine, mais
il s'agit d'une affaire sérieuse et le problème de ton mari ne
se réglera pas de sitôt, tant et aussi longtemps qu'il n'aura
pas déniché d'emploi », conclut-il en dévisageant celle qui
partageait le repas avec lui. Pour madame Beausoleil, le
patron venait manifestement de cogiter une évidence à laquelle elle était elle-même arrivée.

Après un après-midi de travail bien rempli à répondre
aux désirs et aux besoins de clients pressés et capricieux, à
vendre des cigarettes et des billets de loterie à des gens mal
vêtus, madame Beausoleil craignait son retour à la maison.
Elle ne savait pas quand ni surtout comment elle annon-
cerait à son conjoint qu'elle souhaitait son départ mais elle
était fermement décidée à le lui annoncer. Or, Beausoleil,
confortablement installé dans le salon, ne réagit pas à l'arrivée de sa femme. Comme si de rien n'était, les deux pieds
sur le pouf, il continua à siffloter, épluchant les pages du
journal quotidien. Il semblait avoir repris le goût de vivre.
Néanmoins, Madame se méfiait de son attitude débordan-
te d'optimisme qui, selon elle, devait cacher quelque chose.
« On soupe ! » cria Florence à toute la maisonnée. Sans se
faire prier, sourire aux lèvres, Beausoleil abaissa son journal et s'approcha de la table d'un pas alerte. À genoux sur
la chaise, après avoir plongé la louche remplie à ras bord
dans la casserole de ragoût, Charlemagne ramenait vers lui
sa cargaison en laissant sur la nappe une longue traînée de
sauce brune. Voyant la scène, impatiente, sa grand-mère

fit irruption, lui enlevant la louche de la main, bramant un très sonore « Charlemagne Lamontagne ! » et lui intimant l'ordre de poser bien comme il le faut ses deux fesses sur la chaise. Contrarié, l'œil torve, le garnement s'assit, se croisant les bras et attendant que tout le monde s'attable et qu'on le serve.

— J'ai une bonne nouvelle à vous annoncer ! lança Beausoleil, prenant un ton solennel.

— Tu vas déménager ! s'exclama Charlot, réagissant le premier.

— C'est vrai, grand-papa ? s'inquiéta Mélodie.

— Certainement que c'est vrai ! coupa madame Beausoleil en donnant une énergique tape avec le plat de la main sur la table, faisant vibrer tout ce qui y reposait et se levant comme un ressort qu'on vient de libérer de sa tension.

— Comment ça ? interrogea Florence. Vous ne m'en aviez pas parlé !

— Qui parle de déménager ? s'insurgea Beausoleil.

— Bon ! Attendez un peu qu'on clarifie la situation, s'interposa Manuel, en se levant lui aussi et empruntant le ton magistral d'un maître qui intervient juste à temps dans un vigoureux échange entre des élèves, avant qu'il ne dégénère en querelle.

— Toé, le gendre, assis-toé ! ordonna Madeleine Beausoleil en le pointant du doigt.

Devant une réaction aussi subite et inattendue, Bédard résolut de s'asseoir. Mélodie, effrayée, se réfugia dans les bras de sa belle-mère tandis que Charlemagne se réjouissait intérieurement, douce vengeance, d'avoir provoqué la zizanie autour de la table et du fait que son grand-père soit trouvé coupable à sa place.

Le visage écarlate, bouffi de colère, Madeleine Beausoleil explosa et déblatéra sur le compte de son mari pendant qu'Aristote, interdit de séjour dans la maison et surgissant d'un coin du salon, aboyait de son cri sourd et protestataire :

— D'abord, mettez-moi ça dehors, c'te chien-là ! Fernand, hier encore, tu rampais dans le fond de la cave, expiant une faute honteuse parce que tu avais manqué ton coup en espérant que le vol de mes perles passe sur le dos de notre petit-fils, qui a d'ailleurs une conduite presque irréprochable. Puis, aujourd'hui, viens pas me dire que ce n'est pas toi qui as piqué mon bracelet-montre en or pour le refiler à un quelconque revendeur.

Puis, soulevant la poitrine, elle reprit une profonde inspiration, frappa de nouveau de sa main sur la table, provoquant une nouvelle onde de choc, et poursuivit avec autant de fougue et d'emportement :

— Va faire ta valise et sors d'ici, malotru !

Le bonheur du vindicatif Charlemagne avait atteint son paroxysme. Il appréciait le visage cramoisi de sa grand-mère qui s'opposait, du reste, au visage de son grand-père, irradié d'une pâleur à faire frémir un fantôme. Beausoleil fit volte-face et s'enfonça dans le sous-sol, dévalant avec ses pantoufles éculées les marches de l'escalier. Le souffle coupé, tout le monde attendait la remontée du récidiviste sexagénaire qui ne réapparut pas. Il s'était carapaté. Quelques instants plus tard, on entendait la Neon démarrer. En effet, Beausoleil avait emprunté la sortie du sous-sol qui donnait sur l'arrière de la maison et s'était éclipsé. Il avait appareillé et pris le large. Florence, la voix entrecoupée par l'émotion, accourut à la fenêtre. Aristote se trouvait maintenant dans l'entrée de cour, annonçant à tout le voisinage le départ précipité de l'aïeul en furie qui s'effaçait avec deux sacs à ordures remplis d'effets personnels.

43

Le visage crispé, les deux mains solidement cramponnées au volant de sa Neon, l'exclu, qui avait prestement quitté Rougemont, fonçait maintenant dans le paysage banlieusard montréalais. Il traversa le pont Champlain en se moquant éperdument de la limite de vitesse. Habité par la rage et rongé par l'humiliation qu'il venait de subir, Beausoleil ne sut d'abord où se réfugier. Sa Madeleine ne l'avait pas ménagé en l'insultant gravement devant les membres de sa famille. Qui plus est, elle ne lui avait donné aucune chance de s'expliquer. Son attitude revêche démontrait qu'elle était peu encline à la clémence. Chose certaine, enragé comme il était, il se sentait tellement sur des charbons ardents qu'il éprouvait une énorme difficulté à poser son esprit et réfléchir à ce qui lui arrivait. Il n'avait que quelques dollars en poche, sa carte de guichet et ses cartes de crédit pour se débrouiller financièrement. Néanmoins, son compte de banque était presque à sec et sa limite de crédit réduite au minimum. L'idée d'aboutir comme un naufragé chez son fils était de prime abord écartée. Il ne voulait pas se résoudre à l'interrogatoire dont il ferait l'objet. Celle d'échouer dans un centre d'aide pour itinérants lui traversa l'esprit mais il la rejeta aussitôt, craignant d'être relégué au rang des drogués et des crasseux du bas de la ville. Cela lui répugnait suprêmement. À tel point qu'il continua d'errer dans les rues de Montréal jusqu'à ce qu'il pense à son richissime beau-frère Dollard, qui devait avoir de la place pour l'héberger dans son château de l'Île Bizard. À défaut de convaincre son beau-frère au caractère imprévisible et irascible, il tenterait d'amadouer sa sœur afin qu'elle l'héberge pour la nuit. Après, il verrait.

L'homme en peine stationna sa Neon devant le garage triple d'une entrée en pavé après avoir péniblement sillonné quelques rues à la recherche de la somptueuse et extravagante chaumière de l'homme d'affaires. Finalement, devant lui, s'élevait une majestueuse résidence en pierre qu'il croyait reconnaître. Une fois seulement, lorsqu'il avait pendu la crémaillère, son beau-frère avait invité toute la parenté afin qu'elle puisse se rendre compte du vénérable sommet matériel qu'il avait atteint. Lui qui, l'avait-il fait remarquer avec insistance, avait traîné ses hardes dans les ruelles mal famées du quartier défavorisé de son enfance. Il se rendait à l'école le ventre creux pour apprendre des inepties qui ne lui avaient pas servi avant de retourner dans le taudis surpeuplé de ses parents et de les voir s'engueuler, son père chômeur en camisole et bouteille de bière à la main et sa mère trimant dur toute la journée, faisant des ménages « payés en dessous de la table » et regagnant son logis décati. Après cette consécration, plus rien ! Aucune autre invitation. Que des gens de son aristocratique rang à entretenir pour faciliter la signature d'éventuels et lucratifs contrats ! Un moment agacé par l'idée de bloquer la sortie d'une des voitures, Beausoleil résolut de choisir la porte de droite. « À défaut de prendre la Rolls, ils se rabattront sur la BMW ou la Mercedes », pensa-t-il.

Une imposante porte de bronze sculpté s'ouvrit. Une jeune dame l'accueillit avec un sourire mitigé. Ce devait être la gouvernante de la maison puisqu'elle portait un tablier blanc et une espèce de coiffe d'infirmière « comme on en voit dans les films américains », songea Beausoleil.

— Monsieur est attendu, postillonna la grassouillette et jolie Martha, qui remarqua les deux sacs à déchets verts encadrant le visiteur.

Allemande d'origine, l'image évoqua en elle la vue d'un traditionnel saucisson allemand et elle pouffa de rire.

— Monsieur est le frère de Madame, s'insurgea Beausoleil, empruntant un peu le langage et le ton des gens de la haute société.

— Madame est absente, précisa laconiquement la gouvernante dans un excellent français agrémenté d'un savoureux accent germanique.

— Puis-je voir mon beau-frère ? tenta Beausoleil.

— Je ne sais pas s'il peut vous recevoir ! À cette heure, vous savez !

— Je n'ai pas choisi mon heure, madame, mais j'apprécierais que vous lui fassiez part de ma présence.

— Bien, mais vous attendez dans le hall que je vous rende réponse, ordonna la ragoûtante *fraülein*.

« C'est déjà ça de gagné ! » pensa Beausoleil en admirant le vaste emplacement bordé de deux imposants escaliers de marbre tournants qui se réunissaient à l'étage sur une magnifique mezzanine donnant accès aux pièces du deuxième. Au-dessus de lui, un impressionnant luminaire émergeant du plafond par une chaîne torsadée retenant un corps de déesse qui s'épanouissait en sept branches au bout desquelles surgissait une chandelle, luminaire qui n'avait d'égal que ceux que l'on rencontre dans les riches églises ou les cathédrales, la déesse étant remplacée par un ange ou quelque autre créature céleste. Et, pendant que Beausoleil promenait un regard circulaire sur les toiles modernes accrochées aux murs :

— Comment ça va, beau-frère ? projeta l'homme en robe de chambre qui déambulait vers lui en faisant boucaner un cigare obèse.

Porté par ses jambes arquées et poilues qui s'étiraient sous sa robe de chambre, Limoges progressa vers le visiteur inattendu et s'immobilisa en tournant la tête pour expirer bruyamment des volutes d'une fumée épaisse. Gêné par les halos de boucane, Beausoleil remarqua tout de même la *moumoute* mal ajustée qui recouvrait son crâne jadis luisant et la silhouette curviligne qui s'harmonisait à merveille avec son nez aquilin.

— Ma sœur n'est pas là ?

— Ta sœur est partie en voyage. Elle revient dans trois mois. Quand elle n'est pas en voyage, elle oscille entre le salon de beauté, le salon de bronzage, le salon de massage et le cabinet du psy. Sans compter qu'elle s'est fait « liposucer » sa culotte de cheval, remonter le visage et « shooter » les seins au silicone. Veux-tu t'asseoir et l'attendre ? ironisa l'homme en s'esclaffant.

Sans le savoir, Limoges n'était pas bien loin de la vérité.

— Toujours aussi farceur, Dollard !

— Qu'est-ce que tu fais avec tes sacs verts, Fernand ? Tu vends des guenilles, astheure ?

— Non, j'en porte régulièrement, se défendit Beausoleil, blaguant à son tour.

Limoges mit affectueusement la main sur l'épaule de son beau-frère, l'amena dans la bibliothèque, lui enjoignant de déposer ses deux sacs à ordures près de l'ordinateur. Malgré la grandeur de la pièce, Beausoleil se sentait oppressé par la vue de tant de livres serrés les uns contre les autres, étagés du plancher au plafond surélevé.

— Pourquoi tant de bouquins ?

— Tu connais ta sœur ! Ça n'a jamais été une grande liseuse, mais elle aime impressionner.

« Elle n'est pas la seule », se dit le visiteur.

— Et pourquoi l'ordinateur ?

— Pour mieux répertorier et retracer ses volumes. Si tu remarques, il y a aussi un coin lecture qui sert à l'audition de disques. Regarde sur le mur à ta droite sa collection de disques compacts. Tu prends combien de glaçons dans ton scotch, Fernand ?

— Seulement deux ! insista Beausoleil pour contrebalancer

modestement l'excès dont son beau-frère venait de faire étalage et contrer la claustrophobie naissante qui l'envahissait. Limoges, croyant avoir tout dit sur la pièce culturelle de la résidence, enjoignit à son beau-frère de passer au salon en lui intimant l'ordre de transporter la bouteille de scotch pendant la poursuite de la visite du propriétaire.

On accédait au salon par deux larges portes ouvragées qui donnaient sur une salle démesurément vaste recouverte d'une moquette riche et moelleuse déjà écrasée par un éblouissant piano à queue et que Beausoleil hésita à fouler.

— Gêne-toi pas, Fernand. Fais comme chez vous.

Tu peux pas mieux dire, mon Dollard, songea Beausoleil un instant.

— Suzanne joue pas de piano, à ce que je sache ?

— Ça donne un beau look. Faut dire que c'est commode pour nos réceptions.

— Ah bon ! s'étonna Beausoleil.

Puis l'hôte demanda avec une empathie qui ne lui était pas familière ce qu'il pouvait faire pour l'aider à cette heure du soir. Limoges, d'un naturel plutôt acariâtre, semblait disposé à deviser avec lui. Un moment, Beausoleil s'imagina que l'absence de sa sœur y était pour quelque chose et, par conséquent, la présence réconfortante et réjouissante de la gouvernante bien en chair également. Il devait sûrement y avoir d'autres serviteurs dans cette grande maison, mais Beausoleil crut bon de ne pas s'en informer.

En sortant du salon, Limoges pointa du doigt vers une aile de la demeure pour désigner les chambres des serviteurs, les cuisines, les trois salles à manger : la Victorienne, la Romantique et la Contemporaine. Chemin faisant vers la serre horticole, Beausoleil commença à déballer son sac en précisant qu'il était victime d'un malentendu, ce qui expliquait son départ impromptu et sans doute temporaire de la maison, mais son beau-frère l'interrompit aussitôt. Il n'eut pas même le temps de préciser qu'il demeurait chez sa fille depuis son retour précipité au Québec, qu'une malencontreuse infortune l'avait placé devant une faillite personnelle, que sa pension et les petits revenus qu'il tirait des gouvernements ne servaient qu'à rembourser le coût du véhicule récréatif dont il avait, du reste, dû se départir à rabais que le bras protecteur de son beau-frère l'entraîna vers le sous-sol en lui précisant que l'entièreté de la propriété était placée sous haute surveillance.

À lui seul, le soubassement constituait l'équivalent d'un grand bungalow entièrement aménagé en différentes pièces qu'il fit visiter en insistant sur le coût d'aménagement de chacune d'elles : salle de billard, salle d'exercices, piscine, sauna et bain tourbillon, sans oublier la salle de projection et la chambre noire. Ensuite, Limoges s'arrêta devant une porte close. Il se composa un air de grandeur, aspira profondément une bouffée qu'il exhala longuement au-dessus de la tête de son beau-frère, tourna la poignée dorée, poussa la porte du revers de sa main velue et actionna l'interrupteur qui embrasa instantanément de ses feux halogènes une incroyable maquette rassemblant des édifices à bureaux, de très gros blocs à appartements et un complexe immobilier en construction. Limoges sirotait son cinquième scotch, tenant son verre d'une main et son cigare de l'autre en commentant au sujet de ses possessions et en vantant ses projets.

Complètement imbu de lui-même, Limoges, qui n'avait absolument rien compris de l'état de la situation de son beau-frère, lui demanda s'il était toujours à l'emploi d'Hydro-Québec.

— Pour ne rien te cacher, Dollard, je suis à la recherche d'un emploi et je souhaite passer la nuit ici, avoua Beausoleil qui, les facultés non affaiblies par l'alcool, se maintenait dans les vertus de la sobriété, contrairement à son hôte qui réclamait un sixième scotch.

L'homme en robe de chambre se mit à tanguer sur les flots du whisky écossais qu'il avait ingurgité, saisit une baguette semblable à celle d'un maestro et, évitant de justesse de couler à pic, la pointa en direction d'un immeuble de dix étages qui était cruellement en manque d'un concierge.

— Là, j'ai besoin d'un bon homme, Fernand.

— Laisse-moi la nuit pour y penser, Dollard.

Encore en pleine possession de ses moyens, Beausoleil localisa un ascenseur et déposa la bouteille de scotch et son verre sur le bord de la maquette. Il saisit celui de l'homme ivre, son bout de cigare mâchonné imbibé de bave et d'alcool et fit de même. Le plus gros restait à faire : monter le propriétaire à l'étage supérieur. Protestant de sa voix de rogomme, puant l'alcool, Limoges refusa d'abandonner à son sort la précieuse bouteille. Le soutenant du mieux qu'il le pouvait sous l'aisselle droite et le bras gauche agrippé à ses épaules, Beausoleil entreprit de déplacer le macchabée vers l'ascenseur.

À l'étage des chambres, le visiteur rencontra la gouvernante qui indiqua où déposer la « dépouille ».

— Je me charge du reste, insista la dévouée Martha en défaisant le lit et allongeant le corps mort pour la nuit.

— Pouvez-vous m'indiquer une chambre pour coucher, madame ?

— Vous avez le choix ; elles sont toutes disponibles à l'étage.

Après avoir été l'obscur et fantomatique pensionnaire du soubassement de son gendre, à traînasser ses godasses dans le fond de la cave, sourire aux lèvres, Beausoleil descendit vers la bibliothèque pour récupérer ses deux sacs verts et remonta à l'étage des chambres, habitué qu'il était à ramper dans un sous-sol des plus ordinaires.

Après une nuit qui le restaura entièrement, il prit une douche dans la salle de bains de la chambre. Ensuite il mit la tête dans un de ses sacs verts, en tira des vêtements froissés qu'il enfila allègrement. Le jeans et la chemise à carreaux conviendraient pour le travail de conciergerie qui l'attendait.

Martha, la gouvernante, était postée au pied de l'escalier. Après un cordial bonjour, elle lui demanda dans quelle salle à manger il voulait prendre le petit-déjeuner.

— Dans la Contemporaine, lança-t-il sans réfléchir. Mais, dites-moi donc, mon beau-frère est-il levé ?

— Non seulement il s'est levé de bon matin, mais il est déjà parti pour le bureau. Il a laissé une note pour vous.

Martha tendit un bout de papier froissé au pensionnaire. Beausoleil le prit, tenta de décoder les pattes de mouche griffonnées à la hâte indiquant le numéro de téléphone du bureau et « à ce soir ».

Le copieux petit-déjeuner pris dans la Contemporaine le ragaillardit et il se sentit d'attaque pour affronter la journée en acceptant la proposition de Limoges.

44

LE BATAILLON D'ENSEIGNANTS montrait des signes de fatigue à ce temps de l'année. Beaucoup de soldats ne résistaient pas aux assauts répétés et incessants de la horde estudiantine. Non pas qu'ils mouraient au combat et tombaient sous les balles, las de guerroyer sur la ligne de feu, mais, attaqués périodiquement par l'ennemi, ils préféraient se replier dans les tranchées pour se mettre à l'abri et refaire leurs forces.

Manuel Bédard était de ces rarissimes et vaillants combattants qui se présentaient sur le champ de bataille sans jamais faillir à la tâche. Or, on était désespérément en manque de soldats. Les réservistes, en nombre trop restreint, se présentaient timidement devant les classes et, après quelques tentatives échouées de diversion de l'ennemi, baissaient pavillon et, très vite, abdiquaient, rendaient les armes et montraient le drapeau blanc. Il se trouve qu'on demanda aux soldats aguerris et couverts de médailles de prendre la relève des combattants exténués en plus d'assumer leurs nombreuses tâches habituelles. Ce à quoi Bédard se refusait systématiquement, alléguant qu'il sentait le besoin de s'absenter mais qu'il se substituait déjà à lui-même.

Fantassin par devoir et par métier, Bédard n'avait d'armes que son expérience, son rétroprojecteur et... son bâton de craie. Lors de savantes démonstrations algébriques, il faisait grincer sa baïonnette de chaux sur le tableau noir, tournant le dos à l'opposant, risquant à tout moment d'être descendu à bout portant. À eux seuls, ces petits et en apparence inoffensifs cylindres constituaient une menace permanente pour la santé de leur utilisateur. Ce genre d'engin, que Bédard associait grossièrement à une grenade, dégageait une poussière soupçonnée de toxicité, encrassait les poumons roses et assurait insidieusement une mort lente et sournoise. D'ailleurs, il entrevoyait avant la fin de sa carrière dans la milice une dénonciation en règle de l'absence d'étiquette sur la boîte déclarant ce dangereux médium scolaire comme impropre à la consommation humaine et ne possédant aucune valeur nutritive, y compris les indispensables oméga trois.

Fort de son approche stratégique, il s'aventurait rarement dans les travées de la classe, préférant osciller entre son pupitre, le rétroprojecteur et le tableau noir. Ainsi, même au front, employant ses ruses de Sioux, il évitait les affrontements. Il savait qu'un jour, de guerre lasse, à défaut de pouvoir déclarer la fin des hostilités, il battrait en retraite.

En attendant, le prof Bédard menait une double vie comme enseignant. Parallèlement à sa carrière au public, Manuel Bédard poursuivait ses pèlerinages auprès de Yann pour lui apprendre à lire, reléguant, bien à regret cependant, sa laborieuse carrière d'écrivain dans les octets de son ordinateur. La difficulté que Lamontagne avait éprouvée à décrypter la carte de fête que son fils lui avait offerte l'avait replongé dans la douloureuse prise de conscience de son incompétence chronique à lire. Dès lors, celui-ci avait pris la décision de vaincre son analphabétisme par crainte d'être refoulé à la classe des indigents intellectuels et, surtout, d'être ridiculisé par un fils qui ne l'admirait plus et qui n'effectuait que de très brèves, rarissimes et sporadiques transhumances parentales de fin de semaine. Le tout sous le couvert du silence, pour ne pas que Charlot soit mis au courant d'une si humiliante soumission à une réadaptation académique tardive.

D'abord une fois par semaine, le samedi, Lamontagne tenait entre ses gros doigts malhabiles un petit livre d'histoire dont il se lassait rapidement. Les pages illustrées lui donnaient du répit, mais il devait s'acharner à chaque nouvelle page de texte et poussait occasionnellement des soupirs de découragement. Bédard tentait alors de lui faire remonter la pente mais l'entreprise s'avérait difficile.

— Ça fait cinq fois que je la lis c'te *crisse* d'histoire-là, s'impatienta l'élève après quelques semaines de leçons.

— Tes progrès sont palpables, Yann, lâche pas.

— Comment t'écris ça, *palpables*, pis que c'est que ça veut dire encore, c'te mot-là ?

Bédard se réjouissait d'une telle réaction de la part de son élève rebelle, parce qu'il avait été un temps pas trop lointain où celui-ci s'en serait tenu à l'orthographe.

Lamontagne réclamait souvent une pause que son prof à domicile ne lui accordait qu'une fois sur deux, pause pendant laquelle il s'abreuvait généralement de houblon ou au mieux d'une boisson gazeuse à saveur de gingembre.

Après une demi-heure de travail intense, le pédagogue changeait d'activité. Le paralytique s'attablait avec son fauteuil roulant pour une séance d'écriture dans son cahier doublement interligné. Que de patience le valeureux missionnaire devait-il s'armer pour ramener à la surface les rudiments oubliés du paraplégique ! D'autant plus que Lamontagne était affublé d'une dyslexie sévère, ce qui ne simplifiait guère les choses. Aussi, les efforts qu'il déployait pour aider Lamontagne père n'étaient pas sans lui rappeler ceux qu'il consentait encore pour Lamontagne fils. Cependant, avoir passé tant d'années à se barricader dans un savoir dégénératif, cela nécessitait une mise à jour plus quotidienne qu'hebdomadaire. C'est pourquoi, compte tenu de ses disponibilités, Bédard proposa à son sujet d'ajouter une rencontre au milieu de la semaine. À raison de deux ateliers par semaine, le protégé progresserait plus rapidement. D'une fois à l'autre, Lamontagne devait s'appliquer à relire les mêmes historiettes et remplir des pages de lettres et de mots bien calligraphiés.

Florence souffrait de ne plus voir son premier amour. Elle jalousait Bédard de le rencontrer et cherchait des prétextes pour transiter par son appartement avec Guylaine, la musclée. Elles continuaient toutes deux de s'entraîner au gym et bifurquaient, le temps d'une « jasette », à la fin de la soirée. C'est Guylaine qui eut l'idée heureuse de proposer à son amie de rafraîchir le logis de Lamontagne. Un bon soir, persuadée que la nouvelle aurait l'effet d'une bombe chez le locataire, Florence fit un détour avant de retrouver les siens. Elle trouva Lamontagne dans un débraillé douteux qui frôlait l'indécence. Accoutré d'un haut de pyjama déboutonné et d'un bas qu'il n'avait pas pris le temps d'enfiler, Lamontagne écoutait.

— On a quelque chose à te proposer, Yann.

— De quoi c'est ? interrogea-t-il sans conviction.

— Samedi, on vient repeindre ton appartement, annonça fièrement Florence.

— Es-tu folle, *tabarnac* ?

— Pas le moins du monde, Yann ! Je suis tout ce qu'il y a de plus sérieuse.

— Plus je viens ici, plus j'ai l'impression de rentrer dans une chambre d'hôpital. Des murs blancs à faire vomir les malades, presque pas de décoration...

Interloquée, Florence jeta un œil plissé à son amie Guylaine :

— Disons plutôt que l'appartement a besoin d'être repeint et agrémenté de couleurs gaies.

— On en reparlera, si vous voulez, les filles. Pour l'instant, j'ai pas la tête à ça.

— J'ai su que tu faisais de gros progrès en lecture et en écriture, Yann. T'es même sur le point de dépasser notre fils.

— Écœure-moé pas, *tabarnac*... j'suis allé plus loin que la deuxième année du primaire, *ostie*!

— Je l'sais ben, Yann. C'est une façon de parler. Bon! On se sauve. À samedi!

Embarrassées de bidons de peinture, de gamelles, de rouleaux, de pinceaux, de bandes de papier peint et d'une pile de vieux draps entachés de gouttes de peintures multicolores, les deux femmes débarquèrent le samedi suivant dans le logement du paraplégique qui, de prime abord, ne vit pas d'un bon œil qu'on envahisse ainsi son capharnaüm. Il déclara forfait lorsqu'il se rendit compte de la détermination de l'équipe à donner un autre visage à son environnement. Mélodie, voulant demeurer dans les jupes de sa belle-mère — et prenant le père de son demi-frère en pitié pour les gros bobos qu'il s'était infligés en tombant d'un toit de maison —, avait trimbalé une brochette de poupées et toute la garde-robe de ses menus personnages, auxquels elle attribuait des rôles et faisait jouer des saynètes. Ce qui faisait dire à son père que non seulement elle était douée pour la musique, mais qu'elle démontrait d'indéniables aptitudes pour le théâtre. La maison serait vide puisque Charlemagne passerait la journée avec Félix et son père, que la belle-mère de Bédard ne comptait plus ses heures au dépanneur et que lui-même contribuerait au « ménage des filles ». Il n'avait eu d'autre choix que de donner son aval au projet tout en faisant remarquer à Florence qu'elle ne se montrait pas aussi empressée pour réaliser ses projets à lui. Bien sûr, il ferait grâce de leçons à son élève pour ne pas lui faire honte devant une Mélodie qui montrait tous les signes avant-coureurs d'une surdouée.

Avec amusement, on nomma à l'unanimité l'ex de Yann en charge du chantier. Prioritairement, on dépouilla les murs des traces du passage de Violaine Hurtubise, artifices que décrochèrent sans précaution Florence et Guylaine et que, de concert, elles firent disparaître fébrilement dans le fond d'un sac d'ordures. En revanche, on soulagea précautionneusement les murs des reliques témoignant de la jadis vie commune de Florence et Yann, déposant les précieux vestiges dans des endroits sûrs et hors de la portée des enfants. On camoufla les meubles entassés avec les vieux draps. Enfin, on découvrit les fenêtres de leurs opaques rideaux, en souhaitant les remplacer par des dentelles souriantes et jolies.

À voir travailler Guylaine, Lamontagne louangeait intérieurement ce corps de femme développé et fait pour les gros travaux. De pièce en pièce, il en suivait l'évolution et, de temps à autre, glissait étonnamment un mot d'appréciation. S'il avait semblé réfractaire à l'idée première du grand chambardement, il basculait maintenant dans la thèse opposée et réservait ses félicitations pour la fin des travaux.

En fin de soirée, exténuée et asphyxiée par l'odeur de cigarette de Yann et les émanations de peinture à l'huile mélangées à celle de la pizza du dîner et aux mets chinois du souper, laissant tomber le pinceau, Florence annonça qu'elle en avait assez, qu'elle n'avait plus vingt ans et, à titre de surintendant, promulgua que le chantier devrait se poursuivre la semaine suivante. Ce que Yann approuva sans retenue avec des remerciements et des bons mots pour tout le monde, excédé par le croupissement que sa condition lui imposait.

Malgré tous les efforts que les autres avaient déployés pour mettre de la lumière dans sa vie ténébreuse, Lamontagne s'ensablait dans ses habitudes. Comme l'œil qui s'habitue à la noirceur, Yann s'était adapté à sa condition de « claquemuré », faisant tourner les roues de son siège mobile, s'immobilisant hélas trop souvent devant le téléviseur pour voir s'ébattre des corps portant les stigmates du vice, en fumant un joint ou une cigarette d'une main et en buvant de l'autre une bière qu'il décapsulait avec la suivante.

Pour changer le mal de place, il arrivait à Lamontagne de feuilleter le journal et de s'exercer à en lire les grands titres. Il s'aventurait rarement dans les pages où figuraient les annonces classées mais tomba sur une rubrique qui annonçait un service d'escorte. Un soir qu'il n'attendait pas le prof Bédard et ses infantilisants livres d'enfants pour des séances de lecture et d'écriture, pour rompre avec la monotonie quotidienne et ressentant une soudaine montée de sève, il composa le numéro de l'agence. Une voix langoureuse et sensuelle le soumit à un questionnaire d'usage lui demandant de préciser avec le plus d'honnêteté possible son âge, sa taille, son poids, ses préférences concernant le type de femme, son numéro de carte de crédit et son adresse.

— Vous oubliez mon numéro de téléphone, mademoiselle !

— Ce n'est pas du poulet qu'on livre, monsieur, répliqua la voix. De toute façon, vous êtes déjà fiché dans nos dossiers grâce à notre afficheur.

À l'orée de la soirée, une jeune femme appuyait sur le bouton de la sonnerie de l'appartement, se tenant en équilibre sur ses talons à aiguilles, le boa rose serpentant sur sa robe chatoyante, le visage enduit d'un épais maquillage et les cils battant la chamade :

— Je suis l'escorte, Virginia. Yann Lamontagne, s'il vous plaît, demanda-t-elle, affichant un air de dégoût.

Sans répondre, le paraplégique fit signe à la demoiselle d'entrer.

— C'est moi, fit-il laconiquement.

Promenant une moue de contrariété sur l'état encore délabré de l'appartement :

— On fera pas l'amour icitte, *câlisse*.

— On est dans le grand ménage, justifia Lamontagne.

— Grand ménage ou pas, pour toé, ça va être le double, annonça sèchement l'escorte.

— Bon, ben, j'cré ben que j'vas laisser faire.

— T'es un *ostie* de beau chien sale ! glapit-elle.

Abusée, la vendeuse de charme ouvrit la porte et quitta prestement les lieux.

Le samedi suivant, on envahit derechef l'appartement du handicapé pour la deuxième couche de peinture dans les chambres, la salle de bains, la cuisine et le passage. Dans le salon, on appliquerait le papier peint. Pour la touche finale, Florence promit d'arrêter prendre les mesures des fenêtres pour les dentelles en revenant du gym, dentelles qu'elle choisirait, confectionnerait et installerait elle-même, d'ailleurs.

Après la fin de semaine, dans sa hâte de retrouver Lamontagne le plus tôt possible, plutôt que de dîner, Florence magasina pendant son heure de lunch. Elle s'appliqua à la confection des rideaux en travaillant fiévreusement à la machine à coudre dès que les enfants furent expédiés au lit. Le samedi de la même semaine, elle put donc retourner chez Yann et lui installer ses dentelles de soleil pour égayer l'appartement. Ce jour-là, Florence fit comprendre à Bédard qu'il n'était pas nécessaire qu'il l'accompagne, qu'elle et Guylaine seraient assez de deux pour parvenir à installer les dentelles.

En arrivant chez Yann, Florence était seule. Elle avait décliné l'offre de Guylaine pour l'aider et tout bonnement argué que c'était l'affaire d'une heure tout au plus. Ce dont Guylaine doutait fort, mais qu'elle accepta sans argumentation en se dessinant un sourire entendu aux coins des lèvres. Bref, Florence désirait être seule avec lui.

Lamontagne la voyait s'animer devant les fenêtres, déplacer l'escabeau de pièce en pièce, lui demandant à chaque nouvelle installation si cela convenait. Et Lamontagne exhalant sa fumée de cigarette ou de marijuana, la main retombant machinalement sur le bras du monoplace roulant, se contentant d'esquisser un demi-sourire, l'air de dire qu'elle se donnait beaucoup de peine... Pendant ce temps, l'infatigable Florence poursuivait son œuvre de bienfaisance avec enthousiasme, espérant tôt ou tard une tangible marque d'affection ou de reconnaissance qui ne venait toujours pas, réussissant à se maintenir dans un état de lévitation au-dessus de ses sentiments, émettant quelques balivernes pour meubler la conversation, auxquelles balivernes Yann réagissait par quelques onomatopées silencieuses d'approbation. Puis, à la fin des travaux, émergeant pesamment d'un silence de bénéficiaire :

— Ça va me coûter combien ?

— Pas cher, pas cher ! Manuel et moi, on s'arrange avec ça.

La bienfaitrice s'avança vers le fauteuil mobile, baissa les yeux vers son premier amant, enroula ses bras autour de son cou, inclina la tête vers lui et, déstabilisée, tomba sur ses genoux. Ce qui les fit éclater de rire tous les deux. Florence, frémissante, dans un élan de tendresse, approcha sa bouche de celle de Yann, retrouvant ses lèvres charnues, et l'embrassa passionnément. Yann, qui avait connu un désert d'amour depuis des mois, l'enlaça à son tour, passa férocement sa grosse main rugueuse sous le chemisier flottant de Florence, découvrant une poitrine nue offrant des seins bien galbés pointés vers le plaisir, renouant avec la chaleur des étreintes de celui qu'elle n'avait jamais oublié.

— Écoute, Yann, j'ai quelque chose d'important à te dire, lui annonça-t-elle, se dressant devant la chaise.

— De quoi c'est, ma belle ? réagit-il.

— Je pourrais venir vivre avec toi.

— Je m'attendais à ta demande, Flo, mais je pense que t'es mieux d'oublier ça.

— Non, Yann ! Tu vois comme on s'aime encore. J'en ai assez de vivre avec Manuel. C'est un être trop intellectuel pour moi. Il ne sait rien faire dans la maison. Il s'occupe de sa fille, c'est vrai, mais pour ce qui est de Charlot, pour un pédagogue, ça vaut pas cher la tonne, comme le dirait ma mère. Elle qui, d'ailleurs, a toujours vanté Philippe pour ses nombreux talents et poussé sur moi parce que j'étais pas assez studieuse à son goût. Ah ! Tu sais pas, mon père est parti de la maison pour une histoire de montre volée et qu'il aurait revendue parce qu'il est en manque d'argent. J'sais pas où il reste celui-là, mais j'suis pas vraiment intéressée à en entendre parler. Surtout qu'il a voulu faire passer son coup sur le dos de notre Charlot.

— Si j'comprends bien, tu me proposes une nouvelle vie avec notre fils.

— J'pense que c'est possible, Yann. J'suis prête à tout recommencer à neuf. Ça dépend de toi…

Florence, replaçant son chemisier dans son pantalon taché de gouttes de peinture, reprit un ton implorant et poursuivit :

— Naturellement, je laisserais Charlot terminer son année scolaire avant de déménager.

— Charlot a pas nécessairement le goût de s'en venir rester avec nous, Flo. En tout cas, donne-moi le temps d'y penser un peu.

— Comme ça, tu dis pas non ?

45

Depuis l'affaire de la montre dérobée, Charlot riait sous cape. Son entourage l'avait exonéré de tout blâme. Non seulement on avait restauré la confiance qu'on lui portait, mais, dans sa *caboche* d'enfant de neuf ans, il lui fallait être plus audacieux en cherchant des occasions de se prouver à lui-même qu'il détenait un pouvoir sur les adultes en général, et sur ses camarades de classe en particulier. Être malfaisant semblait pour lui une seconde nature, parfois. Avec le temps, ses ruses procéderaient du raffinement et il parviendrait à d'autres fins.

Les semaines s'égrenaient trop lentement pour Charlemagne Lamontagne, dit Charlot, qui s'ennuyait fort à l'école. Mademoiselle Lalumière, qui avait décidé de « monter » avec ses élèves, avait expliqué à ses petits qui trouvaient le temps long pendant les leçons, qu'on ne peut accélérer le temps, pas plus qu'on peut faire couler le sable du sablier plus rapidement en le secouant énergiquement. Généralement, Charlemagne se désintéressait de tout ce qui l'astreignait à tenir son fond de culotte englué sur sa chaise, appréciant tout ce qui s'appelait atelier ou cours d'éducation physique.

Si mademoiselle Lalumière ne donnait plus signe de vie à la maison, il ne fallait pas pour autant en conclure que tout allait pour le mieux avec celui qu'elle qualifiait, dans ses moments de grande lassitude, de « petit monstre de Lamontagne ». Mademoiselle Lalumière, une illuminée qui avait tenté d'éclairer ses sujets depuis le début de l'année, n'en pouvait carrément plus. Obnubilée par le spectre de la pénalité actuarielle qu'elle avait tant souhaité éviter, elle avait opté, dans sa sagesse et sous les judicieuses recommandations de son syndical délégué, pour un retrait préventif — n'ayant rien à voir avec un congé de maternité —, avant que la démence ou, à tout le moins, la dépression nerveuse, ne l'envahisse. En fait, la sinistre madame Després suppléait pour la remplacer. Du mieux qu'elle le pouvait, la pauvre. Après des années d'absence, ne voulant pas donner prise à une sénilité précoce, alors que s'étaient succédées à son insu quelques générations d'écoliers, la « maigrelette » Marguerite Després reprenait du service et tentait un retour dans l'arène. Avant même de donner son nom à la commission scolaire pour faire du remplacement à la pige, elle avait parcouru religieusement les trois tomes de son biblique traité de psychologie. Bardée du petit guide du parfait suppléant et d'un exemplaire de sa convention collective, elle se présenta de bon matin à l'école.

Sans le savoir, elle tombait dans la fosse aux lions. Dès son premier contact avec la classe de mademoiselle Lalumière, le verbe chuintant, elle adopta un ton de grand-mère qui raconte une histoire à ses petits-enfants. Ce qui déplut suprêmement aux élèves de la classe, qui manifestèrent en lançant une nuée d'avions en papier. C'est alors qu'elle se cambra, s'arrêta net, baissa sa tête grise et, de ses yeux globuleux, distribua à chacun un regard grave et contrarié par-dessus ses lunettes de mémère abasourdie et changea radicalement de ton :

— Vous allez copier cent fois la phrase que j'écris à l'instant au tableau.

— Qu'est-ce qu'on fait quand on ne sait pas compter jusqu'à cent ? railla un élève, empruntant un air un peu benêt.

— Quand on ne le sait pas, on reste à la récréation, rétorqua madame Després du tac au tac.

Rabattus, les insurgés sortirent paresseusement leur cahier et se mirent à copier, ravalant leur salive. Adoptant une attitude de défiance, croyant avoir maté les têtes fortes et jugulé l'insurrection, la dompteuse de lions croisa les bras en dévisageant la moindre *binette* récalcitrante. Ce qui perdura jusqu'à la fin de la période.

— Y est pas question qu'on reste ici pendant la récréation ! s'insurgea Maxime Jodoin au nom de ses camarades.

— On en a assez des vieilles sorcières comme toi, madame Després, proclama le fils Lamontagne.

Réalisant qu'il lui était impossible d'apaiser le rugissement des lions, elle modifia sa directive et intima très impérativement à Maxime et à Charlemagne l'ordre de rester alors que les autres pourraient se retirer. Il se passa quelques tumultueux instants de brouhaha de protestation jusqu'à ce que l'électrochoc du son strident et étourdissant de la

cloche se fasse entendre. Les félins se dressèrent et se projetèrent vers la porte de la classe, se disputant les premières
places. Affolée, la suppléante se propulsa vers l'ouverture
de l'arène, écarta ses longs bras décharnés pour les contenir
et interceptant au passage Maxime et Charlemagne dans
les mailles de son filet.

— Lâche-moé, vieille truie, ou je te dénonce à la DPJ !
conseilla le fils Lamontagne, se débattant contre la suppléante qui pointait son disgracieux menton fourchu vers
lui.

Madame Després abandonna alors Maxime et Charlemagne dans l'embrasure de la porte entrebâillée, courant
vers le bureau de madame Blouin, la directrice. Elle lui narra brièvement les événements en martelant d'un air jouissif chacune des syllabes de l'expression « vieille truie », ce
qui ne sembla surprendre outre mesure son interlocutrice,
qui lui assura néanmoins qu'elle irait elle-même « cueillir
les coupables » pour les mettre en punition dans le passage
après la récréation pendant qu'elle appellerait les parents.
Ce qui était de nature à soulager à la fois les deux minables
racailles et la suppléante.

Après la récréation, Marguerite Després, confiante,
réintégra son local en attendant de pied ferme le reste de
la meute pendant que la directrice ferait le pied de grue au
bord de la porte, scrutant de ses yeux dilatés encadrés de ses
montures noires, l'espace entre les casiers adossés aux murs
des classes, se moulant un visage colérique, rassemblant
ses forces et se préparant à intercepter à son tour les deux

retardataires. La supérieure de l'établissement capitula au bout d'une dizaine de minutes de siège, se désespérant du retour des deux récalcitrants. Qui ne se présentèrent pas tout de suite! Raison de plus pour communiquer avec les parents et les instruire de la singulière et inquiétante situation. De son pas sec et décidé, elle imprima ses semelles sur les tuiles grises et noires du corridor qui la menait droit à son bureau.

Le père de Maxime Jodoin fut joint rapidement, persuadé que la fugue de son fils et de Charlemagne serait de courte durée et qu'il n'y avait pas de quoi faire un drame. Toutefois, il accepta contre son gré de rencontrer la direction avec son fils en présence de la suppléante Després après l'école. N'ayant pu joindre le beau-père de Charlemagne, la réceptionniste de l'école de Bédard assura que le message lui serait transmis dans les plus brefs délais.

Ce n'est que vers la fin de la matinée, alors que le bourdonnement des équipes de travail réduisait en intensité, qu'on vit apparaître les deux fuyards, l'air victorieux devant la porte de leur classe sous le regard amusé des congénères, que Madame Després, alors penchée au-dessus d'un groupe de trois écoliers, se projeta vers la porte, ordonnant aux moutons noirs d'aller voir la directrice : « Vous êtes attendus ! Ça presse ! »

Maxime et Charlemagne ne furent pas autorisés à dîner à la cafétéria et furent immédiatement séquestrés dans le petit local presque dénudé adjacent à celui de la direction et strictement réservé aux « gros cas ». Conformément aux ordres, les deux mutins furent interdits de séjour en classe pour le reste de la journée et sommés de copier de pleines pages de bonnes résolutions et de formules de politesse.

En tant que gestionnaire pragmatique, madame Blouin avait décidé de concilier les deux « gros cas » dans la même rencontre avec les parents concernés et madame Després. Dans la minuscule salle de conférence servant habituellement à des réunions du conseil d'établissement ou du conseil enseignant, la directrice de l'institution exposa les faits aux pères en précisant que la fuite de l'école aurait pu occasionner des complications pour les enfants eux-mêmes et leur répondant. Bédard, en rogne contre le fils de sa femme, avait résolu de ne pas s'immiscer dans la conversation en buvant les doléances de madame Blouin. Jodoin, lui, ne tarda pas à réagir, rejetant l'entière responsabilité sur l'école :

— Quand est-ce que vous allez engager une personne compétente ? réagit-il, croyant mettre le doigt sur le bobo, insultant par le fait même la suppléante.

— Du temps de mademoiselle Lalumière, Maxime et Charlemagne ne donnaient pas leur place non plus. Vous avez, corrigez-moi si je me trompe, souvent reçu des communications téléphoniques ou écrites de l'école faisant état de leur comportement et, pour être franche, le changement a tardé à venir, exposa Marguerite Després.

— Justement, mademoiselle Lalumière aurait dû se retirer bien avant, rappliqua Jodoin. J'exige que mon enfant reçoive ses cours à domicile. Trouvez-lui un professeur compétent, ajouta l'homme.

— Vous n'êtes pas en droit d'exiger, monsieur Jodoin ! affirma madame Blouin avec diplomatie. J'oserais dire que si seulement nous avions obtenu votre collaboration jusqu'ici, mademoiselle Lalumière serait probablement encore des nôtres.

Un peu plus tard, voyant que la discussion ne menait à rien, Jodoin déversant continuellement son fiel sur l'école, invoquant le coût des taxes trop élevé pour dispenser une instruction déficiente — alors que le bienheureux vivait depuis longtemps de l'aide sociale dans le hameau de maisons mobiles aux abords du village de Rougemont —, Manuel demanda ce que l'école attendait d'eux. Il fut alors convenu d'une feuille de route quotidienne qui parviendrait une fois la semaine à la maison et qui devait être signée par le père ou le tuteur.

— J'aimerais vous parler encore si vous pouviez m'accorder quelques instants, monsieur Bédard.

Jodoin se retira sans manières, laissant la porte du bureau entrouverte.

— Entre vous et moi, monsieur Bédard, vous, un professionnel de l'enseignement, ce monsieur Jodoin n'a aucune éducation. Et quels commentaires ! Pas très futé à part cela ! J'ai pour mon dire qu'il ne faut jamais sous-estimer l'imbécillité des gens.

— Vous ne m'avez certainement pas demandé de rester pour me dire seulement cela, madame Blouin !

— Pouvez-vous faire quelque chose pour Charlemagne ? Il nous crée de fichus problèmes, cet enfant !

— Comme vous le savez, je ne suis que le tuteur de Charlot. Malheureusement, je n'ai pas beaucoup d'emprise sur lui. Ma conjointe trouve son fils amusant et vivant ; donc elle ne voit pas les problèmes. Elle est plutôt portée à prendre sa défense. Comme le dirait ma belle-mère, cet enfant est mal parti dans la vie. Pour empirer les choses, il voit rarement son père, ce qui n'arrange rien. Yann était un modèle pour son fils, mais ce n'est plus le cas maintenant qu'il est condamné à la chaise roulante. C'est vous qui me parliez d'éducation tout à l'heure. Je ne veux pas excuser Charlot pour tout ce qu'il fait de désagréable à ses professeurs et à ses camarades, mais on est toujours victime de l'éducation qu'on reçoit… ou de celle qu'on ne reçoit pas, si vous préférez.

Après de brèves salutations réciproques, Manuel Bédard se retira, laissant madame Blouin et Marguerite Després conclure sur les deux « gros cas », persuadées qu'elles avaient affaire à des récidivistes.

Maxime et Charlemagne s'étant tirés presque indemnes de la rencontre avec la direction, ils réintégrèrent leur classe le lendemain matin. Madame Després, qui se sentait appuyée par madame Blouin, affronta son groupe de fauves avec une énergie renouvelée. « Au moindre dérangement occasionné par les deux *morpions*, vous me les expédierez », songea madame Després, se rappelant les paroles réconfortantes que la directrice lui avait livrées après le départ des deux pères et de leur jeune.

Les deux écoliers n'avaient d'autre choix que de rentrer dans les rangs en présence de l'infortunée remplaçante. Cependant, Charlemagne, cette fois en compagnie de Félix, ne devait pas demeurer inactif en dehors de la classe. Dans la cour de récréation, on avait accueilli Maxime et Charlemagne comme des héros, les félicitant pour leur audace. Profitant de leur popularité, ils poussèrent plus loin le harcèlement qu'ils avaient entrepris auprès de certains ou certaines de leurs camarades à l'époque de la regrettée mademoiselle Lalumière.

Les deux prédateurs choisirent un agneau présentant des signes de faiblesse pour l'attaquer. En effet, Henri le chétif, affublé de lunettes et de grandes oreilles, fut bientôt assailli par eux. Henri le chétif, que ses parents surprotégeaient, s'isolait avec son lecteur de CD portatif dans la cour de récréation et se plantait dans son coin ou s'amusait parfois à sauter à la corde avec les filles et ne se mêlait que rarement aux garçons de son âge.

Repéré d'abord par Charlot, Henri, écouteurs aux oreilles, vit progresser vers lui les deux prédateurs affamés, subodorant quelque mauvaise intention. Sa première réaction fut d'enlever ses écouteurs et de s'enfuir en courant à toutes jambes, mais, tremblotant dans ses culottes courtes, il se ravisa étant donné les grandes pattes de Maxime qui pouvait le rattraper en moins de deux.

— Donne-moi ton lecteur ! ordonna Charlemagne.

— Non ! s'opposa Henri.

— Donne-lui ton lecteur, Henri les grandes oreilles, ou on écrabouille tes lunettes à terre ! renchérit Maxime, montrant sa dentition en clavier de piano.

La stérilisante cloche de la fin de la récréation se fit entendre.

— Sauvé par la cloche, Henri les oreilles ! On se reprendra demain ! conclut Charlemagne.

Les deux malfrats s'écartèrent et laissèrent filer l'agneau qui regagna la bergerie.

Henri les oreilles n'avait rien perdu pour attendre jusqu'au lendemain. Du moins, le dessein de pourchasser la proie en culottes courtes demeurait un objectif de premier ordre.

Charlemagne et Maxime, les premiers à se précipiter dehors à la pause, surveillaient la sortie d'Henri avec son lecteur de CD. Or, Henri s'était terré dans la bâtisse, refusant de s'exposer au soleil et pressentant les calamités dont il serait l'objet.

Ce n'est que le surlendemain qu'Henri se montra le bout du nez dehors, mais sans lecteur de CD. Pressentant un retour imminent de ses persécuteurs, auxquels s'était ajouté Félix, Henri resta appuyé sur l'école, leur donnant ainsi peu de chance de l'affronter et de l'intimider. Félix le repéra parmi la nuée d'écoliers qui bourdonnaient comme les abeilles autour de l'entrée de la ruche, s'avança de quelques pas vers sa victime, s'arrêta comme le fauve qui se pourlèche les babines, pendant que Charlot, demeuré au

milieu de la cour, de ses bras agités faisait des gestes dé-
sordonnés en criant à l'aide. Tous ceux qui se tenaient à
l'extérieur accoururent vers le gisant. Même la très grasse
et habituellement stationnaire surveillante en poste se déplaça avec sa grappe d'enfants de maternelle vers le centre
d'attraction. Aux pieds de Charlemagne, sur le sol, allongé,
reposait Maxime qui entra subitement en transe, se mit à
se contorsionner, comme habité par un mal inconnu qui le
faisait terriblement souffrir. Finalement, près de l'institution, il ne restait qu'Henri et son tortionnaire Félix, qui ne
se trouvait qu'à deux grandes enjambées de lui.

Terrifié, le chétif Henri, qui n'avait pas le type athlétique d'un alpiniste à la conquête de l'Aconcagua ni celui
d'un sprinteur, comprit que son salut reposait sur une rentrée précipitée plutôt que sur une course effrénée vers les
écoliers agglutinés autour du possédé. Cependant, le long
bras de Félix s'étira suffisamment, le saisit au collet d'une
main et lui enleva les lunettes de l'autre, le sommant de
lui donner son lecteur de CD en échange de ses lunettes.
Le petit intellectuel accourut à son casier, le déverrouilla
avec adresse malgré ses mains nerveuses, s'empara de son
lecteur, referma la porte de son casier dans un fracas métallique, la verrouilla et ressortit subitement. Le voyant
revenir, Félix se dessina un sourire machiavélique sur les
lèvres, arracha littéralement l'objet de convoitise des mains
de l'intellectuel, l'enfouit avec ravissement dans une poche
profonde de son pantalon cargo et remit les besicles à son
proprio. Sans scrupules, dégingandé, Félix déambula vers

la meute de curieux encerclant le possédé finalement remis sur pied par l'opulente surveillante qui le morigénait devant ses pairs, qui riaient de l'effet produit sur son entourage.

Après la classe, Maxime sortit de l'école avec ses amis Félix et Charlemagne, se tordant de rire, leur subterfuge ayant causé toute une commotion dans la cour de récréation, et se moquant sans vergogne d'Henri le chétif qui avait mordu à l'hameçon.

— Le sors-tu de tes poches ton truc, Félix ? demanda Maxime, s'arrêtant au bord de la rue..

Félix acquiesça et remit le lecteur à Charlemagne qui actionna l'appareil. Une voix faiblarde — les trois gamins reconnurent d'emblée celle de leur victime — lisait un message qui leur était adressé :

« Ce n'est pas la première fois que vous harcelez des jeunes de l'école. Vous vous attaquez aux plus faibles, aux plus vulnérables comme moi. C'est une preuve de lâcheté, surtout lorsque vous vous en prenez aux filles. Maintenant que vous avez réussi à obtenir ce que vous vouliez, laissez-moi vivre. »

Puis une voix masculine enchaîna gravement :

« À compter d'aujourd'hui, vous laissez Henri tranquille avec vos tentatives de persuasion par la force. Si jamais vous recommenciez ces tactiques d'intimidation, vos parents, la direction de l'école et la police en seraient informés. »

Les yeux grands, les trois écoliers réécoutèrent le message avec beaucoup d'intérêt.

— Moi, j'débarque ! déclara Maxime, estomaqué.

— T'es rien qu'un peureux ! proclama Charlemagne en le bousculant.

— Vous vous pensez bons parce que vous êtes deux à écœurer les autres, se défendit Maxime.

— De toute manière, on n'a plus besoin de toi, conclut Félix, voulant mettre un terme à cette discussion mal engagée qui ne menait nulle part.

46

LA FIN DE SEMAINE QUI SUIVIT permit à Félix et à Charlemagne de mettre au point un autre stratagème visant une écolière. Ils n'avaient que faire des craintes injustifiées de Maxime et des recommandations du père de Henri qui voulait protéger le petit garçon-à-son-papa. Cette fois, ils s'attaqueraient à l'inattaquable Aurore Benjamin, la grande svelte de quatrième année B au visage hâve, esbroufeuse consommée, qui placotait beaucoup de sa voix aiguë et fluette du haut de son long cou et qui avait assez de charisme pour « épater la galerie » et rassembler autour de ses belles tenues excentriques un certain nombre d'auditrices et d'admiratrices.

Aurore Benjamin mangeait « au chaud », c'est-à-dire qu'elle payait pour prendre tous ses repas fumants du midi. Le lundi matin, en arrivant, elle se présentait à la cafétéria avec son sac d'école en cuir de crocodile pour acheter sa carte donnant droit aux repas de la semaine. De coutume, Charlemagne et Félix mangeaient « au lunch » et scrutaient parfois d'un air inquisiteur ceux qui mangeaient « au chaud ». Ce lundi matin-là, avant de se rendre dans la classe de madame Després, ils prirent la file à la cafétéria,

Charlemagne avant Aurore et Félix, en arrière d'Aurore, tenant son porte-monnaie dans la main.

— Comme c'est bête! soupira Charlemagne en se retournant vers Aurore.

— Qu'est-ce qu'il y a, mon p'tit? s'informa la jeune fille au long cou, regardant Charlemagne d'un air condescendant.

— Je pense qu'il me manque des sous pour acheter ma carte de repas. Voudrais-tu compter mon argent puis me dire si j'en ai assez?

— Certainement! Attends que je dépose mon sac en cuir de croco.

Aurore Benjamin se délesta de son sac de reptilien et le déposa à terre à ses côtés. De ses longs doigts fins, elle prit avec soin la poignée de monnaie que Charlemagne ressortait du fond de sa poche et se mit à calculer parcimonieusement avec lui comme l'aurait fait un avare ou madame Després elle-même enseignant les bases du calcul élémentaire.

Profitant de cette leçon particulière avant l'heure, Félix étira son bras pour harponner le sac, s'éloigner et sortir subrepticement de la place.

— Il te manque quatre dollars cinquante, mon ami!

— C'est beaucoup? demanda innocemment Charlemagne.

— Oui, pour un petit gamin comme toi!

— Peux-tu m'en prêter, alors, jusqu'à demain? Je te rembourserai, promis!

Aurore se pencha pour prendre son sac et avancer dans la file.

— Mon sac est parti ! Qui m'a joué un tour ? vagit-elle comme la maman crocodile elle-même l'aurait fait en défendant son petit.

Charlemagne, voulant éviter la crise d'hystérie, fit signe à Aurore de le suivre. Il l'amena un peu à l'écart :

— Écoute, ma belle ! confia Charlemagne, se gonflant la poitrine. Ton sac est en lieu sûr !

— Qu'est-ce que t'en sais, p'tit con ?

— T'es pas bien placée pour me traiter de con ! On va faire un arrangement. Tu me payes ma carte au complet, puis je te redonne ton sac de lézard.

— Où est mon sac ? geignit Aurore, martyre.

— J'insiste ! Tu me payes ma carte, au complet, puis je te rends ton sac. C'est clair ?

— Comment peux-tu savoir que j'ai assez d'argent pour payer deux cartes, la mienne et... la tienne ?

— On te voit souvent avec des brioches, des noix ou du jus et tu te promènes avec tes affaires pour faire *baver* le monde. Dépêche-toi ! Les cours vont commencer ! lui dicta Charlemagne, insistant. Fais-moi surtout pas niaiser !

Soumise, Aurore reprit la file, attendit quelques instants et revint avec deux cartes de repas, une pour elle et l'autre pour son agresseur.

— Tiens, espèce d'idiot !

— Maintenant, va voir au bout du corridor et regarde sous l'escalier avant de monter pour aller à ta classe.

Les choses n'allaient pas en rester là pour les deux chenapans. Malheureusement pour eux, monsieur Benjamin, le père d'Aurore, siégeait au très respectable conseil d'établissement comme président et usait beaucoup de son influence sur madame Blouin.

— À votre avis, madame Blouin, est-ce possible de les faire placer en famille d'accueil, ces deux p'tits démons-là ?

— Je vais référer les cas à notre travailleuse sociale, monsieur Benjamin, et je vous tiens au courant.

47

BÉDARD POURSUIVAIT RELIGIEUSEMENT et inlassablement ses pèlerinages auprès de son analphabète à raison de deux fois par semaine. Sa vocation missionnaire, comme l'aurait dit sa belle-mère, empruntant un ton persifleur, débordait largement le cadre scolaire en se faisant un devoir de propager sa foi en l'alphabétisation.

Lamontagne faisait de remarquables progrès, à tel point qu'il surpassait maintenant son fils, au dire de Manuel qui était vraiment en mesure de comparer le père et sa progéniture. Et ce, malgré une dyslexie sévère qui provoquait chez lui beaucoup d'hésitation dans la lecture. « Apporte-moi autre chose que *La Belle au bois dormant* écrit en grosses lettres, *câlisse* ! J'sais pas, moé, des livres de cul avec plein d'images, *tabarnac* ! J'vas avoir plus l'impression d'avancer ! »

Cependant, côté écriture, les progrès étaient moins sensibles, le professeur tenant la grosse main malhabile de son élève pour le guider et l'aider à demeurer entre les lignes. Ce que Lamontagne exécrait, bien évidemment. « Tu me prends pour un enfant, prof. Mes mains sont pas mortes comme mes jambes, oublie pas ça ! » Lorsque Yann effaçait, il chiffonnait parfois sa page de cahier en laissant des lézardes monstres ou une déchirure non moins discrète qui nécessitait une réparation avec du ruban gommé. Dans ce cas, Lamontagne sautait à la page suivante, ne voulant se résoudre, sous aucun prétexte, à écrire sur la même page.

En plus de bénéficier de ses soirs d'entraînement avec Guylaine, Florence courait au cinéma une ou deux fois par mois. Elle était devenue une cinéphile. Du moins le prétendait-elle ! Elle qui n'avait jamais manifesté de goût pour le septième art. Ni pour l'art tout court, d'ailleurs.

Avec ou sans Guylaine, elle rebondissait chez Yann de plus en plus souvent, sa passion pour son « Scandinave » étant loin de s'affadir. En ouvrant la porte du logis, elle fonçait vers lui, même si elle devait traverser un nuage de fumée de marijuana ou de cigarette et au risque de découvrir un être veule et ramolli emplissant sa chaise d'impotent ou étendu sur son canapé, dépenaillé dans sa robe de chambre trouée et effilochée.

— L'année scolaire achève, Yann. On va vivre ensemble bientôt.

— As-tu pensé à Man qui voudra pus rien savoir de moé ?

— Tu te débrouilles pas mal en lecture, ça a l'air ! T'es pas obligé de rester accroché à lui toute ta vie. Tu feras comme moi, tu le laisseras tomber !

— Non, mais qui va conduire mon *side-car* ? Certainement pas toé !

— Pourquoi pas ? Tu me sous-estimes, Yann !

— Peut-être !

La même conversation reprenait souvent, utilisant les mêmes mots, suscitant les mêmes points d'interrogation dans les yeux du paralytique. Souvent, dans ces cas, Florence s'approchait derrière la chaise roulante, encerclant le cou de Yann, regardant les murs rafraîchis et les fenêtres nouvellement habillées et se dressant soudainement devant lui en disant qu'il fallait y croire, que la vie permettait qu'ils se rencontrent, qu'elle était prête à sacrifier sa maison, son confort pour revivre avec lui.

— Pis ta mère dans tout ça ? As-tu pensé à ta mère ?

— Et comment ? C'est le moindre de mes soucis, Yann ! Sabourin a l'œil dessus. Si tu veux mon avis, astheure que papa est parti, ça va être plus facile pour elle de refaire sa vie. Dans tout ça, c'est Man qui m'inquiète le plus, quand même.

— Tu t'inquiètes astheure, Florence ?

— Pour lui pis pour la petite !

— Charlot, lui ?

— Charlot, c'est notre fils, y va s'adapter, c'est tout !

— Comment y va, le p'tit maudit ? s'informa Yann.

— Pas si mal, à part ses problèmes avec l'école ! Y paraît qu'y fait du taxage. Mais c'est pas grave, c'est juste un enfant. Y est tannant notre gars, on le sait, mais y est pas méchant pour deux cennes ! Imagine-toi que la directrice de l'école a fait enquête dans le but de le placer en famille d'accueil. Rosaire Pelchat a dit à Man que c'est le président du conseil d'établissement de l'école qui est à la tête de ça. Sa fille, une pimbêche de quatrième année, fait la grande pis la snob devant tout le monde. Des filles de même, faut que ça se fasse mettre à sa place. Finalement, le père Benjamin, qui est reconnu pour être un boxer accroché à un morceau de guenille, a dû lâcher prise. Pis j'ai ben averti Charlot que si la Benjamin revenait à la charge, qu'y se fasse pas chier dessus. Moé, le monde qui me fait penser à ma mère, ça m'énarve !

— C'est rendu que tu parles comme moi... avant !

Yann et Florence s'esclaffèrent d'un rire moqueur. Lamontagne poursuivit :

— En attendant, Flo, y faut que tu parles à Man de nos projets de rester ensemble.

— Dès que possible, mon amour, dès que possible... Oh ! J'oubliais ! Avant d'en parler à Man, promets-moi de pus toucher à la drogue et de diminuer sur la bouteille... Tu comprends ? À cause de Charlot...

— J'vas faire mon gros possible, Flo, c'est promis !

Florence Beausoleil avait conscience qu'elle perdrait un mari fidèle, mais elle était prête au changement. Un retour à ses anciennes amours, quoi ! Guylaine l'avait conseillée, elle qui connaissait les hommes pour en avoir eu plusieurs dans sa vie et qui avait opté pour la solitude, finalement. Elle avait mentionné à son amie dans des termes assez réducteurs mais qui traduisaient hélas un certain sens du réalisme, que du côté sexuel, « elle changerait un impuissant contre un autre, tout simplement ». À cet égard, Florence, amusée, lui raconta qu'il existait un code non verbal entre elle et Manuel pour signaler que sa libido se manifestait ou non. Le code était en vigueur pendant la saison hivernale seulement, c'est-à-dire lorsque le froid obligeait le port des chaussons pour aller au lit. Le rouge signifiait « abstinence » et le vert, « appétence » alors que le jaune appelait au ralentissement, à la modération. Le dernier hiver ayant vu beaucoup de rouge sous les couvertures, Florence en était venue à la conclusion que ce n'était pas le sexe qui la retenait près de son homme.

En rentrant, Florence referma précautionneusement la porte derrière elle. Elle avait la ferme intention de faire part à Manuel de ses projets avec Yann et les enfants, mais les choses tournèrent autrement.

— As-tu eu de la misère à coucher les enfants, ce soir ?

— Non ! Ton film était bon ?

Manuel se leva de son fauteuil — comme l'énergumène (comment s'appelait-il déjà ?) qui avait découvert un principe physique et s'était levé dans son bain après y avoir mariné une demi-journée de temps — et prit la décision de voir les choses autrement. Empruntant un air grave :

— Flo, j'ai quelque chose d'important à te dire.

Florence se tourna vers lui et le considéra longuement.

— Que se passe-t-il ? Tu m'inquiètes.

— J'en ai assez de la vie que nous menons, nous et les enfants. J'ai la très nette impression que je ne m'en vais nulle part...

— Tu déprimes ou quoi ? Et où veux-tu aller quand tu dis que tu ne t'en vas nulle part ?

— Florence, j'ai l'intention de laisser mon travail, de vendre la maison et de déménager.

— T'es malade ou quoi ? T'as un bon travail, une bonne maison. Laisser ton travail ! Pour faire quoi au juste ? Il y en a tant qui s'en cherchent et qui ne trouvent pas.

— Je veux m'occuper des enfants.

— Oui, mais ils sont à l'école toute la journée. Tu vas perdre ton temps !

— Tu as vraiment des idées sexistes, Florence. Pourquoi ça ne me serait pas possible de rester à la maison, de faire la vaisselle, le ménage, le lavage, de préparer les repas, de prendre en charge les corvées ménagères ? Toi-même, tu en profiterais…

— Pauvre Manuel ! Tu ne sais pas faire la cuisine. C'est à peine si tu fais réchauffer une assiette de pâté chinois dans le micro-ondes.

— Oui, mais je vais suivre des cours.

— Avec quel argent on va vivre, Manuel ? Y as-tu pensé ?

— De quoi te plains-tu ? Tu as un travail à temps plein, non ? On va vivre simplement dans une maison qui nous coûterait moins cher, avec une seule automobile, donc réduction draconienne des dépenses.

— La philosophie de la simplicité volontaire vient de gagner un nouvel adepte, d'après ce que je peux voir !

— Prends-le comme tu le voudras, Florence, mais mon idée est faite là-dessus !

— La mienne ne compte pas, Manuel ? Puis celle des enfants ? C'est quand même pas des bébés ; il faudrait leur en parler ! As-tu seulement pensé à moi et aux enfants, Man ? Depuis quand tu mijotes des idées pareilles ? La plupart des gens cherchent plutôt à améliorer leur sort. Toi, à t'écouter parler, on dirait que tu penses le contraire ! T'es décourageant !

— Justement ! Tout est dans la définition qu'on donne à « améliorer son sort »... La première des choses, c'est que j'en ai assez de travailler à éduquer des jeunes mal élevés, à préparer et à donner des cours à des adolescents peu réceptifs, à endurer leurs récriminations, leur passivité qui frise parfois l'indifférence totale. Oh ! Bien sûr, ils ne sont pas tous comme ça, heureusement, mais ça devient lourd à la longue, après tant d'années d'enseignement. Imagine Charlot dans dix ans. C'est de ça qu'ont l'air certains de mes étudiants. Sans compter que nous, les enseignants, on passe souvent pour des enfants chéris du système. Bon ! Le travail, c'est une chose, mais il y a aussi le rythme de vie qu'on mène. Je suis toujours fatigué, Flo, c'est pas normal ! À quarante-trois ans, j'ai l'air de quelqu'un qui fait dix ans de plus. Regarde-moi donc : j'ai la moitié du crâne dégarni, une bedaine de bière comme si je consommais une « vingt-quatre » par semaine, le dos arrondi comme quelqu'un qui travaille à ramasser de la *garnotte* depuis toujours.

— Tu ne trouves pas que tu exagères, Manuel ? Je n'aime pas beaucoup ta façon de parler de Charlot. Ensuite, en ce qui te concerne, les cheveux en moins, tu tiens ça de ton père, la bedaine est due à ton inactivité physique chronique. C'était beaucoup mieux du temps où tu t'entraînais deux fois par semaine. À part ça, c'est rendu qu'on fait l'amour à peine une fois par mois et les jours de fête. Ce n'est pas la faute du système, ça, Manuel !

— Dis-moi donc que j'suis un dégénéré, Florence, ça serait plus simple !

— Fais comme moi, persévère et garde-toi en forme au lieu de te rabattre sur tes écrits. Parce que ça, c'est un autre de tes projets, je suppose.

Florence eut un moment de réflexion, puis enchaîna, sentencieuse :

— Ah, j'y pense ! La vraie raison pour laquelle tu veux arrêter de travailler, c'est que tu désires te jeter à temps plein dans tes maudits manuscrits. La seule fois que tu as publié, c'est sur un coup de chance. Sois réaliste, Man, ça fait des années que tu participes à des concours littéraires et que tu expédies des épaisseurs de papier dans des enveloppes à bulles aux maisons d'édition pour te faire refuser tes textes. Tu ne comprends pas que ça n'intéresse personne ?

— Pour un coup bas, c'est un coup bas !

— Tu n'as pas de cœur au ventre, Manuel...

— Depuis le temps que je vous fais vivre, les enfants et toi...

— Ma contribution est nulle, je suppose ? s'insurgea Florence. Bon, puisque c'est comme ça, lâche ta *job*, vends la maison pis arrange-toi avec tes problèmes ! Moi, j'vais m'occuper de mon fils, tu t'arrangeras avec ta fille !

— Comme ça, tu ne veux pas déménager avec moi ?

— Non ! Je préfère m'en aller chez mon ex, Man !

— Tiens! Le chat sort du sac! Ça explique ton ardeur à rafraîchir le logis de Yann. Et ton engouement pour le cinéma ne serait pas en lien avec Yann Lamontagne, par hasard? Je suppose que le film que tu es allée visionner ce soir s'intitule *Les amours de Florence*! Soyons pratiques: quand est-ce que tu déménages tes pénates?

— Pour bien faire, à la fin de l'année scolaire!

Satisfaite, Florence avait réussi à livrer l'essentiel de son message. D'un pas sec, elle monta l'escalier et disparut dans la chambre, mettant ainsi fin à toute tentative de poursuite de la discussion. Pétrifié, Bédard sentit un froid lui parcourir l'épine dorsale et irradier dans tout son corps. Le cours des choses venait de se modifier singulièrement. Lui qui pensait organiser la vie des siens et harmoniser celle des autres à la sienne se trompait. Il aurait dû s'en douter bien avant. Comment Florence en était-elle arrivée là, à renouer avec un être changé, diminué et réduit à l'immobilité, dépendant? « Si tu ne m'aimes plus, Florence, va-t'en! » pensa-t-il avec l'impulsion de quelqu'un qui a la conviction de s'être fait berner.

48

Le printemps resurgissait du cycle des saisons, enseveli sous la première couche de neige après quelques longs mois d'hibernation, un été trop court et un automne de grisaille, engourdi par le froid, le vent glacial et la lumière du jour au lent réveil, bâillant trop hâtivement en fin d'après-midi et rentrant sous les couvertures à la lueur du soir.

Depuis son entretien déterminant avec Florence, Manuel n'avait pas délaissé pour autant Lamontagne et s'était bien gardé de faire allusion à l'inexorable bouleversement qui infléchirait la destinée de chacun. Il voyait poindre la saison estivale au bout de l'année scolaire et l'imminence du départ des siens. Parce que Florence ne semblait pas démordre de son déstabilisant projet. Par ailleurs, bien que radieuse et pimpante, madame Beausoleil n'avait pas encore annoncé qu'elle convolerait en justes noces avec son convivial Sabourin. Mais, d'une part, son départ était souhaité par elle-même et, d'autre part, par Florence, qui n'aurait pas à « caser » sa mère, et aussi par Bédard qui s'éviterait l'ingrate tâche de lui montrer la porte de son doigt incitatif et autoritaire.

Bien que les enfants n'aient pas été instruits du remue-ménage qui surviendrait dans leur vie, ils ne devaient pas tarder à l'apprendre. Avant de partir pour l'école, le sac sur le dos, Charlemagne, déjà à cette heure, mâchonnant une gargantuesque gomme à bulles, la visière de sa casquette derrière la tête, était tout en douceurs et en supplications, réclamant à sa mère une bicyclette neuve pour se rendre à l'école. Félix et lui avaient récemment lorgné du côté des rangées de bicyclettes dans la cour de l'école. Leur regard inquisiteur et envieux avait départagé les bécanes rouillées ou aux couleurs altérées et les modèles plus récents. Animés d'un vague souci de justice sociale mêlé à une irrépressible jalousie, armés chacun d'un canif volé à un stand du marché aux puces, ils avaient entaillé aléatoirement un certain nombre de pneus de bicyclettes neuves, les mettant dans certains cas hors d'usage. Ce qui provoqua une confusion chez leur propriétaire « débobiné » et l'ire de madame Blouin qui cracha à l'interphone, d'une voix tonitruante qu'on ne lui connaissait pas, que les malicieux devaient « sortir immédiatement de l'ombre ». Elle insista sur le caractère criminel d'un tel geste et annonça du même souffle qu'elle sommait les coupables de se déclarer avant qu'elle ne procède elle-même à une fouille systématique de chaque casier ou à défaut, sur chaque individu soupçonné et à un vidage non moins systématique de sacs et de coffres à crayons. Tous les regards s'étaient alors portés vers Félix et Charlemagne, qui avaient pris la précaution de dissimuler adroitement leur couteau à lames multiples dans le fond de leur caleçon, endurant la désagréable sensation du métal froid, assurés que même une madame Blouin, habitée par un désir d'investigation poussé, et malgré ses pesantes menaces, n'entreprendrait pas une recherche dans ces intimes régions. Impavide, Félix avait même déclaré qu'il ne redoutait absolument rien, que la bonne femme s'énerverait un brin et finirait par se calmer le pompon et que, de toute façon, le fait de trouver un canif sur une personne n'entraînait pas sa péremptoire culpabilité pour autant. Ce à quoi le petit Charlot avait acquiescé, hochant la tête et s'amusant des propos risibles de son grand ami.

— Dépêche-toi! L'autobus arrive...

— C'est impossible, mon Charlot! Maman aime mieux garder son argent pour l'été.

— Qu'est-ce que tu vas faire à l'été? demanda Charlot en faisant éclater une grosse bulle de gomme.

— J'aime mieux attendre pour en parler.

— J'veux un *bike* neuf cette semaine! Félix a le sien, lui...

— Bon! Va-t'en à l'école, veux-tu, mon amour?

En prononçant ces dernières paroles, Florence, en mère compréhensive et à l'écoute, posa affectueusement ses deux mains sur les épaules de son fils qui réagit en se débattant violemment comme diable en bénitier, mitraillant de sa jambe courte de très vigoureux coups de pied, qui heureusement n'atteignirent pas leur cible. Tout cela avec, en fond sonore, les aboiements d'Aristote, qu'on laissait de plus en plus souvent rentrer depuis le départ de madame Beausoleil. Profondément contrarié, dans un inhabituel mouvement de colère, catapultant sa gomme par terre, Charlot sortit en refermant la porte qui amortit son mouvement giratoire sur le calfeutrage caoutchouté du cadrage. « Pauvre p'tit loup, il a du caractère quand il le veut ! » Devant une telle scène, Bédard aurait normalement réagi en s'interposant entre l'agresseur et la victime, Florence ayant pourtant la charpente de quelqu'un qui peut en imposer, forte physiquement, mais d'une déprimante consistance mollassonne. Mais Bédard n'intervint pas…

Après l'école, défiant la consigne de sa mère de retourner directement à la maison à moins de l'en aviser, Charlemagne Lamontagne sollicita un inestimable service à Rosaire Pelchat en lui demandant de l'amener chez son père, rehaussant sa confiance en lui par la présence de l'inséparable Félix qui l'encourageait en ce sens. Charlemagne et Félix se présentèrent au logis pendant que Pelchat attendait confortablement assis dans sa Jaguar.

— Tiens ! Un revenant ! Qu'est-ce qui t'amène, mon Charlot ?

— J'veux un nouveau *bike*, c'est toute ! tonna-t-il, les mains sur les hanches.

— Pis tu penses que j'peux te payer ça, mon homme ? interrogea Lamontagne en déposant sa bière sur une table abîmée par le passage de son fauteuil roulant et reprenant le dictionnaire pour le feuilleter.

— Pourquoi pas ? Maman m'a dit de venir t'en parler.

— Tu mens, Charlot ! Ça se voit dans tes yeux. De toute façon, t'en as un *bike*, y va faire l'affaire.

Félix donna un coup de coude à Charlemagne, se pencha vers lui et lui souffla à l'oreille : « On va t'en voler un, c'est pas compliqué ! »

— Florence m'a dit qu'elle avait des projets pour l'été. Tu dois être au courant ? On va vivre ensemble comme avant : Flo, moé, pis toé !

— J'suis pas intéressé ! C'est pus comme avant ! Ça sera pus jamais comme avant, ragea le petit homme.

— Tu vas aller vivre où ?

— Chez Félix, c't'affaire !

Charlot se déplaça vers le garde-manger, ouvrit une porte et en sortit trois sacs de biscuits mal refermés, fouilla dans chacun, en offrit à Félix qui en engouffra deux dans le temps de le dire.

— Sont ben secs tes maudits biscuits !

— Si tu venais plus souvent, ils le seraient moins. Je te ferai remarquer, mon fiston, que c'est toé qui as pigé dedans la dernière fois.

— Veux-tu du jus, Félix ? proposa Charlot.

— Ouan !

Sur le coin de la table où Lamontagne avait déposé sa bière, Charlot remarqua les livres de lecture empilés et les pointa de son doigt menaçant.

— C'est exactement pour ça, Yann, que tu m'intéresses pus !

— Qu'est-ce que tu veux dire ?

— Si tu penses que je l'sais pas. Le *chum* de ta Florence vient te donner des cours de lecture pis d'écriture deux fois par semaine. T'es rendu que tu fouilles dans le dictionnaire en plus. Pis je l'aime pas, mon beau-père! Le prof est ton ami, mais pas le mien!

— Pourquoi?

— Parce qu'y est gros, pis parce que j'aime pas l'école.

— Comme ça, tu dois pas m'aimer non plus parce que j'suis gros?

— C'est un peu ça!

Charlot ne pouvait rien attendre de plus de son père biologique. Pas plus que de sa mère. Un revirement qu'il n'avait pas l'idée d'accuser en réagissant béatement. La mine un peu basse, il quitta son futur domicile et, au retour, chemin faisant, planifia son vol de bicyclette, discutaillant avec Félix des détails de l'opération pendant que Pelchat se réjouissait de la débrouillardise des enfants en sifflotant un air country. Il fut convenu que, dès le lendemain, on passerait à l'acte.

Mais, pour le moment, il devait des explications à sa mère, qui se demandait où il était passé. Toute la maisonnée était assise à table, on n'attendait que lui.

— Tu parles d'une heure pour arriver, Charlot! Maman s'inquiétait.

— Tu le sais, m'man, t'as pas à t'en faire pour moi! J'étais chez Yann.

— Le téléphone, ça existe, ajouta sèchement sa grand-mère.

— À te voir l'air, ton père t'a donné la même réponse pour ta bicyclette?

— Vous voulez pas me payer un *bike* neuf parce que vous avez besoin d'argent pour le déménagement ?

— Quel déménagement ? s'interposa Mélodie, écarquillant grandement les yeux.

— Écoute, Mélodie, j'ai choisi de retourner vivre avec Yann et ton demi-frère, avança Florence.

— Papa et grand-maman ? demanda-t-elle, désemparée.

— Tu demeureras avec Manuel, comme avant. Tu sais que beaucoup de tes petites amies font la même chose avec leurs parents. Pour ce qui est de grand-maman...

— Elle va retourner avec grand-papa ?

— Grand-maman a un ami, mon ange, précisa madame Beausoleil, posément et affichant un air d'une extrême tendresse. Grand-papa ne reviendra pas. Il demeure dans un immeuble de ton oncle Dollard et c'est bien ainsi.

Le soir même, l'œil aux aguets, Charlemagne Lamontagne prit le large avec Félix et son père, ratissant les rues de quartiers riches, à la recherche d'une bicyclette neuve sur la Rive-Sud. Après avoir localisé un superbe vélo abandonné sur la pelouse verdoyante d'un « home » à faire rêver de jalousie le plus ambitieux des petits bourgeois, Pelchat continua sa recherche d'objets précieux avant de retourner une demi-heure plus tard sur « les lieux du crime ». Il immobilisa son équipement de tournée près d'un tas d'immondices, feignant un grand intérêt pour la recherche de vestiges matériels avec la passion schizophrénique de l'archéologue chevronné, soulevant des cartons pour voir ce qui se cachait dessous, se pinçant le nez ou détournant la tête au-dessus des odeurs fétides. Pendant ce temps, à cent mètres de là, les deux jeunes s'aventuraient sur ladite terrasse verdoyante, s'appropriant la belle trouvaille, Félix l'enfourchant de ses « cannes » effilées de gamin trop grand pour son âge, Charlemagne aux trousses, se sauvant lui-même comme s'il avait le feu au postérieur.

49

L'ANNÉE SCOLAIRE AGONISAIT. Au plus grand plaisir des élèves, des cancres surtout, pour qui elle avait déjà bien trop duré. Les grandes vacances étaient presque arrivées. Charlot n'entrevoyait pas un retour à Montréal, d'autant plus que Rosaire était, pour ainsi dire, en passe de devenir le père idéal à cause, ou plutôt grâce à son esprit retors et à ses activités souterraines, qui pimentaient sa vie d'enfant incompris et de laissé-pour-compte. Bédard persistait à croire que « le vernis ne prend pas sur toutes les surfaces », qu'il ne viendrait définitivement pas à bout de ce petit chenapan, qu'il avait beau avoir tenté de multiples rapprochements père-fils, il était à la veille de déclarer officiellement forfait en matière de relation avec lui. À bien y penser, sa réussite avec le père le confortait, considérant qu'il avait réussi à renverser la vapeur et à extraire de l'inculte paraplégique son ignorance grandissante. Qui plus est, il avait largement contribué à lui redonner une certaine dignité et savait maintenant que Florence lui donnerait toute l'affection dont elle était capable. Il se refusait cependant à reconnaître que sa vie de concubinage avec Florence voisinait avec les lamentables échecs de grand nombre de couples contemporains. Cependant, Mélodie n'était-elle pas la preuve tangible et irréfutable de son entreprise familiale réussie avec Mélisandre Petit ? « On ne peut empêcher un cœur d'aimer », se répétait-il souvent. Le seul regret qu'il entretenait relativement au départ imminent de Florence et de Charlemagne, l'était par rapport à Mélodie, une enfant si affectueuse, docile et talentueuse qui réussissait à l'école et qui progressait dans l'étude du violoncelle en jouant des mouvements de concertos, et qui devait d'ailleurs se produire en concert de fin d'année dans une église désertée — une autre — qui avait tout juste évité la monstrueuse boule piquante des démolisseurs et qu'on voulait « convertir » en copropriétés luxueuses, préservant ainsi ces vieilles briques patrimoniales et une architecture en voie de disparition comme ceux qui les avaient érigées jadis, au temps où la fréquentation religieuse était affaire d'obligation et de foi. En somme, il ne brisait pas l'harmonie familiale parce qu'harmonie il n'y avait pas vraiment, assumant que même sans le projet de Florence, il aurait présidé à sa propre destitution en maintenant son idée d'*écrivailleur* voulant s'isoler dans une retraite paisible pour que jaillissent ses idées soi-disant lumineuses alors qu'il n'avait accouché en dix ans de cogitation que d'un polar vendu à quelques centaines d'exemplaires et été refusé maintes et maintes fois par les éditeurs avec lesquels il lui faudrait encore *flirter* pour faire publier son second roman, *L'alarme du crime*. Peut-être que Florence, presque aussi ignare que son ex, il faut bien le dire, avait au fond raison de ridiculiser ses efforts littéraires souventes fois anéantis par des refus enrobés hypocritement dans de belles phrases du genre « veuillez considérer que ceci n'est pas un jugement de valeur » ou encore « votre texte n'atteint pas la sensibilité des membres du comité de lecture ».

Le petit Lamontagne ne démordait pas de son obsession de demeurer dans la Grande-Caroline, chez Félix. Sans plus attendre, un samedi, Rosaire Pelchat stationna sa guimbarde crème et rouille à laquelle était toujours attachée son énorme remorque. Manuel était parti faire quelques courses, madame Beausoleil magasinait avec Sabourin, Mélodie s'amusait dans la cour arrière avec une de ses amies, Florence remettait un peu la maison en ordre et arrosait les plantes pendant que la laveuse décrassait la cinquième brassée de linge sale. On sonna à la porte. Délaissant son jeu vidéo, Charlot accourut pour répondre, précédé par Aristote. Aussitôt la porte entrouverte, Félix et son père entrèrent sans se faire prier :

— Ta mère est là, mon Charlot ? fit l'homme portant une espèce de sarrau trop ample, les deux pans ouverts, et taché d'une huile noircie.

— Mamaaaaannn !

Florence, habillée d'un jeans bleu délavé et d'un chemisier orange, se présenta dans l'entrée.

— J'amène le p'tit avec moé ! annonça Pelchat.

— Comment ça ?

— Le p'tit est tanné de rester icitte, patente à gosse ! Vous allez déménager à l'été, pis le p'tit veut pas vous suivre. Ça fait que y est aussi ben de venir rester chez son meilleur ami. Vous pensez pas ?

— Un instant, monsieur Pelchat ! Charlot vient vivre avec moi chez son père ; il va être plus heureux comme ça !

— C'est pas vraiment de son goût, patente à gosse !

Pendant que Pelchat *parlementait* sur le pas de la porte, Charlot, aidé de Félix, s'amenait avec deux valises, une boîte débordant d'objets hétéroclites, et se faufilait entre sa mère et Pelchat pour sortir.

— Reste ici, toi ! Écoute maman ! Voyons donc… voir si à neuf ans tu peux partir de même pour aller rester chez ton ami !

Les deux jeunes ouvrirent une portière de la bagnole, lancèrent les valises et la boîte à l'intérieur et se dirigèrent vers le hangar, l'air satisfait. Quelques instants plus tard, une bicyclette et une planche à roulettes trouvèrent leur place dans la remorque avant que les deux inséparables s'installent dans le véhicule.

Florence sortit en catastrophe, comme si on avait mis le feu à la maison. Elle ouvrit la portière de la guimbarde et, dans un geste d'une force qu'elle ne soupçonnait pas, empoigna son fils par le bras et le sortit de la voiture. Surpris par le geste incongru de sa mère, Charlemagne l'envisagea : « Ce n'est que partie remise », pensa-t-il. Fort contrarié, Charlemagne rangea sa planche à roulettes, appuya sa bicyclette sur le hangar et rentra ses valises et sa boîte d'objets qu'il laissa tomber sur le plancher de sa chambre.

La voiture démarra dans un nuage de fumée bleutée et disparut.

Lorsque Manuel revint à la maison, Florence, la tête entre les deux mains, complètement ravagée par les événements qui venaient de se produire, pleurait abondamment, se reprochant de n'avoir pu éviter ce qui venait de se produire avec cet enfant qu'elle avait pourtant senti malheureux depuis longtemps. Manuel parvint à comprendre, entre des hoquets de pleurs et des séances de mouchage, ce qui était arrivé au fils de sa conjointe, Florence mouchant plus que relatant les faits qu'elle parvint à lui répéter à peu près correctement. En parlant de Pelchat, elle le décrivit comme « l'homme attriqué comme la chienne à Jacques qui était venu pour lui enlever son fils ».

— Réagis, Man, dis quelque chose ! C'est pas ton fils, toi, on le sait ben !

— Tu dis des sottises, Flo !

« Mais ça aurait fait du bien », pensa Bédard.

Deux jours plus tard, lundi matin, Félix et Charlemagne avaient décidé de prolonger leur fin de semaine. Sans attendre l'autobus scolaire, ils partirent avec leur bicyclette. Plutôt que de se rendre à l'école, ils s'arrêtèrent au parc Omer-Cousineau. Ils se rendirent à l'arbre de prédilection fréquenté par Maxime Jodoin et les gamins du parc de maisons mobiles et se hissèrent sur une branche en se servant d'un câble renflé de nœuds pour faciliter l'ascension. Quelques minutes plus tard, ils se réjouirent de voir passer l'autobus qui amenait les écoliers à La Champenoise et rebroussèrent chemin. Aussitôt arrivés à la maison, ils remarquèrent qu'il ne restait que la Jaguar devant les portes du garage. La Chevrolet avait donc pris la route. Ils laissèrent tomber leur bicyclette dans l'herbe longue à côté du garage avant de s'engouffrer dans la maison. Immédiatement, Félix fut attiré par le voyant lumineux du répondeur qui clignotait impatiemment.

— Qu'est-ce qu'y a, Félix ?

— Ça doit être l'école qui appelle pour mon absence, c'est tout !

— Si le téléphone sonne, tu réponds pas ; c'est compris, Charlot ?

— D'ac !

L'air jouissif, malgré sa certitude de n'entendre que des balivernes provenant de l'école, Félix ne put s'empêcher d'écouter la bande sonore pour entendre le message : « Ici Josiane, la secrétaire de l'école La Champenoise. Me rappeler dans les plus brefs délais pour justifier l'absence de Félix, s'il vous plaît. Merci. Bonne journée. »

— Eux autres pis leurs maudites niaiseries, s'exclama Félix.

Peu après, ivres de liberté, les deux écoliers partirent à la recherche d'un arbuste ou d'un arbre se prêtant à la fabrication de frondes. Sur la propriété de Pelchat, près de l'écurie, ils repérèrent un genévrier presque dépouillé de ses feuilles et soulagé de ses fruits à moitié desséchés et s'attardèrent à « gosser » avec des outils du brocanteur des armes qui serviraient à abattre des corneilles ou à effrayer quelque insipide moineau.

Florence n'avait pas repris le travail depuis la tentative de départ de son fils. Elle avait prétexté une gastro-entérite virulente contractée auprès de ses bénéficiaires diarrhéiques. Madame Beausoleil n'avait même pas essayé de la rassurer, peu encline à la compassion à l'endroit du petit monstre, heureuse qu'elle aurait été de ne plus croiser ce mal éduqué de petit-fils dans la maison. Après tout, elle avait réussi à obtenir qu'on mette souvent Aristote dans le hangar, l'idée de faire disparaître Charlemagne étant tellement inconcevable qu'elle ne lui avait même pas effleuré l'esprit. Mélodie, pour sa part, pleurait davantage parce que sa belle-mère pleurait que parce qu'elle ne verrait plus son demi-frère dans le décor. Par contre, Manuel voulut mettre Florence face à la réalité en lui rappelant que la vie chez Yann ne serait pas une sinécure parce qu'il consommait encore passablement de houblon, de fumée nocive ou de capsules aux hallucinantes propriétés, qu'il entretenait des craintes pour son équilibre et qu'il pourrait tenter de limiter les dégâts en continuant éventuellement ses visites chez Lamontagne.

50

DÉSESPÉRÉ, le Bédard propriétaire d'une maison de la Grande-Caroline avait planté tant bien que mal, avec sa masse, sa pancarte de propriété à vendre, se bleuissant le pouce — ce qui l'obligea du reste à l'entourer d'un bandage —, songeant aux recommandations martelées de son beau-père, enclin à accourir au moindre bruit inhabituel et à prodiguer ses indispensables conseils en abondance. Les recommandations et conseils dont il serait soulagé, sans trop savoir encore ce qu'il adviendrait de lui après la fin des classes, au moment où Florence et son fils déserteraient la maison. Il ne voulait pas se retrouver seul à assumer l'entretien intérieur et extérieur de la propriété.

Florence ne se remettait pas de la tentative de fuite « assistée » de Charlemagne. Depuis l'événement qui aurait eu pour effet d'enrichir d'un membre le clan Pelchat, Guylaine avait tenté de la raisonner en lui disant que, de toute façon, elle n'avait pas la fibre maternelle aussi développée qu'elle le croyait et qu'il valait mieux tenter de se changer les idées que de se morfondre et s'échiner pour un être qui ne semblait heureux qu'en présence de son ami Félix, une espèce de grand frère qui valait infiniment mieux qu'une demi-sœur qui collait toujours sa grand-mère ou sa belle-mère. Du reste, au travail, garde Manger, garde Valade, garde Chasse et garde Côte étaient unanimes envers leur consœur éplorée : la maison aurait été grande, mais ça aurait fait du bien à tout le monde, y compris à elle-même.

La maison de Rosaire Pelchat pouvait facilement accommoder cinq ou six personnes. Cependant, pour loger un locataire il aurait fallu partager les espaces disponibles, étant donné l'encombrement majeur qui régnait dans sa demeure. Bref, Félix et Charlemagne auraient dormi dans le même lit. À la maison, ils auraient été plus que jamais ensemble, toujours de connivence.

Mais voilà qu'à l'école, les deux lascars, qui avaient cessé presque toute intimidation pour faire avaler la pilule plus facilement à Florence, reprirent du service. Alors qu'ils se bornaient à taquiner sans insistance quelques-uns de leurs congénères, ils se faisaient maintenant détestables. À tel point que leurs institutrices se consultèrent et en vinrent à la conclusion que les deux irréductibles devaient finir l'année scolaire dans le passage. Ce qui modifia les commentaires sur leur feuille de route, somme toute assez positive ces derniers temps.

Or, le brocanteur passait beaucoup de temps dans son atelier du sous-sol à rafistoler des fours à micro-ondes, des grille-pain ou d'autres petits appareils électriques ramassés lors de ses virées miraculeuses, où la chasse aux menus objets réparables lui procurait une indicible joie et l'occupait ensuite pendant des heures avant qu'ils soient refilés dans le circuit de la consommation par le biais de la vente au marché aux puces, où des gens peu fortunés chercheraient, pour pas trop cher, à acquérir des pièces qu'autrement ils auraient boudées pour leur prix inaccessible et excessif.

Le père de Félix adorait son métier. Pelchat s'attribuait avec fierté le titre de « poisson vidangeur » du bocal d'une société éminemment gaspilleuse qui gonflait impunément le tas de ses innombrables déjections domestiques et qui, en matière de recyclage, n'en était qu'à l'ère précambrienne. La société se bouchait les yeux en même temps qu'elle se pinçait le nez pour ne pas voir ni sentir ses rejets, éliminait ainsi à la source les désagréables sensations nauséeuses qui auraient pu l'assaillir autrement. Rosaire Pelchat se trouvait indispensable à la société qui avait, selon lui, l'habitude de cracher trop facilement sur tout objet le moindrement défectueux ou sur tout ce qui refusait de fonctionner normalement sans d'ailleurs tenter d'en comprendre la cause, les *godiches* ne se donnant parfois même pas la peine de changer les piles ou de vérifier au préalable si un fil de branchement établissait un mauvais contact. C'est pour cela qu'il s'opposait catégoriquement à l'achat de caméras et de téléviseurs jetables, de téléphones non réparables et de tout autre objet mis au rancart pour une futile raison après une trop fugace période de vie. Cependant, lorsqu'il en avait assez de remettre en état des objets brisés ou défectueux, il repartait avec sa guimbarde et sa remorque pour mettre la main sur des appareils neufs qui aboutissaient presque invariablement au marché aux puces, quitte à commettre quelque cambriolage et à risquer de se faire épingler.

Qui aurait dit que Rosaire Pelchat était doté d'un grand sens des responsabilités ? En tout cas, responsabilités paternelles, car il hésitait à commettre des vols qui l'auraient expédié en tôle pour des semaines, voire des mois. Mais, à la demande expresse de ses deux protégés de leur obtenir un second ordinateur — un portable, s'il vous plaît —, parce qu'un seul ne suffisait plus dans la maisonnée, il décida d'en « magasiner » un autre dans des maisons privées d'un quartier où sa présence n'était habituellement pas appréciée. Son dernier grand coup, pour un bout de temps, du moins ! Après il se calmerait, et cela, même s'il s'exposait à l'ire de concurrents, au risque de se faire tabasser par des fiers-à-bras peu scrupuleux.

— Demain, j'vas vous rapporter un de ces ordinateurs, mes amis. Vous allez être fiers de moé, j'vous en passe un papier ! Demain, c'est un jour J, comme dans V-I-D-A-N-J-E. J'vas partir en éclaireur pour tâter le terrain.

— On y va ! réagit Charlemagne.

— Non ! J'veux vous faire une surprise, patente à gosse. Vous allez vous amuser ensemble, bien tranquillement, pis à dix heures, vous vous coucherez, gentiment. Après tout, demain vous avez de l'école, les amis. Les grandes vacances sont proches…

— Qu'est-ce qu'on va faire durant l'été ?

— On reparlera de tout ça demain, si tu veux !

— Tu prends ta Jaguar ? demanda Félix.

— Exactement! J'm'en vas dans le grand monde, les enfants. À soir, j'ai pas le goût d'avoir l'air d'un ramasseux de « cossins ».

Revêtu de son sarrau bleu marine s'ouvrant sur une chemise mal boutonnée et défraîchie, sentant la transpiration à faire fuir les mouffettes des alentours, le brocanteur-voleur quitta sa tanière et s'enfonça dans la nuit pour se retrouver quarante-cinq minutes plus tard à sillonner les rues du quartier Notre-Dame-de-Grâce, quittant le macadam à l'épiderme perforé de trous béants pour des rues plus carrossables, zieutant les poubelles des bien nantis, obnubilé par son idée fixe : « magasiner » un portable. Le lendemain, l'éclaireur reviendrait et passerait à l'acte.

On s'approchait du solstice d'été. Les propriétaires avaient attendu la noirceur pour acheminer leurs vidanges au bord de la rue. Circulant lentement avec sa Jaguar, le brocanteur se sentait ni plus ni moins comme un résidant du quartier, une sensation qu'il ne dédaignait pas du tout. Pelchat observait quelques aristocrates tirant sur leur contenant à roues ou traînant un sac vert de préférence à un sac orange plus visible, se tournant la tête comme des girouettes pour s'assurer qu'ils n'étaient pas épiés ou pris en défaut par quelque commère à la langue venimeuse postée à sa fenêtre, comme s'ils étaient les seuls fortunés du quartier à générer des rebuts domestiques.

Fort de ses nombreuses expériences en matière de vol, Pelchat avait compris qu'un voleur ne doit pas se comporter en voleur pour éviter d'attirer les regards suspects, qu'il doit absolument éviter de faire le dos rond comme le chat qui s'approche de sa proie et qui s'apprête à bondir dessus. Aussi, celui qui a la ferme intention de subtiliser un objet doit paraître confiant comme le renard salivant près de la basse-cour et doit s'approprier l'objet convoité comme celui qui savoure son plat au restaurant, à la différence près qu'on lui présente la facture avant qu'il ne quitte les lieux. Il reste que, dans le cas qui nous occupe, Pelchat ne se faisait pas de problème de conscience, étant donné la facilité avec laquelle l'objet volé serait remplacé une fois la déclaration faite à la compagnie d'assurances.

La promenade nocturne qu'il avait entreprise lui procurait un bien-être indescriptible. Fièrement, il roulait, vitres baissées, humant l'air enivrant d'un lieu qu'il réinvestirait dans moins de douze heures. À maintes reprises, pour le père de Félix, la tentation fut presque irrépressible d'immobiliser sa voiture et d'entreprendre des fouilles ou simplement d'estimer la valeur de revente de tout ce qui s'offrait gracieusement à lui. Sur un plateau d'argent. Quoi qu'il en soit, demain il évaluerait. Pour l'heure, il nota des adresses de propriétés où deux voitures attendaient devant les portes de garage. Pour lui, il était donc raisonnable de penser que zéro voiture était parfois égal à deux voitures moins deux voitures et qu'il y avait, selon toute probabilité, de fortes chances que la maison soit libérée de ses occupants.

Le jour J, Pelchat n'était pas encore levé. Secrètement, Félix avait marché à pas feutrés pour que le pourvoyeur se lève en forme. Félix avait dressé un couvert, aligné les ustensiles de part et d'autre d'un bol posé dans une assiette et sorti les huit sortes de céréales disponibles, un vaste choix de confitures, de marmelades, le pot de beurre d'arachide et le miel. En quelque sorte, le garde-manger avait élu domicile sur la table de cuisine. Même le lait était resté là.

Vêtu d'un boxer marbré et d'une camisole trouée, le maître de la maison esquissa un sourire de contentement lorsqu'il prit connaissance de ce qui s'était passé dans sa cuisine. Il regarda l'heure à la vieille horloge grand-père qu'il avait lui-même remise en état après l'avoir rescapée des insatiables éboueurs, décapée et teinte, se sentit en appétit, passa la main sur son visage râpeux et s'assit pour manger.

Pas particulièrement fier de sa personne et peu porté sur l'hygiène corporelle personnelle, sans passer par la salle de bains, Rosaire Pelchat enfila ses vêtements de la veille et sauta dans sa Chevrolet rouillée dont le pare-chocs était attaché par une broche également rouillée. À cette heure, il pouvait circuler très librement sur les voies publiques.

Entre-temps, ce matin-là, Félix et Charlemagne ne s'étaient pas présentés à l'école. Devant l'absence remarquée et tout à fait incongrue du petit Lamontagne, madame Després s'était informée auprès de Mélanie Beaulieu pour savoir si, « à tout hasard, Félix Pelchat ne manquait pas lui aussi à l'appel » et réagit en accédant à une fulgurante colère, ce qui fut de nature, d'ailleurs, à acidifier son ulcère d'estomac. Comme il se doit, La Champenoise avait tenté de communiquer avec Pelchat et les parents de Charlemagne. Rejointe au travail, Florence, comme à l'accoutumée, avait refilé l'appel à Manuel qui s'enquerrait de la situation pour cette absence non motivée en période d'examens. Cependant, cette fois, l'enseignant en poste résolut de ne pas intervenir, prétextant l'entière responsabilité de Rosaire Pelchat dans cette affaire.

En un rien de temps, Rosaire-le-brocanteur atteignit Notre-Dame-de-Grâce et se dirigea vers les adresses qu'il avait soigneusement consignées de sa main poisseuse. Il repéra trois résidences devant lesquelles il ralentit avec sa remorque aux pneus usés et fendillés sans pour autant s'arrêter. Minutieusement, de son œil exercé et nerveux, il détaillait les images que ses rétroviseurs lui renvoyaient. Personne de suspect en vue. Prêt à passer à l'acte, il retourna devant une des trois résidences préalablement localisées, stationna sa guimbarde à proximité, étudia les mouvements des quelques rares véhicules qui passèrent, descendit et fonça tout droit vers l'arrière de la maison. Quelqu'un l'attendait. Le brocanteur reconnut les deux sbires qui s'étaient opposés à lui quelques mois auparavant, prétextant qu'il avait dépassé les limites de son territoire. « Ils ont dû garer leur camion sur la rue suivante et piquer au travers derrière les propriétés ! » pensa Pelchat.

— Il me semblait qu'on t'avait dit de rester dans ton secteur, Pelchat ! murmura le plus grand des deux gorilles.

— Vous savez même pas ce que j'suis venu faire icitte, les gars !

— Tu travailles pour l'entretien des parterres, peut-être ?

tenta ironiquement le moins costaud. Qu'est-ce que t'en penses, Fabien ?

Sans même lui laisser le temps de répondre, Fabien, le plus grand et aussi celui qui paraissait le moins commode, sortit un couteau dont il fit surgir la lame brillante dans un déclic retentissant, se projeta en avant, le lui enfonça sauvagement dans le ventre et disparut avec l'autre. Plié en deux, le visage grimaçant de douleur, le brocanteur porta la main à son abdomen ensanglanté et replia sur lui un des pans de son sarrau pour contrer le sang qui giclait, tout en émettant des gémissements. Bientôt, son sarrau foncé fut maculé de sang. Pelchat songea à retourner à sa voiture mais se ravisa, tira son téléphone cellulaire d'une poche de son sarrau et composa son numéro, croyant utile de laisser un message aux enfants : « J'ai été pris dans une embuscade. Des salauds d'une bande rivale m'ont poignardé. L'écœurant s'appelle Fabien ; Fabien Dutrouble. Je vais vous décevoir, c'est certain. Je vous donne l'adresse où je me trouve, au cas où… Je vous aime. Rosaire. »

Au domicile du brocanteur, Félix et Charlemagne avaient joué de ruse, encore une fois. Ils avaient longuement tergiversé sur la possibilité d'accompagner Rosaire lors de son « magasinage » à Notre-Dame-de-Grâce. Mais les deux gamins avaient convenu d'une chose : l'impérieuse nécessité de faire l'école buissonnière. Charlemagne voulait tant se cacher dans la remorque, dissimulé sous la bâche qui la recouvrait partiellement et parfois indispensable en temps de pluie, sous la neige et la giboulée, alors que Félix préconisait une sournoise visite chez l'ermite pour « péter les carreaux de sa chiotte ». Par pur plaisir ! Ils évitèrent d'en venir aux poings, la sagesse du grand Félix ayant cédé à l'empressement de Charlemagne à acquérir le portable anticipé.

Ensevelis sous la bâche kaki, Félix et Charlemagne tentaient encore de se dépêtrer au moment où ils entendirent des râles de douleur croissant vers la remorque. Félix se mit à geindre, ne pouvant retenir des larmes qui ruisselèrent bientôt sur ses joues creuses d'enfant de onze ans. Ne pouvant supporter tant de manifestations émotives de la part de son ami, Charlemagne, les poings sur ses yeux embués, parvint à l'arrière de la remorque, soulevant la bâche de sa main affolée et, jetant un coup d'œil à l'extérieur :

— Félix, ton père qui revient !

Rapidement, Félix se faufila entre de précieuses trouvailles, enjamba le tricycle qui le séparait de son ami, et les deux écoliers sautèrent en bas de la remorque. Drapé dans sa longue tunique rougie, linceul témoignant de meurtrières blessures, Rosaire Pelchat atteignait la Chevrolet, progressant comme s'il allait s'effondrer à chacun de ses pas.

— Rosaire ! crièrent les deux enfants qui accoururent vers le blessé.

— Patente à gosse ! Qu'est-ce que vous faites là ? se surprit le voleur, s'appuyant sur sa Chevrolet, la respiration fortement embarrassée.

— On voulait pas aller à l'école pis on avait hâte de voir

ce que tu rapporterais, papa, avoua candidement Félix, inquiet de la suite des choses.

— Astheure que vous êtes là, aidez-moé à monter dans la bagnole, ordonna le brocanteur d'une voix dolente. Ah ! Les salauds, le camion noir des « Entreprises Maison Nette ». C'est le camion de mes agresseurs...

Pelchat parvint péniblement à se glisser sur son siège et à s'agripper au volant. Son fils referma la portière avec précaution. Quelques secondes plus tard, Félix et Charlemagne avaient pris place et la voiture démarrait.

— Maintenant, à l'hôpital ! insista Félix.

— Non, on s'en va chez ton père, Charlot, décida le blessé, qui conduisait d'une main et retenait un pan de son sarrau de l'autre. À l'hôpital, on me poserait cinquante-six questions embarrassantes.

Effectivement, en moins de vingt minutes, la Chevrolet se stationnait dans l'entrée chez Yann, rue Saint-Dominique. Mais le brocanteur faiblissait et le sang continuait de s'épancher malgré la pression que sa main exerçait sur sa plaie vive, pendant qu'il relatait la sauvage agression du dénommé Fabien qu'il venait de subir sous les yeux agrandis d'effroi de ses deux jeunes passagers.

— Vite, les gars ! La chaise roulante de Yann ! supplia le pauvre homme, d'une voix qui s'atténuait fatalement.

Félix et Charlemagne s'engouffrèrent en coup de vent dans l'appartement de Yann — assis sur le canapé, se livrant à ses libations, bière d'une main et feuilletant minutieusement le dictionnaire de l'autre — sans prendre le temps de lui expliquer l'infortune du brocanteur, pendant que la victime, pantelante, entrouvrait péniblement la portière de la Chevrolet et, de sa masse, s'effondrait sur l'asphalte de l'entrée, au bout de son sang. Empressés, les deux collaborateurs surgirent de l'immeuble, poussant le fauteuil roulant sur la rampe d'accès. Parvenus à côté de la voiture, ils découvrirent le corps inanimé de Pelchat souillant l'asphalte.

Paniqué, Félix se pencha sur son père, le secoua pour sonder la vie qui pouvait encore l'habiter. Découragé, il se releva, en proie à des sanglots de crainte et de grande désolation. Consterné et affligé, hoquetant de douleur, Charlemagne comprit qu'il n'y avait rien à espérer de son « père adoptif » et que la mort s'était emparée injustement de lui.

— J'ai pus le goût de vivre, Charlot !

— Moi non plus... marmonna piteusement Charlemagne.

Se souvenant de la réserve de stupéfiants de son père, Charlemagne proposa à Félix d'en faire usage. Pour en finir. Une fois pour toutes.

Avec la rage du désespoir, Charlemagne entraîna son copain dans l'appartement de son père.

— Rapporte ma chaise, fiston ! C'est pas un jouet, s'écria Lamontagne, s'opposant au dessein apparemment ludique des enfants.

Négligeant l'interpellation de son père, le fils Lamontagne se dirigea d'un pas déterminé vers la table du salon, en ouvrit brusquement le tiroir et s'empara de la petite boîte de stupéfiants.

— Laisse ça, Charlot! C'est pas pour toé, c'te cochonnerie-là... beugla Lamontagne en déposant sa bière et son dictionnaire sur la table devant lui.

— Trop tard, Yann! Mon père est mort... larmoya Charlemagne.

Debout devant lui, les yeux défiant Lamontagne, Charlemagne saisit la bouteille de bière, prit deux ou trois doses de stupéfiants qu'il avala avec une bonne gorgée, cracha sur le plancher pendant que Félix ingurgitait les dernières doses avec le fond de la bouteille, sous le regard tétanisé du paralytique.

— Viens, Charlot! Suis-moi!

Surpris par l'effet foudroyant, le teint livide, Félix et Charlemagne entreprirent de sortir de l'appartement, le pas chancelant, crachant à chacun de leurs pas. Ahanant, ils s'engouffrèrent sur la banquette arrière de la Chevrolet, s'appuyant sur le dossier, les yeux fermés.

Sur ces entrefaites, désemparé, Lamontagne songea à se glisser sur le plancher de l'appartement jusqu'à l'extérieur pour intervenir, mais, se ravisant, devant la gravité et l'urgence de la situation, préféra tenter de joindre Manuel à l'école. Précisant qu'il s'agissait d'un cas de force majeure pour déranger monsieur Bédard, il obtint la communication :

— Il faut que tu viennes, Man. Mon fils a besoin d'aide, c'est urgent! Je t'expliquerai...

Quittant sa salle de professeurs avec empressement et

renonçant à assurer la surveillance d'examen qui lui était assignée, Manuel fut vite remplacé dans ses fonctions.

Les gyrophares scintillants, trois voitures de police et deux ambulances entravaient la circulation devant l'immeuble. Le cœur battant, Bédard descendit de sa camionnette, franchit la bande jaune déroulée sur toute la façade de la propriété et chercha désespérément à s'adresser à quiconque pourrait le renseigner sur ce qui s'était produit.

Il était trop tard! Définitivement! À tout le moins pour un des trois infortunés. Après qu'il se fut identifié et présenté comme étant le tuteur de Charlemagne Lamontagne, un policier le mit au fait de la découverte de trois corps: celui de deux écoliers immobiles sur la banquette et le corps inerte d'un homme enrobé d'un sarrau maculé de sang.

— Vous avez laissé entendre que deux des trois seraient encore en vie, monsieur l'agent? balbutia Bédard très timidement.

— Les deux enfants seraient sans connaissance. Les ambulanciers ont tenté une réanimation… je ne peux pas vous en dire davantage.

Complètement atterré, Manuel demeura interdit en regardant les ambulanciers transporter les civières.

— Demeurez avec nous, monsieur Bédard, ordonna l'agent. Nous devrons absolument vous interroger, comme proche d'une des victimes.

Dès qu'il put se libérer de l'interrogatoire sommaire, Bédard interpella le policier:

— Si vous me le permettez, monsieur l'agent, je vais entrer dans l'appartement pour parler au père de Charlemagne.

Des passants s'arrêtaient et s'approchaient de la zone interdite. « Florence, Florence, qu'est-il arrivé à ton fils, bon Dieu? Si j'avais été plus patient avec lui, peut-être n'en serions-nous pas là aujourd'hui? » se reprochait amèrement Bédard en pénétrant dans l'appartement.

— Prof! Te v'là! J'ai entendu des sirènes d'ambulances. Qu'est-ce qui se passe dehors? dis-moi! s'impatienta Lamontagne, toujours assis sur le canapé du salon.

— Charlot a eu un accident, Yann, laissa tomber Manuel, gravement.

— C'est pas un accident, Man, corrigea le paralytique, abaissant le regard sur le tiroir de la table devant lui.

— Comment ça?

Lamontagne relata la visite de Charlemagne et Félix, leur empressement à s'emparer du fauteuil roulant, la drogue, la bière, et se mit à crier sa rage, son impuissance et son désespoir.

— Calme-toi, Yann! C'est sérieux, très sérieux! Mais peut-être va-t-il s'en sortir...

— Est-ce que Florence est au courant?

— Non.

— Amène-moi à l'hôpital, prof! ordonna Lamontagne.

Peu après, Bédard récupérait le fauteuil roulant dans la cour, Lamontagne remplissait le panier du *side-car* conduit par l'enseignant et se dirigeait à vive allure vers l'hôpital Saint-Luc. Lamontagne, immobilisé, poussait quelques jurons d'impatience contre la lenteur du déplacement tandis que son conducteur se faisait du mauvais sang pour la bonne Florence... qui ne méritait pas ça le moins du monde.

Dans le stationnement de l'hôpital, le *side-car* occupa un emplacement réservé aux handicapés. Manuel entra dans l'établissement pour mettre la main sur une chaise roulante et manœuvra pour transborder le gros paraplégique de son panier à ladite chaise, qu'il fit rouler vers la réceptionniste qui lui indiqua où se présenter pour voir Charlemagne Lamontagne.

Sous les ordres de Lamontagne qui pestait contre l'éloignement de l'urgence en proférant des sacres, Bédard emprunta un long couloir qui aboutissait à une salle bondée d'estropiés, d'écorchés, d'éclopés de tout acabit et de cas plus lourds au visage de crucifiés qui souffraient en silence ou se lamentaient en gémissant d'une plaintive voix ou en pleurant de douleur en attendant qu'on les appelle. Interdit, Bédard immobilisa le véhicule roulant.

— On n'est pas pour attendre icitte, calvaire! J'veux voir mon fils.

Lamontagne roula jusqu'à l'accueil, devançant quelques patients qui attendaient impatiemment qu'on évalue la gravité de leur cas.

— Pour une évaluation, vous devez faire la file, monsieur, rappela d'un ton rogue garde Barrière, l'infirmière en poste.

— J'suis pas icitte pour moé, *ostie*. J'veux voir Charlot!

— Qui est ce Charlot dont vous parlez ? fit l'infirmière, radoucie.

— Charlemagne Lamontagne. On l'a amené icitte en ambulance tout à l'heure. Le p'tit maudit a tenté de s'enlever la vie avec un autre qui est sûrement icitte aussi !!!...

Garde Barrière indiqua que Charlemagne et l'autre devaient être aux soins intensifs et qu'on ne l'avait sûrement pas aiguillé dans le bon secteur de l'hôpital.

— *Tabarnac d'ostie* ! Vous auriez pas pu le dire plus vite, *sacrament* !

Lamontagne fit roulade arrière et libéra l'espace devant le guichet de garde Barrière, qui afficha une moue de soulagement même si, pendant ce temps, deux autres patients avaient allongé la file et qu'une civière transportant un accidenté de la route faisait son entrée à l'urgence. Rapidement, malgré la masse imposante du paraplégique, Bédard reprit du service et poussa Lamontagne jusqu'à l'ascenseur, qui s'arrêta au cinquième étage de l'établissement, d'où fusaient derrière des portes battantes et closes d'insupportables et atroces cris de douleur et de détresse. Sans attendre, Lamontagne fonça vers les portes, les écarta de ses mains épaisses et se propulsa à l'intérieur de la salle. Une équipe d'infirmières et de médecins attentifs aux moindres signes vitaux bourdonnaient autour de deux corps d'enfants allongés et immobiles, branchés à un moniteur. Garde Guylaine Brochu, garde Manger, garde Valade et garde Fu tentaient désespérément de rassurer Florence qui demeurait inconsolable. Garde Chasse, qui œuvrait aux soins intensifs, avait signalé à garde Manger l'admission du fils de Florence dans son département. Garde Manger avait aussitôt tenu conciliabule à l'insu de garde Beausoleil et, sous la recommandation de garde Brochu, mandaté l'une d'entre elles pour en informer la mère du petit. Ce fut évidemment garde Brochu elle-même qui hérita de l'odieuse mission. Dès lors que Florence apprit l'effroyable nouvelle, les infirmières du département se massèrent à sa suite, laissant seule garde Côte en poste pendant quelques minutes.

Lamontagne roula jusqu'au lit de Charlemagne pendant que Bédard surveillait la scène en se tenant à l'écart. Garde Manger se détacha du groupe avec un urgentologue et, après un bref échange, revint vers ses gardes, leur intimant l'ordre de regagner le département. Seule Guylaine pourrait assister la mère éperdue sans que la vie du département soit mise en péril. Ce fut garde Manger qui, en se retournant, réalisa que Lamontagne les épiait et réagit d'une impulsive manière :

— Oh ! Le père du petit Lamontagne !

Toutes les infirmières des chambres de naissance connaissaient l'histoire de Florence et savaient que Lamontagne était condamné à la chaise.

— YANN ! s'écria Florence, se précipitant vers lui.

— FLORENCE ! LE P'TIT !

— NOTRE PETIT ! NOTRE ENFANT, Yann !

— Suivez-moi ! ordonna péremptoirement garde Manger, qui tentait d'arracher ses gardes à l'émouvante scène et de regagner ses locaux avec son détachement de coiffes.

La famille immédiate de Pelchat apprit l'effroyable nouvelle sans verser une larme, mentionnant selon une formule toute faite que « ce serait triste pour Félix de mourir au printemps ».

À l'église de Rougemont, le cercueil de Rosaire Pelchat, brocanteur, occupait l'allée centrale au pied des marches qui montaient vers l'autel. Dans la nef, les membres des familles respectives, Mélanie Beaulieu, Marguerite Després, mademoiselle Lalumière et tous les élèves des classes de Félix et de Charlemagne — même Henri le chétif et Aurore Benjamin — ainsi qu'une foule bigarrée de curieux, les uns portant irrespectueusement chapeau ou casquette ou ruminant de la gomme.

Dans le premier banc, Florence, encadrée de Mélodie et de Manuel. Dans l'allée centrale, Lamontagne, assis dans son fauteuil de paraplégique, prostré, encore à la recherche de pourquoi, en proie à un immense repentir. Tous les quatre pleuraient et se mouchaient bruyamment. Derrière Manuel, Madeleine Beausoleil, accompagnée de Sabourin, Fernand Beausoleil, consolé par une femme d'au moins vingt ans sa cadette, Guylaine Brochu et l'ancienne nounou Gertrude Bellehumeur. Un peu en retrait, Philippe Beausoleil et sa famille. Derrière, dans la même section, une armée d'infirmières en uniforme et une bande de motards et de motardes... en cuir.

Dans la section latérale, complètement à gauche de l'allée centrale, quelques représentants de la famille Pelchat sans doute venus fouiner et animés de l'intention de s'informer après les funérailles des héritiers possibles. Pourtant, chez les Pelchat, Rosaire était la honte de la famille, le marginal « ramasseux » de guenilles et de bidules, soupçonné d'être un gibier de potence et redoutable parasite de la société.

Le célébrant fit l'éloge de Pelchat, admirable soutien de famille pourvoyant bien modestement aux besoins de son fils Félix, un enfant un peu taquin, aimant la vie mais qui aurait vraisemblablement décidé de suivre son père dans la mort. Ensuite, Maxime Jodoin rapporta des propos recueillis auprès des compagnons de classe de Félix et de Charlemagne, puis on entendit des témoignages de quelques parvenus de la famille Pelchat dont Sonia Bécotte, la mère de Félix, qui maniait la flagornerie comme d'autres pratiquent la vertu, elle qui cherchait habituellement à justifier l'abandon de son fils en accusant le brocanteur de tous les torts.

Un des moments les plus touchants de la cérémonie fut celui où Mélodie interpréta une fugue de Bach au violoncelle après la communion. « Elle n'a jamais si bien joué », dira plus tard son professeur de musique, Éléonora Rostropovitch. Mais le moment le plus pathétique fut encore celui où le père de Charlemagne, assis dans son fauteuil d'impotent, lut à voix haute, micro en main, le verbe entrecoupé par l'émotion trop grande, le texte qu'il avait lui-même composé avec l'aide du prof Bédard. Sur une feuille froissée, entre les lignes raturées, la voix tremblante, il lut ces mots chargés d'une grande intensité :

Rosaire,

Aujourd'hui, je prends la plume pour te dire combien tu nous manqueras, dorénavant. Je te voyais parfois avec mon fils et je sais qu'il était heureux avec toi. Charlot et Félix sont encore vivants, mais chaque jour que le bon Dieu amène, je Lui demande qu'il ne reste pas de séquelles de leur sommeil profond. Je ne voudrais pas qu'ils deviennent comme moi, une espèce de légume... sans vitamines. Aussi, je n'ai pas été un bon modèle pour mon fils, contrairement à toi, un père qui a si généreusement élevé le sien. Je sais que les enfants t'aimaient tellement qu'ils ont décidé de te suivre là-haut. En passant, j'espère qu'il te restera quelques objets à rafistoler, sinon tu vas t'ennuyer à mourir...

Peut-être que je n'ai pas assez prié? Sans doute, je n'ai pas toujours été un père présent et sensible aux besoins de mon fils. Je le regrette profondément. Malgré que je sois condamné à la chaise roulante, prends le temps de me montrer comment on fait pour devenir un bon père, car tu connais les besoins d'un enfant.

Donne-moi la paix et la sérénité, car j'ai un lourd fardeau à porter. Je sais que, grâce à toi, j'y parviendrai. Toi, le grand ami de Charlot, mon p'tit maudit!

Pour l'éternité,

Yann

ÉPILOGUE

Leur témérité les avait menés au bord du gouffre. Un peu plus et ils suivaient le chiffonnier dans la mort. À l'école, les institutrices avaient prétexté un curieux accident qui s'était produit dans d'étranges circonstances avec le père de Félix. À l'hôpital Saint-Luc, on avait craint pour la vie de Félix, qui était sorti de son sommeil profond après Charlemagne. Une psychologue leur avait conseillé de ne pas assister aux funérailles et de terminer l'année scolaire le plus normalement possible. Pour sa part, une travailleuse sociale avait recommandé que, pour le bien de chacun, Félix et Charlemagne résident chez Manuel. Avec son assentiment et celui de Florence. Les grandes vacances arrivées, on verrait bien. Florence comptait amener son fils à Montréal, chez Yann, alors que Sonia Bécotte, la mère de Félix, avait manifesté le désir de prendre son fils en charge, sachant qu'il était le seul héritier légitime du défunt Rosaire.

Marguerite Després et Mélanie Beaulieu étaient revenues sur leur décision de laisser poireauter Charlemagne et Félix dans le corridor. Elles les avaient pris en pitié en se disant que, de toute façon, personne dans l'école ne les souffrirait encore longtemps. Manuel — qui avait finalement publié, en grattant ses fonds de tiroirs, *L'alarme du crime*, aux Éditions de la Dernière Chance — les avait renseignées sur les intentions des mères de les emmener « en ville » au cours de l'été. Les deux exécrables compères libéreraient le paysage rougemontois de leur présence mais, selon leur expérience, les institutrices avaient évalué que les chances de récidive étaient très fortes.

L'avant-dernier jour de classe, après de longs moments à discuter du projet de Charlot, Félix se rendit chez lui en passant par le verger qui séparait les deux propriétés. Charlemagne l'attendait devant la barrière avec sa bicyclette. Les deux écoliers se rendirent au parc, mais Félix fut le seul à se rendre à La Champenoise…

La production du titre **Le P'tit Maudit** sur du papier Rolland Enviro 100 Édition plutôt que du papier vierge réduit votre empreinte écologique de :

Arbre(s) : 17
Déchets solides : 486 kg
Eau : 40 004 L
Matières en suspension dans l'eau : 3,1 kg
Émissions atmosphériques : 1 068 kg
Gaz naturel : 69 m^3

100%   BIO GAZ   PERMANENT

Imprimé sur Rolland Enviro 100, contenant 100% de fibres recyclées postconsommation, certifié Éco-Logo, Procédé sans chlore, FSC Recyclé et fabriqué à partir d'énergie biogaz.